Das Wunder von Santo Fico

Dennis Smith

Das Wunder von Santo Fico

Roman

Aus dem Amerikanischen von
Georg Deggerich

HEYNE

Die Originalausgabe erschien unter dem Titel
The Miracles of Santo Fico
bei Warner Books Inc., New York

Der Wilhelm Heyne Verlag ist ein Verlag der
Ullstein Heyne List GmbH & Co. KG, München
Satz: Leingärtner, Nabburg
Druck und Bindung: GGP Media, Pößneck
Printed in Germany
ISBN 3-453-86863-3

www.heyne.de

Für Dorothy

I

Der Schlaf war der Feind. Der alte Mann wusste das. Die Hitze war seine Verbündete, und diese sengenden Augusttage waren besonders gefährlich. Er zürnte der leisen Stimme, die ihm ins Ohr flüsterte, er solle nur seinen Kopf für einen Moment gegen die kühle Steinwand seines Beichtstuhls legen. Aber die leise Stimme insistierte, eine kurze Rast der Augen würde ihm helfen, sich besser auf Maria Gambonis klagende Laute auf der anderen Seite des schwarzen Holzgitters zu konzentrieren.

Der alte Mann dachte an die vielen Jahre, in denen er diese Beichte gehört hatte, und fast unwillkürlich beschäftigte ihn die Frage, wie viele Bußgebete die arme Frau über die Jahre von sich gegeben haben mochte. Die Jahreszahlen rollten in seinem Schädel wie Murmeln in einer Schale, glitten an seinen Fingerspitzen vorbei, immer einen Millimeter zu weit entfernt oder zu glatt, um sie festzuhalten – und wieder redete die leise Stimme auf ihn ein, er solle nur kurz die Augen schließen, und es ginge ihm besser. Bald schien Maria Gambonis gedämpfte Stimme aus weiter Ferne zu kommen, während der vertraute Schleier aus Hitze und Dunkelheit sich über ihn senkte, und er überlegte, ob der Tod wie dieses angenehme Gefühl des Hinabgleitens wäre. Wie passend es wäre, hier im Beichtstuhl zu sterben, dachte er, während Maria Gamboni auf der anderen Seite ihre Sünden herunterbetete. Wie überaus treffend.

Erst als sein weißes Haupt schließlich nach vorn sackte, der Hals einknickte und sein Schädel gegen den harten Stein schlug, schreckte der alte Priester ruckartig hoch. »Oh, Herr im Himmel«, murmelte Pater Elio Caproni und versuchte, seine schmerzenden Glieder auszustrecken, aber dafür war in dem winzigen Beichtstuhl kein Platz. Energisch rieb er sich mit beiden Händen über das zerknitterte Gesicht, um weiter seines Amtes zu walten. Schweiß lief ihm über die Stirn und stach in seinen Augen, was ein wenig half. Er zerrte an seinem gestärkten weißen Kragen, um sich mehr Luft zu verschaffen, aber vergebens. Wie konnte ein so alter und abgewetzter Kragen einem so die Kehle zuschnüren? Er erinnerte sich, wie er als Kind davon geträumt hatte, diesen weißen Kragen zu tragen. Damals war ihm nie in den Sinn gekommen, dass der Beruf des Priesters je etwas Schlechtes sein könne. Das kam später. Erst als er mit zweiundzwanzig aus Bologna nach Hause zurückkehrte, zum ersten Mal mit dem weißen Kragen um den Hals, damit das ganze Dorf es sehen konnte, erkannte er, dass er einen furchtbaren Fehler begangen hatte. Alle waren so stolz auf ihn an diesem Tag, doch er empfand nur Scham. Gott wusste von seiner Lüge. An diesem Tag schwor er, sein Leben im Dienst seiner Mitmenschen als Priester der Gemeinde von Santo Fico zu widmen. Wenn er dies täte, so dachte er, würde Gott ihm seine schreckliche Sünde vergeben.

Inzwischen war Pater Elio schon so lange Priester von Santo Fico, wie die Leute nur zurückdenken konnten, Pater Elio eingeschlossen. Fünfzig Jahre lang hatte er sein Geheimnis bewahrt und sich der Erfüllung seines Versprechens gewidmet, im Warten auf ein Zeichen, dass Gott ihm verziehen hatte. Doch mit den Jahren war sein Glaube so dünn geworden und verschlissen wie der brüchige Kragen und sein Herz so trocken wie der Brunnen in der Mitte der Piazza. Wenn er in diesen Tagen noch träumte, dann nicht in Erwartung eines Zeichens. In diesen Tagen war sein einziger Traum, dass es ganz einfach zu Ende ginge.

Von jenseits der Trennwand winselte Maria Gamboni: »… der Himmel weiß, dass ich jede Strafe verdient habe, die der Herr mir zugedenkt, weil er allein von meinen gemeinen Sünden gegen meinen geliebten Enrico weiß – Gott sei meiner Seele gnädig, wenn er tatsächlich gestorben ist …«

Es war nicht schwer für Pater Elio, sich zurechtzufinden. Seit beinahe dreißig Jahren hatte er die immer gleiche Beichte mindestens einmal in der Woche gehört, und es gelang ihm nicht nur den Anschluss zu finden, sondern auch an genau der richtigen Stelle ein tröstendes »Ach ja« einzuflechten. Zumindest war er nicht richtig eingeschlafen und hatte geschnarcht, so wie letzten Dienstag.

Es war jetzt knapp dreißig Jahre her, dass Marias Ehemann, Enrico Gamboni, verschwunden war. An einem Frühlingsmorgen war er die steile Felsstraße, die nach Südosten aus Santo Fico hinausführte, hinuntergelaufen, um den Bus nach Grosseto zu nehmen, wo er eine generalüberholte Ölpumpe für den Motor seines Fischkutters kaufen wollte. Man hatte nie wieder von ihm gehört. Die Polizei hatte wochenlang die Straßen von Grosseto durchkämmt, ohne einen einzigen Hinweis darauf zu finden, was geschehen war.

Maria hingegen wusste ganz genau, was passiert war. Sie hatte den armen Mann in die Flucht, womöglich gar in den Tod getrieben. Seit dem Tag von Enricos Verschwinden wusste sie, dass Gott sie dafür strafte, eine unausstehliche Ehefrau gewesen zu sein. Und Pater Elio musste zugeben, dass daran durchaus etwas war.

»... und, Pater, ich schwöre«, flüsterte Maria Gamboni, als handle es sich um ein düsteres Geheimnis, »manchmal fühle ich, dass wenn Gott mich fragte, ob ich weiterleben möchte, ich ihm antworten würde: ›Nein, komm nur und hole mich.‹ Genau das würde ich sagen. Ich würde sagen: ›Hole mich.‹ Ist das eine schlimme Sünde?«

Pater Elio hatte darauf eine Antwort, aber er wusste, dass er sie für sich behalten konnte. Maria war nicht an Antworten interessiert.

»... bitte ich Gott, mir diese Gedanken zu vergeben. Aber manchmal frage ich mich, ob Gott mich überhaupt hört. Manchmal denke ich, ich sollte in eine große Kirche in Siena gehen und dort eine Kerze anzünden, weil Santo Fico so klein ist und ich das Gefühl habe, meine Gebete kommen nie an. Niemand kommt mehr hierher; manchmal frage ich mich, ob Gott es noch tut? Ich weiß, es ist eine schreckliche Sünde, so etwas zu sagen, aber ich kann nicht anders ...«

Pater Elio lehnte an den kühlen Steinen und lächelte. Maria Gamboni war nicht die erste Bewohnerin von Santo Fico, die das ernüchternde Gefühl der eigenen Bedeutungslosigkeit erlebte. Er erinnerte sich an eine ähnliche Beichte – eigentlich war es keine richtige Beichte gewesen, jedenfalls nicht in einem kirchlichen Sinne. Diese Beichte lag einige Jahre zurück und war eigentlich mehr ein verspätetes Anerkennen der Wahrheit gewesen. Das Geständnis war eher zufällig eines Mittags bei Tisch herausgerutscht, als seine Nichte, Marta Caproni Fortino, endlich mit den Tatsachen über jenen unglaublichen Sommer der Wunder in Santo Fico herausrückte.

Pater Elio erinnerte sich mit Freuden an die Zeit, als Marta noch jung und unbekümmert war, Mitglied einer Viererbande, die eine seltene, besondere Freundschaft miteinander verband, weit stärker als Familien- und Verwandtschaftsgrade. Da waren Leo Pizzola und Franco Fortino – enger als Brüder und doch ständige Rivalen, die wild dazu entschlossen schienen, die Welt auf den Kopf zu stellen. Und dann war da der schüchterne kleine Guido Pasolini – Topo, oder kleine Maus, wie er auch genannt wurde –, dessen Anhänglichkeit ihn zum Sancho Pansa seiner Freunde machte. Und im Zentrum dieses glorreichen Kreises war seine zauberhafte Nichte Marta, jünger zwar als die anderen, aber weit aufgeweckter und kräftiger als andere Mädchen ihres Alters. Die vier waren unzertrennlich ... vielleicht sogar zu lange. Der alte Mann seufzte. Er wollte jetzt nicht daran denken.

Er sah immer noch das ernste Gesicht Martas vor sich, als sie ihm alles erklärte und sich vergeblich bemühte, reuig zu klingen. Wie es schien, hatten sie alle vier an einem heißen Sommernachmittag am Fuß des Kirchturms gehockt und sich die Langeweile damit vertrieben, Wege zu ersinnen, wie man an viel Geld kommen und Santo Fico verlassen könne. Wie Maria sagte, hatte Franco als Erster erklärt, Orte wie Follonica und Punta Ala machten es richtig.

»Touristen!«, rief Franco. »Santo Fico sollte etwas tun, um Touristen anzulocken.«

Marta schwor, sie habe niemanden auf krumme Gedanken bringen wollen, als sie einwandte, die anderen Städte hätten alle etwas, das die Touristen interessierte – Sehenswürdigkeiten!

»Aber Santo Fico hat auch Sehenswürdigkeiten!«, sagte Leo beinahe flüsternd. »Das Wunder und das Mysterium sind Sehenswürdigkeiten, und ich wette, Touristen würden sogar dafür zahlen, sie zu sehen.«

Nun, einige Dinge sind so offensichtlich, dass man sich fragt, wie sie so lange unentdeckt bleiben konnten, und während Leo seinen cleveren Plan weiter ausführte, konnten die anderen nur mit offenem Mund zuhören. Zuletzt wies Marta (nach eigenem Bekunden die einzige Stimme der Vernunft in diesem Kreis) darauf hin, dass noch eine weitere entscheidende Sache fehlte – Hinweisschilder! Die anderen Orte hatten Schilder entlang der Autobahn, mit denen sie vorbeifahrende Touristen auf sich aufmerksam machten.

Sie hatte Recht. Nach einem längeren gemeinsamen Schweigen war es der betrübte kleine Topo, der leise vor sich hin seufzte: »Das ist unfair. Wir sollten einfach zur Autobahn gehen und die dummen Schilder austauschen!«

Marta versicherte ihrem Onkel, nichts sei laut ausgesprochen worden, aber Leos und Francos Augen hätten sich geweitet, und die Kraft ihres stummen Entschlusses und die Gefahr eines so verwegenen Plans hätten sie und Topo geängstigt. Tatsächlich sei Topo plötzlich eingefallen, dass er seinem Vater bei irgendeiner Sache helfen wollte. Sekunden später war er verschwunden. Auch Marta hatte sich einer nicht näher bestimmten Aufgabe erinnert und war gegangen – allerdings erst, nachdem das zehnjährige Mädchen den beiden Jungen einen strengen Vortrag über Gesetz und Sünde gehalten hatte.

Leo und Franco kamen mit ihrem Plan zu Pater Elio. Die beiden Zwölfjährigen saßen bei ihm in der Küche und unterbreiteten ihm mit großem Ernst die vielen Vorzüge, Touristen die Geschichten des Wunders und des Mysteriums zu erzählen. Selbstverständlich gab er ihnen die Erlaubnis, Besucher in die Kirche zu bringen – schließlich waren die beiden seine Ministranten. Aber er setzte warnend hinzu: »Macht euch nicht zu große Hoffnungen, ihr zwei. Wenn sich tatsächlich ein Tourist in dieses Dorf verirren sollte, wäre das ein Wunder!«

Man stelle sich sein Erstaunen vor, als am nächsten Tag zwei Busladungen Reisende auf ihrem Weg nach Süden an die Riva del Sole sich plötzlich ungewollt auf der Piazza von Santo Fico wieder fanden. Pater Elio beobachtete voller Stolz, wie Franco die Gunst der Stunde nutzte, die verwirrten Besucher zu überreden, im Hotel gegenüber der Piazza zu Mittag zu essen und sich anschließend von seinem guten Freund, »dem Ministranten Leo, das Wunder und das Mysterium von Santo Fico« zeigen zu lassen.

Bis zum Ende der ersten Woche hatten sich ein halbes Dutzend Pkws und mehrere Kleinbusse auf der staubigen Piazza von Santo Fico eingefunden. Pater Elio musste sich eingestehen, diesem Wunder nicht ernst genug nachgegangen zu sein, aber es lag etwas so Faszinierendes in der Art, in der Leo seine Geschichten erzählte: Tag für Tag saß er unter den Pilgern – die dem Jungen erstaunliche Trinkgelder zusteckten – und lauschte Leos wunderbaren Erzählungen.

Den ganzen Sommer über hielt die Prozession der Touristen an, und die Jungen gaben immer einen Teil ihrer Einnahmen an die Kirche. Es war eine glückliche Übereinkunft für alle Beteiligten. Bis eines Tages im Herbst die Autos und Busse voller verwirrter Touristen, die sich auf dem Weg nach Piombino, Orbetello oder Punta Ala wähnten, plötzlich nicht mehr in Santo Fico erschienen. Pater Elio erinnerte sich, dass eines Tages ein Beamter der Kommunalverwaltung ins Dorf gefahren kam, seinen Wagen vor dem Hotel parkte und hineinstürmte. Von drinnen war anhaltendes lautes Geschrei zu hören, bevor der Kommunalbeamte wieder aus der Tür gestapft kam, in seinen Wagen stieg und davonbrauste.

Wie es schien, war jemand zur Autobahn gegangen und hatte eine Reihe Hinweisschilder ausgewechselt. Reisende, die ganz woanders hinwollten, landeten plötzlich auf dem Marktplatz von Santo Fico. Nach Dafürhalten des Kommunalbeamten, der sämtliche Schilder wieder in Ordnung bringen musste, war der wahrscheinlichste Kandidat für diese heimtückische Tat der Besitzer des einzigen Restaurants im Dorf. Später kam heraus, dass er Pater Elios Bruder, dem jungen Giuseppe Caproni, mit Gefängnis gedroht hatte, sollte er sich noch einmal an den Schildern zu schaffen machen. Der junge Giuseppe seinerseits drohte dem Beamten, ihn auf der Stelle zu entmannen, sollte er noch einmal einen Fuß in sein Hotel setzen.

Pater Elio musste lächeln, als er daran dachte, wie er zu den Jungen gesagt hatte: »Wenn irgendwer nach Santo Fico kommt, wäre das ein Wunder.« Wie hätte er ahnen können, dass sie nichts weniger im Sinn hatten als einen ganzen Sommer voller Wunder.

Mit einem plötzlichen Ruck richtete Pater Elio sich auf und hielt den Atem an. Auf der anderen Seite des Beichtstuhls hatte Maria Gamboni zu reden aufgehört. Der alte Priester hatte keine Ahnung, wo genau sie gerade stehen geblieben war, aber er hatte zweifellos etwas gehört, was seine unmittelbare Aufmerksamkeit erregt hatte. Maria Gamboni hatte ihn angeknurrt. Es war ein tiefes, grollendes, bösartiges Knurren, das ihn zutiefst beunruhigte. Er horchte angestrengt, aber im Augenblick war von drüben nichts weiter zu vernehmen als der schwere Atem der alten Frau.

Jenseits der hölzernen Trennwand lehnte auch Maria Gamboni sich vor, die Augen vor Verwunderung und einem nicht unerheblichen Maß an Furcht weit geöffnet. In all den Jahren, in denen sie Pater Elio gebeichtet hatte, konnte sie sich nicht daran erinnern, dass er sie jemals angeknurrt hätte. Doch sie hatte es ganz genau gehört – es war ein eindeutiges Knurren gewesen. Und jetzt vernahm sie nebenan weitere Geräusche.

Die alte Frau öffnete die Tür und spähte hinaus. Im trüben Licht des Kirchenschiffs entdeckte sie Pater Elio, der ebenfalls seine Tür geöffnet hatte und sie mit seltsamem Blick anstarrte.

»Entschuldigen Sie, Pater. Haben Sie … äh …«

Gerade als er ihr eine ähnliche Frage stellen wollte, war draußen vor der Kirche ein tiefes, fauchendes Grollen zu hören, das beständig lauter wurde. Pater Elio, dicht gefolgt von Maria Gamboni, eilte an den leeren Bankreihen vorbei zum Ausgang. Von welcher Bestie das bösartige Knurren auch stammen mochte, sie musste in diesem Augenblick vor dem Kirchenportal erscheinen.

Draußen empfingen sie ein Schwall heißer Luft, blendendes Sonnenlicht und der Anblick eines blauweißen Ausflugsbusses, der sich gerade den letzten steilen Anstieg zum Marktplatz von Santo Fico hochquälte. Mit schmerzvoll knirschendem Getriebe und panisch aufheulendem Motor bog das kümmerliche Gefährt um die Ecke und fuhr an der Kirche vorbei. Der Bus schien längst vergangenen Zeiten anzugehören. Er war viel zu breit und zu hoch, hatte übertrieben große Fenster und besaß nur ein Drittel der üblichen Länge. Von den Kirchenstufen aus blickten Pater Elio und Maria Gamboni ungläubig in die leeren Augen von einem Dutzend verängstigter Reisender, eingesperrt hinter staubigen Busfenstern.

Der kleine Bus zog langsam eine Erkundungsrunde um die Piazza und den trockenen Brunnen in deren Mitte. Einst war der Marmorbrunnen das Schmuckstück des kleinen Platzes gewesen. Der Brunnenaufbau war aus weißem Marmor und wurde von einem lächelnden Cherub mit einer Art Krug gekrönt, aus dem sich ein endloser Strahl Wasser in das umgebende Becken ergossen hatte. Aber der unerschöpfliche Krug war seit Jahren versiegt, und das einzige Wasser, das den Brunnen jetzt noch zierte, kam an regnerischen Tagen vom Himmel. Heutzutage diente das Baudenkmal allenfalls noch verirrten Bussen als Wendeplatz oder als Sitzbank für alte Männer.

Im Augenblick hockte ein einzelner alter Mann auf der Brunnenkante und verfolgte den ihn wie ein Karussell umkreisenden Bus. Zu seinen Füßen lag ein dürrer grauer Hund, der neugierig den Kopf hob, als der Bus in einer Wolke aus Staub und Dieselabgasen vorbeirauschte. Der alte Mann kratzte sich die weißen Bartstoppeln und entschied offenbar, ein Gruß wäre angebracht, woraufhin er den Gästen freundlich zuwinkte. Der graue Hund sank zurück in den Schlaf.

Von ihren Logenplätzen hinter den sonnenerhitzten Scheiben bot sich den Besuchern während der Umrundung des Dorfplatzes ein ausgezeichneter Blick auf sämtliche Höhepunkte von Santo Fico. Zuerst kam natürlich die heilige Kirche von Santo Fico, auf deren Stufen ein alter Priester mit wild zerzausten weißen Haaren und einem verwirrten Lächeln stand, das wie sein Haar anhaltendes Erstaunen zu signalisieren schien. Wie traurig, dachten die Beobachter, dass der alte Pfarrer mit einem solchen Buckel geschlagen war, doch bei näherem Hinsehen zeigte sich, dass zwei verängstigte Augen aus dem Buckel blinzelten. Pater Elio war kein besonders stattlicher Mann, aber Maria Gamboni war noch kleiner und obendrein dürr wie eine Bohnenstange. Und da beide die gleiche schwarze Kleidung trugen und die alte Frau in dem Augenblick wie ein Geschwür an seinem Rücken klebte, war der Irrtum verständlich.

Der Bus setzte seinen weit ausholenden Linksbogen fort und steuerte auf das neueste Gebäude von Santo Fico zu – den Palazzo Urbano. Vor der letzten Jahrhundertwende als Sitz der Kommunalverwaltung gebaut, stand der verblichene und renovierungsbedürftige Palazzo jetzt leer. Die meisten Fensterläden waren verschlossen, und offenbar hatte seit Jahren niemand an einen neuen Anstrich gedacht. Ein kleiner Raum im Parterre blieb als Poststelle für den ungeliebten jungen Mann geöffnet, der dienstags und freitags von Grosseto heraufkam.

Der Rest der kurzen Rundtour um die kopfsteingepflasterte Piazza bestand aus einem Blick auf zusammengewürfelte kleine Häuser und Läden, die sich die halsbrecherisch steilen Hänge des Dorfes hinabzogen. Die meisten Häuser von Santo Fico klammerten sich mit aller Gewalt an die zerklüfteten Felsen über dem Meer, und viele der alten Gebäude schienen sich genau wie die gerade eingetroffenen Besucher überrascht zu fragen: Wie um alles in der Welt bin ich hierher gelangt?

Sekunden später kam der Bus mit quietschenden Bremsen vor einer hübschen alten Villa zum Stehen, und die Tour war beendet. Ein wettergegerbtes Schild über dem Eingang zum Innenhof der Villa verkündete in kunstvollen Buchstaben aus verblichenem Rot, Gelb und Grün, dass man das Albergo di Santo Fico betrat. Mit einem dankbaren Seufzer kam der Motor zur Ruhe, und im Dorf war es wieder still, bis auf einen in der Ferne bellenden Hund, der seinen persönlichen Protest fortsetzte. Glänzende Touristengesichter spähten durch die Scheiben, als hätte es sie unerwartet auf die dunkle Seite des Mondes verschlagen. Obwohl sie keine Ahnung hatten, wo sie sich befanden, konnte man ziemlich sicher sein, dass dieser Ort in ihren bunten, doppelt gefalteten Hochglanzbroschüren nicht verzeichnet war.

Auf den Kirchenstufen verlor die Neuigkeit des eintreffenden Busses rasch das Interesse von Maria Gamboni. Für sie war es Zeit, ihre Buße auferlegt zu bekommen.

»Ich denke, fünfzig müssten für heute genug sein, Pater. Was meinen Sie? Sind Sie auch für fünfzig?«

Pater Elio spürte ihr hartnäckiges Ziehen an seinem Ärmel, aber er war zu sehr mit dem Bus beschäftigt. Was wollte dieser Bus hier? Natürlich hatte er sich verfahren, aber es war trotzdem seltsam, dass sich nach so vielen Jahren wieder ein Bus hierher verirrt hatte. Noch dazu, wo Leo Pizzola vor gerade sechs Wochen nach Santo Fico zurückgekehrt war – ein verdächtiger Zufall, dachte er. Im nächsten Moment stellte er sich die drohend geschwungenen Zeigefinger und die unseligen Prophezeiungen vor, die er bis zum Abend über sich ergehen lassen durfte – und alles nur wegen Leo Pizzolas Rückkehr.

Seit er wieder da war, verbreiteten sich Gerüchte und Spekulationen über das, was Leo Pizzola als Nächstes anstellen würde, schneller als ein Lauffeuer. Geschichten von Skandal und Unheil sind immer ein gefundenes Fressen, und die Dorfbewohner liebten die Diskussion über diese Gerüchte, als wären es Omen. Selbst in den besten Zeiten lieferten schon kleinste Zwischenfälle den vierhundertsiebenunddreißig Bewohnern Stoff für ein Tagesgespräch. Warum auch nicht? Eine Zeit lang hatte Santo Fico das Verstreichen der Jahrzehnte nur widerwillig eingestanden, und die zweite Hälfte des zwanzigsten Jahrhunderts war nur gelegentlich zu Besuch gekommen – und dann meistens nur, so wie dieser Reisebus, durch einen Irrtum. Die Bewohner von Santo Fico beschäftigten sich nicht länger mit so belanglosen Dingen wie der Zukunft. Sie hatten Besseres zu tun – etwa einen lauen Abend mit einem Freund, einem Glas Wein und Dominosteinen am Terrassentisch zu verbringen und über den Wind und Wolkenformationen zu reden oder auch am offenen Fenster zu sitzen und zu beobachten, wie ferne Gewitter das Blau des Tyrrhenischen Meeres veränderten.

Schließlich musste Pater Elio doch dem hartnäckigen Zerren an seinem Ärmel nachgeben, also strich er leicht über Marias knochige Hand und sagte: »Nein, fünfzig sind zu viele. Es ist viel zu heiß. Zehn sind genug.«

»Na gut, zwanzig. Aber nicht mehr als zwanzig.«

Während er Maria zurück in die Kirche lotste, wo sie die nächste Stunde jeden reinigenden Moment ihrer Buße genießen konnte, warf Pater Elio noch einen kurzen Blick über die Piazza zu dem Ungetüm, das vor dem Hotel seiner Nichte parkte. Ihm gefiel die Vorstellung, dass die Touristen zu Mittag blieben. Es bedeutete, dass Marta ihre Speisekarte erweitern würde, und der Gedanke ließ ihm das Wasser im Mund zusammenlaufen.

In dem Augenblick kam eine drahtige kleine Gestalt die Straße hinaufgerannt, über die soeben der Bus gefahren war. Pater Elio fiel einmal mehr auf, wie passend Guido Pasolinis ewiger Spitzname war. Es war mehr als nur Topos kurze Statur und schmächtige Gestalt. Es war vor allem sein Gang; die Art, in der er sich mit seltsam ruckenden Bewegungen vorwärts bewegte, wenn er aufgeregt war. Man konnte es nicht direkt als Rennen bezeichnen, eher vielleicht als Flitzen – eben wie eine aufgeregte kleine Maus.

Guido Pasolini bemerkte nicht, dass Pater Elio ihn quer über die Piazza hinweg beobachtete. Als der aufgekratzte kleine Topo das Hotel erreichte, war er gefährlich außer Atem. Er war gut einen Viertelkilometer bergauf gerannt, und seine dünnen Beinchen vermochten ihn kaum noch zu tragen. Aber Guido Pasolini gehörte nicht zu der Sorte, die eine Gelegenheit ungenutzt verstreichen lassen, und von dem

Moment an, als er das Geräusch des sich nähernden Dieselmotors hörte, war er hellwach. Als der Bus an der offenen Tür von Pasolinis Reparaturwerkstatt vorbeirumpelte, hatte er in Sekundenschnelle Signora Morellos defekten Plattenspieler aus der Hand gelegt, seinen Hut geschnappt und war blitzschnell aus der Tür gesprungen. Jetzt, da er sich mit wackeligen Beinen und hechelndem Atem dem blau-weißen Bus näherte, gab er sich alle Mühe, möglichst desinteressiert zu wirken.

Lässig am Bus vorbeischlendernd, wusste Guido ganz genau, dass die Insassen jeden Moment aussteigen mussten, und gute Gelegenheiten verstreichen schnell. Flinken Schrittes eilte er über die Terrasse und verschwand in der Eingangstür des Albergo di Santo Fico.

2

Die Stille der leeren Eingangshalle machte Guido nervös, und er verspürte den Drang, zur Toilette zu müssen. Es war mehr als nur die begründete Furcht vor der Gastwirtin, Marta Caproni Fortino. Es war auch das Hotel selbst. Die hohen Decken und die bunten Bodenfliesen erinnerten eher an ein großes Anwesen oder ein bedeutendes Museum, und die prächtigen Räume gaben ihm immer das Gefühl, irgendwie am falschen Ort zu sein.

Einst war das Albergo di Santo Fico ein prachtvolles Gebäude gewesen, das zusammen mit der Kirche das Dorf für Jahrhunderte beherrscht hatte. Die Villa befand sich seit ewigen Zeiten im Besitz der Familie Caproni – zumindest konnte sich niemand daran erinnern, dass es je anders gewesen war. Der Legende nach war die Villa einst als Sommersitz für Cosimo de Medici gebaut worden, aber der Großherzog glaubte, das Anwesen werde vom Geist seiner verstorbenen Frau Eleonora heimgesucht, und hatte dort nie gewohnt. Wann und auf welchen Wegen es in den Besitz der Familie Caproni gelangte, verliert sich im Lauf der Geschichte und dunklen Legenden.

Wie dem auch sei, verlässliche Erinnerungen reichen lediglich zurück bis ins Jahr 1873, als der alte Giuseppe Caproni (Pater Elio Capronis Vater und der Großvater von Marta Caproni Fortino) beschloss, den im Verfall begriffenen Familienbesitz in eins der edelsten Hotels entlang der Toskana-Küste umzubauen. Es lag zwar am weitesten abgelegen, aber das Albergo di Santo Fico besaß eine einmalige Lage an der Piazza, gleich an der Einmündung zweier bedeutender Straßen. Die schmalere Straße führt um das Hotel herum und wird dann zu einer engen, kopfsteingepflasterten Gasse, die sich hinab zum Meer schlängelt. Ihre eine Seite wird gesäumt von den gekalkten Fassaden der Läden und Wohnhäuser mit Terrakotta-Dächern und bunten Fensterläden, während auf der anderen Seite eine niedrige Steinmauer die Unachtsamen oder Beschwipsten davor bewahrt, die Klippen hinunter bis zum Hafen zu stürzen.

Noch bedeutender aber ist die zweite Straße gleich gegenüber dem großen Eingangsportal des Hotels – die Straße, die sich soeben der Bus, begleitet von einem Chor geflüsterter Gebete und Flüche, hinaufgeschraubt hat. Sie war vor Jahrhunderten von Hand in den steinigen Fels der Küste geschlagen worden und führt von Santo Fico aus weiter ins Inland, zum Fluss Ombrone und von dort weiter nach Grosseto und dem Rest der Welt.

Damals hatte der alte Giuseppe Caproni für Santo Fico eine große Zukunft vorausgesehen. Er prophezeite, eines Tages würden Pilgerzüge aus ganz Italien nach Santo Fico kommen, nur um das Wunder und das Mysterium ihrer kleinen heiligen Kirche zu sehen. Das Albergo di Santo Fico würde dann zu einer Goldmine – wenn nur erst die Regierung die verdammte Straße durch den Fels verbreitert hätte. Aber die östliche Zufahrtsstraße, die sein Hotel mit der Welt verbinden sollte, wurde niemals verbreitert, und die Autobahn kam nie näher als siebzehn Kilometer an Santo Fico heran. Viele sagten, die Tragödie von Santo Fico sei daran abzulesen, wie wenig sich an der Straße in vierhundert Jahren verändert hatte. Aber für die meisten lag all das zu lange zurück, um sich noch daran zu erinnern. Zuletzt hatte das Dorf seine Träume einfach aufgegeben, sich damit abgefunden, dass man seine Chance verpasst hatte, und sich im behaglichen Vergessen eingerichtet.

Manchmal jedoch erhält selbst das entlegenste Dorf eine Chance, und an diesem besonderen Morgen war Guido Pasolini sich sicher, dass sie draußen vor der Tür parkte – und dass die Zeit lief. Er eilte durch die Eingangshalle geradewegs in den Speisesaal. Es überraschte ihn nicht, niemanden vorzufinden, aber zur Sicherheit rief er einmal laut in den Raum.

»Marta …«

Stille.

Er spähte durch die geöffnete Eingangstür auf die Terrasse und sah, wie die Touristen im Bus sich wie erwartet zum Aussteigen fertig machten. Der dröhnende Dieselmotor hatte den meisten Dorfbewohnern die Ankunft des Busses mitgeteilt, und Guido wusste, dass der Platz sich in Kürze mit neugierigen Nachbarn füllen würde. Ebenso war er sich der Gefahr bewusst, wenn er sich ohne direkte Aufforderung in die Küche hinter dem Restaurant wagen würde, aber blieb ihm denn eine andere Wahl? Wenn er Marta als Erster von der Ankunft der Fremden berichten wollte, musste er sich beeilen. Es könnte etwas für ihn herausspringen, vielleicht ein Mittagessen. Vorsichtig schritt der kleine Mann durch die

Schwingtür zum Speisesaal und betrat die verbotene Küche.

Auf einem großen Herd standen zwei dampfende Wassertöpfe kurz vor dem Kochen, und es roch nach frischem Knoblauch, Basilikum, Zwiebeln und Oregano. Die Tür zum Garten stand offen, genau wie sämtliche Fenster. Der Boden war noch feucht vom Wischen, was den gebrannten Tonfliesen ein noch tieferes Rot verlieh.

»Huh-huh ... Ist da wer?«, versuchte er freudig zu rufen, brachte aber kaum mehr als ein lautes Flüstern zustande. Der Raum war leer.

»Marta ... Haa-llo ...«

Stille.

Seine Vorsicht war klug. Marta Caproni Fortino hatte strenge Regeln, was Unbefugte in ihrer Küche betraf, Kindheitsfreunde nicht ausgenommen.

»Marta ...?« Diesmal ein bisschen lauter.

»Topo! Was machst du hier hinten?«

Die Stimme erklang scharf von oben herab in seinem Rücken und ließ Guido auf der Stelle herumfahren. Von der obersten Stufe der Treppe, die von der Küche zu den Privaträumen der Familie hinaufführte, blickte eine junge Frau leicht irritiert zu ihm hinab, während sie ihr dichtes schwarzes Haar nachlässig mit einem gelben Tuch zusammenband.

Immer wenn Guido Carmen Fortino sah, die ältere von Martas Töchtern, stockte ihm für einen Moment der Atem. Es waren nicht nur ihr üppiges schwarzes Haar, ihre glatte olivfarbene Haut oder ihre dunklen Augen, die ihn zu durchbohren schienen, auch nicht ihre roten Lippen, die ganz ohne Lippenstift auskamen. Es war nicht die Art, in der ihr voller Mund ihn stets anzulächeln oder zu verspotten schien –

was, war ihm letztlich egal. Es war nicht allein ihr stolzer Gang oder die Art, in der ihre sanften Kurven sich gegen den Stoff ihrer Kleidung schmiegten. Alle diese Dinge sorgten gewiss dafür, dass sein Mund austrocknete und sein Magen sich zusammenzog, aber darüber hinaus hatte ihr Auftreten beinahe etwas Mystisches. Ihre Mutter, Marta, übte den gleichen Zauber auf ihn aus, wie schon in den Tagen ihrer Kindheit. Genau genommen waren es nicht nur Marta und Carmen. Es waren alle schönen Frauen. Schöne Frauen vermittelten Guido stets ein Gefühl der eigenen Bedeutungslosigkeit, aber auch der Freude darüber, am Leben zu sein.

Carmen wusste, welche Wirkung sie auf den lustigen kleinen Topo hatte, und sie genoss sie. Im Grunde hatte sie diese Wirkung auf fast alle Männer, aber bei Guido war es noch deutlicher, und sein Maß an Verehrung hatte etwas geradezu Rührendes. Zum ersten Mal hatte sie mit fünfzehn von dieser Macht erfahren. Es hatte etwas damit zu tun, wie gewisse Jungen, die bis dahin immer so vorlaut, ja sogar grausam gewesen waren, mit einem Mal angefangen hatten zu stottern. Plötzlich konnten sie ihrem Blick nicht mehr standhalten, aber in dem Moment, in dem sie sich umdrehte, spürte sie praktisch die Hitze ihrer Augen auf ihrem Rücken. Nach einigen Monaten der Verwirrung und Beängstigung erkannte Carmen, dass sie Sirenen-Kräfte entwickelte. In den vergangenen zwei Jahren hatte sie ihre Künste erprobt, und manchmal, so wie jetzt mit Topo, spürte sie, dass ihre Fähigkeiten die ihrer Mutter bereits überstiegen.

Mit erhobenen Armen, die jetzt sehr bewusst das gelbe Tuch um das schwarze Haar banden, schritt Carmen langsam die Treppe hinunter. Sie wusste, es ginge auch schneller, aber sie konnte dem hilflosen Ausdruck auf Topos nach oben starrendem Gesicht nicht widerstehen, und sie gab ihren Bewegungen etwas leicht Hüpfendes, als sie bedächtig Stufe um Stufe nahm. In ihrer Stimme lag ein leicht vorwurfsvoller Ton.

»Du weißt doch, meine Mutter duldet niemanden in der Küche.«

»Gewiss doch. Ich weiß ... Entschuldige. Ich suche nach ihr ... deiner Mutter. Es ist wichtig. Wo ist sie?«

Guido kam es so vor, als schritte Carmen die Treppe in Zeitlupe hinunter, und dann die Art, in der sie ihm leicht vorwurfsvoll lächelnd direkt in die Augen blickte, und ihre Hände, die langsam das gelbe Tuch in das schwarze Haar banden – alles war wie eine Szene aus einem Film. Sonnenlicht fiel durch eins der Fenster und wurde von dem dünnen Wasserfilm auf den frisch gewischten Fliesen reflektiert. Das Licht prallte vom Boden ab und hüllte Carmen in einen goldenen Schleier, und Guido dachte nur: Das ist reiner Zeffirelli ...

Plötzlich ertönte hinter ihm eine verärgerte Stimme und riss Topo aus seinen Träumen, als hätte er einen Klaps auf den Hinterkopf bekommen.

»Topo! Was hast du in meiner Küche zu suchen? Carmen, warum bist du nicht im Speisesaal?«

Carmens Ausdruck erstarrte blitzschnell. Im Nu war das gelbe Tuch gebunden, und sie war die Treppe hinunter. Guido drehte sich um und blickte in die funkelnden Augen von Marta Caproni Fortino, die gerade mit einem Korb voller Gemüse aus dem Garten kam. Ihre große Gestalt stand im Türrahmen, und ihre Haut glänzte von Schweiß. Ihr dichtes schwarzes Haar ließ sich unter dem roten Kopftuch nur mühsam bändigen. Wie Carmen besaß Marta den brütenden Ausdruck der meisten Caproni-Frauen – dunkle Augen und hohe Wangenknochen, einen kräftigen Kiefer, eine schmale Nase und jenen samtweichen olivfarbenen Teint. Aber Marta war größer als ihre beiden Töchter und hatte im Gegensatz zu ihnen den durchtrainierten, sinnlichen Körper einer Athletin. Sie dort im blendend weißen Sonnenlicht stehen zu sehen, vertrieb Guido jeden Gedanken an eine entzückende Zeffirelli-Nymphe. Marta war ein irdisches Wesen, mit unterdrückten Leidenschaften, die eher zu einem Schwarz-Weiß-Film passten – zu De Sica oder Rossellini.

»Die Tische müssen eingedeckt werden. Sofort.«

»Bin schon unterwegs«, erwiderte Carmen gleichgültig und schritt betont langsam zur Tür.

Als einziger Junge unter fünf Schwestern hatte Guido schon früh ein genaues Gespür für die spannungsgeladenen, unausgesprochenen Konflikte entwickelt, die sich oft zwischen Mutter und Tochter abspielen. An seiner Mutter und den Schwestern hatte er beobachtet, dass diese Spannungen gewöhnlich daher rührten, weil die Frauen sich so ähnlich waren. Und er wusste auch, wenn er dies jetzt hilfsbereit gegenüber den beiden Frauen einwenden würde, wären beide über den Vergleich mit der jeweils anderen so aufgebracht, dass sie sich umgehend gegen ihn verbünden und ihn auf der Stelle in Grund und Boden stampfen würden – also hielt er lieber den Mund. Aber in seinem Kopf waren Carmen und Marta wie zwei Biegungen ein und desselben Flusses. Der Unterschied bestand darin, dass Carmen ihren Platz näher zur Quelle hin hatte, wo die Schluchten noch steil sind und der Fluss jung und ungestüm ist. Ein junger Fluss ist lebhaft und schnell, er schießt aufbrausend durch steinige Felsspalten, als könne er die nächste Windung seines Laufs nicht abwarten. Ein junger Fluss kümmert sich nicht um sein Ziel. Er weiß nur, dass er immer weiter fort muss, und jede neue Biegung und Schleife erscheint ihm wie ein Versprechen. Marta war der gleiche Fluss, nur breiter und tiefer. Er hatte schon mehr auf seinem Lauf erlebt und genügend unerwartete Biegungen und Krümmungen mitgemacht, um noch länger auf das Versprechen der nächsten Windung zu hoffen. Der Fluss trieb einfach dahin. Seine Wasser schienen glatt und unbewegt, aber wer die Oberfläche nur genau genug betrachtete, bemerkte Strudel und Wirbel, die signalisierten: Diese Wasser sind tief und unsicher. Unter dieser unbewegten Oberfläche lauern Gefahren – scharfkantige Baumstümpfe und spitze Felsen und Unterströmungen, von denen man sich besser fern hält. Nur ein Dummkopf würde sich kopfüber in diese dunklen Wasser stürzen.

»Ist deine Schwester schon mit dem Brot vom Bäcker zurück?«

»Nein«, kam die schnippische Antwort, mit der Carmen in den Speisesaal verschwand.

Als Martha an ihm vorbeilief, um den Korb auf die Anrichte zu stellen, roch Guido den Duft ihrer Seife. Es war Lavendel, und während er den Duft tief einsog, musste er heimlich lächeln. Ihm wurde bewusst, dass Carmen trotz all ihrer Verführungskraft bloß ein Abzug des Originals war. Carmen war bezaubernd, aber noch so jung und unreif. Ihre Mutter war eine Frau. Alles an ihr war natürlich und echt – ihre Schönheit, ihre Anmut, ihre Sinnlichkeit, ihre Leidenschaft, ihre Launen und ihre Bitterkeit. Sie spielte niemals bloß mit ihm oder ließ ihn klein und ungehobelt erscheinen. Natürlich gab sie ihm auch niemals das Gefühl, besonders willkommen zu sein, aber das war nicht weiter schlimm.

»Ich habe zu tun, Topo. Was gibt's?«

»Ich wollte dich nur warnen – ein Reisebus steht vor der Tür.«

»Ich weiß. Ich habe ihn bereits von oben gesehen, als er sich noch den Berg hinaufmühte.«

»Der wird sich verfahren haben.«

»Ganz bestimmt«, erwiderte sie und pickte gleichgültig ein paar Tomaten aus dem Korb. »Also, was willst du?«

»Ich wollte es dir bloß sagen. Sie wollen vielleicht zu Mittag essen.«

Marta unterbrach das Waschen der Tomaten und starrte ungläubig auf den kleinen Kerl, der erwartungsvoll ihre Schulter anstrahlte. Sein Lächeln war wie eine Entschuldigung, aber seine dunklen, eng beieinander liegenden Augen waren voller Hoffnung.

»Du bist den ganzen Weg hierher gerannt, bei dieser Hitze, bloß um mir das zu sagen?«

Guidos dümmliches Grinsen wurde noch breiter, und seine Wangen liefen rot an. Er zuckte mit den Schultern und kam sich wie ein Idiot vor, wie üblich. Nach einem kurzen Moment wandte Marta sich wieder ihren Tomaten zu. Das war's. Die Audienz war offenbar vorbei. Guido wusste nicht, wie er sich mit einem Rest an Würde davonstehlen konnte, und während die Stille immer peinlicher wurde, traf ihn die Gewissheit der eigenen Dummheit mit solcher Kraft, dass eine Hitzewelle sich über Wangen und Hals bis zu den Zehen ausbreitete. Schließlich erlöste ihn Marta aus seiner Verlegenheit.

»Na, dir ist bestimmt heiß.« Im nächsten Moment rief sie über die Schulter in den Speisesaal: »Carmen, bring Topo ein Glas Wein.«

Guido lief durch die Küche in den Speisesaal. »Oh, nicht doch. Das ist wirklich nicht nötig.« Dabei hatte er auf eine Einladung zum Mittagessen spekuliert.

»Geh nur. Ich habe eine Menge zu tun.«

Was zweifellos stimmte. Dies war die größte Mittagsgesellschaft, die das Hotel seit Monaten gesehen hatte. Und es würde nicht bei den verwirrten Touristen bleiben, sondern auch die neugierigen Dorfbewohner würden sich einfinden, um die verwirrten Touristen zu begaffen. Sie hatte wirklich alle Hände voll zu tun, und Nina sollte schon längst mit dem Brot zurück sein.

Im kühlen Speisesaal unterbrach Carmen für einen Moment das Eindecken der Tische mit gefalteten Servietten und Besteck, um hinter der Marmorbar zu verschwinden und ein Glas Rotwein einzuschenken. Guido bemerkte, dass die Hand des jungen Mädchens beim Einschenken des Chianti leicht zitterte und sie unruhige Blicke in die leere Eingangshalle warf.

»Hier, Topo. Und jetzt steh nicht weiter im Weg herum.« Sie reichte ihm das Glas mit einem nervösen Lächeln, das ihm bedeutete, sie hätte jetzt keine Zeit zum Flirten, aber später vielleicht.

Er nickte und überflog schnell den leeren Saal. Draußen waren bereits die lärmenden Stimmen der Touristen zu hören, die gerade die Eingangshalle betraten. Nachdem er den Ausblick von sämtlichen Hockern und Stühlen an der Bar oft genug getestet hatte, entschied er sich für einen Platz am hinteren

Ende im Halbdunkel, von wo aus sich das Geschehen am besten beobachten ließ.

Es begann langsam, in der zögerlichen Weise aller vom Weg abgekommenen und verunsicherten Fremden, die Angst haben, den falschen Ort zu betreten. Schließlich aber begann sich der Raum mit einem Dutzend schwitzender, schlurfender Personen mittleren bis fortgeschrittenen Alters zu füllen, die dem alten Giuseppe Caproni dankbar waren für seine kühlen Bodenfliesen und Steinwände. Sie gingen zu Tischen und Stühlen und ließen sich schwerfällig niedersinken.

Ihr wohlbeleibter junger Führer hatte weniger Glück – er hatte noch eine Menge zu tun. Er lächelte seine finster dreinblickende Truppe an und sagte … na ja, er sagte irgendetwas. Guido hatte keine Ahnung, was der Führer genau sagte, aber zwei Dinge bekam er doch mit: erstens, dass viele seiner Worte wie Englisch klangen, und zweitens, dass, was auch immer er sagte, seine Erklärungen bei seinen Schützlingen wenig Eindruck hinterließen. Der dickbäuchige Reiseleiter litt unter einer Hitze, die weit über die Temperaturen eines toskanischen Sommers hinausging. Der arme Kerl befand sich Meilen entfernt von seinem eigentlichen Zielort, in einem Dorf, das er nicht kannte, mitten in einer Hitzewelle mit einem Trupp unzufriedener Engländer am Bein, wobei nur er von der brenzligen Lage ihrer Benzinvorräte wusste. Warum nur war er an der letzten Tankstelle hinter Grosseto einfach vorbeigefahren?

Der Bus hatte natürlich eine falsche Abzweigung genommen, als der unerfahrene Führer und Busfahrer in einer Person eine Abkürzung zwischen Grosseto und Piombino gesucht hatte. Als er seinen Fehler bemerkte, war es bereits zu spät. Die schmale östliche Zufahrtsstraße nach Santo Fico verwandelt sich unversehens in einen quälenden Aufstieg entlang schroffer Kalksteinfelsen auf der einen und jäh zum Meer hin abfallender Klippen auf der anderen Seite. Und um den Kummer so vieler unschuldiger Kraftfahrer noch zu komplettieren, gibt es auf der ganzen Strecke keine einzige Wendemöglichkeit. Ahnungslose Fahrer müssen entweder einige Kilometer im Rückwärtsgang bis zum Anstieg der Felsen zurückfahren oder ihre Fahrt fortsetzen und beten, dass irgendwo eine breitere Stelle kommen wird, bevor ihnen das Benzin ausgeht oder die Straße zu Ende ist. Die Verzweiflung und die Furcht vor möglichen Gefahren, die hinter jeder neuen Haarnadelkurve auf sie lauern könnten, ist so groß, dass die meisten Reisenden, wenn sie schließlich auf dem malerischen Felsplateau von Santo Fico eintreffen, einfach nur dankbar sind. Und genauso war es auch mit den Touristen und ihrem geplätteten Führer.

Carmen beobachtete die ältliche Versammlung aufgedunsener englischer Leiber und leerer rosiger Gesichter, als der arme Führer mit dem loslegte, was er für eine flotte Rede hielt. Für ein siebzehnjähriges Mädchen, das zu lebenslanger Haft in Santo Fico verurteilt ist, war das wahrhaftig nicht die Art von Invasion aus der Welt da draußen, von der sie träumte. Der Mann hatte noch keine zwei Worte gesprochen, als Carmen die Stirn runzelte, sich auf der Stelle umdrehte und zurück in die Küche marschierte. Was der Führer jetzt am allerwenigsten brauchte, war eine schnippische Kellnerin, die ihn obendrein noch beleidigte. Seine Geduld mit diesen aufgeblasenen Engländern war bereits gefährlich erschöpft. Außerdem wünschte er, der unscheinbare Kerl am hinteren Ende der Bar würde endlich aufhören, ihn anzustarren.

Guido seinerseits genoss Carmens stolzen Auftritt. Ihm gefiel die hochnäsige Art nicht, mit der der Fremde das Mädchen angesprochen hatte. Der Führer lehnte an der Bar und lächelte Guido zu.

»Sie ist hübsch.«

Guido nickte.

»Kommt sie wieder?«

Guido zuckte die Schulter.

»Wissen Sie, wie weit es bis Follonica ist?«

Guido schüttelte den Kopf und nippte an seinem Wein. Tatsächlich wusste er die genaue Entfernung, aber er hatte keine Lust, dem Typen auch nur irgendetwas zu sagen – nicht, nachdem er den ganzen Berg hinaufgerannt war und bloß ein lausiges Glas Wein bekommen hatte. Zur Hölle mit ihm! Außerdem wollte er sehen, wie diese aufgeblasene Wurst auf Marta reagierte – und er wurde nicht enttäuscht. Er wusste, ohne sich umzudrehen, als Marta eintrat. Wenn der Reiseleiter Carmen attraktiv fand, so war er von Martas Sinnlichkeit und dem betörenden animalischen Flackern der Gefahr in ihren dunklen Augen völlig in Bann geschlagen. Guido hatte es sein Leben lang mitbekommen.

Für Marta war die missliche Lage des Reiseleiters nichts Unbekanntes. Rasch übernahm sie das Kommando und sorgte für einen glatten und reibungslosen Ablauf des Geschäfts. Er brauchte dreizehn Mittagsmahlzeiten. Sie brauchte dafür vierzig Minuten. Man vereinbarte einen Preis. Er fragte nach Dieselbenzin. Sie empfahl ihm einen Gang hinunter zum Hafen, wo einer der Fischer ihm vielleicht etwas verkaufen könnte. Dann, gerade als Marta sich zur Küche umwandte, stellte der Führer eine Frage, die Guido aufhorchen ließ.

»Gibt es irgendetwas Sehenswertes hier im Ort? Etwas, mit dem wir uns die Zeit vertreiben könnten?«

Marta sah ihn einen Moment lang an, bevor sie fast beiläufig antwortete: »Nein, nichts wirklich Sehenswertes.«

Dann bemerkte sie Guido in der hinteren Ecke. Ihn hatte sie ganz vergessen. Da sie nicht sicher war, ob er den letzten Teil ihrer Unterhaltung mitbekommen hatte, deutete sie auf sein leeres Glas.

»Möchtest du noch eins, Topo?«

Guido grinste breit und schüttelte den Kopf. Marta ging zurück in die Küche.

Ihm gefiel es, dass Marta ihn Topo nannte. Es machte ihn zu etwas Besonderem. Die beiläufige Art, in der sie es sagte, bestärkte seine eigene Wahrnehmung des lebenslangen Spitznamens. Es hatte nichts mit seiner kleinen Statur oder seinen mausähnlichen Eigenschaften zu tun. Für ihn war es ein Kosename und ein Hinweis auf seine Gewieftheit. Er war völlig gleichgültig gegenüber der Tatsache, dass seine schmale Nase ein bisschen zu lang und zu gebogen, sein Kinn ein bisschen zu spitz, der Abstand seiner großen braunen Augen ein bisschen zu eng, sein Mund ein bisschen zu schmal war und dass seine Schneidezähne ein bisschen zu weit vorstanden. Manchmal, wenn er bei genau dem richtigen Licht zugleich lächelte und die Nase rümpfte, hätte man schwören können, er habe soeben irgendwo Käse gerochen.

In diesem Moment allerdings roch Topo auf seinem Platz am Ende der Bar etwas ganz anderes, nämlich Geld. Und warum auch nicht? War er nicht einer der Schöpfer von »Die Sagen des Wunders und des Mysteriums« – praktisch auf einer Stufe mit Leo Pizzola und Franco Fortino? Tatsächlich müsste Leo Pizzola, würde er gedrängt werden, zugeben, dass ein Großteil des ursprünglichen Plans von Guido stammte. Oder doch etwas davon … Oder zumindest ein ganz kleines bisschen. Jawohl, wenn es um Tapferkeit und kluge Ideen ging, waren er und Leo von gleichem Schrot und Korn. Und bewiesen wurde es, einmal mehr, durch die Geburt der einmaligen Idee, die sich da gerade in seinem Kopf zusammenbraute.

Wie hätte er vorhersagen können, welche furchtbaren Ereignisse er mit seiner einmaligen Idee in Bewegung setzen würde? Wie hätte er ahnen können, dass ein so unschuldiger, harmloser Gedanke dazu beitragen würde, aus ihm einen Kriminellen zu machen – einen Meisterdieb? Wer hätte vorhersehen können, dass eine so unscheinbare Vorstellung die Welt dermaßen auf den Kopf stellen konnte?

Im Augenblick jedenfalls kam ihm sein einfacher kleiner Plan ganz ausgezeichnet vor, narrensicher und wasserfest. Wie konnte er nur so kurzsichtig gewesen sein? Sich ein freies Mittagessen zu erhoffen! Was war nur in seinem Kopf vorgegangen? Wo war sein Verstand geblieben? Leo Pizzola war wieder da! Es wäre wieder wie zu alten Zeiten!

Topo stieß sich von der Bar ab, schnappte seinen Hut und war zur Tür hinaus. Er wusste, was er zu tun hatte. Er musste Leo Pizzola finden – und zwar schnell.

3

Topo gab sich alle Mühe, der Schwerkraft zumindest einen Schritt voraus zu sein, als er in Windeseile die steile, im Norden des Dorfes gelegene Küstenstraße hinunterjagte. Niemand konnte sagen, Guido Pasolini würde eine Chance nicht erkennen, wenn sie ihm in den Schoß fiel, und in Gedanken kalkulierte er bereits, wie viel Geld sich aus seinem Plan herausschlagen ließe. Leider hatte er nicht die leiseste Ahnung, wie viel man nehmen konnte. Das war ein Gebiet, auf dem Leo Pizzola glänzte – zumindest hatte er das früher. Natürlich würde Leo nach so vielen Jahren ein wenig eingerostet sein.

Topo kam zu einem unscheinbaren Durchbruch in der alten Steinmauer entlang der Straße. Das Loch in der Wand mochte früher einmal ein schmuckes Tor beherbergt haben, aber jetzt war es lediglich eine Lücke im Unterholz. Er versuchte die Kurve zu kriegen, aber seine Geschwindigkeit hatte inzwischen im Verbund mit der Schwerkraft ein unerwartetes Trägheitsmoment entwickelt, das ihn geradewegs von der Straße katapultierte. Wie ein fehlgeleiteter Torpedo schoss Topo durch ein Meer aus braunen Disteln, wobei er zufällig ein in krummen roten Buchstaben gemaltes »Zu verkaufen«-Schild umtrat. Das provisorische Schild verschwand im Gestrüpp, aber darum konnte Topo sich im Augenblick nicht kümmern. Seine kurzen Kolbenbeinchen frästen durch Unkraut und sprangen über niedrige Kakteen und schroffes Gestein. Nachdem er seine Geschwindigkeit endlich gedrosselt hatte, kehrte er zurück auf den zerfurchten Feldweg und trippelte weiter in Richtung des Familiensitzes der Pizzolas an den Gestaden des Meeres.

Nicht weit von der Straße und am Ende einer steilen Wiese, verborgen im Schatten eines kleinen Wäldchens aus Korkeichen und Limonenbäumen, ragte die gespenstische Fassade eines einst bewundernswerten Hauses empor, das sich mittlerweile in einem erbarmungswürdigen Zustand des Verfalls befand. Die dunklen Witterungsflecken auf dem Wandputz und die Zweige der benachbarten Bäume, die sich unter die Terrakotta-Schindeln bohrten, gaben dem Haus in Topos Augen das Aussehen einer verlassenen Frau mit verschmiertem Make-up und zerzaustem Haar, die über ihren verflossenen Liebreiz zutiefst traurig und verwirrt schien.

Schnaufend lief er einen Weg entlang, der zwischen gleichmäßig gepflanzten Reihen matt grüner Olivenbäume hindurchführte. Ihre knorrigen Zweige wuchsen wild und unbeschnitten, und Topo dachte daran, wie verärgert der alte Signore Pizzola über diesen Anblick wäre. Eigentlich sollten die Zweige um diese Zeit herabhängen, schwer vom Gewicht der prall mit Öl und Saft gefüllten Früchte. Aber an diesen Zweigen hingen gerade mal ein paar vereinzelte winzige, steinharte Oliven, die nicht einmal die Ernte lohnten. Er kam an einem vernachlässigten Weinhang vorbei, dessen karge purpurfarbene Trauben gegen das Unkraut kämpften und von der gnadenlos brennenden Sonne versengt wurden, sodass er seine Augen auf den Weg gerichtet hielt, um die sterbenden Reben nicht sehen zu müssen. Es ärgerte ihn, den Weinberg genau wie den Olivenhain und das Haus verfallen zu sehen.

Als er keuchend eine dürre Wiese überquerte, auf der einige versprengte Ziegen und Schafe standen, schielte Topo unruhig über die Schulter. Die Lombolos hatten diese Wiesen von Leo als Pferdeweiden gepachtet, und Pferde machten Topo nervös. Die Lombolo-Pferde waren wilde, kräftige spanische Vollblüter und obendrein noch, dessen war Topo sich sicher, heimtückische Tiere. Zum Glück waren im Augenblick keine zu sehen, sodass er weiter auf das einzige Gebäude zusteuerte, das weit und breit in der Landschaft stand – eine schmale Steinkate, die von etwa einem halben Dutzend wie Flammen emporragender Zypressen umgeben war.

Dieses Bauwerk als Haus zu bezeichnen, wäre geschmeichelt; es war wenig mehr als ein größere Hütte auf einer Erhebung über dem Meer, und wenn der Wind richtig stand, konnte man das Schlagen der Wellen hören. Vermutlich bereits vor Jahrhunderten von Vorfahren der Pizzolas gebaut, vermittelten die mit Mörtel verfugten Steinwände den Eindruck einer wohnlichen Behausung. Trotz allem pittoreskem Charme war es letztlich nur eine steinerne Kate mit einem einzigen Raum, ohne Stromanschluss oder fließend Wasser. Warum Leo es vorzog, hier anstatt in dem großen Haus auf dem Hügel zu wohnen, wo er aufgewachsen war, müsste er Topo eines Tages noch erklären. Er wusste, es musste irgendwie damit zu tun haben, warum Leo sich weigerte, in den Olivenhain zu gehen oder die Weinreben zu beschneiden, und er war sich ziemlich sicher, dass es auch mit Leos geheimnisvoller Flucht nach Amerika vor achtzehn Jahren zusammenhing. Eines Tages würde er ihn danach fragen, aber nicht heute.

Er lehnte sich gegen die Tür und klopfte einmal, bevor er sie aufdrückte und rief:

»Leo!«

Der Raum war leer. Das war nicht bloß schlecht; das war eine Katastrophe. Wo sonst konnte Leo in der Mittagshitze sein?

Aber natürlich! Es war Montag! Topos Mut sank. Leo an diesem Tag zu stören, konnte Ärger bedeuten, wenn nicht gar gefährlich werden. Leo hatte ihm das Geheimnis über seine Montage im Vertrauen offenbart, und eine besondere Einladung lag nicht vor. Leo würde mit Sicherheit sauer sein.

»Na gut, dann ist er eben sauer«, schnaubte Topo. »Hier geht es ums Geschäft.« Und dann raste er über die Wiese in Richtung Meer.

Leo Pizzola gab sich alle Mühe, seinen schlaksigen Körper halbwegs unbemerkt durch das hohe Gras zu schieben und gleichzeitig seine Knie und Ellbogen sauber zu halten. Warum zum Teufel hatte er sich vorher nicht umgezogen? Es war absolut idiotisch, mit einem Leinenanzug durch ein Feld zu robben, und er war froh, sich in der Horizontalen zu befinden, weil er sich so nicht selbst in den Hintern treten konnte. Er war der einzige Mann in Santo Fico, der genügend Stil hatte, überhaupt einen Leinenanzug zu besitzen – und dann das hier.

Ein Sandfloh sprang auf seine Nase, woraufhin sein ganzer Körper sich krampfartig wand.

»Das ist der Preis, den man dafür zahlt, mit einer so großen Nase durch fremdes Territorium zu krabbeln«, sagte er zu sich selbst.

Er warf sich auf den Rücken und klopfte sich mit den Händen den Dreck von Ellbogen und Knien. Zum Glück besaß der fahle Sand dieser Gegend eine ähnliche Tönung wie sein cremefarbener Anzug, und Leo konnte sich sogar einreden, die feinen Sandflecken würden den legeren Ausdruck des zerknitterten Stoffes noch unterstreichen.

Jetzt war es ohnehin zu spät, und es war alles nur seine Schuld. Einmal mehr war er mit den Wochentagen durcheinander gekommen, und als er sich heute Morgen für den üblichen Spaziergang ins Dorf angekleidet hatte, hatte ihm irgendeine unerklärliche Stimme eingeflüstert, den Anzug anzuziehen. Er war bereits auf dem Weg durch den Olivenhain, als ihm aufging, dass heute Montag war, und er schwitzend und keuchend den staubigen Feldweg zurück und die Felsen zur Küste hinaufgerannt war. Und hier war er nun, ein sechsunddreißigjähriger Mann, mit Grasflecken an Ellbogen und Knien auf seinem einzigen Anzug, und krabbelte durch das hohe Gras wie ein hormonstrotzender Schuljunge.

Mit einem letzten Grunzen schob Leo sich bis an die Kante eines niedrigen Felsvorsprungs vor, der auf einen weißen Strand und eine abgeschiedene Lagune hinabging. Vorsichtig das hohe Gras zerteilend, spähte Leo über die Klippe aufs Meer hinaus.

Am anderen Ende des weißen Sandstrandes räkelte sich eine attraktive, wenngleich recht füllige Frau auf einem glatten Felsen im seichten Wasser. Ihre gebleichten Locken ruhten auf einem zusammengerollten Handtuch, und ihr dünnes Baumwollkleid war hochgezogen, um zwei ansehnlich stämmige Beine zu enthüllen. Leo bemerkte, dass er in seiner Hast nachlässig wurde. Er hatte immer noch seinen verschmutzten Panama-Hut auf dem Kopf, der wie eine weiße Flagge aus dem hohen Gras herausragte, sodass er ihn mit einer flotten Handbewegung in der befremdlich wirkenden Art eines Gentleman vom Kopf wischte.

Unten am Wasser hatte Angelica Giancarlo Mühe, die Lider ihrer großen braunen Augen offen zu halten, während sie unter der Augustsonne brütete. Sie wusste, so viel Sonne war nicht gut für ihre Haut, aber im Augenblick fürchtete sie sich mehr davor einzuschlafen. Um sich wach zu halten, streckte sie sich lang auf dem warmen Felsen aus. Wem machte sie eigentlich was vor? Es war offensichtlich, dass Leo Pizzola sein Interesse verloren hatte. Er kam nicht. Von allen Montagen, seit sie ihn das erste Mal ihr heimliches Bad beobachten gesehen hatte, war dies der erste, an dem er nicht erschien.

Sie war versucht, über den Berg zurück ins Dorf zu gehen und sich einen richtigen Mittagsschlaf zu gönnen. Später konnte sie immer noch schwimmen – vielleicht heute Nacht. Angelica liebte es, nachts zu schwimmen, besonders bei Vollmond. Wenn sie an ihrem nackten Körper auf dem feuchten Sand herabsah, versteckten der silberne Schleier des Mondlichts und das glitzernde Wasser die Spuren der Zeit und ihren beständigen Kampf gegen die Schwerkraft, und sie fühlte sich jünger.

Gerade als sie sich einen Ruck geben wollte, aufzustehen und nach Hause zu gehen, bemerkte sie ein leises Rascheln im Gras an der Felskante. Im nächsten Moment blitzte der vertraute Strohhut auf.

»Na, das wurde aber auch Zeit«, murmelte sie leise.

Wäre dieses Schauspiel etwas gewesen, das beide voreinander hätten eingestehen können, hätte sie ihm gehörig die Meinung gegeigt, sie so lange in der Hitze warten zu lassen. Aber die beste Gelegenheit für einen empörten Auftritt wäre gewesen, als sie ihn vor über einem Monat das erste Mal durch das hohe Gras hatte spähen sehen. Manchmal fragte sie sich, was sie überhaupt an diesem kindischen Spitzeln fand. Sie kannte Leo Pizzola kaum. Tatsächlich redeten sie nicht einmal miteinander. Sie persönlich hätte nichts dagegen, nur wäre das jetzt ziemlich merkwürdig.

Ein wenig unbeholfen stemmte Angelica sich von dem Felsen hoch, um ihren Körper erneut der Sonne darzubieten, diesmal sehr viel selbstbewusster. Warum machte sie das überhaupt? Sie kannte ihn noch nicht einmal, und schon kam er zu spät; vermutlich die ersten Anzeichen von Langeweile – ihnen allen wurde es zuletzt langweilig. Aber sie wusste, warum. Es war Eitelkeit. Sie hatte nur noch so wenig, das ihr das Gefühl gab, attraktiv zu sein oder verführerisch oder begehrenswert. Schnell vergaß sie den Gedanken, ihm eine Standpauke zu halten, und breitete stattdessen ihr Handtuch auf dem flachen Felsen aus, der in die Bucht hinausragte. Dann lief sie ins flache Wasser und genoss die Kühle an ihren nackten Füßen und Knöcheln. Ah, das war es, was sie brauchte, um sich wach zu halten. Während Angelica langsam weiter ins tiefere Wasser watete, zog sie mit jedem Schritt ihr Kleid ein bisschen höher. Sie trug keine Unterwäsche. Unterwäsche wirkte immer so plump und reizlos. Diese Sparmaßnahme ließ ihren Auftritt so viel ungezwungener erscheinen. Zuletzt, als sie weit genug hinausgelaufen war, zog sie das Kleid ganz über ihren Kopf und hielt es hoch in die Luft. Dann rollte sie den bunt bedruckten Stoff kurzerhand zu einem festen Knäuel, und mit einer geübten Armbewegung segelte das noch trockene Stoffbündel übers Wasser, um genau auf der Spitze des Felsens zu landen. Angelica behielt ihre unverhüllte Pose einen kurzen Moment bei, bevor sie in das kühle blaue Wasser eintauchte.

Von seinem Platz hinter dem grünen Grasvorhang am Rand der Klippe aus beobachtete Leo, das Kinn auf die Hände gestützt, wie Angelicas glatte rosige Silhouette durch das durchscheinende Blau glitt. Was Angelica Giancarlo betraf, war Leo nie wirklich aus der unschuldigen Anbetung, die er als Junge empfunden hatte, herausgewachsen. Sie war zwar nur wenige Jahre älter, doch wie sehr hatte er sich nach der sechzehnjährigen »älteren Frau« mit richtigen Brüsten verzehrt, die sich dazu herabließ, einem Zwölfjährigen hin und wieder ein geheimnisvolles Lächeln zuzuwerfen. Als Jungen hatten Leo, Topo und Franco kein Mittel gewusst, ihre Begeisterung für die sinnliche Angelica zu verbergen. Wenn man es genau nahm, drehte sich jeder Mann im Dorf nach Angelica um, und jede Frau hasste sie dafür. Aber die drei Jungen liebten es, ihr zu folgen, nur um zu sehen, wie ihre runden Hüften beim Gang durch die schmalen Gassen schaukelten, wie sie ihre gebleichten Haare nach hinten warf, wenn sie lachte, wie ihre Augen wie kleine Signallichter aufblitzten, wenn sie aufblickte oder zu Boden schaute, oder wie sie sich mit der Hand beiläufig über die Rippen gleich unter ihren Brüsten fuhr. Das alles waren großartige Dinge und ein ungeheures Lernfeld für die drei pubertierenden Jungen.

Leo war dreizehn, als Angelica von zu Hause wegging. Er und alle anderen männlichen Wesen des Dorfes waren traurig über diesen Verlust, aber vorrangig als *femme fatale* des Dorfes zu gelten, war der großherzigen Angelica vermutlich ein wenig komisch vorgekommen – von der Peinlichkeit für ihre Mutter und den strengen Vater ganz zu schweigen. Mit siebzehn hatte Angelica Santo Fico verlassen, um ihr Glück als Schauspielerin in Rom zu machen – so hieß es jedenfalls.

Ein Jahr nach ihrem Verschwinden fuhren Leo, Franco und Topo per Anhalter nach Grosseto, weil Topo schwor, dort liefe ein Film mit Angelica Giancarlo und man könne darin ihre Brüste sehen!

Der Film war über Scheiche und Sultane und Wüsten und Haremsdamen und alles in allem ziemlich stumpfsinnig. Aber Topo schwor, die füllige blonde Haremsfrau sei Angelica. Wenn es so war, konnte man tatsächlich ihre Brüste sehen, die zweifellos bezaubernd waren. Bedauerlicherweise trugen alle Haremsdamen kleine Schleier, und Franco beteuerte, es sei auf gar keinen Fall Angelica. Topo blieb bei seiner Meinung. Leo war sich nicht sicher, also schlug er sich auf Francos Seite, weil das damals einfach so war. Dennoch fuhr Leo eines Nachmittags ohne Wissen der anderen per Anhalter nach Grosseto, kurz bevor der Film abgesetzt wurde, weil Topo vielleicht doch Recht hatte. Schon als Junge wusste Guido Pasolini mehr über Filme als jeder andere in Santo Fico. Als Leo im Kino Platz nahm, entdeckte er wenige Reihen vor sich Topo unter den Zuschauern. Er sagte nichts, weil ihm seine Anwesenheit auf einmal peinlich vorkam. Aber auch, weil er im flackernden grauen Lichtschein, der von der Leinwand zurückgeworfen wurde, staunend den Ausdruck von Bewunderung auf Topos Gesicht bemerkte, mit dem sein kleiner Freund das riesige Bild anstarrte, von dem er schwor, es handle sich um Angelica Giancarlo. Leo hatte das Gefühl, als sei er in Topos privates Heiligtum eingedrungen, sodass er sich noch vor Ende des Films aus dem Kino schlich.

Ein Rascheln im Gras hinter ihm störte Leos andächtige Betrachtung der durch das kühle Wasser gleitenden, sich windenden Angelica. In der festen Erwartung, ein Schaf oder eine Ziege verscheuchen zu müssen oder schlimmstenfalls eins von Lombolos Pferden, drehte er sich um. Vor ihm aber stand – eine Maus.

»Topo, was zum Teufel machst du hier?«, flüsterte Leo aufgebracht.

Der kleine Mann konnte nur schwach mit den Händen rudern, während er nach Atem rang.

»Verschwinde von hier. Ich wusste, ich hätte dich nie einwcihen dürfen.« Leo schleuderte einen hilflosen Tritt in seine Richtung.

Topo seinerseits schnappte vergeblich nach Leos Fuß, bevor er genügend Luft hatte hervorzustoßen: »Ein Reisebus ...«

Leo wirbelte im Gras herum, als hätte man ihm einen Stromschlag versetzt.

»Wie viele?«

»Keine Ahnung. Über zehn.«

»Na los, zurück, zurück ...«

Wieder schossen Füße auf Topo zu, diesmal allerdings deutlich bedrohlicher, also warf er sich zur Seite und ließ Leo an sich vorbeikrabbeln.

Einen kurzen Moment hatte Topo die trügerische Eingebung, gleich hinter dem dünnen Grasvorhang würde Angelica Giancarlo in ihrer ganzen unverhüllten Pracht durch das blaue Wasser gleiten. Aber er hatte keine Zeit, genauer hinzusehen. Eine andere Frau vielleicht … aber niemals Angelica Giancarlo. Er seufzte einmal und robbte Leos davoneilendem Hintern nach.

Auf Händen und Knien krochen die beiden Männer zum Weg zurück und setzten dabei flüsternd ihre aufgeregte Unterhaltung fort.

»Wo sind sie?«

»Im Hotel. Sie bleiben zu Mittag.«

»Marta hat das Essen noch nicht aufgetragen?«

»Nicht, als ich losging.« Topo machte sich erste Sorgen, ob seine Reserven für den Rückweg ausreichten.

Als sie endlich einen Weg weitab vom Strand erreichten, erhob Leo sich, klopfte sich den Sand ab und prüfte den Zustand seines Anzugs. Ein paar Grasflecken, aber nichts Dramatisches. Topo klappte vor seinen Füßen zusammen.

»Weiß sie, dass du mich informierst?«

»Ach wo, ich glaube nicht.«

Er wusste, was Leo dachte und wovor er sich fürchtete. Das Hotel gehörte Marta, und beide wussten, wie sie reagieren würde, wenn Leo Pizzola im Restaurant auftauchte. Seit seiner Rückkehr waren Leo und Marta auf Distanz geblieben – wie zwei Tiere, die sich gegenseitig über eine freie Fläche hinweg anstarren und angespannt darauf warten, es geradezu herausfordern, dass der andere einen Vorstoß wagt. Der Gedanke, ihr Restaurant zu betreten, erfüllte Leo mit Schrecken. Er wusste, sie hatte ihm nicht verziehen. Sie würde ihm niemals verzeihen. Aber dieser Reisebus versprach Geld, und gerade damit wurde es mit jedem Tag kritischer.

Der Verkauf des Bauernhofs seines Vaters war schwieriger gewesen als erwartet. Ursprünglich hatte Leo einen kurzen Ausflug nach Santo Fico, einen flotten Verkauf und einen noch schnelleren Heimflug nach Amerika vorgesehen. Stattdessen hatte er seine Ersparnisse in diversen Flughäfen, Bahnhöfen, Busdepots und Bars – vor allen Dingen Bars – dahinschwinden sehen. Er hatte Geld für Zeitungsanzeigen in Follonica und Orbetello ausgegeben. Er hatte horrende Summen an Immobilienmakler in Grosseto und Siena bezahlt. Die Gründe, warum niemand Interesse an seinem »toskanischen Landgut am Meer, inkl. Obsthaine, Weingärten und Wohnhaus« zeigte, waren so unterschiedlich wie die Leute, die sein Geld wollten. Die einen sagten, es sei zu heruntergekommen. Andere meinten, Leo verlange einen zu hohen Preis. Wieder andere behaupteten, die Saison sei vorbei oder habe noch nicht angefangen, oder seine Anzcige sei nicht auffällig genug. Nur in einem waren sich alle einig – das Gelände liege zu weit ab vom Schuss. Einer hatte sogar den Ausdruck »gottverlassen« gebraucht. Wenn nicht bald etwas passierte, das war Leo klar, wäre er womöglich wieder in Santo Fico festgesetzt – und diesmal vielleicht sogar für immer. Geld war die Antwort, und um aus Santo Fico wegzukommen, würde er noch ganz andere Dinge auf sich nehmen als den Zorn von Marta Caproni Fortino.

»Erzähl mir von dem Reiseleiter.«

Topo hockte immer noch wie erschlagen am Boden. »Der Kerl ist eine Flachpfeife. Ohne jeden Schimmer. Er hat Marta gefragt, ob es im Dorf irgendwas Sehenswertes gibt.«

Leo hielt den Atem an. »Und?«

»Sie sagte: ›Nein, nichts wirklich Sehenswertes.‹«

Leo musste laut lachen. Wenn Marta wüsste, dass er sie genau um diese Antwort gebeten hätte, würde sie sich das nie verzeihen. Dann kam ihm eine Idee.

»Amerikaner?«

»Könnte sein. Aber ich glaube eher Engländer.«

Leos Begeisterung bekam einen Dämpfer. Er hätte liebend gerne mit Amerikanern geredet. Man hätte sich über Baseball austauschen können. Es war bereits August, und er hatte nicht die leiseste Ahnung, wie sich die Cubs in dieser Saison schlugen.

Er zuckte die Schultern und seufzte: »Wir sollten uns beeilen.«

Während sie mit zügigen Schritten den Pfad hinaufeilten, versuchte Leo sich an seinen Text zu erinnern. Es war Jahre her, dass er ihn zuletzt aufgesagt oder auch nur daran gedacht hatte, aber er wusste, er war noch da, irgendwo verschollen im trüben italienischen Schleier im hinteren Winkel seines Gedächtnisses. Leo rieb sich über die Stoppeln seines Dreitagebarts und spielte mit dem Gedanken an eine flinke Rasur in der Schäferhütte. Keine Zeit. Es müsste auch so gehen. Optimistisch fuhr er über seinen Anzug und rückte seine limonengrüne Krawatte zurecht. War es nicht verblüffend, dass er sich heute Morgen aus irgendeinem heimlichen Grund, aus irgendeiner Laune heraus dazu entschlossen hatte, seinen Anzug zu tragen? Was für ein Glück. Manche Leute werden einfach unter einem Glücksstern geboren.

Unten am Wasser stand Angelica Giancarlo neben dem flachen Felsen, drückte ihr Handtuch an sich und sah Leo Pizzolas weißen Strohhut auf dem schmalen Pfad verschwinden. Sie seufzte und trocknete ihre Haare. Es hatte eine Zeit gegeben, da hatte sie keine Probleme gehabt, ihr Publikum bei der Stange zu halten.

4

Die Atmosphäre in der Küche des Albergo di Santo Fico war angespannt. Die Küchentheken füllten sich rasch mit Tabletts, auf denen sich Pflaumen, Trauben und Melonenscheiben türmten. Auf dem großen frei stehenden Herd in der Mitte des Raums kochte ein großer Kupferkessel mit Wasser auf höchster Flamme, als würde die Zeit knapp. Daneben köchelten zwei Soßentöpfe, einer davon mit einer tief roten Soße, der andere mit einer cremig weißen – beide blubberten wie toskanisches Magma aus den Tiefen der Erde. Wiederum daneben stand eine mit Olivenöl ausgestrichene große Kupferpfanne, in der gewürfelter Knoblauch zischend und knackend anbräunte. In den Backöfen warteten Bleche mit Seezungen und Garnelen, Hühnchen und Wurst darauf, mit jeweils unterschiedlichen Soßen begossen zu werden. Sämtliche Vorbereitungen füllten die Küche mit einer unglaublichen Mischung verschiedener Düfte und Aromen, die in den Speisesaal hinüberwehten und dort englische Mägen knurren und den Gästen vor Vorfreude das Wasser im Mund zusammenlaufen ließen.

Marta stand an der Spüle und schnitt Birnen über einer großen Tonschüssel, die bereits mit Rucola-

Blättern, Walnüssen und Schafskäse-Würfeln gefüllt war. Jetzt fehlte nur noch die Salatsoße. Carmen stand neben ihr, schnitt verschiedene Käse, Salami und Radieschen und verteilte sie auf Antipasti-Teller, auf denen Oliven, Paprika und kleine gelbe Tomaten nahezu perfekt aufgereiht nebeneinander lagen. Auf der anderen Seite des Raums stand Martas jüngere Tochter Nina, mittlerweile vom Bäcker zurück, an einem großen Küchenbrett und schnitt flink lange frische Brotlaibe in Scheiben, um sie anschließend auf kleine Strohkörbe zu verteilen.

Die Frauen arbeiteten schweigend, abgesehen von Ninas leise gesummter Melodie, die nur sie hörte. Sie liebte die Arbeit in der Küche, ganz besonders an den seltenen Tagen, wenn es richtig zu tun gab – so wie heute. Ihre ältere Schwester hingegen sah darin nur eine weitere Strafe ihrer verhassten und sinnlosen Existenz in Santo Fico und setzte es auf die Liste der zu erduldenden Frondienste, bis sie eines Tages fliehen konnte. Marta hatte keine Zeit, sich überhaupt große Gedanken über ihre Arbeit zu machen. Wie alles andere in ihrem Leben war es einfach da. Sie lief flink zum Herd in der Mitte und rührte mit einem Holzlöffel in ihrer viel gerühmten roten Soße. Es war so weit. Sie goss einen Schuss Olivenöl in den großen Kupferkessel mit kochendem Wasser und gab händeweise brüchige Pasta hinzu.

»Das Brot muss auf die Tische.«

Nina zählte mit flinker Hand die Brotkörbe auf einem großen Tablett vor ihr. Es waren genug. »Ich bin fertig«, rief sie, ihre Aufregung kaum verbergend. Sie liebte es, an den Tischen zu bedienen, wenn es im Restaurant voll war. Gewandt trug sie das Tablett mit den Brotkörben durch die Schwingtür.

Im nächsten Moment rief Marta über die Schulter Carmen zu: »Geh und sieh nach, ob noch genug Wein auf den Tischen ist.… Und schau mal, ob die ersten Gaffer eingetroffen sind. … Und sag deiner Schwester, Onkel Elios Korb ist fast fertig.«

Carmen wusste, warum ihre Mutter sie rüber in den Speisesaal schickte. Sie wollte sichergehen, dass niemand etwas Verletzendes zu Nina sagte. Es war vollkommen überflüssig. Keiner der Gäste würde so etwas tun – schließlich waren es Engländer. Zumindest brauchte sie ein paar Minuten lang kein Gemüse zu schnippeln.

Als Nina mit ihrem Brottablett im Speisesaal erschien, hörte die Unterhaltung nicht schlagartig auf. Das allgemeine Gemurmel ging weiter, aber dazwischen war immer wieder zu hören, wie einzelne Gäste nach Luft schnappten, wenn sie das junge Mädchen erblickten. Zunächst muss gesagt werden, dass Nina für ihre fünfzehn Jahre ungewöhnlich groß war. Nicht ganz so groß wie ihre Mutter, aber mindestens so groß wie Carmen. Außerdem hatte sie seidiges, pechschwarzes Haar wie alle Frauen in der Fortino-Familie. Aber damit hörten die Familienähnlichkeiten auch schon auf. Nina war, wie soll man sagen… Nina war ein Schwan. Obwohl ihre schlanke, zarte Gestalt bereits etwas Frauliches hatte, war eindeutig zu erkennen, dass sie für immer die Figur einer Ballerina besitzen würde, die leicht auf Zehenspitzen dahintänzelte. Tatsächlich fühlten sich einige der älteren britischen Damen, die ihren eleganten Hals, die hohen Wangenknochen und die schmale Nase betrachteten, an ein klassisches, bezauberndes Gesicht erinnert, dessen feine Züge sie auf einer Kamee ihrer Großmutter aus dem letzten

Jahrhundert gesehen hatten. Zweifellos würde sich dieses schüchterne, bescheidene Dienstmädchen bestens in Alabaster gehauen oder in milchweißes Porzellan gegossen machen.

Aber erst als Nina den Raum mit langsamen, gesetzten Schritten durchquert hatte und nacheinander die Brotkörbe auf die Tische setzte, entdeckten die Fremden ihr hervorstechendstes Merkmal. Erst jetzt konnten sie in die bezauberndsten blauen Augen blicken, die sie je gesehen hatten. Ninas außergewöhnliche Augen spiegelten das Blau eines Frühlingshimmels wider, nur aus noch weiterer Ferne betrachtet; das Blau des Ägäischen Meeres, nur noch tiefer; das kalte, wässrige Blau von Eis, nur noch frostiger. Doch als ihre Hand geschickt über das Tablett fuhr, um den nächsten Bastkorb zu ergreifen, erkannten sie mit aller Gewissheit, dass diese Augen blind waren. Zuerst reagierten sie geschockt, dann peinlich berührt und zuletzt mit einem leisen Zorn gegen Gott, der ein so tiefes Unrecht duldete. Viele spürten einen Kloß im Hals, wenn sie dem zuvorkommenden Mädchen höflich dankten.

Nina spürte selbstverständlich, wie sich die Atmosphäre im Raum veränderte, aber sie schrieb dies der willkommenen Ankunft des Brotes zu. Sie empfand die Gäste als ausgesprochen angenehm und freundlich und plauderte unbekümmert mit den Neuankömmlingen in einer bezaubernden Sprache, die sie nicht verstanden und die in ihren Ohren wie Musik klang. Zwischendurch ertönte ihr Lachen wie das helle Läuten einer Glocke, und schon bald setzten alle entspannt ihre Unterhaltung fort, beruhigt von der stillen Gewissheit, einen Moment der Gnade erlebt zu haben. Nina berührte alle in dieser Weise, einschließlich ihrer Familie.

Als Carmen aus der Küche eintrat, war die Situation im Speisesaal fast wieder normal. Köpfe zählend lief sie durch den Raum, der sich langsam mit ebenso schüchternen wie neugierigen Dorfbewohnern füllte, die alle die große Sensation sehen wollten – Fremdlinge! Und zu ihrer großen Verwunderung bestellten auch alle Einheimischen etwas; manche sogar ein komplettes Mittagessen. Heute würde ein guter Tag. Es dauerte einige Minuten, bis sie an der Bar mit den Nachbarn geplaudert und Wein eingeschenkt hatte, bevor sie mit der großen Chianti-Flasche zu den Tischen lief. Vorsichtig überprüfte sie den Inhalt der kleinen Tonkrüge, um mit Hilfe einer Reihe von Gesten und Lauten (selbstverständlich sprach sie kein Englisch, und die Gäste verstanden nur wenig Italienisch) zu entscheiden, wer noch mehr Wein haben wollte. Carmen achtete gewöhnlich sehr genau darauf, wie viele Krüge Wein an jedem Tisch getrunken wurden. Nichts wäre leichter, als den dummen Fremden, die nach dem Essen immer schläfrig und leicht angeheitert waren, zu viel in Rechnung zu stellen, aber wenn ihre Mutter dahinter käme, würde sie sie ausnehmen wie einen Karpfen.

Carmen lief an Nina vorbei, die gerade den letzten Brotkorb verteilte.

»Mama sagt, das Essen für Onkel Elio ist fertig.«

Ninas Gesicht verdüsterte sich. Das Mittagessen für Onkel Elio war gewöhnlich der Höhepunkt des Tages, aber nicht heute. Sie liebte den Klang der vielen fremden Stimmen und die Aufregung und das Gedränge in der voll besetzten Gaststube. Aber ihre gute Laune kehrte zurück, als sie überlegte, dass sie

– wenn sie sich beeilte – rechtzeitig zum Verteilen des Desserts zurück wäre. Der Nachtisch war ihr liebster Gang, weil nach einer Mahlzeit bei ihrer Mutter stets alle glücklich und zufrieden waren. Sie nickte Carmen kurz zu und verschwand in der Küche.

Als sie endlich die Küstenstraße erreicht hatten, wollte Topo es nur noch ohne Herzanfall bis ins Dorf schaffen. Er hockte sich auf einen Stein am Straßenrand und rief Leo hinterher: »He, warte mal eine Sekunde!«

Leo hielt an, und Topo versuchte, ihn zu sich zurückzuwinken. Aber Leo wusste, was Topo wollte, und beschloss, seinen alten Freund zu ignorieren und weiterzulaufen. Er würde jetzt ganz bestimmt nicht den ganzen Weg bergab zurückmarschieren, nur um sich über Geld zu streiten, also rief er der winzigen Gestalt auf dem Stein kurzerhand zu: »Zehn Prozent!«

Topo war außer sich: »Fünfzig-fünfzig!«

Hier ging es nicht ums Feilschen. Leo brauchte ihm überhaupt nichts zu geben, also rief er noch einmal: »Fünfzehn Prozent, oder gar nichts!«

»Vierzig Prozent! Ohne mich wüsstest du nicht einmal von dem Bus!«

»Zwanzig Prozent. Oder willst du die Sache vielleicht übernehmen?«

»Warum nicht? So schwer ist das schon nicht.«

»Na dann, nur zu! Du machst es. Das will ich sehen! Auf Englisch!«

Englisch … Verdammter Mist!

Topo war geschlagen. Selbst auf Italienisch könnte keiner im Dorf es mit Leo aufnehmen. Sogar Pater

Elio wäre nicht so gut wie er. Franco Fortino vielleicht, aber das war lange her, und niemals auf Englisch, und überhaupt, Franco war tot. Topo versuchte ein letztes verzweifeltes Mittel – sein größtes Kaliber.

»Komm schon, Leo. Dreißig Prozent! Sei fair!«

Leos Mut sank. Er hätte wissen müssen, dass es zuletzt heißen würde: »Sei fair.« Im nächsten Moment waren die beiden wieder neun Jahre alt – Leo befand sich weit oben am Hang, Topo war ein gutes Stück zurückgeblieben, Tränen liefen ihm über die schmutzigen Wangen, und er schrie der ganzen Welt zu: »Sei fair!« Es war genau wie damals, nur dass Franco Fortino und Marta Caproni nicht neben Leo standen und sich über den Schmerz des kleinen Topo lustig machten.

»Fünfundzwanzig Prozent, Topo, mein letztes Angebot. Noch eine Widerrede, und du gehst leer aus.«

Topo warf die Hände in die Luft. Nachdem er seine patentierte Fairness-Pistole verschossen hatte, wusste er, mehr als fünfundzwanzig Prozent ließen sich nicht herausschlagen, und außerdem war es mehr, als er erhofft hatte.

Leo eilte weiter den Hang hoch, hielt aber nach wenigen Schritten an und rief dem kleinen Mann zu: »Alles in Ordnung?«

Topo nickte und bedeutete Leo weiterzugehen. Zeit war schließlich Geld.

Nachrichten verbreiten sich schnell in einem Dorf wie Santo Fico. Kaum waren die Brotkörbe leer und die Antipasti-Tabletts geräumt, hatten sich im Speisesaal zahllose neugierige Dorfbewohner eingefunden, die sich um die Bar oder in dunklen Winkeln zusammendrängten und die Fremden begafften. Ein angespanntes Murmeln erfüllte die Luft. Die erschöpften Touristen kamen sich an ihren Tischen am einen Ende des Raums wie Gefangene vor, betrachteten unwohl die Tischdecke oder ihre Hände, während ein undurchdringlicher Wall aus schweigsamen Dorfbewohnern die verlegenen Fremden mit unverhohlener Neugierde anstarrte. Zwischendurch lief Carmen durch den jetzt fast totenstillen Saal und verteilte neuen Wein und neues Brot, wobei ihre Schritte wie Pistolenschüsse auf dem Kachelboden hallten. Selbst ein Räuspern klang wie Kanonendonner.

Zuletzt, zur großen Erleichterung der englischen Touristen, deren angeborener Sinn für Etikette bis an die Grenzen strapaziert war, öffnete sich die Küchentür, und Marta preschte mit dampfenden Schüsseln und Tellern in den Saal. Carmen folgte dicht dahinter mit Körben frisch geschnittenen Brots. Gerettet! Binnen weniger Minuten hatten Teller gaumenweicher Pasta, bedeckt mit Seezungenstreifen und Garnelen in weißer Sahne- oder einer roten Marinara-Soße mit Hühnchen und Wurst, eine Waffenruhe erwirkt. Alle Angespanntheit löste sich, und beide Parteien, die Fremdlinge wie die Eingeborenen, schwadronierten munter drauflos – streng getrennt nach den jeweiligen Lagern natürlich.

Als Leo die Piazza überquerte, hörte er vom Hotel her Stimmen aus der offenen Terrassentür des Speisesaals. Er entschied, es sei noch genug Zeit, wieder zu Atem zu kommen und alle Hindernisse durchzugehen, also setzte er sich genau gegenüber dem alten

Mann und seinem dürren grauen Hund auf die Brunnenkante. Der Reiseleiter war natürlich ein Ungewissheitsfaktor, aber Topo hatte ihn eine Flachpfeife genannt, und darauf müsste er sich verlassen. Etwas schwieriger wäre es schon, die Flachpfeife in Martas Hotel zu bezirzen. Er stellte sich vor, wie Marta mit ihm umsprang. Sie würde ihm womöglich einen Wasserkrug an den Kopf schmeißen. Es wäre nicht das erste Mal. Oder sie würde ihn anbrüllen, mit dem Finger auf die Tür zeigen und ihn hinaus auf die Straße schicken wie einen ungezogenen Hund. Sie konnte die Dinge sehr kompliziert machen. Kaum hatte er sich in Gedanken länger mit Marta beschäftigt, musste er wieder an das Desaster vor sechs Wochen denken, als er nach Santo Fico zurückgekehrt war …

Es war ein langer Weg von Punta Ala die Küstenstraße im Norden entlang. Erschöpft vom Jetlag und vom langen Busfahren und dem Gewicht seines verbeulten Koffers, wollte Leo nur zu Topos Haus gelangen, ohne irgendeinem Bekannten über den Weg zu laufen – schon gar nicht Marta Caproni Fortino. Und natürlich musste die erste Person, der er auf der Piazza begegnete, Marta sein.

Es war kurz nach Mittag, als Leo auf die Piazza trottete, gerade als Marta einen großen Korb vom Hotel zur Kirche trug. Leo wusste sofort, dass sie es war. Marta hingegen erkannte den großen Fremden mit dem Pappkoffer, der von Klebeband und Zwirn zusammengehalten wurde, von der anderen Seite des Platzes her nicht wieder. In ihren Augen stolperte da ein Unbekannter mit schwarzem Schnurrbart und einem zerknitterten Leinenanzug ins Dorf, und sie fragte sich, ob er wohl ein Zimmer suchte. Zweifellos könnte er ein Bad und eine Rasur vertragen, dachte sie. Sein lang gezogenes Gesicht und die schiefe Nase kamen ihr irgendwie bekannt vor, aber die Art, in der er sie aus traurigen Augen vertrauensvoll anblickte, hatte etwas Beunruhigendes.

Als es Marta schließlich dämmerte, dass da Leo Pizzola vor ihr stand, stieß sie einen spitzen Schrei aus, als handle es sich um ein Gespenst. Ihr Essenskorb glitt ihr an Ort und Stelle aus den Händen. Suppe und Brot, Früchte und Käse, eine Karaffe Wein, Teller und Schüsseln, alles fiel krachend zu Boden und ergoss sich auf dem ausgetretenen Kopfsteinpflaster.

»Was hat dich hierher zurückgetrieben?«, schrie Marta über die kalten Steine der Piazza. »Du hast hier nichts verloren …!«

Ihre Stimme hallte von den Putzmauern und roten Ziegeldächern wider und teilte der ganzen Umgebung ihre Empörung mit. Leo stand schweigend da, ohne jede Erklärung für seine Rückkehr. Die Tränen kamen so schnell und so unerwartet, dass Marta gerade noch Zeit hatte, ins Hotel zu rennen, den Haufen Scherben, der Pater Elios Mittagessen hätte werden sollen, auf der Straße zurücklassend.

Leo hatte gehofft, in aller Heimlichkeit zurückzukehren, seine Geschäfte zu erledigen und gleich darauf still und leise wieder zu verschwinden. Er wäre wie der Schatten eines Stars – schon fort, ehe man ihn recht gewahr wurde. Stattdessen war er noch keine zwei Minuten in Santo Fico und hatte bereits eine Schweinerei auf dem Dorfplatz verursacht, eine Frau zu Tränen erschreckt, war verflucht worden, dorthin zu gehen, wo der Pfeffer wächst, und hatte den Dorfpriester vermutlich um sein Mittagessen gebracht. Und doch war eine ihn quälende Frage beantwortet – Marta hatte ihm nicht verziehen.

Und jetzt, sechs Wochen später, stand Leo wieder im Leinenanzug hier und fragte sich, was um alles in der Welt ihn auf die Idee gebracht hatte, nach Hause zurückzukehren.

»Kannst du mir sagen, wie spät es ist, Nico?«

Die Stimme kam von der anderen Seite des Brunnens und gehörte dem alten Mann, den alle nur Nonno nannten. Eine Antwort war offenbar nicht nötig, also ignorierte Leo die Frage, doch Nonno machte wie erwartet einfach weiter.

»Ich habe meine Uhr verloren, als ich das Wasser abgestellt habe.«

Wie so viele alte Leute, die sich mehr nach Gewohnheit denn nach der Jahreszeit kleiden, trug Nonno trotz der hochsommerlichen Hitze einen abgewetzten Mantel, der über seine knochige Statur herabhing, und einen Schlapphut, der ihm halbwegs flott auf dem Kopf saß. So weit Leo sich zurückerinnern konnte, hockte Nonno auf der Kante des ausgetrockneten Brunnens. Als unverbesserlicher Eigenbrötler war der alte Mann immer wählerisch im Umgang mit Leuten. Für einige Menschen schien Nonno eine dauerhafte geheimnisvolle Zuneigung zu entwickeln und auf sie zuzugehen, ob sie dies wollten oder nicht. Anderen hingegen schleuderte er quer über die Piazza Ausdrücke wie »Faschist« oder »Nazi« an den Kopf oder wünschte sie zur Hölle. Schon als kleiner Junge hatte Leo zur ersten Kategorie gehört. Erst neuerdings, seit seiner Rückkehr, war der alte Mann aus unerfindlichen Gründen dazu übergegangen, ihn Nico zu nennen.

Sie hörten, wie jemand aus dem Hinterausgang des Hotels trat, und Leo erkannte die grazilen zögerlichen Schritte von Nina Fortino, die mit einem Essenskorb über die Piazza schritt. Er beobachtete, wie sie leise die Schritte bis zur Kirche zählte, die Stufen emporschwebte und im Innern verschwand. Sie brachte zweifellos ihrem Großonkel das Mittagessen, Pater Elio – was ein weiteres Problem aufwarf, an das er bislang noch gar nicht gedacht hatte.

Er müsste nicht nur Marta in ihrem Hotel gegenübertreten und sich erinnern, wie der englische Text der Geschichten des Mysteriums und des Wunders lautete – er müsste obendrein auch noch Pater Elios Erlaubnis einholen. Leo erwog ernsthaft, die ganze Sache zu vergessen und zurück an den Strand zu gehen. Vielleicht wäre Angelica immer noch da und glitt durch das kühle blaue Wasser. Wie kam er überhaupt dazu, eine nicht ganz saubere Geschichte wieder zu beleben, die er und Franco sich ausgedacht hatten, als sie, er musste nachdenken ... gerade zwölf Jahre alt waren?

Im Speisesaal musste einer der englischen Touristen einen Witz gerissen haben, weil plötzlich lautes Lachen aus den offenen Türen drang und über die Piazza hallte. Früher, erinnerte sich Leo, war er ein gern gesehener Gast in Restaurants, in denen gelacht wurde und wo sich gute Freunde trafen. Seit seiner Rückkehr nach Santo Fico lebte er wie ein Ausgestoßener. Wenn er sich heute einer Gruppe von Leuten näherte, hörte die Unterhaltung schlagartig auf. Mit Ausnahme von Topo besuchte ihn niemand in seiner steinernen Klause unten am Meer, und von anderen eingeladen wurde er schon gar nicht.

»Weißt du, wie spät es ist, Nico?«

Leo drehte sich zur Seite und entdeckte, dass Nonno unauffällig über die Brunnenkante gerutscht war, bis er an Leos Ellbogen angelangt war.

»Nein.«

»Ich habe meine Uhr verloren, als ich das Wasser abgestellt habe.«

Leo nickte wissend. Nonnos ständiger Begleiter, der dürre, graue Hund, gesellte sich zu ihnen und legte sich zu ihren Füßen.

»Ich habe das Wasser gestoppt«, flüsterte der alte Mann ihm verschwiegen zu.

Leo nickte wieder. »Ich weiß, Nonno.« Aber er hörte nicht richtig hin.

»Ich hätte es nicht tun sollen.«

»Manche Dinge kann man nicht wieder rückgängig machen.«

»Mit manchen Dingen müssen wir einfach leben, denke ich.«

Leo überlegte, wie viel Wahrheit in den beiden letzten Sätzen steckte, und nickte abwesend: »Das denke ich auch.«

So war es eben.

Leo stand auf und klopfte seinen Anzug ab. Er glättete seinen dichten Schnurrbart und rückte seinen Hut keck zur Seite. Dann richtete er seine limonengrüne Krawatte, zupfte das blassgelbe Einstecktuch zurecht und polierte ohne großen Erfolg seine abgetragenen Schuhe nacheinander am Hosenstoff der jeweils gegenüberliegenden Wade.

»Drück mir die Daumen«, sagte er augenzwinkernd zu Nonno.

»Klar doch, Nico. Wieso sollte ich nicht? Du bist ein fescher Bursche. Die Mädchen werden alle glauben, in dich verliebt zu sein.«

Leo musste über das Gerede des alten Mannes heimlich lachen.

Bei Nonno zählte allein der Gedanke – obwohl er sich manchmal fragte, wer zum Teufel Nico sein mochte.

Dann marschierte Leo Pizzola entschlossen über die Piazza und trat zum ersten Mal seit achtzehn Jahren durch die geöffnete Eingangstür des Albergo di Santo Fico.

5

Als der Reiseleiter den großen Kerl in dem schmutzigen Leinenanzug durch die Tür schlendern und von einer dunklen Ecke der Eingangshalle aus verstohlen den Speisesaal beobachten sah, wusste er gleich, dass ihm irgendetwas an diesem Typen missfiel – und zwar nicht nur der billige Anzug. Der Kerl war ganz bestimmt kein Bauer, Schafhirte oder Fischer. Die berechnende Art, in der Leo den Saal inspizierte, deutete auf einen regen Verstand und eine bestimmte Absicht hin. Darüber hinaus schien die gebrochene Nase verdient zu sein.

Der Reiseleiter war nicht der Einzige, der Leos Eintreten bemerkte – auch Carmen sah ihn im gleichen Moment, als er den Flur betrat. Dass Leo Pizzola in der Eingangshalle stand, war schon schlimm genug, aber als er sich jetzt auch noch in den Speisesaal vorwagte, war klar, die Katastrophe würde in genau dem Augenblick losbrechen, wenn ihre Mutter aus der Küche erschien.

Sämtliche Einwohner von Santo Fico hatten Leo in seinem zerknitterten Leinenanzug sofort entdeckt und wurden von einem elektrisierenden Gefühl sich anbahnenden Unheils ergriffen. Mein Gott, dachten alle, Leo Pizzola marschiert in Marta Fortinos Hotel, und das am helllichten Tage! Dieses skandalöse Ereignis versprach ein fürchterliches Kräftemessen – und sie hatten Plätze in der ersten Reihe!

Zu Leos Glück waren die Engländer zu sehr mit ihren Tellern beschäftigt, um die vielen Ellbogenstöße und das Kopfschütteln wahrzunehmen, als er durch die Tür trat und sich gleich neben den Reiseleiter an die Bar stellte. Nach einem gequälten gegenseitigen Lächeln sah Leo zu, wie der schwitzende Führer darum kämpfte, sich ganz beiläufig wieder seinem Essen zuzuwenden. Wie gut Topo beobachtet hat, dachte er. Der Typ ist eindeutig eine Flachpfeife.

Plötzlich wurde ein Glas Wasser direkt vor ihm auf die Marmortheke geknallt, und Carmen Fortino sprach zum ersten Mal in ihrem Leben mit Leo.

»Was wollen Sie hier?«, zischte sie.

Leo betrachtete das Glas Wasser, das sie vor ihn hingestellt hatte, und überlegte, ob es als Erfrischung oder als Beleidigung gemeint war. Er kannte die älteste Tochter seines verstorbenen besten Freundes nicht. Natürlich hatte Topo sie ihm auf der Straße gezeigt, genau wie ihre Schwester Nina. Mehrmals hatte er bemerkt, wie sie ihn von der anderen Seite der Piazza oder heimlich vom Fenster aus beobachtete, aber er versuchte sich nie anmerken zu lassen, wie sehr sie ihn faszinierte. Es war, als würde er gleichzeitig ihre Mutter und ihren Vater sehen – ein ganz und gar seltsames Gefühl. Als er sie jetzt hinter der Bar ansah, musste er lächeln, denn er spürte, dass ihr Zorn etwas Einstudiertes hatte. Er hatte nicht die Tiefe und die tödliche Leidenschaft ihrer Mutter. Noch war sie ein junges Mädchen.

Aus dem Augenwinkel sah Leo, wie sich das Gesicht des Reiseleiters in Carmens Gegenwart zu einem lüsternen Grinsen verzog, und er sprach aus, was beide dachten.

»Ist sie nicht bezaubernd!«

Seine Stimme war sanft und aufrichtig, und der Satz klang nicht wie eine Frage, sondern wie eine Feststellung – er war vollkommen ernst gemeint. Carmen errötete und versuchte, ein verlegenes Lächeln zu unterdrücken. Nach sechs Wochen Rätselraten als Erstes ein solches Kompliment von diesem berüchtigten Mann zu hören, stürzte das arme Mädchen in heillose Verwirrung. Es war nicht die Reaktion, die sie von diesem Mann erwartet hätte, den ihre Mutter so entschieden hasste; diesem Fremden, der einst der beste Freund ihres Vaters gewesen war; diesem Schuft, der auf die eine oder andere Weise alle betrogen hatte. Ihr ganzes Leben lang hatte sie Gerüchte über die Heldentaten ihres Vaters und seines Kameraden Leo Pizzola gehört, über ihre plötzliche Feindschaft und über Leos geheimnisvolles Verschwinden am Hochzeitstag ihrer Eltern. Es hatte einen Kampf gegeben und Gerüchte von einem Diebstahl und Jahre des Zorns. Es war alles ziemlich geheimnisvoll – und ausgesprochen romantisch.

Leo stieß den aalglatten Fremden zu seiner Linken mit dem Ellbogen an, als wären sie gute Freunde, und deutete auf Carmen.

»Bezaubernd ... wie?«

Der Reiseleiter lächelte unbeholfen, wobei ihm ein Tropfen weißer Soße aus dem Mundwinkel lief. Dann grunzte er zustimmend und grinste Carmen verführerisch zu.

Sie starrte Leo mit aller Entschlossenheit an und versuchte, seine traurigen Augen und das sanfte Lächeln zu ignorieren. Sie hörte sich selbst grob sagen:

»Sie haben hier nichts zu suchen.« Dabei wollte sie eigentlich sagen: »Erzählen Sie mir von meinem Vater! Erklären Sie mir, warum meine Mutter weint, wenn Ihr Name fällt! Erzählen Sie mir von Amerika! Und verraten Sie mir, wie auch ich von hier wegkomme!«

Leo leerte das Wasser in einem Zug. Dann stellte er das Glas auf den Tresen und blickte Carmen an.

»Wo ist deine Mutter?«

»In der Küche, aber sie wird jeden Moment hier …«

Leo unterbrach sie mit einer abschneidenden Handbewegung. »Nur keine Umstände. Ich sehe sie noch. Könnte ich bitte ein Glas Wein haben und noch eins für unseren Gast hier? Auf meine Rechnung.«

Was um alles in der Welt redete er da? Hatte er den Verstand verloren? Carmen versuchte, ihn zu warnen, und er tat so, als gehöre er hierher; als gehöre ihm das Lokal.

Tatsächlich wollte Leo nur, dass sie unverzüglich verschwand. Er konnte es nicht zulassen, dass dieses junge Ding ihn vor den Augen des fetten *raviolo* in Verlegenheit brachte. Jedes Gespräch über Marta konnte nur gefährlich werden.

Als Carmen den Wein holen ging, stieß Leo seinen Nachbarn an und sagte: »Sie gefallen ihr.«

Der Reiseleiter verschluckte sich beinahe an einer Mischung aus Weißbrot und Entsetzen.

»Ich glaube nicht.«

»Ich habe gesehen, wie sie krampfhaft an Ihnen vorbeigeschaut hat.«

Leo beobachtete ein freudiges Aufflackern dort, wo man das winzige Hirn des Mannes vermuten durfte.

»Meinen Sie wirklich …?«

Als Carmen mit dem Wein zurückkehrte, lachten Leo und der Reiseleiter wie zwei alte Freunde. Zu allem Überfluss grinste der schmierige Kerl sie auch noch schamlos an, als sie die Gläser auf den Tresen stellte, und, der Gipfel der Unverschämtheit, blinzelte ihr zu! Für diese Dreistigkeit würde er noch zahlen!

Leo machte sich nichts draus. Carmen war eine erste Hürde gewesen, aber er hatte Zeit gewonnen. Und in weniger als zwei Minuten, dessen war er sich sicher, würde der Fettwanst seine Gruppe für eine Woche in Santo Fico einquartieren, wenn man ihm einredete, er habe gute Chancen bei Carmen.

Während Leo mit dem Reiseleiter an der Bar schwatzte und scherzte, hörte er gleichzeitig mit einem Ohr einer interessanten Unterhaltung an einem kleinen Tisch nahe der Terrasse zu. Ein knochiger Engländer mit scheckigen Haaren und zu vielen Zähnen im Mund stellte zwei älteren Damen, die seine Schwestern hätten sein können, es aber zweifellos nicht waren, eine interessante Frage. Essen und Wein in Verbindung mit dem Vertrauen in die Fremdheit ihrer Sprache hatte dem Gespräch eine ungewöhnliche Offenheit gegeben.

»Es ist schon reichlich seltsam, wenn man genauer darüber nachdenkt. Ich meine – warum? An jeder abenteuerlichen und unwirtlichen Straßenbiegung begegnen einem diese winzigen Dörfer, für deren Existenz kein vernünftiger Grund auszumachen ist.«

Die beiden Frauen nickten zustimmend. Die eine nippte an ihrem Weinglas, während die andere laut hinzufügte: »Und man hat sogar den Eindruck, je tückischer und abweisender das Gelände, desto besser. Man quetscht die Häuser an eine Felswand oder setzt sie geradewegs auf eine Bergspitze oder ähnlichen Unsinn. Man fragt sich, was in aller Welt das ursprüngliche Landvolk, ich meine die … wie sagt man noch … äh, die Begründer dieser Ansammlungen dabei im Sinn hatten.«

»Oder im Glas«, piepste ihre beschwipste Freundin. Die drei mussten laut lachen, woraufhin die Leute an den Nebentischen zustimmend einfielen.

Großartig, dachte Leo. Ihre Unterhaltung war gerade so laut und so spöttisch, um peinliche Betretenheit auszulösen, wenn sie erfuhren, dass sie sehr wohl verstanden wurden. Nicht nur das, der Tisch war obendrein auch strategisch so günstig platziert, dass alle Touristen im Saal die beschämende Situation mitbekommen und sogar teilen würden. Und das Allerbeste: Am Tisch saßen ein Mann und zwei Frauen. Leo würde sich zuerst an den Mann wenden. So wäre es richtig – ein Gentleman redet mit einem Gentleman. Aber nach kurzer Zeit würde er sich an die beiden Frauen und dann an den ganzen Saal richten.

Unvermittelt verließ Leo die Bar und ging quer durch den Raum zu dem Tisch. Er räusperte sich vernehmlich, verbeugte sich leicht und sagte in reinstem Englisch mit einem reizenden Akzent und etwas übertriebener Lautstärke:

»Entschuldigen Sie, bitte. Ich habe ganz zufällig Ihre Unterhaltung mitbekommen.«

»Ich … ich bitte um … um Entschuldigung«, stotterte der arme Kerl, dem kein Speiserest, sondern die Wörter im Hals stecken blieben.

»Ich habe gehört, was Sie da gerade über unser Dorf gesagt haben.«

Im Raum herrschte augenblicklich Totenstille. Tatsächlich konnte man den Eindruck gewinnen, viele der englischen Gäste wären am liebsten im Boden versunken. Der Ausdruck schrecklicher Demütigung auf den Gesichtern des entgeistert dreinblickenden Trios signalisierte Leo, dass er vermutlich weniger charmant geklungen hatte als beabsichtigt. Genau genommen erkannte er sogar Angst in ihren Augen. Sein Lebtag hatte man ihm diese Wirkung auf manche Menschen nachgesagt – es hatte offenbar damit zu tun, dass in seinem Lächeln zu viel Hohn lag und von seinen eng beieinander stehenden braunen Augen eine unbestimmte Gefahr auszugehen schien. Die Narbe auf seiner gebrochenen Nase machte die Sache auch nicht besser. Dabei war alles ganz und gar unbeabsichtigt – tatsächlich wollte er einfach nur charmant sein.

Stattdessen bemerkte er, wie alle Engländer im Saal fieberhaft überlegten, ob sie vielleicht auch etwas Beleidigendes gesagt hatten. Ihre Augen flitzten über die vordere Reihe der Versammelten, musterten eingehend die wettergegerbten Gesichter und rauen Bauernhände, die ländliche Kleidung und unschuldigen Blicke – wie viele dieser undurchdringlichen italienischen Bauern mochten noch insgeheim ihre Sprache sprechen?

Und dann stand da dieser große, dunkle Kerl an einem der Tische. Für die Engländer sah es so aus, als wollte er jeden Moment auf jemanden losgehen. Alle kannten sie die Geschichten von heißblütigen Italienern mit ihrem übertriebenen Männlichkeitswahn, ihrem hitzigen Nationalstolz und ihren Messern. Der behagliche Speisesaal fühlte sich mit einem Mal ungemütlich und seltsam beängstigend an.

»Sie fragen sich sicherlich alle, warum dieser Ort überhaupt existiert.«

Wie demütigend, dabei belauscht zu werden, wie man ihr Dorf beleidigte. Dennoch war die Frage durchaus berechtigt. Warum sollte jemand auf die Idee kommen, an einem so entlegenen und unwegsamen Felsvorsprung, an drei Seiten umgeben von steilen, kakteenbewachsenen Felshängen, an der vierten jäh zum Meer hin abfallend, ein Dorf zu bauen? Welcher Mensch bei klarem Verstand würde an einem so unmöglichen Ort eine Ansiedlung errichten? Hier konnte es sich doch nur um ein Versehen des Baumeisters handeln – und so war es auch.

An einem Sommertag des Jahres 1555, kurz nach dem Sieg über den verfeindeten Stadtstaat Siena im Anschluss an eine furchtbare zweijährige Belagerung, spielte Cosimo I. de Medici, der Herzog von Florenz, mit seinen Kindern in einem der kleineren Brunnen der Boboli-Gärten, als einer seiner Minister mit mehreren Landkarten unter dem Arm erschien. Der Großherzog wusste, dass einige Entscheidungen betreffs seiner neuen Güter in der Toskana zu treffen waren, aber die Zeit zum Spiel mit seinen Kindern war kostbar. Der Minister fasste sich kurz – er müsse nur entscheiden, wo ein wehrhafter Hafen gebaut werden solle.

Ob der Fehler nun darauf zurückzuführen war, dass Cosimo das Fangenspiel mit seinen Kindern nicht unterbrechen wollte oder auf schlechte Augen oder weil ihm augenblicklich der Name des vorgesehenen Dorfes nicht einfallen wollte – jedenfalls fuhr sein Finger mit einem gebieterischen »Dort!« auf die Landkarte nieder. Zur Überraschung des Ministers befand sich der feuchte Fingerabdruck genau auf dem winzigen Felsvorsprung von Santo Fico. Seines Wissens nach gab es dort nicht mehr als ein unbedeutendes Kloster, und der verwirrte Minister wies höflich darauf hin, dass vermutlich keine tauglichen Straßen zu diesem Ort führten.

»Das sollten sie aber«, dröhnte Cosimo und sprang zurück in den Brunnen. »Und sorgen Sie dafür, dass der Ort als Residenz hergerichtet wird. Wir wollen dort den Sommer verbringen.« Seine geliebte Frau Eleonora, die im Schatten eines Zitronenbaums stand und zugeschaut hatte, neckte ihn mit einer Bemerkung über das Grau in seinem Bart, woraufhin das Spritzen und Prusten im Brunnen weiterging. Ohne weiteren Protest zog der Berater von dannen, um Anweisungen für den Bau eines Hafens, einer Straße und einer Sommerresidenz in … Santo Fico aufzusetzen.

An diesem klaren, warmen Morgen erkannten weder der Minister noch der Großherzog, dass sein eiliger Finger die beabsichtigte Stelle um gute fünf Zentimeter verfehlt hatte. Erst einige Jahre später, erschöpft von Intrigen und besorgt über den Krieg mit Frankreich und eine unsichere Allianz mit Spanien, befahl Cosimo, einen bestimmten Architekten nach Livorno zu entsenden, um sich über die Hafenbefestigungen zu informieren. Als man ihm mitteilte, der Architekt sei unabkömmlich, weil er gerade in Santo Fico weile und dort Mosaiken für die Residenz auswähle, reagierte Cosimo ungewöhnlich verwirrt.

»Wo?!«

»Santo Fico, Sire.«

»Wo in aller Welt liegt Santo Fico?!«

Wie sehr er sein Gedächtnis auch anstrengte, der Großherzog konnte sich nicht erinnern, je den Befehl zum Bau einer Straße, eines Hafens und einer Sommerresidenz »auf einem gottverlassenen Felsbrocken an einem vollkommen nutzlosen Abschnitt der toskanischen Küste« gegeben zu haben!

Seine Verärgerung an diesem Tag verwandelte sich in rasenden Zorn, als er erfuhr, dass die Arbeiten an diesem Projekt seit drei Jahren im Gange waren. Und er hegte gar mordlüsterne Gedanken, als man ihm offenbarte, wie viel Geld ein einziger fehlgeleiteter Finger bereits gekostet hatte. Die Arbeiten wurden sofort eingestellt. Gebäude blieben im Rohbau zurück; Straßen wurden nicht weiter ausgebaut oder endeten auf offenem Feld. Aber alle neuen Anweisungen änderten nichts daran, dass Cosimos leichtfertiger Irrtum nicht mehr rückgängig zu machen war. Das Schicksal hatte einem unscheinbaren Hafen eine prächtige Straße beschert, die hinauf zu einer vermeintlich prunkvollen Kirche führte, außerdem Grundmauern zu einer stattlichen Villa und eine halb fertige Verbindung zur äußeren Welt … aber auch Häuser, Menschen und ein Dorf namens Santo Fico.

Natürlich wusste Leo Pizzola nichts von Cosimos Unfähigkeit im Umgang mit Landkarten. Und selbst wenn es anders gewesen wäre, hätte er es verschwiegen, weil seine eigene Version ihm weitaus dienlicher war. Es gibt eine Zeit für die Fakten und eine Zeit für Geschichten. Leo ließ also seine Bemerkung »Sie fragen sich sicherlich alle, warum dieser Ort überhaupt existiert« wie ein Leichentuch über den Köpfen der Leute hängen und probierte in der Zwischenzeit auf verschiedene Arten zu lächeln, in der Hoffnung, dadurch weniger bedrohlich auf seine Zuhörer zu wirken.

Zuletzt brachte der von ihm angesprochene schreckensbleiche Engländer stotternd eine Entschuldigung hervor, woraufhin der verwegen aussehende italienische Fremde zu seiner Überraschung kein Messer zückte, sondern ihn breit angrinste.

»Nein, nein. Sie brauchen sich nicht zu entschuldigen. Sie haben ja Recht. Es ist tatsächlich eins der seltsamsten Dörfer in der ganzen Umgebung. Oft fragen wir uns selbst, wie es dazu kommen konnte!« Dabei warf er lachend die Hände in die Luft und zog übertrieben die Schultern hoch.

Die Engländer fielen erleichtert in sein Lachen ein, als sie erkannten, dass er keinen Streit suchte und nicht einmal auf Wiedergutmachung aus war. Im Grunde war er geradezu sympathisch, und auch wenn die Tatsache, dass er Englisch sprach, noch kein Garant für sein kultiviertes Wesen war, ließ sich daraus zumindest auf ein gewisses Maß an Zivilisation und Halbbildung schließen. Schließlich trug er Anzug und Krawatte, wenn auch beides in einem ziemlich desolaten Zustand.

Rasch baten sie ihn an ihren Tisch, doch genauso rasch lehnte Leo ab. Er hatte nicht vor, seine beherrschende Position in der Mitte der Bühne aufzugeben. Gerne jedoch nahm er ihre Einladung zu einem Glas Wein an, und wie auf ein Stichwort hin kam von einem anderen Tisch die Frage, wo er ein so perfektes Englisch gelernt habe. Leo erzählte von den Jahren, die er in Amerika verbracht hatte. Er war enttäuscht, dass keiner unter seinen Zuhörern je in Chicago gewesen war oder etwas von Baseball verstand, tröstete sich aber sogleich damit, dass ein Gespräch über Chicago und Baseball zwar großartig gewesen wäre, andererseits aber nur von seinem eigentlichen Ziel abgelenkt hätte. Geschäft war Geschäft.

Die älteren Dorfbewohner hatten bereits bei Leos Eintreten geahnt, worauf das alles hinauslaufen sollte, und es erfüllte sie mit Stolz, einen der ihren im Gespräch mit einer ganzen Abteilung Ausländer zu sehen – auch wenn sie keine Ahnung hatten, worüber gesprochen wurde. Leo redete für sie alle und bewies, dass sie klug und weltgewandt waren, gute Manieren besaßen und einige von ihnen sogar Anzüge und Krawatten trugen. Der Einzige, der in diesem Moment noch ein Problem hatte, war der Reiseleiter. Er überlegte angestrengt, warum Carmen, wenn er ihr so gut gefiel, ihm wenige Augenblicke zuvor eine kleine Karaffe Wein in den Schoß gekippt hatte.

Leo wandte sich der versammelten Runde zu.

»Ich wollte Ihr Mittagessen nicht stören, aber ich fand Ihre Frage wirklich klug. Warum? Warum Santo Fico? Warum an diesem Ort? Nun, die Antwort ist ungewöhnlich. Sie hat mit Ereignissen zu tun, die mehrere hundert Jahre zurückliegen. Tatsächlich handelt es sich um eine Art … Wundergeschichte, in der es um Glauben und Heilige geht, um Edelmänner und Kriege und unerklärliche Geschehnisse … Möchten Sie sie hören?«

Die Antwort war einstimmig und aufrichtig. Diese malerisch verwegene Person würde ihnen nicht nur keinen Ärger bereiten, sie würde ihnen sogar auf angenehme Weise mit einem Ausflug in die Lokalgeschichte die Zeit vertreiben.

Unter lautem Beifall im Saal nahm Topo auf dem letzten freien Barhocker Platz, wobei er Leo kurz zublinzelte und mit beiden Daumen nach oben zeigte. Es war nur ein kurzes Zeichen, aber Carmen hatte es bemerkt und erinnerte sich, wie Topo kurz zuvor aus dem Hotel gerannt war. Irgendetwas ging hier vor, und das missfiel ihr. Leo sah, dass Carmen in der Küche verschwand und dachte nur: O Gott, sie erzählt es Marta. Aber jetzt gab es kein Zurück mehr, weil im Raum bereits eine gespannte Stille herrschte. Leo schloss die Augen, holte tief Luft und wirkte mit einem Mal seltsam abwesend – als versuche er, eine undeutliche Erinnerung heraufzubeschwören.

»Es geschah vor weit über vierhundert Jahren … in diesem Monat. Der große Cosimo de Medici war damals Herzog von Firenze – Sie sagen dazu … Florenz. Zur damaligen Zeit befand Firenze sich im Krieg mit dem mächtigen Siena. Es war ein Krieg, der wie alle furchtbaren Kriege viele Jahre dauerte und großes Leid und große Trauer mit sich brachte, aber auch einige wenige Wunder …«

Im Raum hin und her gehend, erzählte Leo die mitreißende Geschichte, wie der unerschrockene Herzog Cosimo das Feuer für die letzte große Schlacht um Siena entfachte. Er beschrieb, wie Cosimos erschöpfte Truppen, so weit von zu Hause entfernt und so viele Tage schon dem Tod ausgesetzt, im täglichen Anrennen gegen die unüberwindlichen Mauern von Siena den Mut verloren hatten. Er hielt seine Zuhörer in Atem mit seinem Bericht über jenen schicksalhaften Tag, an dem Cosimo auf seinem tapferen weißen Hengst seine Soldaten mit einer feurigen Rede anstachelte – auch wenn eine ganze Reihe der englischen Zuhörer überraschende Ähnlichkeiten mit dem Ruf zu den Waffen Heinrichs V. vor der Schlacht von Agincourt feststellten.

Leo beschrieb, wie Cosimo seine Truppen tollkühn auf seinem tapferen Ross anführte und wie er, sein breites Schwert wie einen Dolch schwingend, die verblüfften Verteidiger zurückdrängte. Die Herzen der Zuhörer pochten, als Leo, als sei er dabei gewesen, den schicksalhaften Moment beschrieb, an dem ein einsamer Bogenschütze auf einem entfernten Turm seinen Pfeil entsandte, der den großen Cosimo mitten in die Brust traf.

Niemand wagte zu atmen oder sich zu bewegen; alle waren sie gefangen von dem tödlichen Schicksal, das den Großherzog in genau der Stadt ereilt hatte, die sie am Tag zuvor besucht hatten. Viele wunderten sich darüber, dass bei ihrem Besuch in Siena auf keinem Rundgang und in keinem Reiseführer etwas von dieser großartigen Geschichte erwähnt war. Sogar die Dorfbewohner, die kein Wort von dem verstanden, was Leo sagte, erkannten zumindest ein paar Dinge – sie wussten, er sprach vom Großherzog Cosimo, sie wussten, er sprach von Siena und vermutlich von einer großen Schlacht, und sie waren sich sicher, er erzählte eine wunderbare Geschichte auf großartigste Weise.

Leos Stimme wurde zu einem bewegenden Flüstern, als er damit fortfuhr, wie Cosimos Offiziere ihren geliebten Herzog in den Dom von Siena trugen und den sterbenden Körper auf die schwarzen und weißen Marmorfliesen unter die große Kuppel legten, damit er die Sterbesakramente empfange. Doch ein erstickender Seufzer des edlen Herzogs ließ sie mitten auf ihrem Weg innehalten …

… Genau wie Leo ganz plötzlich innehielt.

Vom anderen Ende des Speisesaals her durchbohrten ihn zwei dunkle Augen wie schwarze Feuerblitze. Ohne Vorwarnung starrte Leo in das Gesicht von Marta Caproni Fortino, deren zusammengebissener

Kiefer und die gebogenen Brauen ihm unmittelbar signalisierten, dass ihr stummer Zorn abgründig tief war. Ihre Augen schleuderten Lichtblitze wie die einer erstarrten Medusa, die sich in sein Hirn fraßen und ihn für einen Moment zu Stein erstarren ließen. Seine Worte glichen verstörten Soldaten, die wild durcheinander rannten und vergeblich versuchten, sich erneut in Reih und Glied zu formieren, während er mit aller Gewalt gegen den Sog ihres Zorns ankämpfte. Als Italiener war Leo mit Martas kochender Wut vertraut – nur war er durch seine lange Zeit in Amerika nicht mehr daran gewöhnt. Amerikaner haben nie gelernt, worin es die Italiener zur Perfektion gebracht haben, nämlich den ungezügelten Einsatz aufrechter Empörung vor den Augen der Öffentlichkeit. Martas empörte Blicke waren so vernichtend, dass Leo davon beinahe in die Knie gezwungen wurde.

Seiner in Bann geschlagenen englischen Zuhörerschaft entging seine plötzliche Notlage. Die meisten fanden Leos Zögern sogar ausgesprochen dramatisch. Der arme Mann war vermutlich vom Schicksal des Herzogs Cosimo tief bewegt. Die Einwohner von Santo Fico hingegen spürten sehr wohl das Besondere des Augenblicks. Sie waren die stummen Zeugen eines hitzigen Willenskampfes, der ebenso beängstigend wie faszinierend war.

Als die Spannung zwischen den beiden Kontrahenten so groß geworden war, dass der gesamte Saal aufzuschreien drohte, die eine Hälfte, um die beiden Streithähne zu trennen, die andere, damit er seine Erzählung zu Ende bringe, blinzelte Marta. Dann seufzte sie. Sie würde ihm erlauben, mit seiner Geschichte fortzufahren.

Leo seinerseits hatte sich so rasch wieder gefangen wie eine Katze, die vom Tisch gefallen ist. Er wusste genau, wo in seiner Erzählung er stehen geblieben war, und wie jeder gute Schauspieler verstand er es großartig, den peinlichen Moment zu seinem Vorteil umzumünzen. Mit einem leichten Schlucken begann er, vom letzten Willen des sterbenden Herzogs zu berichten – und plötzlich bekam die lange Pause, die in Wirklichkeit nur wenige Sekunden gedauert hatte, eine völlig neue Bedeutung. Der einfühlsame Erzähler hatte diesen Moment gebraucht, um Herr seiner Gefühle zu werden, und schon im nächsten Augenblick war Leo wieder bei der Tragödie des armen Herzogs Cosimo. Er selbst zeigte sich darüber so erleichtert, dass er sich ein verschmitztes Grinsen erlaubte, auf das er sich so viel besser verstand als auf das Einziehen von Rigipsdecken.

Marta wusste natürlich nichts von der Zeit in Chicago, die er mit dem Einziehen von Rigipsdecken verbracht hatte (was immer das sein mochte). Sie dachte nur: Wie kann er es wagen, dies in meinem Hotel zu veranstalten? Wie kann er es wagen zu warten, bis das Restaurant voll besetzt ist, und dann mit seinem alten Trick aus Kindertagen kommen?

Obwohl keiner der Dorfbewohner so dumm war, sie unmittelbar anzustarren, fühlte Marta ihre Blicke auf sich, woraufhin Herz und Verstand automatisch kalt für jedes Gefühl wurden – eine einstudierte Reaktion, die sie selbst nicht einmal mehr bemerkte. Sie ließ nichts an sich herankommen und gab auch nichts von sich preis, denn sie wusste, worauf alle warteten, was sie zu sehen hofften – und sie empfand Zufriedenheit darüber, dass sie heute alle miteinander leer ausgehen würden. Dies war nicht der Tag, an dem sie sich Leo Pizzola vorknöpfen würde. Außerdem war ihr Leben schon viel zu häufig Gegenstand von Klatsch und Tratsch im Dorf gewesen. Viel zu oft war ihr Kummer Anlass für einen geflüstert herumgereichten Skandal oder ein aufgebauschtes Gerücht zur Belustigung der Nachbarn gewesen. Sie taten so, als wüssten sie über ihr Leben besser Bescheid als sie selbst – und vielleicht stimmte das sogar. Zweifellos kannten sie genügend Geheimnisse über sie und Franco und womöglich auch über Leo. Aber heute würde es keine Vorstellung zu ihrer Unterhaltung geben, es sei denn, Leo Pizzola verdarb ihr das Geschäft. Dann würde sie ihn durchklopfen wie ein sehniges Steak, ganz egal, wer dabei zusah.

Die englischen Zuhörer warteten angespannt, von Cosimos letzten Atemzügen zu hören, doch wie es schien, hatte das Schicksal anderes mit ihm vor.

»Wie alle zur damaligen Zeit, hatte auch der Großherzog die Geschichten von dem winzigen Kloster gehört, das irgendwo versteckt an der toskanischen Küste lag. Das Kloster war gebaut worden, weil an diesem Ort zahllose Wunder geschehen waren, und weil er, so berichtete die Legende, immer noch ein großes Wunder und ein einzigartiges Mysterium beherbergte. Und Cosimo spürte, dass er gerettet werden könnte, wenn er nur lange genug lebte, um an diese heilige Stätte zu gelangen.«

Leo erzählte seinen gefesselten Zuhörern, wie ein treues Gefolge banger Soldaten drei Tage lang durch die Glut des toskanischen Sommers ritt, während das Leben ihres Gebieters am seidenen Faden hing. Schließlich gelangten sie an das Tyrrhenische Meer und erklommen die steilen Klippen zu einem winzigen, beinahe unzugänglichen Kloster, das an der äußersten Spitze eines jäh abfallenden Felsvorsprungs lag.

Als die ergebenen Franziskanermönche den Großherzog sahen, ließen sie ihn selbstverständlich ein und betteten seinen schwachen Körper auf ein Feldbett vor ihrem heiligen Schrein – dem Wunder von Santo Fico. Trotz seines fiebrigen Zustands konnte der arme Herzog Cosimo auf der anderen Seite des Hofes ein Licht in der Dunkelheit sehen, das geheimnisvolle Leuchten des Mysteriums von Santo Fico. Inmitten des göttlichen Wunders auf der einen und des unvergleichlichen Mysteriums auf der anderen Seite, hielten die frommen Mönche die ganze lange Nacht betend und Cosimo ihre geheimen Arzneien verabreichend Wache.

»Können Sie sich vorstellen, wie entgeistert die treuen Soldaten waren«, seufzte Leo, »als sie am nächsten Morgen in die Kirche kamen und ihren Herzog vom Fieber befreit und seine eitrige Wunde geheilt fanden? Er würde leben! Für die Soldaten war das beileibe ein Wunder, nicht aber für den Großherzog, der auf der Klippe des Todes gestanden ... und eine Vision erlebt hatte!«

Mit einem Ausdruck von Ehrfurcht und leisem Erstaunen erzählte Leo weiter, wie der heilige Franziskus in der Nacht dem Herzog Cosimo erschienen war und ihn sanft auf seine fiebrige Stirn geküsst und die todbringende Wunde berührt hatte. Seine Stimme hob sich vor Erregung, als er vom Entschluss des Herzogs berichtete, an diesem Ort eine Stadt zu errichten.

»Damit müde Pilger von überall auf der Welt, genau wie Sie, hierher kommen und die heilige Stätte des Wunders und den Zauber des Mysteriums von

Santo Fico erleben können. Und so ist Santo Fico entstanden.«

Lange Zeit blieb es still im Saal. Für Leos Empfinden sogar ein wenig zu lange. Immerhin hatte er die Geschichte seit vielen Jahren nicht mehr erzählt, und noch nie zuvor auf Englisch. Vielleicht war ihm das richtige Gefühl abhanden gekommen. Doch dann war ein allgemeines Seufzen zu hören. Im nächsten Moment fing jemand an zu klatschen (tatsächlich war es Topo), und bald darauf brandete begeisterter Applaus auf. Leo verbeugte sich lächelnd, leidlich zufrieden darüber, wie viel von der ursprünglichen Version er behalten hatte und wie viele ergreifende Details er außerdem aus dem Stegreif hinzuerfunden hatte.

Allerdings blieb ihm nicht viel Zeit, seinen Ruhm auszukosten, da er aus den Augenwinkeln Marta auf sich zusteuern sah. Flugs wandte er sich von seinen Anhängern ab und eilte zurück an die Bar. Carmen füllte gerade sein Weinglas, als plötzlich ihre Mutter neben ihr stand und sie mit einem kaum erkennbaren Kopfnicken fortschickte.

Marta musterte Leo von Kopf bis Fuß – diesmal würde ihre Begegnung anders verlaufen als vor sechs Wochen auf der Piazza, als sie über sein plötzliches Auftauchen sprachlos gewesen war. An dem Tag war sie nicht vorbereitet gewesen und von ihren Gefühlen überrannt worden. Diesmal war es anders. Diesmal war Leo in ihrem Hotel, und sie wusste, was zu tun war.

Zum ersten Mal seit seiner Rückkehr konnte sie Leo unmittelbar ins Gesicht schauen. Es hatte sich verändert. Dies war das Gesicht eines Mannes. Es hatte neue Falten und Narben bekommen, vermutlich von Kämpfen. Die Augen waren trotz der vielen Fältchen die alten, aber die Nase, die ein weiteres Mal gebrochen war, zierte über der Wurzel eine zackige Narbe. Marta fragte sich, ob sie nicht sogar von ihr aus der Nacht vor ihrer Hochzeit stammte, als sie einen Wasserkrug vom Nachttisch neben ihrem Bett genommen und in seine Richtung geschleudert hatte. Er sollte an der Wand neben seinem Kopf zerschellen, doch im Dunkel der Nacht und von ihren Tränen geblendet, verfehlte sie ihr Ziel. Der Krug traf Leo mitten ins Gesicht und warf ihn rückwärts aus ihrem Schlafzimmerfenster im zweiten Stock. Er schlug unten im Garten zwischen den Radieschen auf. Marta erinnerte sich, dass sie damals dachte, er habe noch Glück gehabt. Ein Stück weiter wäre er im Tomatenbeet gelandet und von den Stäben zur Befestigung der Stauden aufgespießt worden.

Sie hatte ihn vom Fenster aus beobachtet, wie er im Mondlicht aus dem Garten humpelte und sich das Gesicht hielt. Letzten Monat war es genau achtzehn Jahre her. Die gebrochene, vernarbte Nase könnte durchaus ihr Werk gewesen sein, dachte sie, zumindest hoffte sie es sehr.

Leo seinerseits hatte den Sturz in die Radieschen nie als besonders glücklichen Zufall betrachtet. Er hatte oft gedacht, sein Leben hätte so viel einfacher sein können, wenn er tatsächlich auf den Tomatenhölzern gelandet wäre, und auch jetzt, da er zum ersten Mal seit achtzehn Jahren wieder in dieses eine Gesicht blickte, kam ihm der Gedanke. Das Mädchen, mit dem er groß geworden war, gab es nicht mehr. Das Gesicht, in das er blickte, war das einer Frau, aber es raubte ihm immer noch den Atem.

Schon vor Jahrhunderten hätte es in Stein gemeißelt und von den Zeitaltern als Inbegriff der Schönheit gefeiert werden sollen. Die Schönheit hatte es schon früher besessen, dachte Leo, aber jetzt war da noch etwas anderes. Um die Winkel ihrer dunklen Augen und die straffen Lippen zeigten sich feine Linien, die gemeinhin als Lachfältchen bezeichnet werden, auch wenn Leo nicht das Gefühl hatte, als stammten sie von übermäßiger Freude. Marta hatte schon damals ein auffallend entschlossenes Wesen besessen, und das war zweifellos immer noch so, aber jetzt verriet ihr Gesicht auch noch etwas anderes. Leo erkannte darin Bedauern und Resignation. Er wusste dies, weil es vertraute Gefährten seines eigenen Lebens waren.

Von seinem Platz an der Bar flehte Topo inständig, Marta möge nicht alles verderben, wo der Erfolg zum Greifen nahe war. Gerade im Augenblick bedrängten einige Mitglieder der Reisegruppe ihren Führer mit Fragen und deuteten dabei auf Leo. Alles lief perfekt, und nun würde Marta die Sache vermasseln, und das nur wegen … ja weswegen eigentlich? Selbst er wusste es nicht. Er, Guido Pasolini, der vor achtzehn Jahren mit dabei war, konnte nicht genau sagen, was damals vorgefallen war und einen so tiefen Keil zwischen seine drei besten Freunde getrieben hatte. Er wusste nur, dass er nach Francos furchtbarem Junggesellenabschied den Namen Leo Pizzola nie mehr in Martas Gegenwart hatte erwähnen dürfen. Zumindest das hatte er am Tag der Hochzeit erfahren. Natürlich war auch Franco sauer gewesen wegen der Prügelei in Grosseto am Vorabend. Aber schließlich hatte er seinen Ärger hinuntergeschluckt. Einmal, als sie betrunken und wehmütig gewesen waren, hatte Franco Topo sogar gestanden, es sei seine Schuld gewesen. Oft hatten er und Franco sich später gefragt, was wohl aus Leo geworden war. Sie wussten, dass er sich irgendwo in Amerika befand, und immer wieder hatten sie sich geschworen, auch sie würden eines Tages aus Santo Fico fortgehen. Sie würden Leo nach Amerika folgen, so wie sie es sich schon als Jungen erträumt hatten... irgendwann. Aber sie hatten nie darüber reden können, wenn Marta in der Nähe war. In Martas Gegenwart war Leos Name tabu. Weder Topo noch Franco hatten je davon erfahren, dass Leo in der Nacht vor der Hochzeit an Martas Fenster gestanden hatte. Sie hatte es nie jemandem erzählt. Insofern konnte Topo das alles nicht verstehen. Er wusste nur, dass die englischen Touristen sich untereinander berieten und nickend auf Leo zeigten. Manchmal machte Marta mit ihrer Bitterkeit einem wirklich das Leben schwer.

Leo und Marta starrten sich weiter stumm an. Leo wartete auf Marta. Schließlich war es ihr Hotel. Doch im Augenblick war Marta zu sehr damit beschäftigt, sich über Leos verbeulten Panama-Hut aufzuregen, genau wie über seinen zerknitterten Anzug, den blödsinnigen Schnurrbart und alles andere an ihm. Er sieht wie eine Schießbudenfigur aus, dachte sie, in diesem zerlumpten Anzug, der schleimig grünen Krawatte und diesem idiotischen gelben Einstecktuch – wie eine in der Sonne verblichene italienische Flagge.

Laut rief sie zum anderen Ende der Bar: »Carmen, hat er seinen Wein bezahlt?«

»Ja, Mama«, log Carmen, ohne zu zögern.

Sie blickte einmal mehr zu ihm hin. »Schöner Anzug.«

Er grinste ein wenig zu selbstgefällig, sodass er schon befürchtete, er bekäme eine Ohrfeige, als Martas Hand auf ihn zusauste. Aber zu seiner Schande zog sie lediglich einen langen Grashalm unter seinem Revers hervor.

»Was hast du gemacht – bist du etwa durch ein Feld gerobbt?«

Mit gesundem Menschenverstand versuchte er seiner Panik Herr zu werden – unter gar keinen Umständen konnte sie wissen, dass er tatsächlich durch ein Feld gekrochen war! Leo kämpfte gegen das nervöse Zucken seiner Mundwinkel, doch Marta machte unverdrossen weiter.

»Hast du Onkel Elio um Erlaubnis gefragt?«

Der Ausdruck von Betretenheit, der sich augenblicklich auf Leos Gesicht zeigte, verriet Marta die Antwort. Der Dummkopf hatte noch nicht einmal mit Pater Elio gesprochen. Er setzte seinen ausgeklügelten Plan einfach in die Tat um, ohne auch nur ein Wort darüber mit dem alten Priester zu wechseln.

»Ich denke nicht«, sagte sie kalt lächelnd, und Leo hatte unwillkürlich das Bild vor Augen, wie Marta unter freudigem Gelächter Erde auf sein Grab schaufelte. In weniger als einer Minute und mit ganzen drei kurzen Sätzen hatte sie ihm ihre Autorität demonstriert, ein verbotenes Geheimnis durchschaut und die entscheidende Schwachstelle seines Plans offen gelegt. Vor hundert Jahren, dachte er, hätte er sie problemlos als Hexe auf den Scheiterhaufen bringen können. In einer Sache lag sie allerdings beängstigend richtig – es konnte sehr gut sein, dass Pater Elio seine Zustimmung verweigern würde.

Zu Leos Glück näherte sich der Reiseleiter und unterbrach ihr Gespräch. Schnell zischte Marta ihm noch zu: »Ich weiß, was du vorhast, und es gefällt mir nicht. Wenn nicht die vielen Leute hier wären, würde ich dir sagen, wie sehr es mir missfällt. Du hast zwei Minuten, dann bist du aus meinem Hotel verschwunden.« Sie drehte sich elegant zur Seite, sah den Reiseleiter lächelnd an und sagte: »Signore, der Nachtisch ist fertig. Zabaione und Kaffee. Kommt sofort.«

»Gut…«

Ohne Leo eines weiteren Blicks zu würdigen, verschwand Marta in der Küche.

Der Reiseleiter war hocherfreut über den Nachtisch, aber er war aus einem anderen Grund an die Bar gekommen.

»Einigen Leuten in meiner Gruppe scheint Ihre Geschichte ausgesprochen gut gefallen zu haben.« Mit breitem Grinsen imitierte er Leos Vortrag: »*Die heilige Stätte des Wunders und der Zauber des Mysteriums von Santo Fico* – das war wirklich gut. Meine Leute interessieren sich für solche Dinge… Wenn Sie nicht zu sehr beschäftigt sind… hätten Sie vielleicht Zeit für eine persönliche Führung?«

Leo runzelte nachdenklich die Stirn. Dann rieb er sich müde das unrasierte Gesicht und seufzte: »Das ist schwierig.«

Der Reiseleiter beugte sich vor und flüsterte: »Ich denke, sie werden auch dafür bezahlen… Vielleicht ein paar tausend Lire?« Er zwinkerte Leo verschlagen zu.

Leo richtete sich empört zu seiner vollen Größe auf (die tatsächlich beeindruckend war) und fixierte den Führer mit eisigem Blick, der ihm den kalten Angstschweiß auf die Stirn trieb. Jeder im Saal sah, dass Leo überlegte, ob er den unverschämten Schuft niederstrecken sollte oder nicht. Einige der Dorfbewohner, die sich noch an Leos und Francos wilde und gewalttätige Tage erinnerten, spürten sehr wohl den Ernst der Situation.

Doch Leo – auch wenn er den Fettwanst nicht mochte – dachte angestrengt nach. Bis zu diesem Augenblick hatte er sich noch keine Gedanken über Zahlen gemacht. Natürlich hatte er damit gerechnet, dass der Reiseleiter auf ihn zukommen würde, aber seine vorübergehende Verstörung kam ihm sehr gelegen, weil er dadurch Zeit für einige kurze Berechnungen hatte.

Er starrte den kugeligen Mann an wie Herzog Cosimo höchstpersönlich, während er in seinem Kopf eifrig Zahlen hin und her schob. … *Zwölf Personen … sagen wir zehntausend Lire pro Nase. Das sind, äh … ungefähr hunderttausend Lire. Davon gehen fünfundzwanzig Prozent an Topo und noch einmal fünfundzwanzig Prozent an Pater Elio … bleiben um die fünfzigtausend Lire übrig …*

Wie gern hätte er jetzt einen Bleistift und ein Stück Papier und eine Minute Ruhe gehabt … Sollte er einen Pauschalpreis von zweihunderttausend Lire nehmen? … *zweihunderttausend Lire! Unmöglich!* Er versuchte sich zu erinnern, wie hoch der Wechselkurs für den Dollar stand, als sich ein anderer Gedanke jäh dazwischenschob: *Wen interessierten Dollar!? Hier ging es um britische Pfund …*! Inzwischen hatte er den Faden seiner Rechnung verloren, doch schon blickten ihn alle an. Er musste eine Summe parat haben, bevor er zu sprechen anfing, und die Leute warteten auf ihn.

Die Touristen verstanden natürlich kein Wort von dem, was ihr plumper Reiseleiter und der sympathische Italiener miteinander beredeten. Aber ihnen allen war klar, dass dieser gutherzige Mann, der sie mit seiner Geschichte gefesselt hatte, ein weiteres Mal beleidigt worden war – und zwar wieder durch sie. Die armen Briten fühlten einen schmerzhaften Stich nationaler Schande in ihrer Brust, weil sie diesen Leuten ständig neuen Kummer zu bereiten schienen.

Die Dorfbewohner hingegen fühlten sich von einer Woge kommunalen Stolzes emporgehoben, weil Leo seine Sache so ausgezeichnet machte, noch dazu, wo er so viele Jahre aus der Übung war. Und obwohl sie nicht die leiseste Ahnung hatten, was er ihnen auf Englisch erklärt hatte und was im Augenblick vor sich ging, unterstützten sie seine gegenwärtige Stimmung, indem sie in Anerkennung des gewaltigen Fauxpas – was immer es gewesen war – zu Boden blickten.

Bis zu diesem Punkt war alles perfekt gelaufen. Leo konnte sich nicht erinnern, dass es je so glatt gegangen war – nicht einmal damals, als er und Franco zusammengearbeitet hatten. Jetzt aber mussten sich die Touristen in das Gespräch einschalten, doch im Saal herrschte betretenes Schweigen. Vielleicht hatte er zu dick aufgetragen. Vielleicht hatte es damals auch nur geklappt, weil er noch ein kleiner Junge war.

An der Bar wischte Topo sich mit dem Ärmel den Schweiß von der Stirn und flehte, irgendwer möge etwas sagen. Zu guter Letzt müsste Leo den Kerl noch niederstrecken oder, schlimmer noch, einfach gehen! Hatten diese Briten kein Herz? Doch es blieb weiterhin mucksmäuschenstill.

Leo hatte gerade beschlossen, die ganze Sache abzublasen, als die beiden beleibten Damen, an deren

Tisch er zuerst gewesen war, auf ihren Begleiter einredeten und Leo endlich das ersehnte Geräusch hörte. Der Mann räusperte sich.

»Entschuldigen Sie, Sir, äh … Signore …«

Leo drehte sich um.

Der Engländer trat auf ihn zu und stotterte: »Signore, ich, äh … also, wir wissen nicht genau, welches … äh, Problem hier vorliegt, aber wir wollten Sie ganz bestimmt nicht beleidigen. Wir bitten Sie um Verzeihung.«

»Nein, nein, nein, nein, nein, mein Freund. *Sie* haben mich nicht beleidigt.« Leo legte ganz besonderes Gewicht auf dieses *Sie* und blickte vorwurfsvoll auf den Reiseleiter. Die englischen Touristen sahen ihn ebenfalls vorwurfsvoll an. Und auch die Dorfbewohner betrachteten ihn mit finsteren Mienen. Nur Carmen lächelte ihm zum ersten Mal an diesem Tag zu. Der arme Kerl starrte betreten in die Runde.

»Ich glaube, Sie haben das nicht recht verstanden, Signore«, sagte Leo. »Dies ist ein armes Dorf, aber wir besitzen auch unseren Stolz. Wir haben nicht viel von, wie sagt man doch gleich … *ricchezze secolari* … äh, weltlichen Reichtümern. Aber wir haben zwei besondere Geschenke Gottes. Geld dafür zu bezahlen, um sie zu sehen, scheint mir wie ein, äh … also, äh … *sacrilegio*?«

»Ein Sakrileg?«

»Si, ein Sakrileg. Unser Priester, Pater Elio, ein frommer Mann, würde das niemals zulassen. Es tut mir Leid.«

Die Engländer machten lange Gesichter, als Leo plötzlich einen Einfall hatte. Er schnappte nach Luft und hielt seinen Finger in die Höhe, als wolle er auf die großartige Idee zeigen, die da über seinem Kopf schwebte. »Es sei denn …«, flüsterte er leise.

Er drängte sich an den Ellbogen des Engländers und redete geheimniskrämerisch auf ihn ein – aber immer noch so laut, dass alle es mitbekamen.

»Natürlich wäre nichts dagegen einzuwenden, wenn ich Pater Elio fragte, ob ich einige gute Freunde in unsere heilige Kirche führen und ihnen das Wunder und das Mysterium zeigen darf. Wenn Sie wünschen, können Sie anschließend eine … eine … wie heißt das noch … eine Spende … für unser Gotteshaus entrichten! Ich leite sie dann an Pater Elio weiter, wenn Sie fort sind. Was kann er dann schon dagegen sagen? Das ist schließlich etwas anderes, als Eintrittskarten zu verkaufen, oder?«

»Gewiss. Ganz etwas anderes. Als würden gute Freunde sich gegenseitig etwas schenken.« Der untersetzte Engländer wandte sich der Gruppe zu, die bestätigend nickte. Einige ältere Männer riefen sogar laut: »Ja doch. Richtig.« Wie clever sie das eingefädelt hatten.

»Und was glauben Sie … ich meine, was wäre wohl eine angemessene … Spende?«

Manchmal laufen die Dinge einfach zu gut. Eine anhaltende Glückssträhne kann einen Mann oft zur Nachlässigkeit verleiten, und zu diesem Zeitpunkt fühlte sich Leo beinahe berauscht. Er hatte einen Plan. Er hatte einen soliden Preis festgesetzt. Er hatte dies bereits unzählige Male getan, und obwohl er seit vielen Jahren aus der Übung war, verlernt man gewisse Dinge einfach nicht. Jetzt war nicht die Zeit für spontane Entscheidungen. Fast wollte er seinen eigenen Ohren nicht trauen, als er die schrecklichen Worte aus seinem Mund hörte.

»Oh, das bleibt ganz Ihnen überlassen.«

Fast hätte er sich auf die Zunge gebissen! Er wollte laut aufschreien! Er wollte wild durch die Gegend springen und sich die Haare ausreißen! Doch stattdessen rang er sich ein Lächeln ab und wartete.

Vom Ende der Bar aus blinzelte Topo ihm zu. Leo dankte Gott, dass sein Freund kein Englisch verstand, denn hätte er mitbekommen, was er da gerade gesagt hatte, wäre er längst über ihm und würde ihm die Kehle zudrücken.

Der Engländer wandte sich wieder seiner Gruppe zu, deren Mitglieder scheinbar endlos lange miteinander flüsterten, sich zunickten, Grimassen schnitten und geheime Zeichen machten. Leo war versucht, noch einmal auf die Armut des Dorfes hinzuweisen oder auf Pater Elios Frömmigkeit oder vielleicht auch auf seine eigene verzweifelte Sehnsucht, Santo Fico den Rücken zu kehren – aber er musste einfach nur warten. Er hatte die Würfel geworfen – jetzt mussten sie fallen. Zuletzt drehte sich der große Mann mit den breiten Zähnen und der wilden Frisur beinahe zerknirscht zu ihm um.

»Wären, äh … dreihunderttausend Lire annehmbar?«

Ihr schlimmster Alptraum bestand darin, Leo ein drittes Mal zu beleidigen, sodass sie ihn gespannt ansahen. Doch als er wieder Luft schöpfen konnte und seinen herabgefallenen Kiefer unter Kontrolle hatte, flüsterte er Worte aufrichtiger und tief empfundener Dankbarkeit.

»Das ist … zu großzügig.« Und er meinte es auch.

Die Engländer hätten am liebsten erleichtert geklatscht. »Ach was«, rief sein britischer Gesprächspartner und schlug ihm jovial auf den Rücken.

Leos Kopf schwindelte. Er rang immer noch nach Atem, doch als er Marta erneut aus der Küche treten sah, kehrte er schlagartig in die Realität zurück. Marta hatte Recht. Er musste mit Pater Elio reden, und zwar schnell. Ohne Pater Elios Segen konnte sein großartiger Plan in sich zusammenfallen wie eine Sandburg. Rasch erklärte er den Engländern, er werde zur Kirche hinübergehen und die nötigen Vereinbarungen treffen, und wenn sie ihren Nachtisch beendet hätten, käme er sie holen.

Gut gelaunt in die Runde winkend, eilte Leo aus dem Speisesaal, durchquerte die kleine Halle und verschwand durch den Eingang. Sekunden später wieselte Topo hinter ihm her.

6

Beim Eintreten schlugen Leo die Gerüche der alten Kirche entgegen – der Modergeruch der Steine, der Weihrauchduft vieler Jahre und der Rauch der unablässig brennenden Kerzen. An die kühle Wand gelehnt, blieb er im hinteren Kirchenschiff stehen, bis seine Benommenheit vorüber war und er sich an das wohlige Halbdunkel des Raums gewöhnt hatte, das ihn wie ein dunkler Mantel der Unsichtbarkeit umfing und ihn vor der Außenwelt schützte. War es das, was ein Priester fühlte?

Seit seiner Rückkehr aus Amerika hatte er sich oft über die Schlichtheit von Santo Fico gewundert. In seinen Kindheitstagen war ihm nicht aufgefallen, wie armselig alles war – aber es war noch mehr als das. Beispielsweise war alles im Dorf viel kleiner als in seiner Erinnerung, einschließlich der Kirche. Als Kind hatte ihn die Größe des Gotteshauses immer beeindruckt, aber in den Jahren der Wanderschaft hatte er einige der größten Dome der Welt kennen gelernt und sah seine Umwelt jetzt mit anderen Augen. Die Bedeutungslosigkeit von Santo Fico war ihm bereits im ersten Monat seines Exils aufgegangen. Gerade neunzehn, hatte er in Mailand gearbeitet, um das Geld für einen Flug nach Amerika zusammenzubekommen. Damals hatte er weinen müssen, als er die weißen Marmortürme des Mailänder Doms im Abendrot sah. Später in Amerika hatten selbst die öffentlichen Glaspaläste von Chicago die Nichtigkeit seiner Heimat unterstrichen. Man musste nur einmal auf dem Sears Tower gestanden haben. Mein Gott, ganz Santo Fico hatte im Baseball-Stadion von Wrigley Field Platz, einschließlich dieser Kirche und ihrem winzigen Glockenturm.

Amerika hatte alles verändert. Seit seiner Ankunft in Amerika, insbesondere in Chicago, war Santo Fico für ihn immer mehr zu einem fernen Traum geworden, der schließlich ganz verblasste. Mehr als sechzehn Jahre lang installierte er Rigipswände für Steve Costello, den Sohn der Frau des Bruders seiner Mutter.

Es war harte Arbeit, aber die Bezahlung stimmte, und es dauerte nicht lange, bis er sich eine eigene Wohnung, eine neue Garderobe und einen Gebrauchtwagen zulegen und zuletzt auch ausgehen und Frauen zum Essen oder ins Kino ausführen konnte. Vor allem aber konnte er sich Eintrittskarten für das Wrigley-Field-Stadion leisten. Cousin Steve hatte ihm unmissverständlich auseinandergesetzt, dass Leo Englisch lernen und über Baseball Bescheid wissen müsse – wobei Baseball für Cousin Steve die Chicago Cubs hieß. Mit viel Schweiß und Mühe lernte Leo Englisch und entdeckte zu seiner großen Freude, dass er ebenfalls für »Base'a-ball« und die Cubs schwärmte. Bald darauf, ohne dass er es recht merkte, verschwand Santo Fico wie ein Morgennebel.

Bis zu jenem außergewöhnlich eisigen Wintermorgen im letzten Jahr, als alles, was er hinter sich gelassen hatte, mit beißender Klarheit zurückkehrte. Ein besonders heftiger Wind fegte an diesem Tag über den Lake Michigan. Den ganzen Morgen über kämpfte er mit sperrigen Rigipsplatten, die er zuerst gegen den Wind und dann in den dritten Stock schleppen musste. Das war nicht weiter ungewöhnlich. Aber an diesem Tag trug er neben den schweren Gipsplatten auch noch den zerknitterten schrecklichen Brief von Pater Elio in seiner Brusttasche. Er hatte ihn erst mit einem Jahr Verspätung bekommen. So lange hatte es gedauert, bis seine Tante Sofia ihn endlich ausfindig gemacht hatte. Der Brief, den er im Laufe des Tages wieder und wieder las, erklärte ihm, dass er zu spät kam. Er hatte versagt. Sein Vater war seit fast zwei Jahren tot, ohne dass er davon gewusst hatte. Verlegen teilte Pater Elio ihm mit, der Hof gehöre nun ihm und müsse dringend bewirtschaftet werden. Den Hof wollte Leo nicht. Er wollte zehn Minuten mit seinem Vater. Für seine Kollegen sah es so aus, als ob seine Augen vom schneidenden Wind tränten.

Als er jetzt in der Dunkelheit des hinteren Kirchenschiffs stand, dachte Leo, nicht nur Vertrautheit erzeugt Geringschätzung, sondern auch die Zeit. Er fragte sich, wie ihn diese Kirche je hatte beeindrucken können. Hier gab es nichts Bemerkenswertes, und er musste es wissen. Schließlich kannte er jede versteckte Nische und jeden Winkel in dem Gebäude. Wie oft war er in den dunklen Durchgang zu seiner Rechten geflitzt und hatte die steinerne Wendeltreppe bis zur Spitze des Glockenturms erklommen? Als kleiner Junge war er ganz versessen darauf gewesen, die Welt vom Säulenrundgang des Turms aus zu beobachten. Er, Franco, Marta und

Topo waren stundenlang um den Turm herumgeschlichen, hatten sich vor den Erwachsenen unten auf der Piazza versteckt, Spuckwettbewerbe veranstaltet, die meiste Zeit aber einfach nur von den Dingen geträumt, die jenseits ihres Horizonts lagen. An besonders klaren Tagen, wenn die Insel Elba am nordwestlichen Rand der Welt schimmerte, taten sie so, als sei es Amerika, und schmiedeten Pläne, wie man dorthin kommen könnte ... nach Amerika!

Der Gedanke brachte Leo schlagartig in die Realität zurück. Zum Teufel mit seiner Kindheit. Das Problem war Pater Elio. Natürlich hatte er den alten Priester seit seiner Rückkehr ein paar Mal gesehen und mit ihm gesprochen. Pater Elio war zwar freundlich, aber es schien so, als habe er Leo etwas Schwieriges mitzuteilen oder als wolle er ihn zu einer schmerzhaften Beichte drängen. So oder so fühlte Leo sich in seiner Gegenwart unwohl. Aber das tat jetzt nichts zur Sache.

Leo sah auf den ersten Blick, dass der alte Priester nicht in der Kirche war und er nach ihm suchen musste. Eine Armeslänge entfernt befand sich das steinerne Weihwasserbecken. Leo überlegte, seine Hand einzutauchen und sich zu bekreuzigen, bevor er die Kirche betrat, aber da niemand zusah, ließ er es bleiben.

Rasch schritt er durch den Mittelgang und lenkte seinen Blick nach oben, zu dem von ihm schon immer geschätztesten Teil der Kirche. In den hohen Wänden, die das innere Kirchenschiff umgaben und von mächtigen Steinsäulen gestützt wurden, waren eine Reihe Bleiglasfenster eingelassen, in die das Mittagslicht einfiel. Er blieb vor dem vertrauten Altar stehen, der sich bescheiden über den glatten, blank polierten Bankreihen im vorderen Kirchenschiff erhob. Ein einfacher, von Spinnweben umgebener Kerzenhalter hing von der Decke und tauchte den Altar in mattes Licht. Am Ostende des Raums befand sich eine von fünf schmutzigen, aber prachtvollen Buntglasfenstern erleuchtete halb runde Apsis. Unterhalb der Fenster ruhte eine kleine Pietà, vor mehreren hundert Jahren ungelenk aus verleimtem Zedernholz geschnitzt.

Leo stand zwischen zwei kleinen Kapellen, die die Kirchgänger zur stillen Meditation einluden. Die nördliche Kapelle zu seiner Linken war nicht mehr als ein kleiner dunkler Alkoven, der durch ein einfaches Holzgitter abgetrennt war. Leo schenkte ihm bewusst keine Beachtung. Er wusste, dass sich hinter dem Schatten der Säulen, umhüllt von der Dunkelheit und vermutlich von einer von Pater Elios alten Decken, das Mysterium von Santo Fico befand. Er hatte es achtzehn Jahre lang nicht gesehen, aber er hatte daran gedacht. Jetzt, da er unmittelbar davorstand, verfluchte er stumm seine Gedanken, aber ebenso fluchte er Gott, der ihn zurück an diesen Ort gebracht hatte. Wenn er wirklich aus Santo Fico fort wollte, war das seine Chance. Es könnte einige Millionen einbringen, hatte der Mann gesagt. Er bräuchte nur einen Lastwagen. Ein Lastwagen war leicht zu stehlen. Klar, er brauchte nur einen Lastwagen … Und ein oder zwei Tage, an denen er unbeobachtet ein kleines Stück der nördlichen Kirchenmauer entfernen konnte! Alles umsonst! Er musste Pater Elio finden – und zwar schnell.

Zwei Eichentüren standen zu beiden Seiten des Kirchenschiffs genau gegenüber. Die von ihm aus gesehen linke Tür führte in einen Garten, der Teil des ursprünglichen Klosters war. Seit vielen Jahrhunderten allerdings war es weniger ein Garten als vielmehr ein Innenhof zum Schutz des Wunders von Santo Fico: der heiligen Stätte des verdorrten Feigenbaums. Leo wusste, wie viele Stunden Pater Elio täglich an diesem Ort betete – vielleicht würde er den alten Priester dort finden.

Zu seiner Rechten befand sich die Tür zur Sakristei, in der er und Franco unzählige Stunden damit verbracht hatten, Pater Elio die Messgewänder anzulegen. In Amerika hatte er, wenn er getrunken hatte, oft darüber gewitzelt, »der beste Messdiener von Santo Fico« gewesen zu sein. Dabei stimmte es sogar. Pater Elio hatte es ihm selbst gesagt.

Hinter der Sakristei führte ein schmaler Gang zur Küche und zu den Räumen von Pater Elio. Vom anderen Ende des steinernen Durchgangs hörte Leo Stimmen, und es fiel ihm wieder ein, dass er Nina mit dem Essenskorb über die Piazza hatte gehen sehen.

Das Mittagessen war Pater Elios liebste Mahlzeit. Zum Frühstück gab es lediglich eine Tasse Kaffee und etwas geröstetes Brot mit Honig oder Butter. Auch das Abendessen war meistens gleich: heißer Tee, Obst, Käse, Brot, manchmal ein Ei. Die beiden Mahlzeiten bereitete er sich selbst, aber das Mittagessen war etwas anderes. Es war nicht nur das üppigste Mahl des Tages, sondern es wurde auch von seiner Nichte Marta zubereitet, deren Kochkünste in der ganzen Region berühmt waren.

Wann genau der erste Essenskorb am Hintereingang der Kirche abgegeben wurde, wussten weder Marta noch Pater Elio zu sagen. Martas Mutter Katrine schwor, nur deshalb für ihren Schwager zu kochen, weil sie nicht mit ansehen konnte, wie er sich mit seinen eigenen Kochversuchen zu Tode hungerte. Als Marta schließlich diese Aufgabe übernahm, hatte Pater Elio dies stillschweigend hingenommen, weil sie als die jüngste Tochter seines einzigen Bruders, des jungen Giuseppe, zur Familie gehörte. Für die beiden Mädchen Carmen und Nina war es eine Selbstverständlichkeit, ihren Großonkel Pater Elio zu bekochen. Pater Elio genoss die Mahlzeiten aus Martas Küche, obwohl er zur Not auch selbst hätte kochen können, aber hier ging es um Familienangelegenheiten. Außerdem war das Essen nicht einmal der beste Teil der Vereinbarung. Noch viel besser war, dass es ihm von Marta, Carmen oder Nina gebracht wurde, die ihm alle aus unterschiedlichen Gründen besonders ans Herz gewachsen waren.

Elio mochte es, wenn Marta ihm den Korb brachte, weil sie alt genug war, um sich an alte Geschichten aus der Familie zu erinnern. Die meisten Mitglieder seiner Familie – Brüder, Schwestern, Vater und Mutter – waren gestorben. Die drei Frauen aus dem Albergo di Santo Fico waren die einzigen verbliebenen Familienangehörigen, und Marta als Einzige alt genug, um einige Erinnerungen mit ihm zu teilen. Wenn sie das Mittagessen brachte, plauderten sie über ihre Eltern und Großeltern oder über Leute und Ereignisse von damals. Er hätte sich nur gewünscht, sie wäre nicht immer so ernst. Einige der älteren Dorfbewohner redeten manchmal über ihr ernstes Wesen, aber nur, weil sie sich an das Kind von früher erinnerten – ein forsches, bezauberndes Mädchen voller Energie, das alle mit ihrem Lachen ansteckte. Wer sie damals gekannt hatte, würde sie nur schwer in der humorlosen, leicht einschüchternd wirkenden Frau von heute wieder erkennen. Es hatte mit Enttäuschung zu tun, und Pater Elio verstand zumindest einen Teil der Hintergründe.

Da war zunächst der Tod von Elios älterem Bruder, Martas Vater, dem jungen Giuseppe. Bis zu seinem Tod mit einundsiebzig Jahren nannten ihn alle nur den jungen Giuseppe. Er starb an einem Sonntagmorgen im Spätfrühling, als er gerade in einem Petersilienbeet das Unkraut zupfte. Elio dankte oft Gott dafür, dass seinem älteren Bruder ein so reiches Leben und ein so sanfter Tod beschieden war. Marta war selbstverständlich tief betrübt, aber ihre Mutter Katrine war am Boden zerstört. Vom Todestag des jungen Giuseppe an begann Katrine mit den Vorkehrungen für ihre eigene Beerdigung, und in weniger als einem Jahr hatte sie mit vorbildlichem Eifer und Durchsetzungsvermögen ihre Absicht in die Tat umgesetzt. Sie folgte dem jungen Giuseppe ins Grab. Marta war untröstlich über den Tod der Mutter, auch wenn er sie gewiss nicht überraschend traf.

Aus der Geschichte mit Franco wurde Elio nicht schlau, aber wann immer das Gespräch darauf kam, verfinsterte sich der ohnehin dunkle Blick seiner Nichte so sehr, dass es ihm geratener schien, der Sache nicht weiter nachzugehen.

Franco starb zwei Jahre nach Katrine und drei Jahre nach dem jungen Giuseppe. Carmen war damals sechs, Nina gerade vier Jahre alt. Es war alles so schnell gekommen. Obwohl alle wussten, wie unbeherrscht Franco mit seinem Motorrad raste, traf es sie wie ein Schock – mitten in der Nacht, Franco war betrunken und obendrein noch in Begleitung dieser Frau. Auch sie starb bei dem Unfall. Über

Monate sah Marta aus, als sei sie unter einen Lastwagen geraten oder als laste ein riesiges Gewicht auf ihr. Alle im Dorf erwarteten ihren Zusammenbruch, aber so weit kam es nicht. Stattdessen verwandelte sie sich in Stein. Soviel man wusste, hatte sie nicht einmal geweint, was insbesondere bei den Frauen im Dorf mit Verwunderung aufgenommen wurde. Die meisten Nachbarn erklärten es damit, dass sie ein Hotel und ein Restaurant zu leiten und obendrein für zwei kleine Kinder zu sorgen habe, von denen das Jüngere auch noch erblindete. Wie die Leute erzählten, hatte sie keine Zeit für Tränen, oder der Schock war noch nicht wirklich bei ihr angekommen. In sechs Monaten würde sie zusammenbrechen. Inzwischen waren weit mehr als sechs Monate vergangen, aber Marta weinte immer noch nicht.

Pater Elio mochte es auch, wenn Carmen ihm das Essen brachte, denn sie war jung und lebenslustig. Sie war wie ein frischer Luftzug, auch wenn er manchmal einen Hauch von Schwefel darin entdeckte. Carmen besaß jenen Anflug von Durchtriebenheit, den alle Männer sofort entdeckten, Pater Elio machte da keine Ausnahme. Er war zwar ihr Großonkel, ein Priester und ein alter Mann, aber er war andererseits weder ein Dummkopf noch blind oder tot. Er sah, wie sie die Männer des Dorfes im Vorbeigehen grüßte; wie sie lachend ihre Haare nach hinten warf und ihnen zulächelte, wobei ihre Augen ein wenig verschmitzt unter den Brauen hervorblitzten. Er sah, wie die jungen Männer, genau wie die älteren, dem Charme seiner Großnichte erlagen, und war dankbar dafür, dass der Brunnen im Zentrum der Piazza seit langer Zeit trocken lag. Hätte er noch Wasser, wären einige Hitzköpfe im Dorf ernsthaft in

Gefahr, darin zu ertrinken, wenn Carmen über den Platz flanierte.

Aber er sorgte sich nicht. Pater Elio liebte seine Großnichte. Auf verblüffende Weise erinnerte sie ihn an Marta in ihren jüngeren Tagen, als sie diejenige war, die nicht nur den Männern entlang der Küste den Kopf verdrehte, sondern auch den Fremden aus Mailand, die in Fragen der Schönheit als Experten galten. Im Unterschied zu Carmen jedoch schien sich Marta ihrer Reize nie bewusst gewesen zu sein. Aber er sorgt sich nicht. In seinen Augen hatte Carmens spielerische Durchtriebenheit nichts mit Sündhaftigkeit zu tun, sondern entsprang vielmehr ihrem jugendlichen Überschwang. Er hatte Derartiges schon oft gesehen und war fest davon überzeugt, es werde sich mit der Zeit legen. Er sorgte sich nicht. Außerdem betete er regelmäßig für sie.

Am liebsten aber war es Pater Elio, wenn Nina das Mittagessen brachte, weil Nina die ruhigste und tiefgründigste der drei war. Sie schien auf geheimnisvolle Weise zu ahnen, was er gerade dachte oder fühlte, und auch wenn ihn dies manchmal ängstigte, so doch nie auf unangenehme Weise. Es lag nicht nur daran, dass ihr Gehör feiner ausgeprägt war, was zweifellos zutraf, oder dass ihr Tastsinn entwickelter war – es war noch etwas anderes. Nina empfand tiefer. Alle sahen in ihr ein auffallend sanftmütiges Mädchen, aber allein Elio erkannte in ihr das unmittelbare Wirken Gottes.

Außerdem steckte sie voller Fragen und dürstete nach Antworten, und das gefiel ihm. Oft stellte sie ihm die verzwicktesten Fragen: über den Sinn des Lebens, die Gestalt des Universums, die Dualität der menschlichen Natur oder die unterschiedlichen Vorstellungen von Gott. Bisweilen hatte Pater Elio das Gefühl, er befinde sich wieder im Seminar an der Universität von Bologna und müsse sich den Fragen eines scharfsinnigen Professors stellen, der sich hinter einer Maske aus kindlicher Neugier verbarg. Er kannte die Vorgehensweise des Sokrates und wusste, wie der antike Philosoph seine Schüler durch sein anhaltendes Erstaunen über ihre klugen Wahrnehmungen verwirrte, ihnen fortwährend Fragen stellte und sie bat, ihn ihre Weisheit zu lehren, bis sie zuletzt vom Gewicht der eigenen Unwissenheit niedergedrückt wurden. Wenn Nina Fragen stellte, überlegte Elio sorgfältig seine Antworten.

Auch wenn er die Diskussionen, die oft in philosophische Dispute mündeten, schätzte, waren es nicht seine liebsten Augenblicke mit Nina. Am meisten mochte er es, wenn gar nicht geredet wurde und sie mit einfachen Tätigkeiten beschäftigt war, wie das Geschirr abzuräumen, seine Kleider zu stopfen oder der Katze das Fell zu kraulen. Sie versuchte ganz still zu sein, im Glauben, Pater Elio lese entweder in der Bibel oder einem anderen großen geistlichen Werk oder er meditiere oder er sei tief im Gebet versunken. Aber er tat nichts von dem. Meistens betrachtete er sie. Sie anzusehen, ihr leises, selbstvergessenes Summen zu hören, die Anmut ihrer Seele selbst die einfachsten, niedrigsten Aufgaben adeln zu sehen, erfüllte sein Herz mit Glückseligkeit.

Alle wussten, dass Nina anders war. Die meisten Dorfbewohner hielten sie aufgrund ihrer Blindheit für körperlich eingeschränkt. Einige betrachteten sie insgeheim als leicht zurückgeblieben. Andere erklärten ihr kindliches, unschuldiges Wesen damit, dass Marta und Carmen sie so eifrig beschützten. Doch selbst Marta und Carmen verstanden Nina und das, was sie so besonders machte, nicht wirklich. Nur Elio. Er allein erkannte die Wahrheit. Nina lebte ein Leben in Gnade; eine Gnade, die er nicht besaß. In jüngster Zeit geschah es immer häufiger, dass ihn das ängstigte und wütend machte. Nicht wütend auf Nina – wie hätte er Nina böse sein können? Und auch nicht wütend auf Gott. Es war nicht Gottes Fehler. Vielmehr war er wütend auf sich selbst. Nach all den Jahren der Buße für sein Vergehen musste er nur Gottes segnende Hand über Nina sehen, um sich seines eigenen Scheiterns bewusst zu werden. Und seit kurzem war da noch etwas, das an seinem Herzen nagte.

Er hatte begonnen, seine eigene Sterblichkeit zu spüren. Er wusste instinktiv, dass sich die Zeit dem Ende zuneigte und der Tag näher rückte, an dem er für seinen Hochmut und seinen Betrug zahlen müsste – und davor hatte er Angst. Er hatte seit Jahren gewusst, dass es einmal so weit sein würde, und er war beinahe ungeduldig darauf bedacht, es endlich hinter sich zu bringen, aber er fürchtete, die ihm zugedachte Strafe würde auch andere treffen. Er wollte nicht, dass der Preis für seine Sünde auch auf diejenigen zurückfiel, die er liebte, die er vor allen anderen schützen und deren Diener er sein wollte, aber er konnte die dunkle Vorahnung nicht abschütteln, dass ganz Santo Fico für sein Vergehen zahlen müsste.

Nina hörte Leos Schritte als Erste. Pater Elio war ganz in einen großen Teller Nudeln versunken, die aus einem Meer weißer Sahnesoße mit Krabben emporragten. Noch immer musste er über Ninas Bericht über die morgendliche Aufregung durch den Reisebus kichern. Allein dem Touristenbus hatte er den Luxus von Sahnesoße und Krabben zu verdanken. Montags gab es gewöhnlich Nudeln mit Tomaten und geräucherter Wurst. Als Nina die Hand hob, um ihn auf die entfernten Schritte aufmerksam zu machen, wusste Elio sofort, wer da durch den steinernen Flur zu ihm kam. Zuvor, als er die Ankunft des Busses beobachtet hatte, hatte er an Leo Pizzola gedacht.

Letzten Monat, keine Stunde nachdem Leo seinen Fußmarsch entlang der Küste begonnen hatte, waren nicht weniger als elf betroffene Nachbarn in die Kirche gestürmt, um die Neuigkeit zu verbreiten, »Tonio Pizzolas missratener Sohn« sei aus Amerika zurück – vermutlich »um noch mehr Ärger anzuzetteln«. Aber Pater Elio wusste, wonach der seltsame Pilger suchte, auch wenn dieser selbst vielleicht nichts davon ahnte. Ärger war es jedenfalls nicht. Aber Leo müsste es schon allein herausfinden.

Pater Elio war sogar hinaus zum Pizzola-Hof gelaufen und hatte entdeckt, dass Leo nicht im Haupthaus wohnte. Er hatte sich in einer alten Schäferhütte nahe der Klippen niedergelassen. Der Priester hatte gehofft, er sei zurückgekehrt, um den Hof in Ordnung zu bringen, aber Leo wollte ihn nur verkaufen und zurück nach Amerika gehen. Ihre Unterhaltung war höflich, aber nicht freundlich gewesen. Elio hätte sich gewünscht, sie wäre freundlich gewesen, aber Leo fühlte sich in seiner Gegenwart unwohl – vermutlich weil Tonio Pizzola einer von Pater Elios besten Freunden aus Kindheitstagen war. Aber Leo war ein guter Junge … ein Dummkopf, aber ein guter Junge. Er war der beste Messdiener, den Pater Elio je hatte … und dann seine wunderbare Art zu erzählen …

»Guten Tag.«

Leo stand im Rahmen der niedrigen Küchentür, ein wunderbar aufgesetztes Grinsen im Gesicht, das er auf dem Gang durch den Flur einstudiert hatte. Er hatte sogar ein paar witzige Bemerkungen vorbereitet, aber noch ehe er seinen zögerlichen Gruß ganz ausgesprochen hatte, schlurfte der alte Priester durch die Küche auf ihn zu. Pater Elio schloss ihn leidenschaftlich in die Arme und zog seinen Kopf herab, um ihn auf beide Wangen zu küssen – es war die gleiche Begrüßung zur Heimkehr des verlorenen Sohnes, die er Leo bereits bei ihrer ersten Begegnung in der Schäferhütte zugedacht hatte.

Leo hatte Pater Elio immer als Gottes rechte Hand auf Erden betrachtet; oft genug hatte er diese Hand auf seinem Hinterkopf und auch ein gutes Stück tiefer gespürt. In seiner Vorstellung gehörte Pater Elios Antlitz irgendwo an die Decke der Sixtinischen Kapelle – vielleicht wie er seinen Finger gebieterisch der kraftlos ausgestreckten Hand Adams entgegenhält. Die Tatsache, dass Pater Elio bereits mit vierzig weiße Haare bekam, hatte diesen Eindruck verstärkt, sodass Leo den Pater immer als alt betrachtet hatte. Als er ihn aber jetzt umarmt hielt und den schmalen, zerbrechlichen Körper unter der weiten schwarzen Soutane spürte, erkannte Leo, dass er sich ein falsches Bild von dem alten Mann gemacht hatte. Wieso hatte er den Priester als groß in Erinnerung? Tatsächlich war er eher klein, einen ganzen Kopf kürzer als er. Und sein Körper war nicht mehr als Haut und Knochen. Pater Elio war ein ganz normaler Mensch, unerwartet gealtert und überraschend zerbrechlich.

Nachdem ihm Pater Elio mit knappen Worten Nina vorgestellt hatte, druckste Leo ungeduldig herum, während sie den Tisch abräumte. Er sah natürlich, dass sie blind war, aber er wünschte, sie möge möglichst bald verschwinden, weil irgendetwas an dem Mädchen ihn verunsicherte. Auf den ersten Blick schien sie keine Notiz von ihm zu nehmen und unbekümmert ihrer Arbeit nachzugehen, aber Leo wurde das Gefühl nicht los, dass sie ihn hörte – nicht seine Worte, sondern seine Gedanken, seine innere Stimme. Das allein war verwirrend genug, aber als er Nina neben Pater Elio den Tisch abwischen sah, lief ihm ein kalter Schauer über den Rücken. Es waren ihre Augen. Sie hatten beide die gleichen wässrigblauen Augen. Der Blick eines dieser Augenpaare war irritierend, aber gleich in zwei dieser verwunschenen Augenpaare zu blicken, war ganz und gar gespenstisch.

Pater Elio war manchmal überraschend gewitzt. Er wusste, dass Leo aus einem bestimmten Grund gekommen war, und er hatte auch eine ziemlich genaue Vorstellung davon, was dieser Grund war. Aber Leo würde erst mit der Sprache herausrücken, wenn sie allein wären, und zuletzt ging auch ihm auf, dass Nina ihr Gehen hinauszögerte. Während er weiter mit Leo plauderte, begann er, ihr wie zufällig Teller und Schüsseln vor die tastenden Finger zu schieben.

Als Nina das Spiel ihres Großonkels durchschaute, beschleunigte sie ihr Tun, zeigte aber auch ihren Unmut, indem sie die Sachen so geräuschvoll in den Korb knallte, dass der alte Mann um das Geschirr fürchtete. Sie wollte dableiben und weiter zuhören, nicht weil sie sich für das interessierte, was Leo zu sagen hatte, sondern nur seiner Stimme wegen. Sie hatte etwas Geheimnisvolles, sie klang wie Musik und hatte durch die Zeit in Amerika einen ungewöhnlichen Akzent angenommen. Vor allem aber wollte sie der Stimme zuhören, weil sie das Gefühl vermittelte, in ein tiefes, geheimnisvolles Wasser hinabzutauchen. Sie spürte, dass alles, was Leo sagte, nur wenig mit dem zu tun hatte, was er wirklich dachte. Wenn sie ihm nur lange genug zuhörte, wenn sie nur tief genug in das dunkle Wasser hinabtauchte, konnte sie sein Geheimnis vielleicht entschlüsseln. Sie konnte nicht wissen, dass Leo sich aus genau diesem Grund durch ihre Gegenwart verunsichert fühlte.

Nachdem Nina endlich fertig und zur Tür hinaus war, kam Leo umgehend zur Sache. Pater Elio hörte ihm geduldig zu. Anschließend wartete Leo stumm, während der Priester bedächtig einzelne Brotkrumen auf der Tischplatte zu einem kleinen Haufen zusammenschob. Nach einer langen Zeit des Nachdenkens ergriff Pater Elio endlich das Wort.

»Es sind also Engländer.«

Leo nickte und wartete weiter. Manche Dinge ändern sich nie. Schon als Kind waren Leo Pater Elios endlos lange Pausen aufgefallen. Der alte Priester ließ sich nicht drängen, und die Dauer seines Nachdenkens hing ausschließlich davon ab, für wie ernst er die jeweilige Situation erachtete. Wer sich Pater Elios Segen oder seinen Rat einholen wollte, brachte am besten eine große Menge Geduld mit. Leo folgerte, dass sein soeben unterbreiteter Vorschlag entweder besonders schwerwiegend war oder dass er Pater Elio aufgrund seiner langen Abwesenheit von Santo Fico eine stattliche Zahl zu erduldender Pausen schuldete. Nach einer Weile konnte er nicht einmal mehr sagen, ob Pater Elio vielleicht eingeschlafen war oder ob er überhaupt noch atmete.

Endlich die Frage: »Sind sie katholisch?«

Leo war glücklich, aufrichtig antworten zu können, dass er es nicht wisse, auch wenn er es eher bezweifelte. Aber er wusste jetzt, dass es keinen Unterschied mehr machte. Pater Elio würde in die Sache einwilligen, und sollten die englischen Touristen katholisch sein, wäre dies das Sahnehäubchen auf dem Kuchen – so als könnte man mit ihnen über Chicago oder Baseball reden. In dem Moment überfiel ihn Pater Elio mit einer überraschend direkten geschäftlichen Frage.

»Wie viel zahlen sie?«

Offenbar verändern sich doch einige Dinge. Der alte Priester hatte seine Frage so plötzlich abgeschossen, dass sie Leo völlig unvorbereitet traf. Er hatte keine Zeit nachzudenken.

»Zweihundert ... tausend Lire«, log er.

Warum machte er das? Er hatte nicht vorgehabt zu lügen. Wieso rutschte ihm dann diese Zahl heraus? Woher kam sie so plötzlich?

Leider hatte es diesen winzigen Moment von Unentschlossenheit gegeben. Hatte er sich verraten? Aber jetzt konnte er nicht mehr zurück und sagen, er habe sich verrechnet, also lächelte er einfach.

Pater Elio starrte auf den kleinen Berg Brotkrumen. Er dachte nicht an Geld oder auch nur an die englischen Touristen. In seinen Gedanken war er wieder bei jenem ersten Sommer der Wunder und den zwei zwölfjährigen Jungen, die damals mit ihm an diesem Holztisch gesessen hatten. Dann wischte Pater Elio die Brotkrumen von der Tischplatte und seufzte: »Zweihunderttausend Lire. Ein ziemlich guter Preis.«

Leo nickte lächelnd: »Ja doch ... ziemlich gut.«

Er hörte seine eigene Stimme ihr gutes Geschäft bestätigen, doch zugleich hatte Leo das Gefühl, er werde von den funkelnden blauen Augen des alten Mannes zur Rechenschaft gezogen und er wäre wieder der kleine Junge, den man beim Schwindeln erwischt hatte. Die Schuld drückte ihm auf den Magen, und seine Gesichtsmuskeln schmerzten unter der Anspannung seines erzwungenen Lächelns – er hasste sich selbst dafür, sich überhaupt auf diese Sache eingelassen zu haben.

7

Die englischen Touristen hatten bereits die großen Kirchen von Mailand, Florenz und Siena gesehen und sollten in drei Tagen in Rom sein, wo sie den Petersdom besichtigen würden. Und obwohl niemand von ihnen sich bei ihrem plumpen Reiseleiter beschwerte, der dieses Sonderprogramm ausgehandelt hatte, richteten sie beim Betreten der gänzlich schmucklosen Kirche von Santo Fico Blicke auf ihn, die unmissverständlich besagten: »Dreihunderttausend Lire, na großartig!«

Leo, der sie aus dem Schatten des schmalen Durchgangs beobachtete, sah trotz der Entfernung und des schummrigen Lichts ihre nachhaltige Enttäuschung und wünschte, die Kirche wäre nicht ganz so armselig. Er konnte sich nicht daran erinnern, dass die Fenster je so verschmutzt gewesen waren oder an den Staub und die Spinnweben in den Kerzenleuchtern oder dass der Altar je so schäbig ausgesehen oder die Kapellen so düster gewirkt hatten. Plötzlich fiel ihm wieder Pater Elios Genügsamkeit ein, und er wandte sich an den alten Priester, der ihm über die Schulter spähte und die Zahl der Pilger zu ermitteln suchte.

»Sind Glühbirnen in der Beleuchtung für das Mysterium?«

Pater Elio gluckste: »Glühbirnen? In der Beleuchtung? Aber ja.« Er gluckste noch einmal und klopfte Leo beruhigend auf die Schulter, aber selbst im Dämmerlicht bemerkte er, dass der alte Mann fieberhaft nachdachte. Schließlich sagte er: »Also, ich bin mir nicht sicher … vielleicht auch nicht … wenn ich genauer nachdenke … Nein.«

»Dann gehen wir zuerst in den Garten zum Wunder. Versuchen Sie in der Zwischenzeit ein paar Glühbirnen aufzutreiben.«

Pater Elio nickte. »Es ist beeindruckender, wenn man zuerst in den Garten geht, nicht wahr?«

Leo zuckte mit den Schultern, als wollte er sagen, schon möglich, aber jetzt lässt sich sowieso nichts mehr daran ändern. Pater Elio nickte zustimmend und hob ebenfalls die Achseln. Leo trat aus dem Gang in die Kirche, gefolgt von Pater Elio. Zum ersten Mal sah der Priester die Größe der wartenden Gruppe – etwa ein Dutzend Fremde und mindestens doppelt so viele Einheimische. Offenbar hatten sich die neugierigen Dorfbewohner den Touristen angeschlossen, als diese das Restaurant verlassen hatten, und wer sich noch mitten im Mahl befand, hatte seinen Teller und sein Weinglas kurzerhand mitgebracht. Obwohl die Einheimischen allmählich gegenüber den Fremden auftauten und sie bei jeder Gelegenheit anlächelten oder ihnen zunickten, hatten diese immer noch den frostigen Ausdruck von Leuten im Gesicht, die sich sehnlich wünschen, zwei große Aufzugtüren mögen sich öffnen und sie in den vertrauten Flur zu ihrer Wohnung entlassen.

Leo spazierte breit grinsend durch den Mittelgang, machte eine ausladende Armbewegung und rief: »Willkommen im Dom von Santo Fico!« Es war ein wenig gewagt, dieses architektonische Durcheinander als Dom zu bezeichnen, aber die künstlerische Freiheit nahm er sich. Mit einer weiteren Armbewegung richtete er die Aufmerksamkeit der Besucher auf den ängstlichen kleinen Schatten hinter seinem Rücken, der verlegen lächelte und wie ein Schuljunge herumhampelte.

»Und das ist Pater Elio, der seit… oh, mindestens zwei-, wenn nicht dreihundert Jahren der Pfarrer von Santo Fico ist.« Da es sich bei den Touristen um Christen handelte und der alte Mann immerhin Priester war, wurde Leos kleiner Scherz mit höflichem Kopfnicken und leisem Gekicher bedacht. Er konnte nichts für ihre missliche Lage und machte einen überaus zuvorkommenden Eindruck – und obendrein schien er ganz versessen darauf, ihnen eine Gefälligkeit zu erweisen.

»Benvenuto!« Pater Elio hätte sich treten können. Er hatte den englischen Ausdruck schon einmal gewusst – wie hieß er doch gleich?

Leo sprang ihm zur Seite: »Er sagt willkommen.«

Pater Elio klatschte in die Hände und deutete auf Leo. Das war das Wort! Und dann rief er gleich noch einmal mit fast schon beängstigender Begeisterung: »Si! Si! Will-kommen! Will-kommen!« Er atmete tief durch und versuchte sich zu beruhigen. Er wusste, er war zu aufgeregt. Seit vielen Jahren schon hatte er nicht mehr so viele fremde Besucher in seiner Kirche gesehen. Genau genommen waren auch selten so viele Dorfbewohner in der Kirche, einmal abgesehen von den hohen Feiertagen, Hochzeiten, Geburten oder Beerdigungen.

Leo redete wieder auf Englisch mit der Gruppe, und Pater Elio verstand bis auf einzelne Wörter nichts von dem, was gesagt wurde. Er hörte, dass es irgendwie um Cosimo de Medici ging, also erzählte ihnen Leo gerade etwas über die Geschichte der kleinen Kirche, und die Fremden schienen ihm gut folgen zu können! Wie alle im Dorf war Pater Elio stolz auf Leos Beherrschung dieser seltsamen Sprache.

Munter plaudernd führte Leo die Gruppe durch den Mittelgang und steuerte dann auf die linke Tür des Kirchenschiffs zu. Während die Touristen nacheinander in den Innenhof verschwanden, zischte er Pater Elio von der Seite zu: »Glühbirnen …!«

Glühbirnen? Ach so! Glühbirnen … Ja doch! Pater Elio konnte mit Sicherheit sagen, dass sich zumindest eine in seinem Schlafzimmer befand und eine weitere im Badezimmer.

Der sonnenbeschienene Innenhof bestand aus einem kleinen Rechteck, etwa fünfzehn Meter breit und nur um weniges länger. An zwei Seiten war er von den Außenwänden der nördlichen Kapelle und des Hauptschiffs umgeben, während die beiden anderen Mauern offenbar später dazugekommen, aber ebenfalls hunderte von Jahren alt waren. Der kleine Innenhof hatte wenig von einem Garten und erst recht nichts von einer heiligen Stätte zu Ehren eines Wunders.

Die Besucher schoben sich über einen gepflasterten Pfad an einigen Kräuterbüscheln vorbei, wobei die hinteren kräftig drängeln mussten, damit auch alle in dem bescheidenen Geviert Platz fanden. Einige Glückliche konnten sich auf ein paar willkürlich verteilten Steinbänken niederlassen. In der Mitte des Hofes stand ein einzelner Olivenbaum, der erstaunlich viel Schatten spendete. Der Baum und die

Tatsache, dass sie sich auf der Nordseite des Gebäudes befanden, machten aus dem schmucklosen Innenhof einen schattigen und durchaus angenehmen Ort. Die Ausstattung war ganz und gar schlicht: schmale Wege, ein paar Bänke, verschiedene Büschel Rosmarin, Basilikum, Salbei, Lavendel, Zitronenmelisse, Thymian und der Olivenbaum – und im hintersten Winkel der beiden Außenmauern, eingefasst von einer niedrigen Mauer aus alten Steinen, stand ein verdorrter schwarzer Baumstumpf.

Das tote Gerippe war vielleicht zwei Meter hoch und hätte bereits vor Jahren entfernt werden sollen. Auf etwas mehr als halber Höhe wanden sich zwei aufgeplatzte krumme Äste schmerzhaft in die Höhe und ließen den Hof ungepflegter erscheinen, als er tatsächlich war. Das seltsam verdrehte tote Holz, das aussah wie ein qualvoll verzerrtes Y, gab dem Ort ein heruntergekommenes Aussehen, sodass sämtliche der eifrigen englischen Gärtner sich ihre Gartenscheren und Baumsägen herbeisehnten. Selbst ein gärtnerischer Laie sah sofort, dass dieser Baum tot war, aber nur wenige hätten zu sagen gewusst, dass sein Ableben bereits Jahrhunderte zurücklag. Leo hockte auf der niedrigen Mauer, die den toten Stumpf umgab, und zupfte abwesend ein verdorrtes Unkraut aus dem Boden, während die seltsame Mischung aus weichhäutigen, rosafarbenen Touristen und derben, sonnengebräunten Einheimischen auf den Hof drängte. Als er sich schließlich räusperte, wurde es mit einem Schlag still. Mit ruhiger Stimme, die seine Zuhörer in Bann zog, erzählte er von den Ursprüngen des Felsvorsprungs, bevor Santo Fico existierte, bevor eine kleine Gruppe Franziskaner irgendwann im dreizehnten Jahrhundert an dieser Stelle ein Kloster errichtete. Es war nicht weiter schwer, sich diesen schroffen Felsen hoch über dem Meer zu dieser Zeit vorzustellen, mit seinen Weiden und Schafhirten und den vielen Obstbäumen ringsum.

Nur wenige Zuhörer bemerkten, dass Leos breiter italienischer Akzent, der zuvor so anheimelnd und charmant geklungen hatte, sich zunehmend verflüchtigte. Leo war lange genug in Amerika gewesen, um ein nahezu perfektes Englisch zu sprechen, aber er hatte schon früh erkannt, dass es zu bestimmten Gelegenheiten günstiger war, die Rolle des einfachen Landeis zu spielen. Sie hatte ihn mehr als einmal aus brenzligen Situationen gerettet und ihm einiges Geld eingebracht. Im Restaurant hatte er um des bäuerlichen Charmes willen den Akzent ein wenig dicker aufgetragen als nötig, aber jetzt, wo die Sache lief, brauchte er sich nicht weiter darum zu kümmern.

Leo erzählte ihnen die Geschichte des heiligen Franziskus. Wie jener müde und gottesfürchtige Heilige zusammen mit einer treuen Gefolgschaft von Brüdern, die seinem Ruf gefolgt waren und seine Vision teilten, kreuz und quer durch Italien zog, zu Fuß Paläste und ärmliche Hütten besuchte, zu jeder Jahreszeit und bei jedem Wetter. Und er berichtete weiter, wie der gute Heilige an einem warmen Frühlingstag auf seinem Weg nach Rom an die Küste südlich von Livorno kam.

»Es war ein wunderschöner Tag im Frühling, als der Heilige mit seinen Jüngern den gleichen Weg nahm wie Sie, entlang der Klippen hoch über dem Meer – auch sie waren unterwegs nach Süden. In jenen Tagen wohnte ein Schafhirt nicht weit von diesem Ort. Er führte seine Schafe und Ziegen hinunter zu den Wiesen am Meer.

So geschah es, dass der heilige Franziskus und seine Gefährten auf ihrem Weg an der Hütte des Schafhirten vorbeikamen. Der Schafhirt wusste nicht, wer sie waren, aber Mönche und gottesfürchtige Männer auf Wanderschaft waren nichts Ungewöhnliches. Der gute Hirte entschuldigte sich für seine Armut und hieß sie in seiner kleinen Hütte willkommen. Er wollte seine ganze Habe mit ihnen teilen. Erschöpft und krank, bat der heilige Franziskus den Schafhirten, ob er und seine Gefährten für einige Tage bleiben und ausruhen dürften, bevor sie ihre Reise fortsetzten. Der Schafhirt antwortete, sie aufzunehmen wäre ihm eine Ehre. Können Sie sich die Überraschung des armen Mannes vorstellen, als er erfuhr, dass er mit keinem Geringeren als dem heiligen Franz von Assisi seine Hütte teilte? Natürlich war er damals kein Heiliger, noch nicht, aber schon zu Lebzeiten war er berühmt, und viele Menschen wussten von seinen Wundern.

Nicht weit von der Hütte des Schafhirten, auf einem Berg, von dem man weit über das Meer blickte, stand ein prächtiger Feigenbaum. Jeden Tag stieg der heilige Franziskus auf diesen Berg, setzte sich unter diesen Baum und kühlte sich in seinem Schatten. Dabei blickte er aufs Meer hinaus, sah die Möwen die Felsen hinabschießen und ins Wasser tauchen. Er beobachtete, wie der Wind die Pinien auf den Hängen hinter ihm niederdrückte oder große weiße Wolken über die Berge am Horizont wehte. Zwischendurch griff er immer wieder hinauf in den Baum, um eine Feige zu pflücken und seinen Hunger zu stillen. Und so rastete und betete er, bis er langsam wieder zu Kräften kam – und das war auch gut so. Denn es dauerte nicht lange, bis der Schafhirt seinen Nachbarn erzählt hatte, wen er in seiner Hütte beherbergte. Und die Nachbarn berichteten es wiederum ihren Nachbarn.

Zunächst waren es nur ein paar Bauern, die den Heiligen um *benedizione* ... Verzeihung, äh ... seinen Segen baten. Bald aber kamen Menschen aus der ganzen Umgebung zusammen, um den Segen des Mannes zu erflehen, der in Gottes besonderer Gunst stand. Der heilige Franziskus folgte ihrer Bitte gern. Er besaß ein so großes Herz. Er liebte die Menschen. Er liebte diesen Ort hoch über dem Meer. Und er liebte den Feigenbaum.

Eines Tages aber entdeckte er betrübt, dass der Baum keine Früchte mehr trug. Er, seine Begleiter und die vielen Besucher hatten sämtliche Feigen abgepflückt. Die Legende besagt, dass der heilige Franziskus sich unter den Baum setzte und seinen Stamm umarmte, so zärtlich, wie ein Vater sein Kind oder ein Kind seine Mutter umarmt, und dem Baum für seine Freigebigkeit dankte. Und er entschuldigte sich dafür, dass sie sämtliche Früchte gepflückt und keine für die Vögel zurückgelassen hatten.

Als der heilige Franziskus am nächsten Morgen zu seinem Lieblingsplatz unter dem Baum kam, wartete eine große Schar Pilger bereits auf seinen Segen und die Gebete des bescheidenen Mannes. Aber noch etwas war geschehen. Der Feigenbaum hing voller reifer Feigen! Über Nacht hatte er neue, erntereife Früchte hervorgebracht. Sie können sich vorstellen, dass der heilige Franziskus in seine Morgenandacht ein besonderes Gebet für seinen neuen Freund, den *santo fico*, den heiligen Feigenbaum, einschloss.

Und so blieb er viele Tage an diesem Ort, und von überall strömten die Pilger hierher, und es gab viele

Wunder. Menschen, die nicht mehr gehen konnten, verließen diesen Ort mit Freudensprüngen. Stumme priesen Gott auf der Straße mit Lobeshymnen. Blinde staunten über die Wunder dieser Welt, die sich plötzlich vor ihren Augen auftaten. Und den ganzen Frühling über aßen die Menschen Tag für Tag von den Früchten des Feigenbaums. Und jeden Morgen hingen an seinen Zweigen wieder neue, frische Früchte.

Schließlich musste der heilige Franziskus nach Rom weiterziehen. Selbst Heilige lassen den Papst nicht zu lange warten. Aber er ließ etwas zurück. Den Feigenbaum, der auch weiterhin Früchte trug. Mehrere Jahre lang hingen stets reife Feigen am Baum, zu jeder Jahreszeit und bei jedem Wetter. Es war ohne Zweifel ein Wunder.

Aber die Menschen sind *strani*, äh … seltsam. Sobald ein Wunder *ordinario* … ordinär … äh, alltäglich wird, hört es auf, ein Wunder zu sein. Deshalb fingen die Leute nach einiger Zeit damit an, sich eigene Gründe zurechtzulegen, warum der Baum das ganze Jahr über Früchte trug. ›Mit dem Baum stimmt etwas nicht‹, sagten sie. Oder: ›Es muss am Boden liegen‹, oder: ›Der Baum erkennt die Jahreszeiten nicht mehr!‹

Mit der Zeit vergaßen die Leute den Baum und sein Wunder. Nur der alte Schafhirt nicht. Tag für Tag stieg er frühmorgens auf den Berg und dankte dem Baum für seine Früchte und Gott für seinen Segen. Und immer teilte er das wenige, das er hatte, mit seinen Nachbarn und hielt Ausschau nach den Armen, um auch mit ihnen zu teilen.

An einem kalten Morgen, als die Landschaft mit Raureif überzogen war, trat der gütige alte Hirte aus seiner Hütte und stieg wie immer auf den Berg. Doch dann entdeckte er, dass der Baum nicht nur keine Früchte mehr trug, sondern auch alle Blätter verloren hatte. Über Nacht war er verdorrt und gestorben. Der alte Hirte gab sich selbst die Schuld am Schicksal des Baumes und weinte.

Erst Wochen später brachten ihm einige Reisende die Neuigkeit. Am dritten Oktober des Jahres war der heilige Franziskus gestorben. Als er die Nachricht hörte, ging der alte Schafhirte zu den Überresten des Baumes, kniete davor nieder und dankte seinem alten Freund, dem vertrockneten Feigenbaum, dass er bis zuletzt treu geblieben war.«

Dabei wandte Leo sich zum ersten Mal um und strich sanft über die glatte Fläche des vertrockneten schwarzen Baumstumpfs hinter ihm.

»Denn, so müssen Sie wissen, der dritte Oktober war genau der Tag gewesen, an dem auch der heilige Feigenbaum gestorben war.«

Im Hof war es totenstill. Einige der englischen Touristen spürten, wie sie eine Gänsehaut überkam. Ein paar ältere Damen tupften sich mit einem Taschentuch die Augen. Die Einheimischen starrten in den Himmel oder auf ihre Hände. Die Schweigsamkeit der Fremden verriet ihnen, dass Leo die Geschichte gut erzählt hatte, obwohl viele von ihnen sicher waren, dass er wichtige Details ausgelassen hatte.

Leo hockte auf dem kleinen Mäuerchen und kratzte mit dem Fingernagel Moos von den Steinen. Er war reichlich stolz auf sich; viele bewegende Einzelheiten und Sätze waren ihm wieder eingefallen, sogar ein paar Daten, auch wenn er hoffte, niemand würde sie nachprüfen wollen.

Das höfliche Räuspern einer Frau brachte ihn in die Realität zurück. Später konnte er noch weiter in seinem Erfolg schwelgen – jetzt musste er die Sache erst noch zu Ende bringen. Es war heiß, und er sehnte sich nach einem kühlen Bier.

Als er aufblickte, begegnete er dem wässrigen Blick einer älteren Frau, die kaum mehr als ein Flüstern hervorbrachte, aber genau die Frage stellte, die allen im Kopf umherging. Leo kannte die Frage, noch ehe sie ausgesprochen wurde. Es überraschte ihn, dass sich einige Dinge offenbar nie änderten. Er hatte den Eindruck, sich wie immer klar und verständlich ausgedrückt zu haben, aber immer war da die gleiche vermaledeite erste Frage.

»Ist das der, äh ... Ich meine, sind das die Überreste des ...?« Aus irgendeinem Grund brachte sie es nicht über sich, das Wort Feigenbaum auszusprechen, als handle es sich um einen Akt der Entweihung. Leo nickte und führte den Satz lächelnd zu Ende. »Das ist alles, was von dem heiligen Feigenbaum übrig geblieben ist.«

Gleichzeitig stand er auf, weil jetzt zwei Dinge automatisch zu erwarten waren. Zum einen würde irgendwer die zweite vorhersagbare Frage anschließen, die er ebenfalls mit einem Nicken beantworten und dann zur Seite treten würde. Während sich dann alle vordrängelten und den Stumpf berührten, vielleicht sogar an genau der Stelle, die schon der heilige Franziskus einst berührt hatte, würden weitere Fragen kommen, zuerst noch zögernd, dann aber immer schneller, bis zuletzt alle durcheinander redeten. Er stand kaum, als auch schon wie auf Kommando eine große, knochige Frau (bei der es sich gut um die ungleiche Zwillingsschwester des korpulenten Gentlemans handeln konnte) mit der zweiten Standardfrage herausrückte.

»Dürfen wir den Baum berühren?«

Leo nickte und trat zur Seite. Und so begann das übliche Ritual. Die englischen Touristen schlurften geduldig nacheinander vor, bis sie ihre Hand ehrfürchtig auf das glatte, schwarze Holz legen durften. Viele zeigten sich überrascht, dass sich das Holz wie lackiert anfühlte. Tatsächlich waren der alte Stamm und die zerborstenen Äste mit zahllosen Schichten Schellack überzogen, die mehrere Jahrhunderte zurückreichten. Es war die einzige Möglichkeit, das Holz vor Wind, Sonne, Regen, vor allem aber vor Schädlingen zu schützen.

Als Leo sich durch die Menge drängte und links und rechts Fragen beantwortete, dachte er nur: Mein Gott, so viele Jahre sind vergangen, und es ist wie Radfahren.

Doch auch wenn die Sache gut lief, war es Zeit, weiter zum Mysterium zu gehen, daran führte kein Weg vorbei. Als Leo sich durch die Menge den Weg zurück in die Kirche bahnte, geschah etwas Seltsames. Viele der Dorfbewohner, Nachbarn, die er sein Leben lang kannte und die ihm seit sechs Wochen aus dem Weg gegangen waren, nickten ihm zu. Einige wenige klopften ihm sogar leicht auf die Schulter. Verglichen damit, dass sie ihn wie einen Aussätzigen gemieden hatten, war dies wie eine Ehrengala.

Von der Tür in den Garten rief er mit seinem charmantesten Akzent: »Meine Damen und Herren, wenn Sie mir bitte folgen möchten«, bevor er durch den niedrigen Durchgang zurück in den kühlen Schatten des Kirchenschiffs trat. Da es noch einige Zeit dauern würde, bis alle mit dem Wunder durch waren, ließ Leo sich auf einer Bank neben der Tür nieder und dachte über die nächste Herausforderung nach. Das Wunder war eine leichte Sache, aber das Mysterium hatte es in sich. Dabei war die Geschichte keineswegs schwieriger zu erzählen. Tatsächlich war sie in vielen Dingen sogar einfacher. Sie war zum Beispiel deutlich kürzer. Aber Leo mochte das Gefühl nicht, das ihn beim Besuch des Mysteriums beschlich, und auch nicht die Gedanken, die es in ihm auslöste.

Topo hüpfte als Erster tänzelnd vor Aufregung in die Kirche. Leo fühlte sich daran erinnert, wie Topo in ihrer Kindheit manchmal vor Aufregung oder Angst seine Hose nass gemacht machte. Er hatte seinen Freund viele Jahre lang nicht gesehen, aber er hoffte, dieses spezielle Problem sei mittlerweile behoben. Topo schien Leos Gegenwart nicht zu bemerken, als er sich an einen seitlichen, aber strategisch wichtigen Pfeiler lehnte. Aus dem Schatten seiner Bank verfolgte Leo etwas, das er nicht erwartet hätte. In Topos Blick, der ziellos in die Dunkelheit des hinteren Kirchenschiffs starrte, bemerkte Leo einen Ausdruck, der ihn irritierte, zum Teil deshalb, weil er bei seinem alten Freund am allerwenigsten damit gerechnet hätte. Aber auch, weil er dem ein Gesicht gab, was er in seinem eigenen Herzen spürte, nämlich Gier. Sie huschte wie ein trüber Wolkenschleier über das Gesicht des Freundes, aber sie war deutlich auszumachen. Als hätte er instinktiv gespürt, bei seinen sündhaften Gedanken beobachtet zu werden, drehte Topo sich plötzlich zu Leo hin, und einen kurzen Moment lang zeigte sich Scham auf dem Gesicht des kleinen Mannes. Dann drängelten die anderen zurück in die Kirche, und der Augenblick war vorbei – aber Leo hatte das Geheimnis auf Topos Seele gesehen, und beide wussten es.

Das Kircheninnere hallte vom Geräusch schlurfender Füße und dem andächtigen Gemurmel der Fremden wider, die vergeblich herauszufinden versuchten, wohin sie sich wenden und in welche Richtung sie blicken sollten. Leo sah aus den Augenwinkeln, wie Pater Elio zusammen mit Marta aus dem Garten zurückkam. Sie beredeten flüsternd etwas und mussten beide lachen. Es dauerte nur eine Sekunde, bis Marta Leos Blick begegnete und ihr Lächeln verschwand. Aber um Leo war es geschehen – einen Augenblick nur hatte er ihre Augen leuchten und ihre weißen Zähne aufblitzen sehen. Zum ersten Mal seit seiner Rückkehr sah er sie, wie sie früher gewesen war, und er wünschte, sie wäre nicht zugegen.

Als Leo aufstand, wurde es schlagartig still, und obwohl er leise sprach, hallte seine Stimme im Kirchengewölbe wider. Nachdem er die Geschichten von Cosimos wunderbarer Heilung und die des heiligen Franziskus und dem Wunder von Santo Fico ausführlich geschildert hatte, hielt Leo die Geschichte des Mysteriums gewöhnlich kurz. Im Grunde genommen war sie sogar überflüssig, denn das Beeindruckende des Mysteriums war sein Anblick. Die Geschichte des reichen Patrons und seines unbeherrschten Sohnes, der in irgendeiner unbedeutenden Schlacht getötet wurde, war mit wenigen Worten erzählt. Dann berichtete Leo von der geheimnisvollen bezaubernden Dame, die eines Nachts vor der Tür eines großen Künstlers erschien. Manchmal lebte der namenlose große Künstler in Siena, manchmal in Florenz, aber diesmal lebte er in Rom. Die bezaubernde Dame sprach im Namen des trauernden Vaters des toten Soldaten und bot dem Künstler eine große Summe Geld für ein Gemälde des verlorenen Sohnes. Doch der große Künstler lehnte ab, weil er, wie er sagte, eine längere Reise plane. Eine ganze Woche lang kam die bezaubernde Dame Nacht für Nacht zur gleichen späten Stunde an seine Tür und bat ihn, noch einmal darüber nachzudenken. Aber er lehnte beharrlich ab, bis er zu seiner Reise aufbrach.

Es war nur ein kurzer Ausflug, bei dem es um den lukrativen Auftrag eines obskuren und längst vergessenen Werks ging. Den ganzen Tag über aber verirrte sich das Pferd des Künstlers auf falschen Wegen, oder Fremde wiesen ihm die falsche Richtung, oder es fehlten auf geheimnisvolle Weise die Hinweisschilder. Gegen Abend hatte er gänzlich die Orientierung verloren und irrte einen unwirtlichen Streifen der toskanischen Küste entlang, der Santo Fico genannt wurde. Zu allem Übel zog vom Meer her ein mächtiger Sturm auf, der den großen Künstler dazu zwang, in einem kleinen Kloster auf der Spitze eines Felsvorsprungs Schutz zu suchen.

»Selbst im Inneren der steinernen Abtei hörte der Künstler das Heulen des Sturms, das Donnergrollen und den herabpeitschenden Regen. Dennoch sank er zuletzt in den Schlaf.«

Mit gedämpfter, geheimnisvoll flüsternder Stimme setzte Leo seinen Bericht fort: »Mitten in der Nacht legte sich der Sturm plötzlich, und von der unheimlichen Stille wurde der arme Mann wach. Aber stellen Sie sich das Erstaunen des großen Künstlers vor, als er die Augen aufschlug und, leuchtend wie die Sonne, die bezaubernde Dame an seinem Lager stehen sah, die so oft an seiner Tür gestanden hatte. Sie war ein Engel. Nicht weit von ihr stand ein junger

Soldat, ebenfalls mit goldenen Haaren, und obwohl sein Körper von den Malen eines fürchterlichen Kampfes gezeichnet war, schien auch er in einem himmlischen Licht. Zwischen beiden aber stand glänzend wie eine Blechtrompete die Gestalt des heiligen Franziskus.«

Leo erzählte weiter, wie der Heilige dem staunenden Künstler befahl, im Auftrag Gottes ein Fresko zum Gedenken an diesen edlen Soldaten zu erschaffen, der in seiner Jugend, ähnlich wie der heilige Franziskus, ein zügelloses Leben geführt habe. Aber kurz vor der schicksalhaften Schlacht habe der junge Mann seinem ungeratenen Tun abgeschworen und den heiligen Franziskus um seinen Segen gebeten. Zum Gedenken an seine Bekehrung solle der große Künstler das Wunder des heiligen Feigenbaums darstellen.

»Und so malte der große Künstler, inspiriert durch seine nächtliche Vision, am nächsten Tag ein einzigartiges Bild. Dann verschwand er urplötzlich, ohne Bezahlung und ohne seinen Namen zu hinterlassen. Und so bleibt der Name des Malers, der das Meisterwerk von Santo Fico geschaffen hat, für immer ... ein Mysterium.« Im gleichen Moment nickte Leo Pater Elio zu, und der alte Priester schaltete die an den Säulen angebrachten Wandstrahler ein. Ein lautes Atemholen begleitete das aufflammende Licht, nicht wegen der plötzlichen Helligkeit, sondern wegen der Gewalt des endlich enthüllten Freskos.

Niemand schien zu bemerken, dass Leos Geschichte wider alle Logik war. Ganz egal, ob er die Heimat des großen Künstlers in Siena, Florenz oder Rom ansiedelte, so konnte er unmöglich in einem Tag nach Santo Fico gelangt sein, erst recht nicht bei den zahllosen Missgeschicken. Noch viel absurder aber war die Behauptung, irgendwer könne an einem einzigen Tag ein komplettes Fresko erschaffen. Und warum wollte der bescheidene Franziskus zum Gedächtnis an die Bekehrung des reuigen Soldaten ein Bild von sich und dem Feigenbaum? Der einzig richtige Punkt in Leos Erzählung war, dass die Identität des Künstlers seit mindestens vier Jahrhunderten unbekannt und darum »ein Mysterium« geblieben war.

Alles andere passte hinten und vorne nicht zusammen, aber das alles war vergessen, nachdem Pater Elio die Lichter eingeschaltet hatte. Sämtliche Bedenken bezüglich Tatsachentreue und Wahrscheinlichkeit wurden von der Schönheit der Freskos hinweggewischt.

Ein Dutzend englischer Touristen und eine noch weit größere Zahl Einheimischer verharrten in stummem Schweigen. Es war nicht so, dass diese Leute noch nie im Leben ein auf feuchten Kalkputz aufgetragenes Gemälde gesehen hätten. Allein in der letzten Woche hatten die Fremden vermutlich so viele Fresken gesehen, dass ihr Bedarf für Jahre gestillt war. Aber dieses Fresko hier war anders. Die zahllosen Gemälde, die sie bislang gesehen hatten, waren abgesplittert und verwittert, ihre Farben verblichen und von einer jahrhundertealten Schmutzschicht überzogen. Diese Wand war glatt und eben, unberührt von der Zeit oder von Menschenhand. Das Besondere der Fresko-Malerei besteht darin, dass die Farben mit dem feuchten Kalkputz eine eigentümliche chemische Reaktion eingehen, die den Farben im Unterschied zu anderen Formen der Malerei eine besondere Leuchtkraft verleiht. Die hier zu sehenden

Farben besaßen immer noch ihre einzigartige ursprüngliche Tönung. Man hatte den Eindruck, das Fresko sei erst vor vier Monaten anstatt vor vier Jahrhunderten gemalt worden. Im hintersten Winkel der Kirche versteckt, waren die Farben vor direktem Sonnenlicht geschützt und konnten nicht verblassen. Und da diese ungewöhnliche kleine Kirche seit Generationen von den Dorfbewohnern kaum beachtet worden war, war der Farbauftrag auch nicht von ständigem Kerzenruß und Weihrauch in Mitleidenschaft gezogen.

Die zweite und bemerkenswerteste Eigenschaft aber war die Ausstrahlung der dargestellten Szene. Im Bildmittelpunkt stand natürlich ein ausladender grüner Baum voller reifer Feigen. Im Schatten seiner Zweige, ausgestreckt gegen den glatten Stamm gelehnt, war ein jugendlicher und überraschend hübscher heiliger Franziskus. Den einen Arm hielt er in die Luft gestreckt, als wolle er nach einer der reifen Früchte greifen. Die ruhende Gestalt des Heiligen bot eine seltsam paradoxe Mischung aus Sinnlichkeit und Keuschheit. Alles in allem machte er den Eindruck eines Mannes im mittleren Alter, der auf eigentümliche Art jugendlich und knabenhaft wirkt. Am auffälligsten war das kindliche Gesicht. Obwohl eine Hand nach den Früchten griff, waren seine Augen, aus denen Sanftheit und eine tiefe Traurigkeit sprachen, beinahe schamhaft nach unten gerichtet, als wichen sie dem Blick des Betrachters aus. Sein schmaler, graziös gezogener Mund zeigte ein feines Lächeln, das amüsiertes Verständnis auszudrücken schien. Jedes Detail seines Wesens verkörperte zu gleichen Teilen Freude und Schmerz.

Leo starrte in das Gesicht dieses seltsamen Zwitterwesens aus Junge und Mann, Heiliger und Gott, und spürte sein Herz rasen. Seit seiner Rückkehr hatte er sich vor diesem Moment gefürchtet. Dieses Gesicht war der Grund, warum er in den vergangenen sechs Monaten die Kirche nicht betreten hatte. Dieses Gesicht und das Fresko. Kaum stand er davor, raubte ihm das geheimnisvolle Antlitz des heiligen Franziskus den Atem. Gebannt starrte er in die leuchtenden Augen, die seinem eigenen Blick auswichen. Sie waren einladend, aufmunternd und anklagend zugleich. Und dieser verflixte rätselhafte Mund, der ihm zuzulächeln schien, als teilten sie ein gemeinsames Geheimnis. Leo jedoch lächelte zurück, als wolle er sagen: »Ich kenne dich. Mir kannst du nichts vormachen.« Dann holte er tief Luft und zwang sich, den Blick von dem Heiligen abzuwenden. Er, Topo und der heilige Franziskus teilten ein Geheimnis, daran war nichts zu ändern. Mit diesem Gedanken wandte er sich dem Rest des Bildes zu, das er so genau kannte.

Sieben weitere Gestalten umstanden den Feigenbaum, vier auf der linken und drei auf der rechten Seite. Einer der vier zur Linken war ein ärmlicher Bittsteller, der vor dem Heiligen kniete und seine Hand nach ihm ausstreckte. Hinter ihm standen drei seiner Jünger eng zusammen und diskutierten aufgeregt über unzweifelhaft wichtige Dinge. Leo ging davon aus, dass es Jünger waren, weil sie die gleichen schlichten dunkelbraunen Kutten wie ihr Meister trugen und weil ihr Haar in der gleichen mönchischen Tonsur geschnitten war.

Die drei Gestalten auf der rechten Seite waren ebenfalls beschäftigt. Bei einer schien es sich um einen Schafhirten zu handeln, da er einen Hirtenstab in der Hand hielt und zu seinen Füßen zwei Schafe lagen. Er war ein alter Mann mit schlohweißem Haar und Bart und einem schlichten Gesichtsausdruck, der aus hellblauen Augen erstaunt und ehrfurchtsvoll in den Himmel blickte. Die beiden Gestalten neben ihm waren offenbar ebenfalls arme Bittsteller, die auf einen Empfang beim heiligen Franziskus warteten und sich von ihm ein Wunder erhofften. Der eine hielt sich mühsam auf eine Krücke gestützt, während der andere, dessen Augen mit einem Stück Lumpen verbunden waren, blind zu sein schien. Über dem Ganzen schwebten am kobaltblauen Himmel drei eng aneinander gerückte Engel mit goldenen Roben und weißen Flügeln. Sie bildeten den Scheitelpunkt des Dreiecks, das den Heiligen unter dem Baum einrahmte und in den Augen des Betrachters hervorhob. Über den Engeln glitzerten sieben silberne Sterne am dunklen Nachthimmel.

Es ist schwer zu sagen, wie lange die Gruppe kultivierter englischer Touristen und einfacher Dorfbewohner gemeinsam in flüsternder Stille vor dem Fresko verharrte.

Glücklicherweise hatte auch der in Bedrängnis geratene Führer Erfolg gehabt, während die englischen Touristen mit dem Wunder und dem Mysterium beschäftigt waren. Ein Dauerlauf über die sich windende Straße hinunter zum Hafen hatte ihn zu Carlo Serafini geführt, den Kapitän des Fischkutters *Emilia*. Der alte Fischer war seit Jahren nicht weiter als eine Meile aus dem Hafen hinausgekommen, aber er erkannte immer noch, wann ihm ein dicker Fisch ins Netz ging. Er knüpfte dem verzweifelten Reiseleiter eine unverschämte Summe für zwei große

Eimer Dieselbenzin und dann noch einmal einen hübschen Betrag für eine Fahrt mit seinem alten Lieferwagen zurück ins Dorf ab. Als der Trupp der englischen Pilger schließlich aus der kühlen Kirche trat, hatten sie fast vergessen, was sie draußen erwartete. Kaum hatten sie den ersten Fuß aus dem stillen Schatten in die grelle Nachmittagssonne gesetzt, fiel die Hitze beinahe brüllend über sie her.

Die Reisegruppe bemerkte, dass ihr Busfahrer noch schmieriger als gewöhnlich aussah und obendrein nach Diesel stank, aber das störte sie nicht. Wichtig war vor allem, dass es endlich weiterging. Vielleicht kamen sie noch rechtzeitig nach Piombino, um ein kühles Bad zu nehmen, frische Kleider anzuziehen und vor dem Abendessen einen kleinen Spaziergang entlang der Küstenpromenade zu unternehmen.

Leo stand an der Tür des kleinen Busses, um sich bei seinen neuen Freunden zu verabschieden und ihren Dank und ihre besten Wünsche entgegenzunehmen. Zuletzt stieg der große Gentleman mit den breiten Zähnen und den grau melierten Haaren ein, legte Leo eine Hand auf die Schulter und dankte ihm herzlich. Als die beiden Männer sich die Hand gaben, spürte Leo, wie ein Bündel Geldscheine in seine Handfläche gedrückt wurde. Wie diskret. Wie taktvoll. Wie britisch. Unter aufrichtigem Dank ließ er das Geld weltmännisch in der Hosentasche verschwinden, ohne es zu zählen. Vertrauen war ein wichtiger Bestandteil eines solchen Geschäfts.

Nachdem auch das erledigt war, stieg der hoch gewachsene Mann in den Bus, und die Tür schloss sich. Eine schwarze Dieselwolke ausstoßend, erwachte der Bus fauchend zum Leben, umrundete einmal die Piazza und huckelte dann über die unebene Straße in Richtung Küstenstraße. Die Hand voll Dorfbewohner, die noch bis zum Ende des Spektakels geblieben waren, winkten zum Abschied, bis der Bus hügelabwärts verschwand. Bei Punta Ala würden sie auf eine vergleichsweise gut geteerte Straße stoßen, die entlang des Golfs von Follonica bis nach Piombino führte.

Wenige Augenblicke später hatte sich der Staub gelegt, und das rumpelnde Motorengeräusch war verstummt. Die sich ausbreitende Stille wurde nur noch vom fernen Kläffen aufgebrachter Hunde unterbrochen, die den vorbeifahrenden Bus anbellten. Dann sanken auch die Hunde zurück in den Schlaf. Die Menschen kehrten in ihre Häuser zurück, und Santo Fico verfiel in die gewohnte Langeweile.

Endlich hatte Leo Zeit, seine Einnahmen zu zählen. Vertrauen ist eine gute Sache, aber das Gleiche gilt für korrekte Buchführung. Beim raschen Durchzählen entdeckte er hunderttausend Lire zu viel. Ein Versehen? Ein Trinkgeld? Egal – sie waren verschwunden. Leo sah sich verstohlen um. Marta beobachtete ihn durch die dunklen Fensterscheiben des Hotels. Pater Elio stand auf den Stufen zur Kirche und wartete auf ihn, und Topo kam bereits über die Piazza getrippelt, um seinen Anteil abzuholen. Schnell ließ Leo das zu viel gezahlte Geld in seiner Tasche verschwinden, in der Hoffnung, den anderen möge die verräterische Bewegung entgehen. Es war nicht so, dass er irgendetwas zu verbergen hätte, aber warum unnötige Fragen aufwerfen?

Vom Fenster des Hotels aus sah Marta die Geldscheine in Leos Tasche verschwinden und seufzte: »Typisch.«

Warum war er nach Santo Fico zurückgekehrt? Sie hatte einen Punkt in ihrem Leben erreicht, nach Jahren harter Arbeit und der Selbstverleugnung, an dem Enttäuschungen ihr kaum noch wehtaten. Vorsichtig hatte sie Tür um Tür zu ihrem Herzen geschlossen und dadurch Dingen, Erinnerungen und Menschen, die sie an alte Fehler gemahnten, den Weg versperrt. Sie hatte einen Zustand stumpfer Taubheit erreicht, der rasender Wut oder abgrundtiefer Verzweiflung vorzuziehen war. Und ganz gewiss konnte sie darauf verzichten, das lebende Memento ihres größten Fehlers zurück ins Dorf spazieren zu sehen.

Sie sah, wie Topo auf seinen alten Freund zulief und irgendetwas mit ihm aushandelte – vermutlich seinen Lohn. Plötzlich verlor sein Gesicht die Fassung und lief knallrot an. Marta kannte dieses Spiel auswendig, aber sie hatte es seit Jahren nicht mehr gesehen und musste lächeln. Leo erklärte Topo, dass die gerissenen Fremden sie übers Ohr gehauen hatten oder dass Topo den ausgehandelten Lohn falsch verstanden habe oder dass er jetzt mehr als ursprünglich vereinbart wolle – irgendetwas, das der kleinen Maus arg zusetzte. Und jeder neue Vorwurf machte Topo noch wütender und ließ ihn um den unbekümmerten Leo herumtanzen, der offenbar kein Verständnis für die Nöte seines Freundes hatte. Zuletzt konnte sie nicht umhin zu lachen, als Topo mit dem Fuß aufstampfte und sie ihn das vertraute »Sei fair!« rufen sah. Das war das Finale. Leo reichte seinem Freund ein Bündel Scheine, die Topo rasch durchzählte und dann einen Freudenschrei ausstieß, der über die ganze Piazza hallte. Marta konnte ihn sogar hinter der Fensterscheibe des noch unaufgeräumten Speisesaals hören.

Begleitet von Topo, der wie eine Springmaus um ihn herumhüpfte, ging Leo über die Piazza zu den Kirchenstufen, um Pater Elio seinen Anteil zu geben. Der Priester klopfte Leo zuerst auf den Rücken und schloss ihn dann warmherzig in die Arme, was Marta noch wütender machte. Die Freundlichkeit der Leute würde Leo nur dazu ermuntern, noch länger zu bleiben.

Doch Carmens Lachen aus der Küche holte sie zurück in die Realität. Zur Hölle mit Leo Pizzola. Er würde ihr nicht den Tag verderben. Es war ein guter Nachmittag gewesen. Sie hatte so viel Geld eingenommen, dass für das Gröbste in den kommenden Wochen gesorgt war, und was noch wichtiger war, sie hatte zusammen mit Carmen und Nina in der Küche gearbeitet, und sie hatten sogar ein paar Mal gemeinsam gelacht. Marta erlaubte sich, eine Melodie zu summen, während sie die Dessertteller und Kaffeetassen von den Tischen räumte. Warum auch nicht? Das Mittagessen war ein großer Erfolg gewesen. Es war Geld hereingekommen. Sie und ihre Töchter hatten zusammen gelacht wie in früheren Tagen. Der Nachmittag war rundum gelungen.

Auf dem Weg zurück in die Kühle seiner Kirche hegte Pater Elio ähnliche Gedanken. Was für ein wunderbarer Nachmittag, dachte er. Zuerst die Ankunft der Fremden, die Marta zu einer Änderung des Speiseplans gezwungen hatten. Dann war es Leo gelungen, die Touristen zur Besichtigung des Wunders und des Mysteriums zu bewegen, was es seit vielen Jahren nicht mehr gegeben hatte – sogar noch bevor Leo fortgegangen war. Und schließlich, was für eine nette Überraschung, dass die Engländer mehr bezahlt hatten als mit Leo vereinbart. Obwohl dreihunderttausend Lire eindeutig zu viel waren.

Der alte Mann lief in die nördliche Kapelle zum Mysterium und schaltete die Lichter aus. Er überlegte, die Glühbirnen zurück in sein Bad und sein Schlafzimmer zu bringen, entschied sich dann aber dagegen. Auch würde er das Fresko nicht sogleich mit dem Laken zuhängen. Er würde es unbedeckt lassen und heute Abend die Lichter einschalten, damit alle im Dorf noch einmal das Mysterium sehen konnten.

Das Geld war zweifellos ein willkommener Segen, aber es war nicht das Beste an diesem Nachmittag. Das Beste war, dass seine alte Kirche endlich einmal wieder gut gefüllt gewesen war. Nun ja, vielleicht nicht gerade gut gefüllt, aber zumindest waren mehr Leute da gewesen, als er seit vielen Jahren gesehen hatte, und viele davon waren Einheimische. Zugegeben, sie hatten einen leicht betretenen Eindruck gemacht, weil sie schon seit Monaten, wenn nicht gar seit Jahren nicht mehr in der Kirche gewesen waren. Aber war er zu weit gegangen? Hatte er sich von der Aufregung des Moments zu sehr mitreißen lassen? Als die Fremden die Kirche verließen, hatte er den Dorfbewohnern verkündet, am Abend würde eine besondere Messe stattfinden. Warum hatte er das getan? Was war in ihn gefahren, so etwas zu sagen? Die Worte waren ihm einfach so herausgerutscht, bevor er es sich noch recht überlegen konnte. Und zu seinem Erstaunen hatten alle versprochen, am Abend zu erscheinen … mehr oder weniger. Viele jedenfalls hatten es ihm zugesagt … oder hatten zumindest mit dem Kopf genickt und gesagt, sie würden versuchen zu kommen. Wäre es nicht wunderbar – wenn tatsächlich wieder Leute zum Gottesdienst erschienen? An Nachmittagen wie diesen glaubte er fest, Gott würde ihm eines Tages vielleicht wirklich verzeihen.

Es kam selten vor, dass Topo sich völlig im Einvernehmen mit Marta und Pater Elio befand, aber heute war so ein Tag: Was für ein wundervoller Nachmittag. Zum ersten Mal seit Leos Rückkehr spürte er ihre alte Freundschaft. Sechs Wochen lang war das Gerede im Dorf über »die Rückkehr des jungen Pizzola« ausschließlich negativ gewesen. Die meisten Leute fanden ihn »hochnäsig«, »arrogant«, »gefährlich«, »aufgeblasen von amerikanischen Unarten«, oder sie stießen sich daran, dass er »so seltsam redet«. Topo wusste es besser. Leo war unglücklich. Er hatte Heimweh und redete ständig davon, den heruntergekommenen Hof zu verkaufen und nach Chicago zurückzukehren. Aber heute war es anders gewesen. Heute war es wie zu alten Zeiten, nur noch viel besser. In den alten Tagen hatte Topo am äußeren Rand gestanden und Leo und Franco zugesehen. Damals war er der Außenseiter gewesen, der nur zugucken konnte, wie die beiden das Geld unter sich aufteilten. Heute jedoch hatte er Francos Rolle übernommen … halbwegs jedenfalls. Es tat nichts zur Sache, dass er Francos Aufgaben nicht vollständig übernommen hatte, immerhin hatte er mehr verdient, als Franco je bekommen hatte. Fünfundsiebzigtausend Lire!

Und seine Freude wurde durch Leos Freude noch vergrößert. Es war das erste Mal, dass er seinen Freund seit seiner Rückkehr wirklich fröhlich gesehen hatte. Bis heute hatte er ganz vergessen, wie ansteckend Leos Lachen sein konnte. Seine traurigen Augen und das lange Gesicht vermittelten gelegentlich den Eindruck, als sei er irgendwo zwischen gefährlich und geistig minderbemittelt einzustufen. Aber wenn er lachte, blitzte in Leos Gesicht eine so aufrichtige und unschuldige Freude auf, dass jeder Zuschauer automatisch mitlachen musste. Genauso war es auch Topo ergangen. Nachdem Pater Elio mit seinem Anteil in der Kirche verschwunden war, hatte Leo sich mit einem so breiten Grinsen zu ihm umgedreht, dass der kleine Mann sich für einen Augenblick sogar erschrocken hatte. Aber Leo hatte nur einen Arm bei ihm untergehakt, den kleinen Freund im Kreis herumgewirbelt und mit ihm einen etwas unbeholfenen, aber ausgelassenen Freudentanz aufgeführt. Ihre Schreie waren über die Piazza gehallt, und sie hatten die Geldscheinbündel einander gegenseitig vor der Nase geschwenkt. Topo genoss diesen Augenblick ausgelassener Freude mehr, als er sagen konnte.

Von ihrem sicheren Platz am Brunnenrand aus beobachteten Nonno und sein grauer Hund Leos und Topos seltsames Gebaren, als hätten sie einen Sonnenstich abbekommen.

Doch Topos Freude über ihre wieder gefundene Kameradschaft hielt nur bis zu dem Moment an, als Leo plötzlich stehen blieb und begeistert verkündete: »Ich habe eine großartige Idee!«

Topo konnte seinen Schrecken nicht verheimlichen. Seit er sich erinnern konnte, waren Leos großartige Ideen – zumindest aus Topos überlegter Sicht – häufig schlecht durchdacht, in der Regel wenig ausgereift und beinahe immer gefährlich. Er wusste aber auch, dass er sich zuletzt der Sache anschließen würde.

Er konnte diesem Lachen einfach nicht widerstehen. Er konnte dieser Begeisterung nicht widerstehen. Und er war gegen diesen Geist der Brüderlichkeit machtlos. Kurzum, er war verloren.

Sein Mut verließ ihn noch mehr, als Leo der Ankündigung seiner Idee eine im Ton freudigen Überschwangs gestellte Frage anschloss: »Hat dein Lastwagen noch Benzin?«

Er war verloren!

8

Der westliche Horizont war in ein warmes Orange getaucht, als Marta endlich mit den Vorbereitungen für den nächsten Tag fertig war und in ihrer blitzsauberen Küche das Licht ausschaltete. Morgen würde alles wieder normal zugehen – sechs oder sieben Mittagsgäste vielleicht, Onkel Elio nicht mitgerechnet, ein paar Bier am Nachmittag und abends einige Gläser Wein. Als sie die Treppe zu den Schlafzimmern hochstieg, hörte sie Musik; Nina hatte das Radio eingeschaltet. Ein Orchester spielte ein Lied, das Marta von irgendwoher kannte. Es war eine Melodie, mit der sie eine angenehme Erinnerung verband – nur welche? Sie wusste es nicht zu sagen.

Als sie die oberste Stiege erreichte und um die Ecke bog, schlug ihr ein Schwall heißer, stickiger Luft entgegen. In der Küche war es warm gewesen, aber im Vergleich zur erdrückenden Luft hier oben war es im Erdgeschoss geradezu angenehm. Heute Nacht würde es schwierig sein einzuschlafen. Sie erinnerte sich an Nächte wie diese in ihrer Kindheit. Ihr Vater, der junge Giuseppe, hatte – manchmal mit Unterstützung von Onkel Elio – alte Matratzen aus dem Keller geholt und sie auf der Wiese hinterm Haus ausgebreitet. Sobald die muffigen Matratzen auf dem Gras lagen, waren Marta und ihre Schwester Rosa von einer zur anderen gesprungen, indem sie so taten, als seien es kleine Inseln in einem Meer brodelnder Säure oder schroffe Bergspitzen, umgeben von schwindelnden Abgründen. In beiden Fällen bedeutete ein Fehltritt den sicheren Tod. Dann kam ihre Mutter, Katrine, und schimpfte mit ihnen, aber immer mehr mit Rosa als mit Marta, weil sie vierzehn Monate mehr Verstand besaß als ihre jüngere Schwester. Katrine war überzeugt, dass in diesen alten Matratzen jede Krankheit eines jeden Gastes steckte, der jemals eine Nacht unter dem Dach des Hotels verbracht hatte, und zwar zurück bis in jene Zeit, da irgendein dunkler Ahne der Capronis die Villa zu seinem Eigentum gemacht hatte, ganz zu schweigen von den Legionen von Wanzen, die im Keller hausten. Solange diese schmutzigen Matratzen nicht mit frischen Laken bezogen waren, so Katrines strenger Befehl, durfte niemand darauf herumtollen!

Es waren wunderbare Nächte gewesen. Martas Vater hatte ein Feuer im Garten gemacht, und die Nachbarn kamen herüber, tranken Wein und sangen. Sie spielten Boccia, selbst als es schon viel zu dunkel dazu war und man die Kugeln kaum noch sehen konnte. Anschließend legte sich die ganze Familie unter den schwarzen Nachthimmel, um auf Sternschnuppen zu warten und bis tief in die Nacht zu erzählen.

Nachdem der junge Giuseppe und Katrine gestorben waren und Rosa geheiratet hatte und nach Cecina gezogen war, sodass nur sie, Franco und die beiden Mädchen übrig blieben, hatte Marta an heißen Abenden Franco davon zu überzeugen versucht, gemeinsam draußen im Garten zu schlafen. Aber er hatte immer nur geklagt, die schmutzigen alten Matratzen aus dem Keller zu schleppen sei zu viel Arbeit, und sie alle würden es nur bedauern, wenn ihnen morgens die Sonne in die Augen stach. Später dann hörte Marta, wenn sie und die Mädchen sich nachts oben in ihren Betten wälzten und schwitzten, wie Francos Motorrad ansprang und er davonbrauste. Offenbar hatte Franco seine eigene Methode gefunden, der Hitze zu entkommen. Aber all das lag jetzt viele Jahre zurück, und Marta war zu müde, um heute Nacht noch über Franco nachzudenken.

Im ersten Stock war es dunkel, als Marta ihren Kopf in Ninas Zimmer steckte und sich ihre Augen rasch an das schwache Leuchten des Radios auf der anderen Seite des Raums gewöhnten. Sie erkannte den Umriss ihrer jüngeren Tochter, die am offenen Fenster saß. Noch für einige Stunden würde die Nacht wenig Abkühlung bringen, aber am Fenster war wenigstens ein leichter Lufthauch vom Meer her zu spüren. Nina saß in ihrem dünnen Nachthemd da, emsig vertieft in ihre Filetarbeit, und sprach, ohne den Rhythmus ihrer feinen Nadel zu unterbrechen.

»Gehst du zu Bett?«

Es verblüffte Marta immer wieder, von Nina erkannt zu werden, wie leise sie sich auch gab.

»Ja. Wo ist deine Schwester?«

»In ihrem Zimmer, denke ich.«

»Bleib nicht zu lange auf.«

Marta blickte den Flur entlang. Im Wohnzimmer war es dunkel und still. Es war seltsam, dass Carmen um diese Zeit im Sommer nicht auf dem kühlen Boden vor dem Fernseher lag. Die Tür am anderen

Ende des Flurs zu Carmens Zimmer war geschlossen. Da kein Licht zu brennen schien, öffnete Marta sie einen Spaltbreit und spähte ins Zimmer. Im Osten war der Mond aufgegangen und warf ein blassblaues Licht durchs offene Fenster. Carmen lag in ihrem Bett, die Decke bis ans Kinn gezogen und ihr dichtes schwarzes Haar auf dem weißen Kopfkissen ausgebreitet. Ihr Atem ging tief und regelmäßig.

Marta zog leise die Tür zu und lief den Flur entlang. Sie überlegte kurz, selbst ein wenig fernzusehen, vielleicht eine Sendung, die sie zum Lachen brachte. Aber sie war zu müde. Sie ging in ihr Schlafzimmer und ließ sich, ohne das Licht einzuschalten, aufs Bett fallen, obwohl sie dies im nächsten Moment bereute. Nur mit einiger Überwindung würde sie jetzt noch einmal aufstehen. Der Tag war so anstrengend gewesen, dass sie ganz vergessen hatte, am Nachmittag oben die Fenster zu öffnen, weshalb die Luft jetzt erdrückend war.

Sie zwang sich vom Bett hoch, öffnete die beiden großen Fenster und spürte die sanfte Abendbrise. Für einen Moment genoss sie den kühlen Luftzug auf ihrer Haut. Vielleicht sollte sie ein Bad einlassen. Ein Bad wäre jetzt wunderbar. Vielleicht sollte sie auch ihre Kleider ablegen und sich ins dunkle Fenster setzen. Vielleicht sollte sie auch einfach nackt durch die Straßen von Santo Fico bis hinunter zum Hafen rennen. Dort könnte sie ins Meer eintauchen und dann immer weiter hinaus auf die karmesinrote Linie im Westen zuschwimmen. Sie hatte nicht die Kraft, über ihre eigene Verrücktheit zu lachen. Außerdem schaffte sie es vermutlich nicht einmal mehr, die ganze Strecke bis zum Hafen zu laufen. Das Bad war eine bessere Idee.

Sie fragte sich, wie Carmen es unter der Decke aushalten konnte. Ihr Zimmer war genauso heiß wie das von Marta. Sie musste todmüde sein. Sie hatte den ganzen Tag gearbeitet und besonders abends beim Aufräumen geholfen, aber trotzdem, bei solchen Temperaturen unter einer Decke zu schlafen …

Ihr Nachdenken wurde durch ein beinahe merkwürdig vertrautes Geräusch in der Ferne unterbrochen. Ein alter Motorroller quälte sich mühsam die steile Straße hinauf. Er klang wie der von Salvatore Puce, dem verhassten jungen Mann aus Grosseto, der dreimal die Woche die Post brachte, aber was hatte der schmierige Mistkerl um diese Zeit hier zu suchen? Ihr gefiel es nicht, wie dieser kleine pickelige Lüstling Carmen angaffte, aber noch mehr als das missfiel ihr die Art, wie Carmen ihm schöne Augen machte.

Das Geräusch des Rollers erstarb keine hundert Meter vom Haus entfernt.

Nur gut, dass Carmen schon so früh in ihrem Zimmer lag … tief schlafend … die Tür fest geschlossen … und die Bettdecke bis zum Hals gezogen!

Wie ein geölter Blitz sprang Marta vom Fenster weg und brauste wie Donnergrollen durch ihr Zimmer … den Flur entlang.

Als sie die Tür zu Carmens Zimmer aufriss, sah sie, dass das Bett leer war. Da im Flur niemand zu sehen war, schloss Marta, dass ihre nichtsnutzige Tochter auf den Sims vor ihrem Fenster geklettert und um die Ecke herumgeschlichen war und sich jetzt auf dem Weg zu dem leeren Rosenspalier befand.

Die Schuhe in ihre kleine Handtasche gestopft, lief Carmen so schnell es eben ging über die wackeligen alten Dachziegel des schmalen Vorsprungs auf der Rückseite des Hotels, aber mit jedem Schritt löste sich ein Ziegel oder zerbrach unter ihren nackten Füßen. Ihr Fluchtweg war weit weniger stabil, als sie gedacht hatte. Das Dach ächzte bedrohlich, und sie überlegte, dass sie, wenn sie jetzt einbräche, ein paar ernsthafte Schrammen und Kratzer davontragen und obendrein auch noch ihr bestes Kleid ruinieren würde. Sie musste es nur bis zu dem Rosenspalier neben der Küchentür schaffen, an dem sie wie auf einer Leiter herunterklettern konnte.

In ihrer Planung der nächtlichen Eskapade waren Gefahr, Schmerz und zerrissene Kleider nicht vorgekommen. Die Aussicht auf einen Abend mit Solly Puce war nicht einmal wirklich aufregend, aber Carmen hatte ihre Gründe. Es war nicht so, dass sie nicht wusste, worauf Solly aus war – zumindest glaubte sie es zu wissen. Sie hatte oft genug Leute im Kino knutschen gesehen, und ihre Freundinnen redeten ständig davon. Carmen wusste also, was Solly sich ausrechnete – aber er würde lernen müssen, mit Enttäuschungen umzugehen. Er hatte ihr versprochen, sie nach Grosseto mitzunehmen, wo es Kinos und Nachtklubs und Bars zum Tanzen gab. Es sollte nicht zu schwierig sein, Solly abzuhängen und sich einen reichen Mann mit einem schicken Wagen zu angeln.

Als sie das leere Rosenspalier hinunterkletterte, hörte sie Salvatore Puces lächerlichen Roller an der vereinbarten Stelle unten an der Straße anhalten, genau zur rechten Zeit. Am Ende des gepflasterten Wegs sah sie im Mondlicht eine Gestalt hinter der Steinmauer hervortreten. Natürlich war es zu dunkel, um ein Gesicht zu erkennen, aber selbst im fahlen Licht des Mondes waren Solly Puces ruckartige Bewegungen unverkennbar.

Solly besaß eine seltsame Angewohnheit, die nicht länger ein bloßer Tick, sondern vielmehr ein beängstigendes Ritual war. Ohne Warnung, manchmal mitten im Satz, ruckte er plötzlich den Kopf nach hinten, als werfe er eine dichte Lockenpracht aus der Stirn. Dann rollte er den Kopf nach links und drehte seine Schulter in einer großen Kreisbewegung, als habe er sich den Hals oder Rücken verspannt. Das alles geschah rasend schnell und wurde von einem jähen Schütteln des gesamten Oberkörpers abgeschlossen, als bestünde sein Torso aus einem Sack loser Knochen, bevor der Körper wieder in seine Ausgangslage zurückkehrte. Tatsächlich aber besaß Solly keine üppige Lockenpracht. Seine schwarzen Haare waren mithilfe von viel Pomade zu einem Turm von absurden Ausmaßen aufgehäuft, der selbst bei stürmischen Böen nicht nachgab. Und ganz bestimmt hatte er keinen einzigen Muskel seines Körpers verspannt. Er war nicht nur kleiner als Carmen, sondern auch erstaunlich dürr. Tatsächlich ging die Serie von Zuckungen und Verrenkungen, die Solly mit der Präzision eines Uhrwerks vollführte, auf alte amerikanische Rock'n'Roll-Filme der Fünfzigerjahre zurück, und wenn das Ganze nicht so seltsam gewesen wäre, hätte man es auch für komisch halten können. In seiner Vorstellung allerdings waren seine Bewegungen Zeichen einer draufgängerischen und gefährlichen Männlichkeit, und er wusste genau, dass Frauen seine Zuckungen unwiderstehlich sexy fanden – man brauchte nur Carmen Fortino anzuschauen, die ihm über den gepflasterten Weg entgegenflog.

Als sie näher kam, begann Solly zu sprechen, doch plötzlich wurden seine Augen weit vor Schreck. Anschließend vollführte er zu Carmens noch größerem Erstaunen eine ungewöhnliche Abwandlung seines bekannten Rituals. Dem ungewohnten kleinen Tanz folgte ein befremdlicher Augenblick, in dem Carmen hätte schwören können, so etwas wie einen Stein mit einem überraschend dumpfen Schlag von Solly Puces pickeliger Stirn abprallen gesehen zu haben, auch wenn es im Mondlicht schwer zu sagen war. Aus irgendeinem Grund wurden Sollys Knie weich wie Butter, und er stolperte einmal im Kreis, wobei er mit beiden Händen seine Stirn hielt. Als er wieder am Ausgangspunkt angelangt war und in Carmens Richtung blickte, war sein Gesicht weiß wie die Wand, abgesehen von einem dunklen schwarzen Flecken mitten auf seiner Stirn. Er stieß einen schrillen Schrei aus, und Carmen konnte sich gerade noch rechtzeitig umdrehen, um eine riesige Erscheinung, die offenbar eine hoch erhobene Axt in der Luft schwang – vielleicht war es auch eine Sense –, auf sich zueilen zu sehen. Der schattenhafte Sensenmann war in vollem Lauf und kannte nur das eine Ziel: anderen den Tod zu bringen. Carmens Schrei verband sich mit Sollys mädchenhaftem Gekreisch, bevor sie rückwärts in den Kräutergarten stolperte und mitten in einem stechenden Rosmarinstrauch landete.

Marta schwang ihre Schaufel mit ganzer Kraft auf Sollys Kopf zu, doch das kleine Wiesel ließ sich blitzschnell in den Straßenstaub fallen, sodass die Schaufel mit dem wuchtigen Klang einer Alarmglocke und überraschendem Funkenflug gegen die Steinmauer knallte. So schnell sie konnte, hatte sie die Schaufel wieder über ihrem Kopf, um den am Boden liegenden, schreienden Jungen zu treffen. Doch der rollte und wirbelte bereits die Straße hinunter wie ein Kreisel, also ging die Schaufel auch diesmal ins Leere. Marta eilte ihm hinterher, um ihm einen ordentlichen Schlag auf den Hintern zu verpassen, aber Solly flitzte die Straße auf allen vieren schneller hinunter, als manche Leute rennen können. Marta konnte ihm also nur noch irgendetwas Unverständliches hinterherbrüllen. Sie wusste selbst nicht, was sie gerufen hatte, aber die Botschaft war eindeutig: »Noch einmal, und du bist tot!«

Carmen hatte sich inzwischen wieder hochgerappelt und beschimpfte ihre Mutter für diesen Anschlag auf ihre Unabhängigkeit, aber die gesamte jugendliche Empörung dieser Welt konnte es mit Martas Zorn nicht aufnehmen. Spätestens als ihre Mutter mit erhobener Schaufel auf sie zulief, immer noch bereit, jemand anders ins Grab zu bringen, erkannte Carmen, dass sie nicht die geringste Chance hatte. Martas Stimme war so schneidend und eindringlich, ihre Drohungen so ernst, dass es ihrer Tochter kalt durch Mark und Bein fuhr. In der Ferne kreischte der arme Solly Puce ein paar verängstigte Vendetta-Rufe und schwor schluchzend Rache, bevor seine alte Vespa den Hügel hinuntertuckerte und Carmen ihre Chance auf die Lichter der Stadt und eine aufregende Nacht in der Dunkelheit verschwinden hörte. Unter einem Schwall von Flüchen und Tränen stolperte Carmen zurück ins Haus.

Als sie allein war, ließ Marta die Schaufel sinken und kniete sich in der plötzlichen Stille auf den Weg. Marta weinte nicht oft, aber wenn, überkam es sie wie ein Sturzbach. Die Tränenflut ging so schnell vorüber, wie sie gekommen war, und als sie sich wieder gefasst hatte, blickte sie hinauf in den dunklen Himmel und sagte nur: »Hilf …«

Das war alles. Hilf. Sie hatte es nicht als Gebet gemeint. Sie hatte es nicht einmal wirklich sagen wollen, aber in dieser einfachen Bitte lagen das ganze Bedauern, die Ängste und die Fragen ihres zersplitterten Herzens. Es war eine Bitte um die Lösung so vieler verwickelter Fragen, dass sie die Worte dafür fühlen, aber nicht aussprechen konnte.

Pater Elio war müde, spürte einen Schmerz in der Brust und sehnte sich nach seinem Bett, sodass sein Rundgang durch die leere Kirche nur schleppend vonstatten ging. Er schlurfte durch die Gänge, schaltete die Hauptbeleuchtung aus, zog das Verlängerungskabel aus der Steckdose und hängte die alte Decke wieder vor das Mysterium. Dabei begegnete er nicht einmal dem Blick der Figuren auf dem Gemälde, die ihn von der Wand aus beobachteten. Es war eine einstudierte Prozedur. Die Glühbirnen waren noch zu heiß und er zu müde, um sich jetzt noch damit abzugeben. Seine Verrichtungen im Bad und im Schlafzimmer konnte er auch im Dunkeln tun. Nina lebte in ständiger Dunkelheit und bewegte sich dennoch mit Anmut.

Nachdem auch die Altarkerzen gelöscht waren, die er früher am Abend angezündet hatte, war es gänzlich dunkel im Raum. Durch die oberen Fenster fiel Mondlicht und warf eine Reihe kleiner silberner Seen in den Mittelgang. Pater Elio setzte sich in einem dieser Lichtflecken auf den Steinboden und dachte über seine besondere Messe nach. Niemand war erschienen. Nicht eine einzige Person. Er hatte sich selbst das Messgewand angelegt, aber er war voller Erwartungen. Alleine hatte er das heilige Abendmahl vorbereitet und auch da noch gehofft. Er hatte über zwei Stunden vor dem Altar gekniet, mit leiser Stimme gebetet und die ganze Zeit gelauscht, ob nicht irgendwer in die Kirche trat. Niemand war gekommen. Heute Abend hatte er eine neue Dimension des Alleinseins kennen gelernt. Es war keine Einsamkeit. Er kannte die Einsamkeit sehr gut, und sie quälte ihn nicht. Es war etwas anderes. Zum ersten Mal fühlte er sich verlassen.

Von irgendwo in der Nacht waren wütende Stimmen zu hören. Zwei Frauen stritten miteinander, aber sie waren zu weit entfernt, um etwas zu verstehen, und er war froh, als es vorbei war. Es war nur ein Streit gewesen. Nichts Außergewöhnliches. Leute streiten und sagen dann Dinge, die sie gar nicht so meinen, aber sie sagen sie trotzdem. Als er als junger Mann in Bologna gelebt hatte, hatte er beinahe jede Nacht Leute streiten gehört. Manchmal hatten sie auch geschrien. Es war schrecklich, von irgendwoher Schreie zu hören. Er bereitete sich auf den Priesterberuf vor, weil er Menschen helfen wollte, und wütendes Geschrei in der Nacht hieß, dass irgendwo Menschen litten. Von einem Priester wurde erwartet, dass er die Welt verbesserte.

Er zuckte zusammen, als er den Ton seines eigenen Klagens von den Wänden widerhallen hörte. Ohne Vorwarnung flossen Tränen auf die alten Steinfliesen. Er schickte ein Stoßgebet zum Himmel, noch ehe er es recht wusste.

»Hilf …«

Wem sollte geholfen werden? Ihm? Nein. Er war ein Versager, und er wusste auch, warum. Gott hatte ihn abgewiesen – ihm die Gnade des Heiligen Geistes zu verweigern, war nur gerecht. Fünfzig Jahre lang hatte Elio Tag für Tag eine unaussprechliche Sünde begangen. Nein, sein Gebet war ein Aufschrei der Bestürzung, die er für die Bewohner von Santo Fico empfand. Sie hatten nicht gesündigt und waren dennoch diejenigen, die bestraft wurden. Sie hatten nicht einmal ihren Glauben verloren. Sie wussten nur nichts mehr damit anzufangen. Gleichgültigkeit bedeutet nicht Zurückweisung. Aber es schien so, als habe Gott auch sie verlassen, und deshalb betete er für sie um Gottes Hilfe.

In seiner kleinen Wohnung unten am Hafen hatte Nonno gerade sein Abendessen beendet, als er ein Motorengeräusch hörte, das wie der Roller des Postjungen klang, der aus dem Dorf gebraust kam, und Nonno überlegte, wer wohl zu so später Stunde noch einen Brief bekam. Genau genommen hatte sein Hund das Geräusch zuerst vernommen, aber als Nonno ihn plötzlich aufhorchen gesehen hatte, hatte auch er genau hingehört. Die Zeit hatte ihn gelehrt, auf seinen Begleiter zu achten. Eigentlich war es gar nicht Nonnos Hund, aber inzwischen lebten sie seit vielen Jahren in dem Schuppen am Hafenkai. Der Raum hatte ursprünglich einmal zum Haus von Angelo de Parma gehört, aber die Verbindungstür war aus geheimnisvollen Gründen schon vor Jahrhunderten zugemauert worden, und Angelo hatte Nonno und dem Hund schon vor so langer Zeit erlaubt, dort zu wohnen, dass sich keiner mehr an die ursprüngliche Abmachung erinnern konnte. Und es war auch beiden egal. Die Wände und das Dach waren wie bei vielen alten Gebäuden dick und behaglich, aber

Nonno mochte die Wohnung vor allem deshalb, weil sie nur eine Straßenbreite von der Bucht entfernt lag und er das Meer liebte. Der Hund hatte sich auch nie beschwert.

Nonno wusste selbst nicht, warum er das Meer über alles liebte. Vermutlich hing es irgendwie mit seiner Vergangenheit zusammen, und so hatte er aufgegeben, es je herauszufinden. Es gab so viele blanke Stellen in seiner Vergangenheit, dass er nicht länger danach fragte – nicht, weil es ihm egal war, sondern weil es ihn zu sehr frustrierte. Es war, als wolle man Nebel in seinem Hut fangen. Immer wenn man dachte, eine ordentliche Menge zusammenzuhaben, ging man im Sonnenlicht nachschauen und – nichts. So vieles, was ihn betraf, hatte sich unter der toskanischen Sonne verflüchtigt. Zum Beispiel sein Name. Jeder nannte ihn seit Urzeiten nur Großvater, sodass sein tatsächlicher Name vermutlich für immer verschollen war. Aber das alles kümmerte ihn nicht mehr.

Die alten Leute erinnerten sich noch, wie er, halb verhungert und unter Fieberfantasien leidend, mitten im Winter im Dorf auftauchte. Schon damals wusste er nicht, wer er war und woher er kam. Er wusste, er hatte eine Frau und drei Söhne, aber es war davon auszugehen, dass Nonnos Familie nicht mehr existierte, vermutlich sogar getötet worden war. Niemand konnte es genau sagen, weil Nonnos Verstand durch zu viel Krieg, zu viel Tod und zu viel Schmerz verwirrt worden war. Damals hatte er wütend erklärt, man müsse die Deutschen töten, was im Italien des Zweiten Weltkriegs wenig klug war. Aber die Bewohner von Santo Fico hatten ihn bei sich aufgenommen, und heute irrte er in etwa der gleichen

Weise durch seinen verwirrten Geist, wie er durch das Dorf irrte – ein Mann, der sich im Durcheinander seines Hauses nicht mehr zurechtfindet und nach etwas Wichtigem sucht, von dem er erst weiß, was es ist, wenn er es gefunden hat. Warum er sich eine persönliche Schuld am Versiegen des Brunnens zuschrieb, war ein Rätsel, aber das meiste an Nonno war rätselhaft. Oft redete er geheimnisvoll von verlorenen Zeiten, von Soldaten und Schlachten oder vom Krieg in den Bergen. Er redete zusammenhanglos von Frauen, die er gekannt hatte, von seiner verlorenen Taschenuhr oder seinen verlorenen Söhnen. Nonno wusste, dass er manchmal wirres Zeug redete, aber zu anderen Zeiten verstand er nicht, warum alle um ihn herum ihn nur fragend ansahen.

»Wie heute Nachmittag mit Nico«, dachte er laut, während er seinen Teller mit einem dreckigen Handtuch abwischte. »Nico ist ein guter Junge, aber er ist immer so traurig«, sagte er zu dem grauen Hund, der schlafend in der Ecke lag.

Als er sich auf die Bettkante setzte und seine Schuhe auszog, gestand er seinem dösenden Begleiter: »Ich verstehe nicht, warum er manchmal so tut, als kenne er mich nicht.«

Aber es war gut, ihn nach so vielen Jahren wieder in der Nähe zu haben. Nico war das Einzige, was ihm noch geblieben war, und deshalb kränkte es ihn nicht so sehr, wenn der Junge so tat, als kenne er seinen eigenen Namen nicht. Leo selbst betrachtete den Namen »Nico« als irgendein dunkles Zeichen der Zuneigung, doch wusste niemand im Dorf, dass es der Name des jüngsten Sohnes des alten Mannes war. Noch konnte irgendwer wissen, dass Leo eine große Ähnlichkeit mit dem bemitleidenswerten hübschen

Jungen hatte, den Nonno mit seinen eigenen gefrorenen Händen vor vierzig Jahren im Schnee der Dolomiten begraben hatte, wo er und seine beiden Brüder im Kampf gegen die Deutschen ihr Leben gelassen hatten.

Nachdem Nonno das Licht ausgeschaltet und sich auf seinem Feldbett ausgestreckt hatte, beschloss er, in Zukunft mehr für den Jungen zu beten. Und das tat er.

Auf dem flachen Landstrich im Süden des Dorfes stand Topo am Straßenrand und versuchte im fahlen Mondlicht herauszubekommen, ob Leo noch bei Bewusstsein war. Aber der Sternenhimmel und der tief stehende Mond gaben nicht genug Licht, und ein ängstlicher Schauder durchfuhr ihn. Immerhin hatte Leos nervtötendes Kichern endlich aufgehört, aber jetzt machte ihm die gespenstische Stille zu schaffen. Er überlegte, die Sicherheit des Lastwagens zu verlassen und nach seinem Freund zu suchen, aber da draußen konnten Schlangen sein. Er rief deshalb nur: »Leo?«

Schweigen.

Sein kleiner Lastwagen parkte genau gegenüber der Stelle, wo die Straße zwischen den Bäumen hervortrat, eine Kurve nach Westen beschrieb und dann durch eine flache Ebene lief, die sich bis zum Meer erstreckte. Von hier bis zu den Klippen am Ufer gab es nur mehrere Kilometer trockenes Land voller Unkraut, Kakteen und Steine. An der Küste machte die Straße einen weiteren Knick nach Norden auf die Landspitze zu und schlängelte sich dann noch einen Kilometer entlang gefährlich schmaler Klippen bis zur Spitze des Felsvorsprungs hinauf, auf dem Santo

Fico lag. Topo konnte in der Ferne ein paar Lichter sehen und beinahe sogar die Silhouette des Glockenturms im Mondlicht ausmachen. In wenigen Minuten hätte er zu Hause und in seinem Bett sein können, wenn Leo nur zurück zum Lastwagen käme. Es war alles andere als ein lustiger Abend gewesen, und selbst jetzt wollte er kein Ende nehmen.

Topo hasste Grosseto. Nicht die ganze Stadt, aber genau die Orte, die Franco und Leo gefielen. Als er Leos Vorschlag nachgegeben hatte, sich mit einem Teil ihres neuen Reichtums einen schönen Abend in Grosseto zu machen, hatte Leo versprechen müssen, nicht ins Il Cavallo Morto zu gehen. Von allen Orten hasste Topo diesen am meisten.

Sie waren durch zahllose Bars gezogen, auf der Suche nach einer Kneipe, die nach Leos Geschmack genau die richtige Mischung aus Lärm, Qualm und netten Leuten besaß. Doch Topo hatte bemerkt, dass Leo zunehmend gereizter wurde, je länger ihre Suche nach einem geeigneten Laden andauerte. Sie waren also von Bar zu Bar gezogen und dabei jenem Ort immer näher gekommen, der nach Topos Befürchtungen von Anfang an ihr Ziel war, als er sich widerwillig aus Santo Fico hatte mitschleppen lassen. Als sie zuletzt im Il Cavallo Morto eintrafen, war Leo nicht nur betrunken, sondern in einer höchst reizbaren Stimmung.

Ihr letzter Besuch in dieser Kaschemme am Rande des Bahnhofsviertels von Grosseto lag achtzehn Jahre zurück. In all den Jahren seit Francos furchtbarem Junggesellenabschied hatte sich an dem schäbigen kleinen Schankraum nichts verändert – die Besucher waren die gleichen, die Einrichtung war noch immer heruntergekommen, und Topo konnte sich nach wie vor nicht erklären, warum man eine Kneipe nach einem toten Pferd benannte. Aber Il Cavallo Morto war Francos liebste Anlaufstelle gewesen, und jetzt fühlte sich Leo irgendwie davon angezogen.

Schöne Erinnerungen können es nicht sein, dachte Topo, als er sich ihren letzten Besuch ins Gedächtnis zurückrief. Es war die Nacht vor der Hochzeit gewesen. Sie hatten die halbe Nacht hinten an einem runden Tisch gesessen, acht oder zehn Leute, und getrunken und gesungen. Es war spät geworden. Sofia de Salvio hatte heulend auf Francos Schoß gesessen und ihn angefleht, nicht zu heiraten, und Franco hatte nur gelacht. Und je mehr er lachte, desto lauter wurde ihr Weinen. Bis Franco ihr irgendetwas ins Ohr flüsterte, das Topo nicht verstanden hatte, aber woraufhin auch Sofia de Salvio gelacht hatte. Leo saß ihnen gegenüber mit dem Kopf auf der Tischplatte, und alle dachten, er schliefe, aber als Franco in Sofias Ohr flüsterte und beide zu lachen anfingen, war Leo plötzlich aufgesprungen. Mit lautem Gebrüll hatte er sich quer über den Tisch auf Franco gestürzt. Alle drei – Leo, Franco und die arme Sofia de Salvio – waren zu Boden gegangen und hatten sich im Dreck gewälzt. Gut zwanzig Minuten lang hatten Leo und Franco sich geprügelt und dabei fast die gesamte Einrichtung zertrümmert, auch wenn es nicht viel zu zertrümmern gab. Es war das einzige Mal, dass Topo Leo im Kampf gegen Franco gewinnen sehen hatte, aber Leos Wut war beängstigend. Nachdem alles vorbei war, hatte Franco in der Gosse gelegen, und Leo war mit Topos Lastwagen davongefahren. Franco und Topo mussten per Anhalter nach Santo Fico zurückkehren. Am nächsten Tag bei seiner Hochzeit hatte Franco gehumpelt. Eins seiner

Augen war zugeschwollen, und sein Kiefer war so lädiert, dass er sein »Ja« am Altar nicht laut sagen konnte. Er hatte nur genickt. Topos Lastwagen hatte verlassen am Dorfrand gestanden, und Leo war verschwunden. Topo hatte als Trauzeuge einspringen müssen, und dann hatte er auch noch den Ring verloren. Marta hatte bloß noch geweint. Und am Nachmittag hatte es geregnet. Es war eine furchtbare Hochzeit gewesen.

Als er jetzt in dem dunklen Feld stand und darauf wartete, dass sein Freund sich nicht länger übergeben musste, ging Topo auf, dass der heutige Abend bereits viel mehr »den guten alten Zeiten« ähnelte, als er sich erhofft hatte. Das Trinken, das Singen und das Schwelgen in Erinnerungen waren ja noch in Ordnung gewesen, aber gegen Mitternacht war Topo der Alkohol auf den Magen geschlagen, sein Kopf schmerzte, und er wollte nach Hause. Etwa zur gleichen Zeit hatte Leo beschlossen, in einem Hinterzimmer an einem Kartenspiel teilzunehmen. Er würde genügend Geld abzocken, um »endlich aus diesem Pissloch zu verschwinden«. Zumindest hatte Topo dies aus seinem undeutlichen Genuschel herausgehört. Später hatte es Rempeleien und Geschrei am Kartentisch gegeben, nachdem Leo sein ganzes Geld verloren hatte. Dann die Prügel und der Sturz auf die Straße, als man sie aus der Bar hinausgeworfen hatte. Und schließlich die holprige Fahrt nach Hause, unter Leos lautstarkem Protest, man habe ihn übers Ohr gehauen, gefolgt von wütenden Drohungen gegen jeden männlichen Nachkommen in Grosseto. Zuletzt hatte Leo Topo auf dem Höhepunkt seines Selbstmitleids befohlen, am Straßenrand anzuhalten, und noch ehe der Lastwagen ganz zum Stehen kam, war Leo aus der Tür gesprungen und stolpernd und spuckend in der Dunkelheit verschwunden. Seitdem waren zwanzig Minuten vergangen.

»Leo?«

Schweigen.

Sosehr er auch in die Dunkelheit hinausspähte, konnte Topo nur dunkle Steinhügel und Kakteen ausmachen. Er wusste, einer dieser leblosen Klumpen war Leo, aber da die würgenden Geräusche aufgehört hatten, war er nicht mehr ganz sicher, welcher es war.

»Leo? Alles in Ordnung?«

Schweigen.

Leo stemmte sich mühsam hoch auf die Knie und war froh, dass es dunkel war. Er sah zum Fürchten aus, so viel war sicher. Er erinnerte sich, dass sein Jackett während des Kampfs zerrissen war und dass er sich beim Sturz auf die Straße das Knie aufgeschlagen hatte. Sein ganzes Geld war weg, und sein Anzug war hinüber. Mit einer Hand tastete er nach seinem Kopf – zumindest der Hut war noch da. Er versuchte sich aufzurichten, aber es ging nicht.

Topo rief erneut vom Lastwagen aus seinen Namen. Auf einen flachen Stein gestützt, gab Leo einen klagenden Laut von sich. Es hätte ein Wort oder vielleicht sogar ein Satz sein sollen – irgendetwas, das Topo verriet, dass alles in Ordnung war. Doch was er herausbrachte, war der Schrei eines gequälten Tieres, ein unterdrückter Schmerzenslaut. Leo heulte wütend gegen den Himmel; es war das erste Mal seit Jahren, dass er fast so etwas wie ein Gebet sprach. Warum nur war er zurückgekehrt? Warum hielt Gott ihn erneut an diesem Ort fest? Warum gefiel es Gott, ihn weiter zu demütigen und zu erniedrigen? Es hätte eine Art Gebet sein können, aber zu seiner eigenen Überraschung entdeckte er, dass es genauso eine Herausforderung war, denn während er noch, mit der Hand auf den Felsen gestützt, kniete, spürte er, wie sich trotziger Widerstand in seinem Herzen regte, und er schleuderte seine ganze Verachtung in den Nachthimmel. Keine Worte, nicht einmal konkrete Gedanken, sondern bloß eine blinde Wut raste durch sein Hirn, und er hielt Gott trotzig seinen Widerstand entgegen. Er würde sein Schicksal nicht annehmen und ein Leben in Schande in Santo Fico führen. Was es auch kostete, er würde fliehen, und diesmal würde ihn niemand zur Rückkehr verführen. Gott sollte es nur versuchen, ihn aufhalten zu wollen.

Mühsam rappelte er sich hoch und suchte nach dem dunklen Schatten des Wagens an der Straße.

»Alles in Ordnung. Komme schon.«

Seine Worte klangen immer noch undeutlicher als beabsichtigt, aber ein Teil seiner Würde war zurückgekehrt. Er klopfte sich den Staub ab, rückte die Krawatte zurecht und hatte weniger als ein Dutzend vorsichtiger Schritte über das Feld gemacht, als er über einen spitz aus dem Boden stehenden Stein stolperte und in einen Kaktus fiel. Die stechenden Nadeln brachten ihn in Windeseile auf die Beine, begleitet von einem Schwall von Flüchen. Im nächsten Moment taumelte er weiter auf den Schatten des kleinen Lastwagens zu.

Leo kümmerte sich nicht weiter um den tückisch aus dem Boden ragenden schmalen Stein und war auch viel zu betrunken, um das glitzernde Stück Metall zu bemerken, das darunter im Mondlicht schimmerte.

9

Nach dem langen, heißen Tag in der Küche und ihrer hitzigen Begegnung im Garten mit Solly Puce waren Marta und Carmen beide erschöpft. Sie hatten gerade noch die Energie, sich eine weitere Stunde lang zu streiten, bevor beide sich auf ihre Schlafzimmer zurückzogen und in den Schlaf weinten.

Etwa zur gleichen Zeit beendete Pater Elio sein Gebet und zog sich zurück in seine dunklen Räume. Er hatte bereits den ganzen Weg bis ins Badezimmer zurückgelegt, als ihm einfiel, dass die Glühbirnen herausgeschraubt waren. Doch der ungewöhnlich ereignisreiche Tag hatte ihn so sehr erschöpft, dass er beschloss, auf ein paar der üblichen Waschungen zu verzichten. Das absolut Nötigste wurde in der Dunkelheit verrichtet, und um Punkt elf war er eingeschlafen.

Ein Stück weiter die Straße hinunter, im Durcheinander der Wohnung hinter Pasolinis Werkstatt, war es bereits zwei Uhr dreißig, als Topo endlich aus seinen Kleidern und friedlich unter sein vertrautes kühles Bettlaken schlüpfen konnte.

Topo liebte das Haus und die Werkstatt. Er hatte das Gebäude, den Betrieb und einen Großteil des Gerümpels in den Zimmern von seinem Vater geerbt.

Selbst das Talent, alles Mögliche zusammenzuflicken, und die Abneigung, irgendetwas wegzuwerfen (oder nach Gebrauch wegzuräumen), stammte von seinem Vater. Dosen mit rostigen Schrauben, unzählige Bolzen ohne Muttern, mindestens doppelt so viele Muttern ohne Bolzen, Unterlegscheiben, Drähte, Metallröhren und Schnüre, Kisten mit verschiedensten Ersatzteilen, Ersatzteile ohne Kisten – alles, was er oder sein Vater jemals in Händen hatten, aber nie gebrauchen konnten, blieb in der Werkstatt; in jedem Zimmer, jeder Abstellkammer und jedem verfügbaren Winkel stapelten und türmten sich die Einzelteile. Aber die Pasolinis als Lumpensammler zu bezeichnen, wäre der Missachtung einer Kunstform gleichgekommen.

Topo hatte das gesamte Gerümpel von seinem Vater geerbt – genauer gesagt alles, bis auf »Pasolinis Klassiker des Internationalen Films«. Die hatte Topo ins Haus gebracht. Schon als Teenager hatte er begonnen, alte Filme zu sammeln, als ein Kino in Castiglione geschlossen wurde. Später hatte er einen Filmvertrieb in Livorno ausfindig gemacht, der ihm ausrangierte oder beschädigte Filmrollen verkaufte. Nach beinahe fünfundzwanzig Jahren umfasste seine Sammlung mehr als sechzig Filme. Die großen Blechdosen mit den Filmrollen waren genau beschriftet und füllten die Regale in seinem Schlafzimmer. Vor einigen Jahren hatte er ein defektes Vorführgerät erworben und es wieder instand gesetzt. An Samstagabenden, wenn das Wetter es zuließ, baute Topo oft seinen Projektor auf dem Dorfplatz auf und zeigte Filme auf der Außenwand der Kirche. Es gab weder ein Programm noch irgendwelche Vorankündigungen für die Vorführungen, die allein von Topos

Lust und Laune abhingen. Aber wenn im Dorf die Nachricht umging, Guido Pasolini hantiere auf der Piazza mit Kabeln, konnte man sicher sein, dass sich der Platz bei Sonnenuntergang mit Decken und Stühlen füllte.

Im vorderen Zimmer konnte er Leo schnarchen hören. Der weitere Weg bis zu Leos Steinhütte war beiden zu gefährlich erschienen, und Leo hatte das gemurmelte Angebot, die Nacht bei Topo zu verbringen, flugs angenommen. Der Länge nach streckte er sich auf der Couch des Freundes aus, ohne sich daran zu stören, dass seine schlaksige Gestalt das kurze Sofa um ein gutes Stück überragte. Minuten später waren zuerst Leo und dann Topo eingeschlafen, und ganz Santo Fico hatte zu guter Letzt zur Nachtruhe gefunden.

Als die Erde zu zittern anfing, war der Sonnenaufgang noch zwei Stunden entfernt. Das Beben begann mit einer leichten Auffaltung des Meeresbodens etwa fünfzig Kilometer vor der Küste, von wo aus es sich rasch nordwärts in Richtung der kleinen Insel Montecristo fortsetzte, um kurz unterhalb von Santo Fico auf die Küste zu treffen. Es war kein besonders starkes Erdbeben. In der Regionalpresse war am nächsten Tag zu lesen, dass es kleinere Schäden an einigen älteren Gebäuden in Grosseto, Follonica und Massa gegeben habe. Wie die Berichte mitteilten, waren größere Städte glücklicherweise von dem leichten Beben verschont geblieben, das so gut wie keine Zerstörungen angerichtet hatte.

Mochten die Bürger von Grosseto im Süden und Siena im Norden auch kaum in ihrem kollektiven

Schlummer gestört worden sein, so bedeutete es für gewisse vergessene Dörfchen dazwischen durchaus eine ernste Angelegenheit.

Um genau drei Uhr siebenundvierzig rührte sich der graue Hund. Nonno konnte natürlich nicht wissen, dass es drei Uhr siebenundvierzig war, weil er, wie er den Leuten immer wieder versicherte, seine Uhr an dem Tag verloren hatte, an dem er das Wasser im Brunnen abgestellt hatte. Er wusste aber, dass es noch früh am Morgen sein musste, da durch das einzige Fenster seiner Wohnung noch kein Licht fiel. Das Kratzen an der Tür zu dieser frühen Stunde beunruhigte den alten Mann, da der Hund gewöhnlich die ganze Nacht schlief, und es verstörte ihn ziemlich, seinen ausgemergelten Gefährten jaulen zu hören, als wolle ihn die Erde verschlingen.

Dann hörte Nonno, was den Hund aufgeschreckt haben musste und jetzt auch ihn in Angst versetzte. Ein dumpfes Grollen fuhr über ihn hinweg, so als sei ein urzeitliches Ungeheuer aus dem Schlaf erwacht und rege sich grummelnd in den Tiefen des Meeres, gleich vor seiner Haustür. Im nächsten Moment schien der Boden den Seufzer aufgenommen zu haben, und die Erde unter seinem Bett begann zu ächzen. Während das Geräusch weiter anschwoll, fing alles im Raum zu schwanken und zu zittern an. Kleinere Gegenstände hüpften auf der Tischplatte und in den Regalen. Begleitet vom Jaulen des verängstigten Hundes, kletterte der alte Mann aus seinem Bett. Taumelnd lief er zur Tür, doch der Boden und die gesamte Einrichtung schwankten so sehr, dass Nonno im Dunkeln die Orientierung verlor und mit der Hand über bloßes Mauerwerk fuhr, obwohl er sich sicher war, dass dort die Türklinke sein musste. Noch ehe er recht begriffen hatte, dass die Welt um ihn herum Kopf stand, waren auch schon das Dach und ein Großteil der vier Wände seines baufälligen Hauses über ihm zusammengebrochen. Der alte Hund jaulte noch einmal schrill auf, dann war Stille.

Oben in dem Albergo di Santo Fico wurde Marta durch das Geräusch herabfallender und am Boden zerschellender Bilder aus einem traumlosen Schlaf gerissen. Der Mond war untergegangen, und es war stockfinster im Zimmer. Das dumpfe Grollen der Erde, die splitternden Bilderrahmen und das Ruckeln ihres Bettes ließen Marta glauben, jemand befände sich im Zimmer und würde über sie herfallen. Mit geballten Fäusten schreckte sie hoch und schlug wild mit den Armen um sich, um den Angreifer abzuwehren. Im nächsten Augenblick war sie hellwach, sprang aus dem Bett und lief laut schreiend über den Flur.

»Carmen! Aufstehen! Nina, schnell! Raus!«

In der Dunkelheit des Flurs hörte sie Carmen schreien, konnte aber nichts sehen. Tastend lief sie an der Wand entlang auf den Schrei zu und prallte geradewegs mit ihrer älteren Tochter zusammen, die im gleichen Moment aus ihrem Zimmer in den Flur sprang. Sie stolperten und kugelten übereinander, ein Knäuel aus Armen und Beinen, das über den schwankenden Boden rollte. Nachdem Marta wieder auf den Füßen stand, half sie Carmen auf und rannte dann weiter in die Richtung, wo sie Ninas Zimmer vermutete. Doch ihr Gesicht prallte so heftig gegen eine gemauerte Wand, dass sie Lichter hinter ihren Augen tanzen sah und in die Knie ging. Carmen schrie jetzt noch lauter. Plötzlich fühlten beide eine kräftige Hand auf ihren Schultern und hörten zugleich Ninas lauten Befehl, der das Ächzen und Zittern der Villa übertönte.

»Hier entlang! Folgt mir!«

Nina führte sie über den zitternden Flur und den ganzen langen Gang entlang, hinter dessen Türen Tische und Stühle einen verrückten Stepptanz auf den harten Holzdielen vollführten. An Ninas dünnes Nachthemd geklammert, horchten Marta und Carmen gebannt auf ihre beruhigende Stimme, die sie durch die schwarze Hölle geleitete.

Ein Stück weiter den Berg hinunter schlummerte Topo selig in seiner kleinen Werkstatt, ohne zu ahnen, dass ihm die Sammelleidenschaft seiner Familie zum Verhängnis zu werden drohte. Das Erdbeben fuhr in die voll gestopfte Werkstatt wie ein Wirbelsturm in ein Kartenhaus. Binnen Sekunden gingen ganze Regalwände mit Büchsen und Kisten, Kartons voller Müll, über Jahre und Generationen zusammengetragener Plunder über ihm nieder wie ein Hagelschauer wild gewordener Haushaltsgeräte. Weggeworfene Toaster, defekte Radios, billiger Nippes und ausrangierter Krimskrams rutschten von ihren schwankenden Pyramiden und fielen polternd zu Boden.

Topo krabbelte aus seinem Bett und suchte tastend nach dem Lichtschalter. Mit schriller Stimme, die normalerweise nur Hunde hören können, rief er: »Ein Erdbeben! Mein Gott! Ein Erdbeben!«

Als Leo sich auf dem staubigen Sofa im Wohnzimmer umdrehte, bemerkte auch er, dass im Zimmer lauter Gegenstände von der Decke regneten, nur war sein Koma ungleich tiefer. Immerhin brachte Topos zweiter markerschütternder Schrei »Ein Erdbeben!« Leo dazu, sich einen Speichelfaden von der Wange zu wischen und sich aufzurichten. Er hatte bei weitem nicht lange genug geschlafen, um wieder nüchtern zu werden, sondern gerade lange genug, um rasende Kopfschmerzen und einen Mordsdurst zu bekommen. Erst als er in den Lichtstrahl aus Topos Zimmer blinzelte, ging ihm auf, dass tatsächlich lauter Zeug um ihn herum zu Boden krachte. Topo hatte Recht. Es war ein Erdbeben.

»Mein Gott, Leo, hilf mir«, tönte es schrill von nebenan. Leo sah seinen Freund wie einen Derwisch durch das Zimmer wirbeln, im verzweifelten Bemühen, die Blechdosen mit den Filmen in den Regalen zu halten. Allen Anstrengungen zum Trotz landete eine Büchse nach der anderen mit hellem Klang auf dem Boden, wo der Deckel aufsprang und die Filmspulen durch den Raum rollten. Es hatte etwas von einem grotesken Tanz, wie Topo umhersprang und den Einsturz seiner Filmesammlung aufzuhalten versuchte. Einige Filmspulen rollten aus dem Zimmer bis ins Wohnzimmer, eine glänzende Schneckenspur aus schwarzem Zelluloid hinter sich herziehend. Leo war nahe daran, laut zu lachen, nur fühlte sich sein Kopf an, als sei sein Gehirn dreimal größer als sein Schädelvolumen.

Im gleichen Moment traf Leo die tatsächliche Gefahr des Erdbebens wie ein plötzlicher Stromschlag. Er sprang vom Sofa auf und machte einen Satz zur Tür, wobei er ein mittelgroßes Fernsehgerät, das gerade aus einem Regal gesegelt kam, in der Luft auffing. Die Handlung erfolgte instinktiv und aus reinem Selbstschutz, aber für Topo sah es aus dem

Nebenzimmer so aus, als habe sein Freund einen der wenigen funktionstüchtigen Fernseher gerettet, was ihn zu tiefster Dankbarkeit rührte, bis er Leo das Gerät über die Schulter werfen und durch die Haustür verschwinden sah. Danach fiel der Strom aus.

Pater Elio musste die Situation alleine meistern. Es bedurfte keiner größeren Erdstöße, um den alten Mann zu wecken; schon seit längerem fiel er nur noch in einen unsteten Schlaf. Bereits beim ersten Zittern saß er aufrecht in seinem Bett. Eine Tür seiner Kammer führte hinter der Kirche ins Freie, aber anstatt sich in Sicherheit zu bringen, eilte er durch den niedrigen Flur in die Küche. Von weiter weg hörte er Geräusche, die seinem Herzen einen Stich versetzten.

Sich mit den Händen an der steinernen Wand des alten Gangs entlangtastend, stolperte Pater Elio in der Dunkelheit vorwärts, als würde er vom furchtbaren Lärm in der Kirche angezogen. In der Schwärze vor ihm hörte er das Zersplittern von Glas auf dem Steinboden, und er betete, wenigstens einige der großartigen bunten Glasfenster möchten verschont bleiben. Dann wurde das Bauwerk von einem gewaltigen Stoß geschüttelt, der weit über das Zittern des Bebens hinausging und Elio wie ein Schmerzensschrei vorkam. Gefolgt wurde er vom donnernden Brüllen eines einstürzenden Gebäudes und einem so heftigen Beben, dass Pater Elio zu Boden geworfen wurde. Irgendetwas Furchtbares musste im Kirchenschiff passiert sein. Auf Händen und Füßen vorwärts kriechend, begann er zu husten und nach Luft zu schnappen, als eine dichte, erstickende Staubwolke sich durch den dunklen Gang wälzte.

Leo rannte so schnell die schmale Straße hinauf, dass er das Ende des Bebens gar nicht mitbekam. Aus den Häuserfronten, die zu beiden Seiten des Durchgangs wie steile Felswände emporragten, hörte er Weinen und ängstliche Stimmen in der Dunkelheit, die nach ihren Lieben riefen, auch wenn nirgends ein Mensch zu sehen war.

Immer wieder strauchelte und stolperte er bei seinem Lauf, und das nicht nur als Folge des Alkohols, den sein Körper in raschen Schüben ausschwitzte. Die dunkle Straße war übersät mit Tonscherben – die Überbleibsel von Blumenkästen auf den Fensterbänken – und Terrakotta-Ziegeln, die sich von den Dächern gelöst hatten und zu Boden gestürzt waren. Aus der Finsternis segelten einzelne Trümmerstücke herab und zerschellten krachend auf dem Kopfsteinpflaster, sodass er ständig zur Seite springen musste und dabei mehrmals gegen die gespenstischen weißen Hausmauern prallte, die den schmalen Gang seines Spießrutenlaufens begrenzten. Er war nur froh, dass niemand um Hilfe rief, weil er nicht die Absicht hatte, sich aufhalten zu lassen.

Adrenalinstöße peitschten Leo den Berg hinauf, doch oben angekommen, hämmerte sein Herz wie eine wütende Trommel. Seine Lungen brannten, und er hatte das Gefühl, sich übergeben zu müssen, wenn er das nicht zuvor schon in aller Gründlichkeit hinter sich gebracht hätte. Aber das Beben und Grollen hatte aufgehört; jetzt war nichts weiter zu hören als jaulende Hunde in der Ferne und das abgehackte Jammern verschreckter Menschen. Die unbestimmten Schreie kamen von irgendwo aus der Dunkelheit und schienen weit entfernt wie aus einer anderen Welt.

Leo stolperte weiter bis vor die Fassade des Hotels, wobei er das Zittern seiner Beine, das flaue Gefühl im Magen und den Wunsch nach einem kühlen Bier und einer Zigarette zu verdrängen versuchte. Der Mond war schon lange untergegangen, aber der Himmel war klar und das Licht der Sterne so hell, dass man gespenstische Formen und phantomhafte Schatten in der Dunkelheit ausmachen konnte. Als er auf der Spitze der Anhöhe um die Ecke bog, hatte er über die niedrige Mauer in den Garten hinter dem Hotel geblickt und gehofft, drei eng zusammengekauerte Gestalten neben dem Paternosterbaum am hinteren Gartentörchen zu sehen, aber dort war nur ein großer wogender Schatten, und er hörte auch kein Geräusch. Er lief über die leere Piazza vor dem Hotel und war sich immer noch nicht sicher, was wirklich war und was nicht. Zumindest das Hotel war noch da, aber je angestrengter er um sich blickte, desto weniger traute er seinen Augen. Wo steckten sie? Warum waren sie nicht im Freien? Warum konnte er sie nicht hören? Wenn das Dach eingestürzt war, sähe von außen alles ganz normal aus, doch Marta und die beiden Mädchen lägen vielleicht in ihren Betten, begraben unter Holzbalken, Mörtel und Ziegeln.

Am anderen Ende des Gebäudes – der Seite, die zur Bucht hinausging – befand sich eine breite Wendeltreppe, die unmittelbar zu den Wohnräumen der Familie führte. Als kleiner Junge war Leo diese Treppe tausende Male hinauf- und hinuntergeflitzt, und jetzt wollte er es dort versuchen. Er drückte das Tor auf und lief vorsichtig über die Veranda, als er drei gespenstische Gestalten dicht aneinander gedrängt die Treppe hinunterschweben sah. Nina wies den Weg, beide Hände fest auf das Geländer gelegt; Marta und

Carmen hingen immer noch an ihr und hatten ihre Fäuste tief in den dünnen Nachthemdstoff der jeweils anderen gekrallt.

»Marta …!«

Marta war wütend, als sie seine Stimme erkannte, aber noch wütender machte es sie, froh darüber zu sein, sie zu hören.

»Was willst du?«

»Alles in Ordnung?«

»Bist du wieder da, um mich zu retten? Als du das letzte Mal mit dieser Absicht mitten in der Nacht hier erschienen bist, warst du zu spät, und ich habe dir die Nase gebrochen. Geh lieber, bevor ich es noch einmal tue.«

Leo hatte nichts anderes erwartet, aber Carmen und Nina gaben die dunklen Andeutungen ihrer Mutter einige Rätsel auf. Beide hätten gern mehr über gescheiterte Rettungsversuche und gebrochene Nasen erfahren, doch im Augenblick bedrängte Nina eine wichtigere Frage, mit der sie sich direkt an Leo wandte.

»Hast du Onkel Elio gesehen? Ich habe von der Kirche her einen gewaltigen Lärm gehört. Siehst du ihn irgendwo?«

Auch wenn die Frage an Leo gerichtet war, gewann Marta das gefährliche Rennen über die mit einem Mal heimtückische Piazza. Aus den schmalen Gassen des Dorfes tauchten dünne Lichtstrahlen von Taschenlampen und die goldenen Strahlenkränze von Laternen auf. Stimmen hallten durch die Dunkelheit; Menschen, die sich ängstlich nach den Nachbarn erkundigten, um Hilfe baten oder einfach nur andere menschliche Stimmen hören wollten.

Leo holte Marta erst an der Kirchentür ein, die wie üblich unverschlossen war. Pater Elio wäre es nie in den Sinn gekommen, eine Kirche abzuschließen. Als Leo einen der großen Türflügel aufzog, schlug ihm und Marta eine mächtige Staubwolke entgegen, die sich wie dichter Nebel die Kirchenstufen hinabwälzte.

»Onkel Elio!«, rief Marta durch die dichte Staubwolke ins Kircheninnere. »Onkel Elio …!« Aber es blieb still.

Marta warf sich in die schwarze Staubwolke, stolperte und stürzte aber bereits nach wenigen Metern über nachgebende Berge aus Putz, scharfkantigen Ziegeln und zersplitterten Balken. Sie rief weiter nach Pater Elio, doch die einzige Antwort war das unregelmäßige Poltern herabfallender Trümmer. Große Stücke Putz und Ziegel stürzten aus dreißig Metern Höhe zu Boden, um dort wie Bomben zu zerschellen und die staubverhangene Luft noch dunkler zu machen. Irgendwer rief ihren Namen, aber der feine, trockene Staub drang ihr in Lungen und Augen, und sie verlor jede Orientierung. Als sie über einen Berg schwankenden Schutts kletterte, der sich dort auftürmte, wo sich einmal der Mittelgang befunden haben musste, stolperte sie über ein Mauerstück und schlug hart gegen etwas Spitzes. Sie spürte einen brennenden Schmerz in der Hüfte und wollte schreien, aber ihre Stimme versagte. Das Gefühl für Zeit und Raum verwischte, und in ihrem Kopf war allein das Bild ihres Onkels, der unter dem Schutt seiner Kirche begraben lag. Sie kroch ein Stück vorwärts, als sie erneut den Ruf ihres Namens aus der Tiefe eines schwarzen Schachts hörte. Sie versuchte zu antworten, brachte aber nicht mehr als ein stummes Würgen zustande. Dann schloss sich etwas um ihr Bein und zog an ihr. Trotz ihrer verzweifelten Gegenwehr wurde sie schmerzhaft rückwärts über Schuttberge geschleift und sank immer tiefer in ein dunkles Chaos, während sie mit aller Kraft nach dem trat, was ihr Bein umklammert hielt. Plötzlich gab alles um sie herum nach. Wie ein Sack Kartoffeln wurde sie durch die Luft geschleudert und ergab sich widerwillig dem wirbelnden, haltlosen Fall. Was auch geschah, irgendwo würde sie landen und dann weitersehen, dachte sie, bevor die dunkle Staubwolke sie verschluckte und ihr das Bewusstsein nahm.

Als Marta zu sich kam, lag sie auf den Stufen vor der Kirche und blickte auf funkelnde Sterne am schwarzen Firmament. Carmen und Nina knieten neben ihr. Sie hörte jemanden husten und nach Luft schnappen und dachte zuerst, es wäre sie selbst, erkannte dann aber, dass es Leo war. Er war es gewesen, der in die einstürzende Kirche gedrungen war, sie entdeckt, gepackt und in Sicherheit gebracht hatte. Wie ein Stich traf sie der Gedanke, dass er zu guter Letzt doch noch seine Rettung bekommen hatte. Sie versuchte zu sprechen, aber ihre Stimme war belegt von Staub. Sie schluckte heftig und probierte es noch einmal.

»Wo ist Onkel Elio?«

Aus der Dunkelheit auf der anderen Seite des Portals antwortete eine dünne Stimme: »Hier … ich bin hier.«

Der alte Priester war außer Atem und mit einer dichten Staubschicht überzogen, aber er lebte und kam die Stufen zu ihnen hoch. Die drei Frauen zogen den erschöpften Mann an sich und klammerten sich an ihm fest, während Tränen über den Staub auf ihren Gesichtern rannen und sich mit dem Staub auf seinem Gesicht vermischten.

»Irgendetwas stürzte ein ... ich glaube, die Decke ... ja, es muss die Decke gewesen sein. Ich habe versucht, Licht zu machen, aber vermutlich ist der Strom unterbrochen. Es war stockfinster. Ich musste den Weg außen herum durch den Garten nehmen. Ein Teil der alten Mauer ist eingestürzt, aber ich konnte nicht sehen ... ich konnte nicht sehen, ob ... ich konnte nicht sehen.«

Pater Elios heisere Stimme war voller Furcht. Jeder wusste, was er nicht hatte sehen können und was ihm das Herz zuschnürte. Wenn die Gartenmauer eingestürzt war – hatte sie den alten Feigenbaum unter sich begraben? War das Wunder zerstört worden? Doch noch bevor irgendjemand antworten konnte, zerschnitt ein hoher, ängstlicher Schrei die Dunkelheit.

»Pater Elio!«

Eine Laterne eilte über die Piazza auf sie zu. Als sie am Absatz der Kirchenstufen angelangt war, sahen sie, dass sie Angelo de Parmas schmächtigem Enkel Frankie gehörte. Barfuß und nur in Unterwäsche, sah der arme Junge mit wildem Blick und heftig um Atem ringend zu ihnen hinauf.

»Pater Elio! Mein Großvater schickt mich! Nonnos Haus ist eingestürzt! Er liegt darunter! Und sein Hund auch!«

Elio stand mühsam auf, rieb sich fest mit der Hand durchs Gesicht und holte tief Luft, um einen klaren Kopf zu bekommen – im Dorf gab es alle Hände voll zu tun, und es bliebe nicht viel Zeit zum Nachdenken über … Nur nicht daran denken! Es gab so viel zu tun.

Mit erstaunlicher Ruhe verteilte der alte Priester Aufgaben an die Umstehenden. Leo sollte Freiwillige zusammentrommeln. Ein Teil der Leute sollte zu Nonnos alter Hütte am Hafen gehen und mit dem Graben beginnen, der Rest sollte sich im Dorf umsehen, ob noch weitere Gebäude über ihren schlafenden Bewohnern eingestürzt waren. Möglicherweise gab es Verletzte. Viele würden verstört sein und nach einer Zufluchtsstätte suchen. Marta und die Mädchen würden das Hotel für die Allgemeinheit öffnen und Kaffee verteilen. Es gab viel zu tun. Aber als sie sich zum Gehen anschickten, sahen sie, dass der Laternenträger zur Salzsäule erstarrt war.

Im ersten Moment war es Frankie peinlich, nur in Unterwäsche vor Carmen Fortino zu stehen. Carmen, die es gewohnt war, von Jugendlichen angehimmelt zu werden, bemerkte die Verlegenheit des Jungen und machte sich aus reiner Gewohnheit einen Spaß daraus. Aber dann hatte Frankie bemerkt, dass er – wenn er die Laterne nur richtig hielt – eine ganze Menge versteckter Konturen an Carmens Körper durch den dünnen Stoff ihres Nachthemds sehen konnte, was ihm ein unschuldiges und doch lüsternes Grinsen entlockte. Noch bevor Carmen recht verstand, was da vor sich ging, oder Frankie einen wirklich guten Blick erhaschen konnte, schob Pater Elio den Jungen quer über die Piazza vor sich her in Richtung Hafen.

Es dauerte nicht lange, bis sich in Santo Fico verbreitete, wer was erlitten hatte. Es gab jede Menge Schnitte und Prellungen, eine leidliche Zahl hysterischer Anfälle und einen vermeintlichen Herzinfarkt, der sich als ein Fall von nervöser Verdauungsschwäche entpuppte. Die Verletzten und Verängstigten begannen sich beinahe instinktiv auf der Piazza zu versammeln, wo sie in sämtlichen Fenstern des Hotels Kerzen und Laternen brennen sahen, deren Licht sie wie Motten anzog. Marta und die Mädchen hatten alle Hände voll zu tun, Kaffee, Tee, Wein oder was auch immer gewünscht wurde unter den verwirrten Dorfbewohnern zu verteilen.

Schon bald war klar, dass jeder Bewohner des Dorfes und vermutlich der gesamten Region einiges an Aufräumarbeiten zu leisten hatte. In den kommenden Wochen würde es einen wahren Ansturm auf Dachziegel geben. Zum Glück für Santo Fico schien es, als wären die einzigen schwereren Schäden Nonnos alter Bau und die Kirche. Was genau mit der Kirche geschehen war, blieb ungewiss und würde sich erst bei Tagesanbruch zeigen. Pater Elio wollte nicht daran denken; seine ganze Sorge galt im Moment Nonno.

Ein Dutzend Männer in Nachtgewändern bewegten sich mit gespenstischer Langsamkeit durch den Schuttberg, den Nonno und der graue Hund einmal als ihr Heim bezeichnet hatten. Der Schein der Öllampen und die riesigen flackernden Schatten an der Rückwand von Angelo de Parmas Anwesen unterstrichen die geisterhafte Atmosphäre. Die Männer arbeiteten so schnell es eben ging, aber sie mussten vorsichtig sein. Wenn das Licht aus einem bestimmten Winkel kam, sah es so aus, als ob die mächtige zweistöckige Rückwand von Angelo de Parmas Haus ihre Position verändert hatte und sich stärker in Richtung Meer neigte. Und wie um ihre Anstrengungen zu vereiteln, rutschten immer wieder große rote Ziegel vom Dach des Hauses und zerschlugen splitternd in gefährlicher Nähe der Arbeitenden auf dem Pflaster.

Sosehr Pater Elio sich auch bemühte, das Schicksal seiner hübschen kleinen Kirche aus seinem Kopf zu verdrängen, die Bilder der staubverhangenen Kapelle und der furchtbaren Lücke in der alten Gartenmauer überfielen ihn immer wieder. Jedes Mal, wenn ein Dachziegel neben ihm zerschellte, hörte er erneut das schreckliche Donnern, mit dem das prächtige Deckengewölbe auf den Mosaikboden gestürzt war. Mit jedem Schritt durch den Schutt von Nonnos Behausung sah er den Schutt seiner Gartenmauer vor sich. Er hatte mit einer Bestrafung gerechnet, aber nicht damit. Das war entschieden zu viel.

Zwanzig Minuten lang hatten die Männer sich durch den Trümmerhaufen gekämpft, als Leo ein Brett beiseite schob und im fahlen Lampenschimmer einen Gipsklotz entdeckte, aus dem eine Nase herauszuragen schien. Er beugte sich herab, um die Sache genauer zu untersuchen, als der Gipsklotz plötzlich die Augen öffnete und ihn anblinzelte. Dann lächelte er zaghaft und keuchte leise: »He, Nico.«

»He, Nonno … Da bist du ja.«

Tränen traten in die staubverklebten alten Augen. »Ich wusste, ihr würdet mich finden. Du stehst übrigens auf meinem Bauch.«

Leo stieß einen lauten Schrei aus. Die anderen eilten sofort herbei, und sie begannen, ihn vorsichtig auszugraben. Nonno aber rief Leo zu: »He, Nico, du lässt mich nicht im Stich, nicht wahr?«

»Nein, Nonno, ich bleibe bei dir.«

Aber der alte Mann war nicht davon überzeugt, und als Leo zur Seite trat, um anderen Arbeitern Platz zu machen, schluchzte er: »Es ist nicht wie damals in den Bergen, Nico! Ich wollte dich nicht im Stich lassen! Ich schwöre bei Gott, es war so! Bitte ... lass mich jetzt nicht allein. Bitte, geh nicht fort ...«

Niemand konnte ahnen, welche Stürme in Nonnos Kopf tobten, aber seine Erregung war gefährlich; jede kleine Bewegung konnte die letzte noch stehende Wand zum Einsturz bringen. Wenn auch sie einbrach, würde eine Tonne uralter Ziegel und Putz mit ihr niedergehen und Nonno auf dem Boden platt drücken wie eine Trockenblume in der Familienbibel. Leo beugte sich zu seinem unverhofften Schützling herab und redete beruhigend auf ihn ein.

»Ich bin hier. Mach dir keine Sorgen. Ich bleibe bei dir, aber du musst stillhalten und die Männer ihre Arbeit tun lassen. Einverstanden?«

»Einverstanden.« Nonno beruhigte sich wieder, aber seine Augen waren immer noch voller Tränen, als er Leo zuflüsterte: »Es tut mir Leid wegen der Berge. Ich hätte mich unter dem Schnee verstecken und bei dir und deinen Brüdern bleiben sollen. Alles lief schief, seit ich euch im Stich gelassen habe. Und jetzt ist mein Haus über mir eingestürzt.«

»Ich weiß.«

»Du wirst mich bestimmt nicht verlassen?«

»Nein. Ich bleibe hier.«

»Ich danke dir. Ich habe ganz schön Angst bekommen, als das Haus einbrach. Ich glaube, der graue Hund ist tot.«

»Mach dir keine Sorgen. Wir schaffen das schon.«

Es würde einige Zeit dauern, das Haus abzustützen. In der Zwischenzeit fielen in regelmäßigen Abständen Ziegel wie Mörsergeschosse von Angelo de Parmas Dach und behinderten die Arbeiten. Es musste etwas unternommen werden, bevor der Erste erschlagen wurde. Holzbalken mussten gesammelt werden, um damit die Hauswand zu stützen und die Retter und den schutzlosen Nonno zu sichern. Die eine Hälfte der Männer machte sich also daran, Dielen und Balken zusammenzutragen, während die andere Hälfte zum Schutz bei dem Eingeschlossenen blieb. Die Männer standen im Schutt und spähten angestrengt zu Angelo de Parmas Dachkante, wobei sie Mülltonnendeckel zur Abwehr herabstürzender Terrakotta-Projektile über ihren Köpfen schwenkten.

Pater Elio schickte Leo mit einigen Männern zum Schuppen hinter der Kirche, in dem sich altes Bauholz befand. Als Leo einwarf, der alte Priester solle doch lieber selber mit den Männern gehen, schüttelte dieser nur den Kopf und sagte: »Ich kann nicht. Ich mag es nicht sehen. Noch nicht.«

Leo verstand. Aber er hatte Nonno versprochen, in seiner Nähe zu bleiben. Im Augenblick hockte Frankie de Parma auf einem Schutthügel, seine dürren Beine im Schneidersitz unter sich und einen Mülltonnendeckel wie einen Regenschirm über dem Kopf. In den Trümmern zu Frankies Füßen leuchtete Nonnos staubüberzogenes Gesicht wie ein Porzellanteller, während die beiden miteinander schwatzten. Nonno wäre für eine Weile beschäftigt, und der Weg zur Kirche und zurück würde auch nur ein paar Minuten dauern. Also schnappte sich Leo eine Laterne, rief ein paar Männer zusammen und rannte mit ihnen den Berg hoch in Richtung Piazza.

Er hatte fest vor, umgehend wieder zurück zu sein.

10

In der Dunkelheit konnte Leo nicht erkennen, ob die Schäden an der Kirche weniger oder stärker waren als angenommen, und da ihm im Augenblick nicht daran gelegen war, dies näher zu untersuchen – zumindest nicht auf dem Weg durch das Hauptportal –, führte er die Männer an den Eingangsstufen vorbei zur Nordseite des Gebäudes. Sie entdeckten ein gähnendes Loch in der Gartenmauer, die Stelle, die Pater Elio auf seiner überstürzten Flucht gesehen haben musste.

Das Bauholz befand sich genau dort, wo Pater Elio gesagt hatte, und Minuten später eilten Leos Begleiter mit schwankenden Brettern auf dünnen Sperrholzplatten zurück über die Piazza. Leo selbst blieb unter dem Vorwand zurück, sich nach weiteren Hölzern umsehen zu wollen, obwohl er etwas ganz anderes vorhatte.

Die mächtige Gartenmauer zeigte keinerlei Neigung. Es schien gerade so, als sei ein großer Teil des östlichen Endes einfach nur müde geworden und habe beschlossen, sich niederzulegen. Leo kletterte durch die Öffnung in der Mauer, voller ängstlicher Erwartung, wie er den alten Feigenbaum auf der anderen Seite vorfinden würde. Aber das knorrige

Heiligtum war unversehrt. Das plötzlich einstürzende Mauerwerk hatte den verdorrten Baum gänzlich verschont, und der schwarze Stamm und die Zweige glänzten im Licht der Laterne. Die Seite der Kirche, die dem Mauersturz im Weg stand, hatte leider weniger Glück gehabt. Die Außenwand war an mehreren Stellen arg in Mitleidenschaft gezogen, und ein Großteil der alten Gartenmauer lehnte an der nördlichen Kapelle. Im schwachen Lichtschein der Laterne sah es so aus, als ob es keine größeren Zerstörungen gegeben hätte, obwohl der gesamte untere Bereich der Mauer auf Leos Seite einen seltsam windschiefen Eindruck machte. Allein die Vorstellung, wie es auf der anderen Seite aussehen mochte, jagte ihm einen Schauer über den Rücken. Eilig durchschritt er den verdorrten Garten und trat in das Gotteshaus.

Leo war den Anblick der Kirche bei Nacht nicht gewöhnt. Es war dunkel, und der gewölbte Raum hallte von lauter unbekannten leisen Geräuschen wider. Statt den Raum zu erleuchten, wurde das schwache Licht seiner Laterne von hungrigen Schatten verschlungen und sorgte für eine noch unheimlichere Atmosphäre.

Der größte Schutthaufen lag gleich hinter der Eingangstür und erstreckte sich volle zehn Meter ins Kirchenschiff hinein. Dahinter nahm das Zerstörungswerk allmählich ab, obwohl einzelne Trümmerteile in alle Richtungen bis fast vor den Altar auf dem Boden verstreut lagen. Der Anblick der Berge von Schutt war schockierend, doch weit überraschender war der Blick nach oben. Über ihm funkelten helle Sterne am klaren dunklen Himmel. Fast ein Drittel des einzigartigen Deckengewölbes war eingestürzt, und der Rest hing unsicher über ihm und drohte bei jedem leisen Nachbeben ebenfalls einzubrechen. Dennoch hielt Leo den Blick fest nach oben gerichtet, verzaubert von der erhabenen Stille des Nachthimmels. Von allen Einzelheiten der Kirche hatte Leo das Gewölbe immer am meisten gemocht. Jetzt, da es ruiniert war, überkam ihn ein seltsam befreiendes Gefühl. Es lag etwas eigenartig Erfüllendes in dem gähnenden Loch, das den Innenraum der Kirche mit der unendlichen Schöpfung verband, die sich dahinter erstreckte, einem aber nie wirklich bewusst wurde. Kirchen waren heilige Stätten, die sich absichtlich von der äußeren Welt abwandten. Sie sollten mehr sein als nur eine irdische Zuflucht, nämlich der Abglanz eines Versprechens, das wir flüchtig erschauen, aber nie tatsächlich erreichen können – zumindest nicht in diesem Leben. Beim Blick in den nächtlichen Sternenhimmel hatte Leo das Gefühl, dass ihm das Gotteshaus so besser gefiel. Es war friedvoll, und es lag etwas wunderbar Entmystifizierendes über allem.

Er zweifelte allerdings, dass Pater Elio diese Gefühle teilen würde; dem alten Priester würde es das Herz brechen. Was soll's, dachte er. Das Leben ist eine einzige Enttäuschung. Ein jeder musste mit den Wunden fertig werden, die das Leben so gleichgültig schlug. Warum sollte es für Elio Caproni anders sein? Bloß weil er Priester war? Leo hatte schon vor langer Zeit herausgefunden, dass man vor den Verwüstungen des Lebens immer nur eine gewisse Zeit davonlaufen, sich vor ihnen verstecken oder sie ignorieren konnte. Eine dauerhafte Zuflucht wurde in dieser Welt nicht gewährt – weder im Getümmel von Mailand noch jenseits des Atlantiks in Chicago und schon gar nicht hier, im unscheinbaren Santo Fico. Das Unheil wird zuletzt doch den Weg zu dir finden und mit gnadenloser Faust deine Tür einschlagen – oder wie in diesem Fall, deine Decke. Es wird dem alten Mann das Herz brechen, aber er wird es überleben. Leo hatte es schließlich auch überlebt.

Der Boden unter seinen Füßen bebte leicht. Es war kein richtiger Erdstoß, nur ein leises Zittern. Innerhalb der letzten Stunde hatte es ein ganzes Dutzend kleinerer Nachbeben gegeben, die zwar zu schwach waren, um größere Schäden anzurichten, gleichwohl aber ausreichten, den Leuten jedes Mal einen Mordsschrecken einzujagen. Ein paar Ziegel stürzten aus der Dunkelheit polternd auf den Kirchenboden, woraufhin sich Leo rasch aus der Mitte des Raums in den Schutz der Wände flüchtete. Trotz der befreienden spirituellen Erfahrung war es vielleicht doch kein so guter Gedanke, sich zum gegebenen Zeitpunkt gerade unter diese Stelle des Deckengewölbes zu stellen.

Er befand sich auf der Höhe der nördlichen Kapelle, als seine Augen entweder von den flackernden Schatten seiner Laterne getäuscht wurden oder aber sich ihnen ein furchtbarer Anblick bot. Die Decke über dem Fresko war herabgefallen, und die Gesichter an der Wand starrten aus seltsamen Winkeln und mit einem Ausdruck scheinbar ungläubigen Staunens auf Leo. Das Fresko hatte schon immer die bemerkenswerte Eigenschaft besessen, dem Betrachter wie dreidimensional zu erscheinen, aber im trüben Licht der Laterne sah es so aus als … nun ja, als habe es sich verändert. Man konnte den Eindruck gewinnen, das Erdbeben habe einige der Personen herumgewirbelt und sie anschließend an anderer Stelle und in leicht schiefer Lage wieder abgesetzt.

Langsam trat Leo in das niedrige Gewölbe, im fahlen Licht der Lampe vorsichtig einen Fuß vor den anderen setzend. Er musste das Fresko genauer in Augenschein nehmen. Ein feiner Staub hing wie ein Nebelschleier in der Luft, aber das erklärte nicht den schielenden Blick der dargestellten Personen. Jetzt zeigte sich deutlich, dass seine erste Einschätzung der Mauer vom Garten aus gesehen falsch gewesen war. Draußen und im Dunkeln hatte es so gewirkt, als hätte die Mauer zwar einen mächtigen Stoß abbekommen, im Großen und Ganzen aber standgehalten. Von drinnen reichte der matte Schein der Laterne aus, um zu sehen, dass die Mauer unten gebrochen war und das Gewicht des oberen Teils sie langsam in sich zusammenfallen ließ. Die Wand mit dem Fresko zerbröckelte vor seinen Augen.

Ein weiteres Nachbeben regte sich unter seinen Füßen, und ein Schwall bröseligen Putzes rieselte aus dem Riss in der Wand auf den Boden. Kaskaden feinen Gipsstaubes regneten herab. Als er die Laterne über seinen Kopf hielt, entdeckte Leo einen hässlichen gähnenden Riss in der Decke, der sich über die gesamte Länge des kleinen Raums zog. Durch das Einsacken einer der tragenden Wände zerbrach die Kapelle von der Decke her in zwei Teile. In unregelmäßigen Abständen ertönte von oben ein lautes Ächzen, als könnten die Mauern das Gewicht der Decke kaum noch tragen. Die Gesichter des Freskos schienen ihm laut zuzuschreien, als wüssten auch sie, dass die Kapelle nicht mehr zu retten war und in wenigen Minuten einstürzen würde. Für einen Augenblick sah Leo sich das gleiche Schicksal erleiden wie Nonno.

Nonno! Ihn hatte er ganz vergessen! Er hatte Nonno versprochen, bei ihm zu bleiben. Er sollte längst unten bei der Hafenmole sein. Die Gesichter an der Wand waren wie Nonno staubüberzogen und zeigten den gleichen erstaunten Gesichtsausdruck, aber ihnen war nicht mehr zu helfen. Die Kapelle war dem Untergang geweiht und sie mit ihr.

Als Leo sich zum Gehen umwandte, wurde er von einem summenden grellen Lichtblitz geblendet. Die Beleuchtung des Freskos war ganz plötzlich angegangen und im gleichen Moment wieder erloschen. Pater Elio musste versucht haben, sie bei seiner Flucht einzuschalten. Nur Sekunden später glomm das Licht erneut schwach auf. Es flackerte einige Male, wurde dann immer stärker, bis die beiden Glühbirnen nach ein paar zuckenden Schwankungen gleichmäßig leuchteten. Ihr Lichtstrahl war zwar weit schwächer als sonst, aber zumindest hatte er wieder Licht. Aus den lauten Rufen, die durch das Loch in der Decke zu ihm drangen, schloss Leo, dass die Stromversorgung im ganzen Dorf wiederhergestellt war.

Als sein Blick auf die geborstene Mauer fiel, die im gedämpften Licht matt glänzte, stockte ihm der Atem. Er spürte sein Herz pochen, und das Summen in seinen Ohren war lauter als das surrende Geräusch der elektrischen Beleuchtung. Sein schuldbeladener Traum war Wirklichkeit geworden. Das Krümmen und Aufbäumen der Mauer führte dazu, dass der obere Teil des Mauerwerks sich vom tragenden Kern wegdrehte. Wie bei einer alten Fotografie, die sich von einem vergilbten Albumblatt löst, blätterten sowohl der dünne Außenputz als auch die dickere zweite Putzschicht von dem alten inneren Lattenwerk ab. Die einzelnen Abschnitte fielen auseinander wie die unzähligen Teile eines Puzzles auf einer sich immer weiter ausdehnenden Tischplatte. Einige kleinere Stücke waren bereits herausgebrochen und wie Porzellan auf dem Boden zerschellt, doch die größeren Flächen klammerten sich scheinbar aus reiner Willenskraft oder mit der Macht der Gewohnheit an das gebrochene und zerborstene Gitterwerk.

Eine der folgenden Möglichkeiten würde in Kürze unweigerlich eintreten: Entweder würde beim nächsten schwereren Nachbeben die Decke einstürzen und das Fresko zerstören, oder aber es würde die nur noch lose befestigten Einzelteile aus der Mauer herausbrechen und es somit ebenfalls vernichten. In beiden Fällen war das Fresko, genau wie die unselige Kapelle, die es seit mehr als vierhundert Jahren beherbergte, dem Untergang geweiht. Wenn es überhaupt noch etwas zu retten gab, musste Leo sich beeilen.

Einige Versuchungen sind so stark, dass sie keines weiteren Nachdenkens bedürfen. Doch obwohl wir das Ergebnis von Anfang an kennen, spielen wir alles in Gedanken durch, weil wir wissen, dass wir auch nachher noch vor uns selbst bestehen wollen und müssen. In späteren Zeiten würde Leo sich an diese dürftigen Erklärungsversuche klammern, um die Tat zu rechtfertigen, zu der er sich anschickte. Genau genommen, dachte er, war es nicht einmal sein Fehler. Es war der Fehler der beiden verdammten Fettwänste aus Rom, die immer so viel redeten. Dieser Augenblick war nur das Ernten der Früchte, deren Saat sie vor über zwanzig Jahren in seinem Herzen gestreut hatten.

Er war vierzehn in dem Sommer, als eines Tages eine unbekannte Lancia-Limousine auf den Dorfplatz rollte. Leo und Topo saßen gerade in der Mitte der Piazza, ließen ihre Füße im leeren Brunnenbecken baumeln und diskutierten die Aussichten und Gefahren, ein paar Zigaretten von Topos Vater zu entwenden, zur Punta Brusca hinunterzusteigen und dort zu rauchen. Die Debatte kam nicht so recht vom Fleck, als der seltsame Wagen sie einmal umkreiste und dann vor dem Hotel hielt. Vier wohlbeleibte Personen stiegen aus, breiteten eine Straßenkarte über der Kühlerhaube aus und studierten sie. Schließlich falteten sie die Karte wieder zusammen und betraten das Hotel. Obwohl Topo darum bettelte, Francos Rolle übernehmen zu dürfen, wusste Leo, dass er die Sache allein erledigen musste. Allerdings gestattete er Topo, mit dabei zu sein – eine Entscheidung, die er für alle Zeit bereuen sollte.

Topo dicht auf seinen Fersen, entdeckte Leo die Ausflügler an einem Tisch im Restaurant. Die beiden gelehrig wirkenden Männer (beide klein, rund und kahl) und ihre Frauen (ebenfalls klein und rund, die Haare mit viel Spray zu Turmfrisuren gewunden) gehörten wie so viele andere zu den verwirrten Touristen, die eigentlich nach Follonica wollten und sich dann plötzlich auf ihrer staubigen Piazza wieder fanden. Noch mehr freute Leo allerdings, dass sie tatsächlich hochinteressiert waren, das Wunder und das Mysterium zu sehen und etwas darüber zu erfahren.

Alles verlief nach der üblichen Routine, bis Leo sie in die Kirche führte, um ihnen das Mysterium zu zeigen. Er hatte kaum mit seinem einstudierten Text begonnen und die Lichter eingeschaltet, als die beiden Männer laut nach Luft schnappten. Gleichzeitig zogen sie ihre Brillen aus der Jackentasche und drängten Leo zur Seite, um einen besseren Blick zu bekommen. Der verwirrte Junge hatte nicht einmal mehr Gelegenheit, ihnen die ganze wundersame Geschichte zu erzählen, weil die beiden Männer aufgeregt miteinander flüsterten. Sie bedrängten Leo mit allen möglichen schwierigen Fragen, und er hatte Mühe, mit ihrer Begeisterung Schritt zu halten. Sie ließen ihn einzelne Teile seiner Geschichte wiederholen, wandten sich dann aber grob von ihm ab und vertieften sich wieder ganz in ihre hitzige Diskussion. Es fielen Begriffe wie »Raumtiefe«, »der natürliche Schwung der Linie«, »Abschattierung der Farben« und andere Ausdrücke, die Leo nicht verstand. Zuletzt beugten sie sich einem Ultimatum ihrer ungeduldigen Frauen und verließen die Kirche, drückten Leo die Besichtigungsgebühr und ein kleines Trinkgeld in die Hand, stiegen in ihren Wagen und fuhren in Richtung Norden davon.

Es war das Letzte, was Leo von ihnen sah, aber sie hatten etwas zurückgelassen. Sie hatten viel vom »großen Giotto« gesprochen – ein Name, dessen Berühmtheit Leo und Topo sofort erkannten, auch wenn sie nicht wussten, warum. Die dicken Männer hatten das Fresko auch als »unentdeckten Schatz« bezeichnet. Am allerwichtigsten aber war der Satz gewesen: »Das dürfte Millionen wert sein.«

Als der Wagen schließlich ihren Blicken entschwunden war, brach Topo in lautes Geheul aus und fing wild an zu tanzen, sodass Leo sich sicher war, sein Freund würde sich zuletzt die Hosen nass machen. Sehr zu Leos Verdruss hatte auch Topo alles mitbekommen, was die Männer gesagt hatten, und wollte es sogleich Franco und Marta berichten. Schlimmer noch, er wollte es Pater Elio sagen und dann nach

Hause rennen und es seiner Mutter erzählen. Das kleine Klatschmaul konnte es kaum abwarten, bis das ganze Dorf die Neuigkeit erfahren hatte, und zwar durch ihn höchstpersönlich.

Doch im nächsten Moment spürte Topo die kühle Kirchenmauer im Rücken, während seine Füße nur noch mit den Zehenspitzen den Boden berührten und Leos geballte Faust gegen seine Wange drückte. Leo sprach mit tiefer und für einen Vierzehnjährigen erstaunlich Furcht einflößender Stimme.

»Wenn du zu irgendeinem auch nur ein Sterbenswörtchen sagst, mach ich dich kalt.«

Topo wusste natürlich, dass Leo ihm niemals tatsächlich etwas antun würde. Und auch Leo wusste, dass er sich nie an Topo würde vergreifen können, aber beiden Jungen war ebenso klar, dass Leo die Botschaft seiner Drohung so ernst war wie nur irgendetwas in seinem Leben.

Wiederholt versuchte Topo mit Leo über den Satz »Das dürfte Millionen wert sein« ins Gespräch zu kommen, aber Leo wiegelte jedes Mal ab. Topo blieb es ein Rätsel, warum Leo nicht darüber reden wollte. Erst Jahre später, nachdem Leo fort war und auch Topo mit dem armseligen Leben, das Santo Fico einem bot, unzufrieden geworden war und genügend Zynismus entwickelt hatte, um die Aussichtslosigkeit seiner Zukunft zu begreifen, begann auch er die Bedeutung des Satzes »Das dürfte Millionen wert sein« zu verstehen. Er verhieß Hoffnung. Er verhieß Entkommen.

Die Kapelle ächzte unter einem erneuten Zittern des Bodens, und begleitet von unheilvollem Knistern und Knacken rieselte über Leos Kopf weiterer Putz herab. Wenn er es tun wollte, musste es jetzt gleich geschehen. Er stellte die Laterne neben der Wand ab und betete, das schwankende elektrische Licht möge durchhalten. Dann kniete er nieder wie ein Jünger zum Gebet, streckte seine Hand aus und ergriff vorsichtig eine Platte von dem Kalkputz, die sich gelöst hatte. Der Kalkputz lag kühl in seiner Hand, und die bemalte Oberfläche, von einer feinen Schicht Staub überzogen, fühlte sich unter seinen Fingerkuppen weich wie Samt an. Es war ein eigenartig aufregendes Gefühl, ein Stück des empfindlichen Freskos unmittelbar zu berühren, und er merkte, wie seine Hände zitterten. Es war ein Gefühl, als würde er eine Frau berühren, nach der er sich sein Leben lang gesehnt hatte, die sich ihm aber immer wieder entzogen hatte und unerreichbar erschien. Er dachte an Marta und wusste, wenn er jetzt zu hastig vorging oder sich plump und dumm anstellte, wäre der Moment vorüber und auf immer verloren. Das Fresko würde ihn abweisen, unter seinen Fingern zerbröseln und auf dem Boden zerschellen. Seine Hände zitterten wie Espenlaub.

»Ganz ruhig«, flüsterte er sich zu.

Nachdem er seine schwitzenden Handflächen an seinem Jackett abgewischt hatte, griff er erneut nach einer Platte, die am ehesten herabzufallen drohte – sie befand sich genau in der Mitte und zeigte den heiligen Franziskus, der unter dem wundersamen Feigenbaum ruhte –, und zog. Der Heilige schien Leo auf eine seltsame Art geradewegs anzublicken, mit einem Ausdruck, in dem er immer traurige Dankbarkeit, Verständnis oder bloße Duldsamkeit gelesen hatte. Heute aber sah Leo einfach nur Enttäuschung darin.

Unglücklicherweise hatte Leo nicht damit gerechnet, dass das Freskenstück noch so fest an der Wand hing und er kräftig ziehen musste, bis es sich plötzlich mit einem Ruck löste und er das ganze Gewicht spürte. Fast hätte er es fallen gelassen, konnte es aber im letzten Moment gegen seine Brust drücken. Geschafft. Er hatte es sicher in Händen. Leo stockte der Atem, als er vorsichtig mit den Fingern darüber fuhr und es im matten Licht betrachtete – knapp einen Meter breit und etwas mehr als einen Meter hoch –, sein »unentdeckter Schatz«, der »Millionen wert sein dürfte«. Die Platte wie ein verletztes Kind in den Armen wiegend, eilte er aus der Kapelle und trat durch das Tor in den Garten.

Ein schwacher Schimmer zeigte sich über den Bergen im Osten, und alles war in ein fahles bläuliches Licht getaucht. Der Tagesanbruch war noch einige Zeit entfernt, aber er näherte sich rasch, und seine Arbeit wurde am besten im Dunkeln verrichtet. Er suchte eine Stelle in ausreichender Entfernung zur einsturzgefährdeten Mauer und legte seinen Schatz vorsichtig in einem Busch Minze ab. Im nächsten Augenblick war er wieder in der Kirche, kniete vor dem Fresko und schob seine Finger langsam unter eine weitere Platte.

Die nervenaufreibende Arbeit dauerte zu lange, dachte Leo, aber sie ließ sich nicht beschleunigen. Stück für Stück mussten die Platten von der Wand abgelöst und herabgenommen und dann vorsichtig zu einem sicheren Platz im Garten zwischen den Kräutern gebracht werden. Zweimal ließen Nachbeben den gefährdeten Raum erzittern, als Leo sich mitten bei der Arbeit befand. Beim ersten Mal fiel ein großer Kalkputzklumpen von der Decke, streifte seinen Kopf und schlug auf seine Schulter. Anstatt sich ins Hauptschiff zu werfen, hatte er sich schützend über seine zerbrechliche Fracht gebeugt, um das Gemälde vor weiteren Schäden zu bewahren. Als er aber die Größe des Brockens sah, der ihm beinahe den Schädel gespalten hatte, entschied er, den Selbsterhaltungstrieb als wertvollen Instinkt zu betrachten und ihm fortan auch zu folgen.

Je weiter Leo sich die Wand hocharbeitete, desto weniger stark war das Fresko durch den Riss im unteren Teil der Mauer in Mitleidenschaft gezogen und desto schwieriger ließen sich die Platten von der Wand lösen. Seine Arme und Schultern schmerzten, und Schweiß stach ihm in die Augen, während Leo an einem riesigen Stück arbeitete, das sich Zentimeter um Zentimeter von der Wand löste. Doch je verbissener Leo arbeitete, desto mehr fürchtete er das Ergebnis seiner Anstrengungen. Was würde passieren, wenn er die riesige Platte letztendlich tatsächlich gelöst hätte? Der Erfahrung nach würde sie ganz plötzlich losbrechen und wie Granit zu Boden stürzen. Wie sollte er sie halten, geschweige denn tragen und in Sicherheit bringen? Ein so großes Stück auf einmal loszulösen, würde nur dazu führen, es zu zerstören. Gerade hatte er beschlossen, die Arbeit einzustellen und nach einem geeigneteren Weg zu suchen, als das letzte Nachbeben einsetzte.

Der Stoß war nur kurz, aber immerhin so stark, dass Leo das Gleichgewicht verlor und gegen die Wand schlug. Seine Finger befanden sich bereits unter der Kante der Platte, als er nach vorn kippte und spürte, wie das Fresko seinen letzten schwachen Halt an der Wand verlor und, begleitet von einem leisen Knacken, ein glatter Riss mitten durch den tiefblauen Himmel fuhr. Sekunden später, als der Erdstoß vorüber war, entdeckte Leo, dass die riesige Kalkputzplatte sich nicht nur von der Wand gelöst, sondern auch mitten entzwei gebrochen war. Wie zwei Rodelschlitten rutschten die beiden Teile nach unten, während Leo verzweifelt sein Gesicht und seinen Körper gegen die Wand presste, um das Abrutschen zu verhindern. Seine Arme und sein Rücken spannten sich, um sie zu halten, und seine Beine verkrampften sich unter der gewaltigen Last, aber es war offenkundig, dass die Schwerkraft den Kampf zuletzt für sich entscheiden würde. In dem Moment hörte er, wie jemand die Kirche betrat.

»Huh-huh … Ist da wer? Leo … Bist du hier?«

Topos leiser Ruf stürzte Leo in eine Verlegenheit, wie er sie nie zuvor im Leben erfahren hatte. Sollte er vor Freude, vor Wut oder um Hilfe schreien? Die beiden Platten trennten sich entlang des frischen Risses durch den Himmel immer weiter voneinander, brachen dann ganz entzwei und rutschten langsam auf Nabelhöhe herab. Leo stemmte seinen Unterleib noch fester gegen die Wand, um die Abwärtsbewegung zu stoppen, doch war die Frage nach dem Schrei längst entschieden. Obwohl er sich alle Mühe gab, so ungezwungen wie möglich zu klingen, saß ihm eine Verzweiflung im Nacken, die nur schwer zu verbergen war.

»Hier … Hier bin ich!«

Er hörte Topo durch den Garten stolpern und betete, der neugierige Tollpatsch möge bloß nicht auf eine der geretteten Platten stapfen. Er hörte ihn durch das Tor zum Garten eintreten und über Schuttberge klettern. Er hörte ihn hinter seinem Rücken in der Kapelle rumoren. Und dann hörte er ihn voller Empörung mit der Zunge schnalzen.

»Oh, mein Gott! Leo, du hast den heiligen Franziskus zerbrochen.«

Leo war heilfroh, dem kleinen Nager nicht gleich mit beiden Händen an die Gurgel gehen zu können.

»Ich habe den heiligen Franziskus nicht zerbrochen, du Idiot. Das war das Erdbeben.«

»Weiß Pater Elio schon davon, was du getan hast? Na, der wird ganz schön wütend sein.«

»Ich hab ihn nicht zerbrochen, verdammt noch mal! Er war schon vorher kaputt!«

Die doppelte Aufgabe, die beiden Teile des Freskos zu halten und sich gleichzeitig gegenüber Topo zu rechtfertigen, war zu viel für Leo. Ruckartig rutschten die beiden Teile noch ein Stück tiefer, und Leo rammte sein Becken gegen die Wand, dass es weh tat. Topo gab unterdessen kluge Ratschläge.

»Hoppla! Pass auf, dass sie dir nicht aus der Hand rutschen.«

Ob Topo zuletzt aus freien Stücken Leos Zwangslage erkannt hätte oder nicht, wird nie zu klären sein, weil Leo seine Stirn gegen die Mauer schlug und so fürchterlich knurrte, dass Topo sogleich begriff und ihm zu Hilfe sprang. Zusammen ließen sie die Gipsplatten vorsichtig zu Boden.

Die Umgebung war in das fahle Licht der Morgendämmerung getaucht, als Topo im Garten Leos Anstrengungen begutachtete. Fein säuberlich zwischen Büschen von Rosmarin, Fenchel, Thymian, Salbei und Lavendel lagen neun größere Platten des Freskos, die den Großteil des Mysteriums bildeten, auf dem Boden ausgebreitet. Darum herum lagen ein weiteres Dutzend kleinerer Stücke. Der bescheidene Kräutergarten hatte sich in ein surrealistisches Museum verwandelt, und alles war so durcheinander und zugleich so unendlich friedlich, dass es Topo die Sprache verschlug, auch wenn Leo wusste, woran er dachte.

»Die Kapelle wird einbrechen. So viel ist sicher.«

Topo stapfte durch den Garten, schüttelte ungläubig den Kopf und schnalzte mit der Zunge. Leo erinnerte sich, dass Topos Mutter früher das gleiche Geräusch gemacht hatte.

»Es war die einzige Möglichkeit, das Bild zu retten. So viel ist sicher.«

Topo kratzte sich am Kopf und seufzte. Er musste diese Frage stellen.

»Willst du die Teile behalten?«

Die Stille des frühen Morgens ließ Leos Pause länger erscheinen, als sie vermutlich war. In seinem Herzen wusste er immer schon, was er damit vorhatte, aber jetzt wurde er durch Topos Frage gedrängt, es laut auszusprechen. Er wollte Leos Geständnis, dass er die Kirche bestehlen wollte; dass er das einzig Wertvolle des ganzen Dorfes an sich reißen wollte; dass er damit genügend Geld machen wollte, um Santo Fico zu verlassen und nie wiederzukommen.

»Ja.«

Erneut überzog das morgendliche Grau den Augenblick mit einem Schleier der Stille, nur war es diesmal Topo, der das unlösbare Dilemma stumm im Kopf hin und her wälzte. Leo wusste, was sein kleiner Freund dachte, als dieser den Blick über die gespenstischen Blöcke des zerbrochenen Freskos gleiten ließ. Schließlich tat Topo einen tiefen Seufzer.

»Nun denn, ich denke, es ist, wie mein Vater immer zu sagen pflegte: Wenn das Haus einmal in

Flammen steht, können wir uns wenigstens dran wärmen.«

Leos Stimme war kaum mehr als ein Flüstern. »Am Schuppen hinter der Kapelle lehnt noch eine alte Tür.«

Im nächsten Moment war Topo verschwunden. Leo ging zurück in die Kirche und fand dort die schmutzige Decke, mit der Pater Elio das Mysterium verhängt hatte, seit Leo sich erinnern konnte. Die Lampen beleuchteten immer noch die traurigen Mauerreste am Ende der Kapelle – inzwischen bloß noch ein Gerippe aus kahlem Verputz und zerborstenem Trägerwerk. Sie erinnerte Leo an Nonno – aufgegeben und verwirrt. Er zog den Stecker des Verlängerungskabels heraus, und das Licht erlosch. Trotz der Dunkelheit wusste Leo, dass die Mauer noch da war, ihn mit gähnendem Antlitz ansah und nach dem Warum fragte. Er wünschte sich, die Kapelle würde endlich einstürzen.

Als er zurück in den Garten kletterte, zerrte Topo gerade die alte Tür durch das Loch in der Mauer. Umgehend begannen sie damit, die Einzelteile des Mysteriums darauf abzuladen. Vorsichtig stapelten sie die einzelnen Platten übereinander, jedes Teil des gigantischen Puzzles mit der Decke absichernd.

Als sich am östlichen Horizont das erste Licht des Morgens zeigte, trugen sie ihren Schatz durch die Lücke in der Mauer und dann um die Kirche herum in Richtung Piazza. Die Last war schwer, die Tür schwankte mächtig, und obendrein waren die beiden kein gutes Team. Sie gaben sich alle Mühe, aber Topo war zu klein für Leo, und Leo war zu groß für Topo. Topo machte flinke, trippelnde Schritte, wohingegen Leo einen weit ausladenden Gang gewohnt war.

An der Ecke der Kirche hielten sie an, und Leo spähte verstohlen zur Piazza. Kein Mensch war zu sehen. Nach ein paar geflüsterten Schimpfworten eilten sie über die Piazza, bogen dann rechts in eine Straße ab, die hinunter zur nördlichen Küstenstraße führte und von dort weiter zu Leo Pizzolas Farm und zur alten Schäferkate am Meer.

Von den Kirchenstufen aus, verborgen im Schatten der großen Türflügel, sah Marta ihre beiden Kindheitsfreunde mit ihrer eigenartigen Fracht um die Ecke verschwinden und wusste sogleich, worum es sich handelte, ohne dass sie in der Kirche nachsehen musste. Sie verfluchte die beiden für ihre Tat. Leo Pizzola zu verfluchen, war beinahe zur Gewohnheit geworden, aber diesmal war es etwas anderes. Sie verfluchte ihn dafür, was er dem Dorf und der Kirche antat. Sie verfluchte ihn im Namen von Topo, der sich von Leo willenlos in alles hineinziehen ließ. Sie verfluchte ihn im Namen ihres Onkels, der selbst nicht fluchen konnte. Und sie verfluchte ihn in ihrem eigenen Namen, weil er sie sein Verbrechen hatte beobachten lassen und sie jetzt gezwungen war, etwas zu unternehmen.

II

Die meisten Bewohner von Santo Fico kamen erst aus den Betten, als die Sonne längst hoch am Himmel stand. Und wie es so oft der Fall ist, waren die Schrecken der Nacht bei Tage besehen nur halb so schlimm. Natürlich gab es Zerstörungen, aber sie waren weit geringer, als es im Dunkeln zunächst ausgesehen hatte. Die beste Nachricht war: Es gab keine Toten. Nonno wurde mit einigen Schnitten und Prellungen und einer Verletzung am Knie unter den Trümmern seines Hauses hervorgezogen. Er würde eine Zeit lang humpeln und sich auf einen Stock stützen müssen, aber man ging davon aus, dass er vollständig genesen würde. Viele vertraten sogar die Meinung, in Anbetracht seines Alters und seiner Macken wäre ein Stock genau das Richtige.

Das eigentliche Wunder der Nacht aber war der alte graue Hund. Bei den Aufräumarbeiten in der Wohnung war kein Hund entdeckt worden, und man hielt ihn für verschollen. Aber gerade als die Männer beschlossen hatten, das Tier sei zu tief unter dem Schutt begraben und man müsse den Kadaver später bergen, krabbelte der Mischling unter Nonnos Bett hervor, wo er seit dem Einsturz des Hauses geduldig ausgeharrt hatte. Nachdem er einmal gegähnt und sich gestreckt hatte, lief er vorsichtig durch die Öffnung, die einmal die einzige Tür des Zimmers gewesen war, und trottete dann die Straße entlang zu der Stelle, an der er sein Geschäft zu erledigen pflegte.

Die Kerzen in den Fenstern des Albergo di Santo Fico wurden schließlich ausgepustet, und die letzten erschöpften Opfer der nächtlichen Prüfung zerstreuten sich über die Piazza, um ihre eigenen Zerstörungen in Augenschein zu nehmen und die erste Tageshälfte hoffentlich ungestört zu verschlafen. Und für Marta würde es keinen längeren Aufschub mehr für das geben, was sie fraglos tun musste. Sie musste die Piazza überqueren und noch einmal in die Kirche gehen.

Sie schickte Nina zum Aufräumen der Zimmer nach oben, während sie und Carmen das Chaos in Angriff nahmen, das in der ehemals blitzsauberen Küche herrschte. Es würde Tage dauern, bis alles wieder an Ort und Stelle war, Wochen, bis der Geruch der zerbrochenen Öl- und Essigflaschen verschwunden war, und Monate, bis sämtliches zerbrochene Geschirr ersetzt war. Schweigend arbeiteten sie und Carmen Seite an Seite, beide dankbar dafür, unter den gegebenen Umständen nicht über die unselige Solly-Puce-Geschichte vom Vorabend – die mittlerweile so weit zurückzuliegen schien – reden zu müssen. Überdies sorgte Marta sich im Augenblick weit mehr um Onkel Elio als um das Techtelmechtel ihrer Tochter mit einem schmierigen Postboten.

Der Himmel im Osten war in rötliches Gold getaucht, als Marta an einem der vorderen Fenster des Hotels stand und Onkel Elio vom Hafen aus den Berg hochkommen sah. Sie hatte ihn beobachtet, wie er den Schaden an seiner Kirche zum ersten Mal bei

Tageslicht besah. Gut ein Drittel des Daches war einfach verschwunden. Obwohl es den Eindruck erweckte, als sei eine Bombe eingeschlagen, war um das Gebäude herum alles so wie immer. Marta wusste, genau wie Pater Elio, wo sich der Schutt befand. Sie wollte zu ihm hinlaufen, den Arm um ihn legen und gemeinsam mit ihm Tränen vergießen. Aber sie konnte nicht. Sie hatte Leo und Topo gesehen und wusste, dass ihn im Innern der Kirche ein Unheil erwartete, das weit größer war als jeder Schutthaufen. Sie beobachtete ihn, wie er am Rand des Brunnens saß und den Kopf in seinen Händen vergrub. So wie in der verwüsteten Kirche musste es auch in seinem gebrochenen Herzen aussehen. Sie dachte an die alte Pistole ihres Vaters, die sie zusammen mit der Munition unter der Unterwäsche in der oberen Kommode versteckt hielt, und was sie am liebsten mit diesem verdammten Leo Pizzola anstellen würde – und mit dem dusseligen kleinen Topo gleich dazu. Stattdessen beobachtete sie, wie ihr Onkel sich die Augen abwischte, über den Platz schlurfte und um die Kirche herum verschwand.

Sie wartete eine Stunde. Er soll ungestört sein, sagte sie sich, Zeit zum Trauern haben. »Vielleicht kommt er sogar von selbst ins Hotel«, versuchte sie sich einzureden. Der wahre Grund war natürlich, dass sie den Anblick seines Gesichts nicht ertragen konnte, wenn er die kahle Wand entdeckte. Aber eine Stunde musste genügen, und dann war der Augenblick gekommen, an dem sie die Piazza überqueren und nach ihrem Onkel sehen musste. Als sie aus dem Hotel trat, dachte sie wieder an Leo Pizzola. Sie wusste genau, wo sich die Pistole befand, aber bei der Munition war sie sich nicht ganz so sicher.

Marta betrat die Kirche durch die Küche, wie sie es immer tat, und sah gleich im ersten Moment, dass ihr Onkel seit dem Beben nicht mehr darin gewesen war. Der Raum bot eine etwas kleinere Version des Chaos, das sie in ihrer eigenen Küche vorgefunden hatte. Marta betete, er möge in seinem Schlafzimmer sein. Die Nacht war lang und anstrengend gewesen und hatte ihn vielleicht so sehr erschöpft, dass er sich geradewegs ins Bett gelegt hatte und noch schlief. Der Schlaf wäre jetzt das Beste für ihn. Doch als sie einen Blick in die kleine Kammer warf und das leere Bett sah, wusste sie, wo er zu finden war.

Auf dem Weg durch den niedrigen Durchgang zur Kapelle hallten ihre Schuhe aufdringlich auf den Steinen wider. Ihre bloße Anwesenheit kam ihr wie ein unbefugtes Eindringen vor, und sie wollte gleich wieder umkehren und leise verschwinden, aber sie konnte nicht.

Das Kirchenschiff sah tatsächlich so aus, als sei eine Bombe auf dem Dach explodiert. Die größten Zerstörungen hatte es am westlichen Ende des Gebäudes gegeben, wo sich Berge aus Balken, Mauersteinen, Putz und Ziegeln vor der Eingangshalle auftürmten, während sich einzelne Trümmer beinahe überall im Hauptschiff verteilten. Glas knirschte unter ihren Füßen. Die Fenster ringsum, unten wie oben, sahen aus, als ob kleine Jungen mit Steinen nach den alten, bleiverglasten Scheiben geworfen hätten; keines war komplett zerstört, aber in den meisten fehlten einige Stücke. Erstaunlich war, dass das östliche Ende des Gebäudes vom Altar bis zur halbkreisförmigen Apsis unversehrt geblieben war. Die bezaubernden Rosettenfenster leuchteten in der Morgensonne, einzig von einer Staubschicht getrübt. Am meisten aber überraschte Marta das gleißend helle Licht, als sie aus dem dunklen Gang in die Kirche trat. Die gewölbte Decke, die sie von Kindesbeinen an kannte, wurde nun unterbrochen durch ein verblüffendes Stück blauen Himmels, das den größten Teil des westlichen Endes einnahm.

Pater Elio saß auf einer Holzbank direkt ihr gegenüber, die Schultern gebeugt, die Hände ruhig im Schoß gefaltet. Er hätte ein Großvater sein können, der in irgendeiner großen Bahnhofshalle auf seinen Zug wartet, oder ein verwirrter Kirchgänger, der sich eingefunden hatte, nachdem die Messe bereits vorbei war. Tageslicht fiel durch das Loch im Dach und erleuchtete die nördliche Kapelle; gewöhnlich war dies der unscheinbarste Winkel der Kirche, der immer in tiefste Schatten gehüllt war, doch jetzt war jede Einzelheit des beschädigten kleinen Raums klar zu erkennen. Deutlich sah man die gerissene und durchhängende Decke, die gebrochene, langsam einstürzende nördliche Mauer und die daraus wie ein Schrei hervorspringende gähnende graue Wunde.

Aber Pater Elio blickte nicht in die Kapelle oder auf das verschwundene Mysterium. Er starrte geradeaus vor sich hin, tief in Gedanken versunken und offenbar blind für Martas Gegenwart. Sie war erstaunt, wie zerbrechlich ihr Onkel wirkte und wie schlohweiß sein Haar in diesem Licht leuchtete. Nie war ihr aufgefallen, wie durchsichtig seine Haut aussah, ein kränkliches Weißgrau, das beinahe der Farbe seiner Haare entsprach, sodass sie sich fragte, ob es bloß an dem einfallenden Licht lag oder vielleicht an der Staubschicht, die alles überzog, einschließlich ihres Onkels.

Er lächelte, als sie sich zu ihm auf die abgenutzte Bank setzte und beide einen Augenblick schweigend nebeneinander hockten. Marta überlegte fieberhaft, womit sie ihn trösten konnte. Sie wusste, wie schwer es ihn treffen würde, wenn sie ihm von Leo und Topo erzählte. Sie wollte ihm ihre Namen ins Gesicht brüllen. Sie wollte seine Hand nehmen und mit ihm die Küstenstraße entlang bis zu der Schäferhütte gehen, in der Leo sich garantiert verkrochen hatte. Zusammen würden sie ihn mit Stöcken versohlen. Sie würden das Mysterium nach Hause zurückschaffen, und Onkel Elio müsste nicht mehr traurig sein und weinen, und Leo Pizzola würde bekommen, was er verdiente. Doch stattdessen saß sie in tiefes Schweigen gehüllt da, unfähig zu sprechen.

Dann begann Pater Elio zu reden. Seine Stimme klang krächzend vor Erschöpfung und rau vom Staub, und er musste sich erst einmal kräftig räuspern, bevor er überhaupt einen Laut zustande brachte. Schließlich deutete er mit der Hand nach vorne und sagte: »Ich habe den Anblick dieser Fenster im Morgenlicht immer sehr gemocht.«

Die unbeschädigten Bleiglasfenster an der Ostseite des Gebäudes leuchteten wie Kaleidoskope und warfen bunte Farbsprenkel und Regenbogenmuster auf die Wände und den Boden. Marta blickte mit ihm zu den Fenstern empor, deren buntes Glas grell im Licht der Morgensonne funkelte.

»Manchmal tut es in den Augen weh«, sagte Elio und rieb sich die Augen, um seine Tränen zu verbergen. Marta legte einen Arm um seine Schulter, sagte aber nichts. Nach einer Weile spürte sie, wie sein Atem regelmäßiger wurde, und kurz darauf konnte er auch wieder sprechen.

»Es ist nicht richtig, dass andere für meine Sünden bestraft werden.«

»Niemand ist für irgendetwas bestraft worden. Es war ein Erdbeben, nichts weiter.«

»Nein«, flüsterte er bestimmt. »Mein Vergehen ist schuld. Ich wusste, es gäbe kein Entkommen, aber ich kann nicht verstehen, warum ... so etwas?« Er hob beide Arme und deutete auf die Zerstörung ringsum, eine Verwirrung zum Ausdruck bringend, die größer war als Worte.

»Onkel Elio, du trägst keine Schuld, und du bist nicht bestraft worden.«

»Keine Schuld. Eine Sünde. Eine einzige ungeheure Sünde. Du weißt nichts davon.« Der alte Mann starrte auf seine ineinander verschlungenen Hände und redete kaum hörbar im Ton eines schamvollen Flüsterns weiter. »Vor vielen Jahren ... du warst noch nicht geboren ... habe ich etwas ganz und gar Fürchterliches getan. Ich wusste damals, ich sollte es nicht tun, aber ich hatte einen Wunsch. Er war stärker als ... Ich konnte ihm nicht widerstehen. Ich glaubte, es sei die richtige Entscheidung, aber ich spürte, wie Gott sich von mir abwandte. Und dies ist meine Strafe.«

Zum ersten Mal, seit Marta sich zu ihm gesetzt hatte, wagte Elio zu der kahlen grauen Wand hinüberzusehen. Unter ihrem Arm spürte sie, wie er erneut um Fassung rang.

»Warum lässt Gott eine solche Zerstörung zu? Ein Bild tut niemandem etwas. Ein Bild kann nicht sündigen. Ein Bild ist unschuldig. Und erst ein Bild wie dieses, so ... erfüllt von seiner Freude und seinem Geist und ... ich kann es nicht begreifen. Warum sollte Gott es vernichten? Es muss doch andere Wege zu meiner Bestrafung geben als dieses hier. Ich kann nachvollziehen, dass Gott sich von mir abgewandt hat. Ich verdiene nichts anderes. Ich wusste, was ich damals tat. Es war ganz allein mein Vergehen. Aber warum dies? Ich kann es nicht verstehen.«

Unverwandt richtete der alte Mann sich auf und holte, beflügelt von einer plötzlichen Eingebung, tief Luft. »Vielleicht... ein Akt der Reue. Eine Art... Buße.«

Marta verstand nicht, wovon er redete, und versuchte ihn zu trösten, aber er sprach unverdrossen weiter von »seiner Sünde« und was er tun müsse, um Gott davon abzuhalten, sie, die beiden Mädchen und alle seine Freunde in Santo Fico zu bestrafen. Sie fühlte sich hilflos, wie sie ihm so über die Schulter strich, ihm beruhigend zuredete und leise die Selbstbezichtigungen zurückwies, die sie für Zeichen der Erschöpfung hielt. Aber Pater Elio war nicht davon abzubringen, dass jeder Schmerz und jede Katastrophe in Santo Fico allein sein Verschulden sei, das Verschwinden des Mysteriums eingeschlossen. Am meisten aber ängstigte Marta, dass er mit wachsender Unruhe davon überzeugt zu sein schien, für seine geheimnisvolle dunkle Sünde irgendeinen verzweifelten Akt der Sühne begehen zu müssen.

Nie zuvor hatte Marta ihren Onkel so reden hören, und allein der Gedanke, er könne sich zu einer Sünde hinreißen lassen, war absurd, erst recht der Gedanke an eine so verwegene Sünde, dass Gott sich von ihm abwandte. Das war unvorstellbar. Aber seine Verzweiflung war so tief, und der Entschluss zur Sühne brannte so wild in ihm, dass er seine Nichte erschreckte, als er plötzlich nach ihrem Arm griff und in der Bank hochfuhr.

»Ein Fastenopfer!«

»Wie bitte?«

»Ein Fastenopfer. Ich werde fasten und beten.«

»Für wie lange?«

»Solange Gott will.«

Der Gedanke daran, dieser hagere Mann könne Tage ohne Nahrung verbringen, war so lächerlich, dass Marta ihn spontan zurückwies, aber in seinen Augen war ein Leuchten, das ihr todernst vorkam.

»Onkel Elio, du kannst nicht fasten. Du isst ohnehin zu wenig.«

»Ein Akt der Buße!«

»Aber was willst du damit erreichen?«

»Vergebung! Vielleicht ... ich weiß es nicht. Vielleicht gar nichts. Vielleicht wird es den Geist Gottes zurück an diesen Ort, zurück nach Santo Fico holen. Vielleicht wird es die Menschen zurück in diese Kirche holen. Weißt du noch, wie viele Menschen sich früher in diesem Gotteshaus drängten? Vermutlich bist du noch zu jung. Es hat einmal eine Zeit gegeben, da war jeder Platz besetzt, jede Kerze brannte, und die Musik ... oh, die Musik ... Vielleicht kehrt Gott hierher zurück ... vielleicht kehrt auch das Mysterium zurück. Ich weiß es nicht. Vielleicht geschieht nichts. Ich kann es nicht sagen, aber ich muss es versuchen.«

Marta sah die Entschlossenheit des alten Mannes, eine Art von Entschlossenheit, die ihn umbringen konnte.

»Vielleicht ist das Mysterium ja gar nicht verschwunden.«

»Doch. Es ist fort. Ich habe eine Stunde lang im Schutt auf dem Boden gestöbert. Ich dachte, vielleicht finde ich noch genügend ... vielleicht lässt es sich reparieren. Aber da waren bloß noch ein paar kleinere Bruchstücke. Doch, es ist verschwunden. Gott hat es geholt.«

»Vielleicht war es nicht Gott.«

»Was soll das heißen?«

»Vielleicht war es ein Mensch.«

Die Augen des alten Priesters weiteten sich, als er begriff, worauf Marta hinauswollte. Zum ersten Mal in ihrem Leben sah Marta etwas, das sie nie für möglich gehalten hätte. Sie sah, wie sich das Gesicht ihres Onkels im Zorn verdüsterte. »Jemand soll das Mysterium gestohlen haben?«

Marta fühlte sich auf dünnem Eis. Sie wusste, in diesem Augenblick war große Kunstfertigkeit gefragt. Sie wollte ihm keinen zu großen Schreck einjagen, also wählte sie ihre Worte mit Bedacht und redete einfach und beschwichtigend, genau wie früher, wenn eins ihrer kleinen Mädchen Angst hatte und sie es beruhigen wollte.

»Ja. Vielleicht ist jemand mitten in der Nacht, als du nicht da warst, hier gewesen und hat es gestohlen. Nicht Gott hat es fortgenommen. Es war vermutlich ein Mensch. Genauer gesagt, es war …«

Pater Elio platzte der Kragen. »Wovon redest du überhaupt? Natürlich war es ein Mensch! Hältst du mich für unterbelichtet? Meinst du, ich glaube, Gottes Hand sei aus dem Himmel gefahren und habe das Bild hinter meinem Rücken durch das Loch in der Kirchendecke mitgehen lassen? Ich bin alt, aber ich habe noch alle Sinne beisammen! Oder hältst du mich für einen Dummkopf?«

Seine zornige Stimme hallte durch das Kirchenschiff, wurde von den steinernen Wänden zurückgeworfen, rüttelte an den zerbrechlichen Fenstern und verschwand durch das Loch in der Decke – danach herrschte Stille.

Marta war sprachlos, und ihr Onkel sah die Furcht und den Schmerz in ihren Augen. Ihr Leben lang hatte er nie seine Stimme gegen sie erhoben. Ihr Leben lang hatte sie ihn nie seinen Zorn einem lebenden Wesen entgegenschleudern gesehen. Der Schock seines Wutausbruchs saß wie ein Stachel in ihr, und jetzt war sie es, die keine Luft bekam, weil ihr das Herz im Halse saß. Sie kam sich lächerlich und beschämt vor, weil sie ihn so herablassend behandelt hatte, als wäre er nicht mehr ganz zurechnungsfähig.

Aber Pater Elio streckte den Arm nach ihr aus und zog sie zu sich, küsste die Tränen aus ihrem Gesicht und bat um Verzeihung, dass er sie angebrüllt hatte.

»Ich weiß, dass irgendwer das Bild gestohlen hat«, sagte er sanft. »Bei einer anderen Erklärung handelte es sich um ein einzigartiges Wunder, doch ich habe in meinem Leben … Nun, ich bin noch keinem begegnet. Aber verstehst du nicht? Wer auch immer das Bild genommen hat, vollführte damit Gottes Willen. Wenn Gott nicht gewollt hätte, dass das Bild von diesem Ort und aus meiner Obhut verschwindet, hätte er es nicht zugelassen.«

»Aber manchmal tun die Menschen einfach nur … schlechte Dinge. Manchmal hat es nichts mit dem Willen Gottes zu tun.«

»Ich weiß.« Er schluckte betreten. »Ich selbst habe mich dessen schuldig gemacht, und dies ist meine Strafe.«

»Onkel Elio, wenn wir die Person ausfindig machen, die es gestohlen hat …«

»Nein!« Seine Stimme klang hart wie ein Pistolenschuss. Er fing sich wieder, atmete tief ein und wiederholte leise: »Nein… Einem meiner Kinder ins Gesicht sehen zu müssen, nachdem es so etwas getan hat… ihm in die Augen zu blicken und zu wissen, dass es Gott bestohlen hat… Nein. Wer immer es gewesen ist, hat dies mit dem Willen Gottes getan und… und ich will es nicht wissen. Ich will das Gemälde nicht zurückhaben. Ich will es nicht wissen, und ich will es nicht zurückhaben! Alles, was ich will… ist…«

Seine Stimme versiegte, und er verlor sich wieder im Anblick der leuchtenden Fenster im vorderen Kirchenschiff. Marta streichelte seine Hand.

»Was willst du, Onkel Elio?«

Er starrte weiter auf die bunten Glasfenster und hing seinen wirren Gedanken nach, bis er zuletzt mit sanfter Stimme sagte: »Ich will, dass Gott mich wieder liebt.«

»Aber das tut er. Gott liebt dich ganz bestimmt.«

Elio lächelte und schüttelte den Kopf.

»Dann wird er es tun«, beharrte Marta. »Ich verspreche dir, er wird es tun.«

Obwohl sie an seiner Schulter lehnte, konnte Marta es nur so eben verstehen, als Pater Elio ganz leise vor sich hin flüsterte: »Das wäre ein wirkliches Wunder.«

12

In der Schäferkate war es drückend heiß. Leo saß auf dem einzigen Stuhl der Behausung, die Ellbogen auf den einzigen vorhandenen Tisch gestützt, und ließ den Schweiß von der Nasenspitze tropfen und durch die Stoppeln am Kinn sickern. Er weigerte sich, die Tür oder die Fensterläden zu öffnen und den kühlen Wind vom Meer hereinzulassen. Das wäre zu gefährlich. Auch wenn es wenig wahrscheinlich war, konnte jemand vorbeikommen und einen Blick hineinwerfen. Lieber vor Hitze umkommen als das Risiko eingehen, von irgendwem zufällig auf frischer Tat ertappt zu werden. Er ließ also seinen Körper langsam in dem steinernen Ofen braten und sein Hirn unter dem Blick des Heiligen, der ihn von der anderen Seite des schmutzigen Raums anstarrte, verdampfen.

Es war eine knappe Stunde her, dass Topo sich zurück auf den beschwerlichen Weg ins Dorf gemacht hatte. Und etwas mehr als drei Stunden waren vergangen, seit die beiden schwerfällig die Straße hinuntergestolpert und dann schnaubend und keuchend mit ihrer Fracht durch die Felder gezogen waren. Der Weg hatte länger gedauert, als beide sich vorgestellt hatten. Die Last der zerbrochenen Freskenplatten machte die alte Holztür nicht nur schwerer und unhandlicher, als sie gedacht hatten, sondern auch ihre unterschiedliche Größe gestaltete den Transport unendlich schwieriger. Um die sich durchbiegende Tür relativ eben zu halten und damit ein Abrutschen ihrer zerbrechlichen Fracht zu verhindern, musste Leo sich so weit vorbeugen, dass sein Oberkörper sich praktisch im rechten Winkel zur Straße befand und seine Knie seltsam nach vorn standen. Topo seinerseits war dazu gezwungen, den Unterschied dadurch auszugleichen, dass er sein Ende der Tür beinahe in Brusthöhe trug und auf Zehenspitzen vorwärts trippelte.

Bei ihrer anfänglichen Flucht quer über die Piazza im ersten Morgengrauen hatten Angst und ein kurzlebiger Adrenalinstoß ihnen das Gefühl vermittelt, ihre Trage notfalls bis Rom schleppen zu können. Aber nur wenige Minuten später, als sie sich die nördliche Küstenstraße hinunterquälten, zitterten Topos Arme wie Espenlaub, und Leos untere Rückenwirbel schrien vor Schmerz. Beide wollten nichts sehnlicher als anhalten und verschnaufen, aber aus Furcht, jemand könne sie sehen und erahnen, was sie da taten, behielten sie ihre verdrehte Körperhaltung bei und eilten so schnell die Straße entlang, wie ihre ungleich langen Beine es zuließen.

Erst als sie von der Straße abzweigten und durch den Durchbruch in der alten Steinmauer auf das Anwesen der Pizzolas gelangten, wagten sie es, sich hinter einer Reihe Zypressenbäume auf den Boden zu werfen. Erschöpft lagen sie im trockenen Gras, hechelnd und kichernd, trunken ob der Gewissheit, dass ihnen ihr Coup geglückt war. Obwohl keiner der beiden es aussprach, erkannten sie betreten, dass ihre Körper mit ihrem jugendlichen Enthusiasmus nicht mehr mithalten konnten.

Den Rest des Weges brachten sie mit einer Reihe kurzer erzwungener Kraftanstrengungen hinter sich, jede ein bisschen kürzer als die vorherige. Abwechselnd stolpernd und rastend zogen sie an dem mit Brettern vernagelten alten Gutshof, dem unbeschnittenen Olivenhain, dem überwucherten Weinhang, Lombolos neugierigen Pferden vorbei, den Ziegenpfad hinunter und zuletzt quer über die Weide bis zu der Schäferkate mit dem Blick übers Meer.

Als sie es schließlich geschafft hatten, waren beide am Ende ihrer Kräfte. Dennoch beharrte Leo hartnäckig darauf, dass sie sämtliche Einzelteile auf der Stelle neben der Hütte stapelten – alle, bis auf die Gestalt des heiligen Franziskus unter dem Feigenbaum. Aus irgendeinem seltsamen Grund, den Topo weder verstand noch mochte, wollte Leo dieses besondere Bruchstück unbedingt mit der Rückseite zur Wand in seiner Hütte stehen haben. Topo fand das Bild des heiligen Franziskus, der in Leos schmutziger Kammer saß und sie quer durch den Raum hinweg anstarrte, höchst beunruhigend. Aber Leo weigerte sich, es zu verrücken; er saß einfach nur am Tisch und starrte seinerseits auf das Bild.

Erst nach mehr als einer halben Stunde und mehreren Litern Wasser hatten sich die beiden so weit von der Strapaze erholt, dass Topo endlich ein paar Fragen stellen konnte, die er unbedingt beantwortet haben wollte. Wie, beispielsweise, würden sie den Verkauf der Bruchstücke angehen? An wen würden sie sich wenden? Wie viel Geld würde für sie herausspringen? Müssten sie die Sache in der nächsten

Beichte ansprechen? Müssten sie sich auf Geschäfte mit Kriminellen einlassen? Waren sie jetzt selbst Verbrecher? Wo sollten sie in Santo Fico eine geeignete Figur aus der Unterwelt auftreiben? Würden sie außer Landes gehen müssen, oder reichte es, aus der Gegend zu verschwinden? Und wenn man sie erwischte, würde man sie für viele Jahre ins Gefängnis stecken? Sollten sie alle Teilstücke auf einmal verkaufen, als ein Fresko, oder doch lieber einzeln, eins nach dem anderen? War es zu spät, sie alle wieder an Ort und Stelle zu schaffen? Würden sie für ihre Tat in der Hölle schmoren?

Leo war bereit, auf sämtliche Fragen einzugehen, nur stand jegliche Diskussion so lange außer Frage, bis Topo eine Reihe abwechselnder Angst- und Euphorieanfälle hinter sich gebracht hatte. Leo wartete also, während der arme kleine Kerl hin und her lief und mit schriller Stimme alles in Frage stellte, angefangen von ihrem unseligen Abenteuer bis hin zu ihrer unseligen Geburt. Er verdammte die beiden Dicken aus Rom, die zum ersten Mal den verhassten Namen Giotto erwähnt hatten. Er fluchte und jammerte und bereute, die Arme wie tödliche Windräder durch die Luft wirbelnd und zum Zeichen des Nachdrucks die Luft zerhackend. Am Ende hockte er in einer Ecke auf dem Lehmboden, den Rücken an die raue Wand gelehnt, die Knie unters Kinn gezogen, und wiegte den Kopf hin und her.

Schließlich beruhigte Topo sich wieder. Er wusste, die Dinge ließen sich nicht mehr ungeschehen machen. Es gab kein Zurück mehr. Zuletzt fragte er leise: »Ich werde nicht mehr hier leben können, oder?«

Leo schüttelte den Kopf.

Nach einem kurzen Moment seufzte Topo: »Ich könnte nach Florenz gehen… oder Mailand vielleicht.«

»Mailand ist nett«, erwiderte Leo.

»Ich denke, Rom wäre zu groß. Verstehst du?«

Leo nickte.

Topo stand vom Boden auf und klopfte sich den Staub ab. »Ich muss nach Hause. Die Werkstatt ist ein einziges Durcheinander, aber ich brauche etwas Schlaf.« Er stand neben der Tür und starrte in das Gesicht des Heiligen, der geradewegs in seine Richtung zu blicken schien, ohne ihn wirklich anzusehen. »Mein Gott, Leo, was haben wir getan?«

»Wir haben es gerettet.«

Topo kicherte leise: »Jawohl, das haben wir. Wir haben es gerettet.« Und damit war er verschwunden.

Sobald Leo allein war, dachte er daran, was er Topo gesagt hatte: »Mailand ist nett.« Er hatte in Mailand gelebt, als er zum ersten Mal im Leben ein Museum besucht hatte. Er konnte sich nicht mehr an den Namen erinnern, aber es war riesig gewesen. Er hatte dort ein auf Holz gemaltes Bild gesehen, das ihn an das Mysterium daheim in Santo Fico erinnert hatte, auch wenn es weniger schön war. Ein kleines Schild neben dem Gemälde erklärte, dass es von einem Maler namens Cimabue »im byzantinischen Stil« gemalt sei. Außerdem wurde gesagt, dass Cimabue der Lehrmeister von Giotto di Bondone war. Er erinnerte sich noch, wie der Name Giotto ihm von der kleinen Tafel ins Auge gesprungen war. Er kannte diesen Namen. Es war der Name, den die beiden dicken Männer aus Rom geflüstert hatten. Er fragte ein hübsches Mädchen im Museumsladen, was sie über Giotto di Bondone wisse, und sie erklärte ihm, wenn er sich für Giotto interessiere, müsse er einen Saal am anderen Ende des Museums besuchen.

Er hatte dort einen Raum vorgefunden, der vom Boden bis zur Decke mit prächtigen Gemälden behängt war. Sogar die Decke war mit Fresken bemalt, auch wenn sie nicht so genau zu erkennen waren. Nahezu sämtliche Gemälde hatten das Leben Christi zum Thema, und einige stammten sogar von der Hand des berühmten Giotto. Doch so bezaubernd sie auch waren, keines stellte eine Brücke zum Mysterium in Santo Fico her.

Als er im Museumsladen noch einmal die hübsche Verkäuferin fragte, ob es in Mailand noch andere Museen mit Fresken von Giotto gäbe, riet sie ihm, in den Kunstbüchern im hinteren Teil des Geschäfts nachzusehen. Zwischen Verkaufsständern voller Michelangelo-Schlüsselanhängern, Ständern voller Leonardo-da-Vinci-Kaffeebechern und Tischuntersetzern mit Botticelli-Motiven blätterte Leo durch ganze Stapel hoch glänzender Kunstbände. Er schickte ein glühendes Stoßgebet zum Himmel, niemals mehr dem Namen Giotto zu begegnen, als er etwas entdeckte, das seinen Atem stocken ließ.

Auf einer glänzenden Seite blickte ihm das gleiche jungenhafte, melancholische Gesicht des heiligen Franziskus entgegen, das er sein Leben lang kannte – die traurigen, wissenden Augen, der sanfte Mund und der Blick ewiger Jugend und Unschuld. Es waren das gleiche Gesicht, das gleiche Gewand, die gleichen Haare, nur der Feigenbaum fehlte. Es war ein gänzlich anderes Freskengemälde als das Mysterium von Santo Fico, aber es war das gleiche Gesicht. Auf der gegenüberliegenden Seite war die Fotografie eines weiteren Freskos abgedruckt, und wieder war es der gleiche heilige Franziskus – sein heiliger Franziskus. Der Bildtext beschrieb die dargestellte Figur sogar als den heiligen Franziskus, doch zeigte keines der beiden Fresken ihn entspannt unter einem Feigenbaum ruhend. Das eine war ein trauriges Bild, auf dem *Der Tod des heiligen Franziskus* dargestellt war. Das andere hieß *Die Erscheinung bei Arles*, und beide, so versicherte das Buch, stammten aus der Hand des berühmten Giotto di Bondone. Leo hatte den entscheidenden Hinweis gefunden, den er zum Verständnis des Satzes »Das könnte Millionen wert sein« brauchte. Er hatte ihn in dem sanften Antlitz des Heiligen gefunden.

Leo hatte den Rest des Tages damit verbracht, durch die verschiedenen Säle des Museums zu schlendern, aber die ausgestellten Bilder und Statuen interessierten ihn nicht mehr. Stattdessen hatte er jeden, der ihm über den Weg lief, nach dem möglichen Wert von Kunstwerken befragt. Ganz besonders wollte er wissen, wie viel für ein Fresko von Giotto zu bekommen sei, wenn es plötzlich irgendwo von der Wand fiele. Bis zum späten Nachmittag hatte er die Wärter misstrauisch genug gemacht, dass sie ihm nahe legten, es sei Zeit für ihn zu gehen. Und das stimmte auch. Er hatte alles erfahren, was er wissen musste.

Jetzt, sechzehn Jahre später, saß er in einer erdrückend heißen Steinhütte und starrte in diese rätselhaften, auf Kalkputz gemalten Augen, die irgendeinen Punkt über seiner Schulter zu fixieren schienen, und wurde erneut von dem Satz »Das könnte Millionen wert sein« geplagt. Mit dem Ärmel wischte er sich den Sturzbach von Schweiß von der Stirn und entdeckte anschließend einen dunklen Flecken auf seiner hellen Leinenjacke. Der Anzug war ruiniert. Er hätte ihn gestern Morgen nicht anziehen sollen. War es tatsächlich erst gestern Morgen gewesen? Er zog die abgenutzte Jacke aus und dachte dabei an die kleine Schneiderei in einer Nebenstraße der State Street. Er hatte damals eine Verabredung gehabt und brauchte etwas Schickes. Wer war sie gewesen? Die Gesichter von Frauen rauschten wie eine Adresskartei vor seinem inneren Auge vorbei. Es kam ihm seltsam vor, dass er sich noch an das Gesicht des Schneiders erinnern konnte, der ihm den Anzug verkauft hatte. Er konnte sich sogar noch an den Mann hinter der Bar erinnern, als er an jenem Abend zum ersten Mal mit seinem neuen Anzug ins Chop House stolziert war, aber das Gesicht der Frau, die er damals ausgeführt hatte, war ihm entfallen. Er konnte sich an keins der Gesichter und an keinen Namen erinnern. Es hatte so viele Frauen gegeben. Warum konnte er sich nicht an sie erinnern? Er erinnerte sich an seinen Anzug. Zum Teufel damit. Mit dem, was sie für das Fresko bekämen, könnte er sich einen ganzen Schrank voller Leinenanzüge kaufen.

Topo hatte ein paar kluge Fragen aufgeworfen, mit denen er seinen müden Geist in produktiver Weise zu beschäftigen suchte. Zwei Dinge würden zweifellos schwierig werden. Einmal musste die richtige Person gefunden werden, um den Verkauf durchzuführen. Er kannte Typen, die wiederum Typen in Chicago kannten – vielleicht kannte er aber auch nur Typen, die behaupteten, Typen in Chicago zu kennen. Einmal hatte man ihm in einer Bar eine Randfigur aus der Unterwelt gezeigt, die als »Sally Bones« bekannt war. Leo war enttäuscht gewesen, einem schmächtigen, aufgekratzten kleinen Kerl zu begegnen, der vermutlich mit billigen Uhren und falschem Schmuck handelte. Für Leo sah Sally Bones so aus wie Topo, wenn er zu viel Kaffee getrunken hatte. Um aber einen echten Hehler in Italien aufzutreiben, noch dazu einen, der sich auf große Kunstwerke verstand – denn darum ging es hier zweifellos –, mussten sie sich vermutlich in Florenz oder besser noch in Rom umsehen.

Die zweite heikle Frage war herauszufinden, wie viel man verlangen konnte. Sollten sie die Teile des Freskos einzeln verkaufen oder als Satz? Unter Umständen ließen sich die Einzelstücke sogar noch weiter zerkleinern. Ein paar flinke Hammerschläge, und sie hätten zweimal oder dreimal so viele kleine Giottos. Doch Leo verwarf den Gedanken gleich wieder. Überhaupt, wie viel war ein echter, unbekannter Giotto auf dem Kunstmarkt, oder in dem Fall auf dem Schwarzmarkt, wert? Die ursprüngliche Einschätzung, das Bild »könnte Millionen wert sein«, war jetzt ein wenig zu vage. Wenn Leo erste Kontakte knüpfen würde, müsste er konkrete Vorstellungen äußern können. Natürlich, gestern im Hotel hatte es noch ausgereicht zu sagen: »Oh, was immer Sie für angemessen halten.«

Ein lautes Poltern an der Eingangstür riss ihn von seinem Stuhl hoch. Die Schläge ließen den ganzen Raum erzittern, ganz besonders sein strapaziertes Hirn. Das Hämmern drohte die Tür einzuschlagen, und er wollte schon wütend Topos Namen rufen, aber der musste längst zu Hause sein. Außerdem würde Topo niemals mit solcher Wucht gegen Leos Tür hämmern. Gedanken schwirrten wie Glühwürmchen durch Leos trübes Hirn, schossen gleichzeitig in alle Richtungen, ohne dass sich auch nur einer festhalten ließ.

Das Gemälde! Der heilige Franziskus ruhte bequem an der Mauer der Hütte und starrte auf einen Punkt gleich über Leos Schulter. Das Hämmern setzte von neuem ein, diesmal noch dringlicher, und plötzlich wusste Leo zum ersten Mal in seinem Leben, wohin der heilige Franziskus schaute und was er dachte. Der engelhafte Heilige starrte geradewegs über seine Schulter zur Tür der Hütte und dachte: Warum machst du nicht auf, Dummkopf!

»Eine Sekunde!«

Leo flitzte durch die Kammer, legte das Bruchstück mit dem Gesicht des Heiligen flach auf den Boden und warf ein Tuch darüber.

Als er die Tür öffnete und den Kopf hinausstreckte, blendete ihn die Mittagssonne wie ein Leuchtfeuer, doch Leo konnte gerade noch undeutlich Martas Hand ausmachen, bevor sie knallend seine Wange traf. Der Schlag prickelte, aber weit mehr schmerzte ihn die andere Seite des Kopfes, mit der er beim Versuch, ihrem wohlgezielten Hieb auszuweichen, geradewegs vor die Steinmauer der Hütte geknallt war.

»Du verfluchter Mistkerl!«

Leo trat nach draußen und schloss die Tür. Gemessen an den Umständen, hatte er die Situation erstaunlich schnell im Griff.

»Was zum Teufel soll das?«

»Das weißt du ganz genau, du Miststück!«

Marta setzte zu ihrem nächsten Schwinger von rechts an, doch diesmal gelang es Leo auszuweichen. Mit Martas ganzer Wut konfrontiert, deren schärfste Waffe die Wahrheit war und die zudem mit der Hartnäckigkeit eines Racheengels auftrat, entschied Leo sich für das einzig sichere Vorgehen – zu lügen, als ob das eigene Leben davon abhinge.

»Ich habe keine Ahnung, wovon du redest«, erwiderte er empört und setzte eine betretene Unschuldsmiene auf.

Martas Zorn umfasste alles. Zuallererst natürlich den lächerlichen Ausdruck der Unschuld auf Leos lang gezogenem Gesicht, aber darüber hinaus auch die vielen dunklen Jahre der Enttäuschung, die unausgesprochenen Ängste um ihre Töchter, ein Leben in dumpfer Einsamkeit und jetzt auch noch den Schmerz, den sie für Onkel Elio empfand. All das wirbelte in ihrem Kopf durcheinander und knisterte wie kleine elektrische Flämmchen. Leo beobachtete, wie ein Anflug von Wahn in ihren schwarzen Augen aufblitzte und sie ihn auf eine Weise anschrie, dass er das Gefühl hatte, sein Kopf sei in einen Schraubstock gespannt. Der Klang ihrer Stimme schmerzte in seinen Zähnen. Leo kam es so vor, als würden Martas Fingernägel immer länger, je näher sie mit ihren Krallen vor seinen Augen herumfuchtelte. Sie versuchte, ihm etwas mitzuteilen, aber ihrem Mund entfuhren lediglich abgehackte Schreie und Furcht einflößende Geräusche, die in besseren Zeiten vermutlich einmal mit Sprache zu tun hatten. Zu guter Letzt stampfte sie mit dem Fuß in den Staub, prustete wie ein überkochender Kaffeekessel und schlug Leo blitzschnell mit der geballten Faust in die Magengrube. Seltsamerweise schien dies die Situation zu beruhigen, da Leo schmerzhaft gekrümmt nach Atem rang, während Marta im Kreis hüpfte und sich das Handgelenk hielt, das sich anfühlte, als sei es durch den Schlag gebrochen.

Als Leo endlich wieder Luft bekam, war sein Unmut über Marta so weit gewachsen, dass er zum Gegenangriff überging.

»Was ist in dich gefahren? Bist du verrückt geworden? Ich weiß nicht, wovon du redest!«

Marta hatte entschieden, dass ihr Handgelenk vermutlich doch nicht gebrochen war, und sie verspürte nun große Lust, Leo zu treten, blieb aber so ruhig, dass sie sprechen konnte.

»Das Mysterium! Du hast das Mysterium gestohlen!«

Leo klappte die Kinnlade beinahe bis zur Brust. Verwirrt stotterte er: »Das … das … Mysterium ist gestohlen?« Er wusste, er hatte zu dick aufgetragen.

Marta zischte durch ihre zusammengebissenen Zähne: »Du hast es gestohlen, du verdammter Hurensohn!«

»He! Sag das nicht. Du kanntest meine Mutter. Das ist beleidigend für ihr Andenken. Du darfst so etwas nicht sagen.«

Er hatte Recht. Leos Mutter war eine bezaubernde und freundliche Frau gewesen, und Marta hatte sie gemocht wie ihre eigene Mutter.

»Wie stolz sie jetzt wohl auf dich wäre. Die Kirche zu bestehlen, du …«

Sie wollte schon Bastard sagen, aber das warf ein schlechtes Licht auf Mutter und Vater.

»Du glaubst also, ich hätte das Mysterium aus der Kirche geraubt?«

»Ich weiß, dass du es getan hast.«

Leo ging zu seiner Hütte zurück, riss die Tür auf und trat verächtlich zur Seite. »Möchtest du dich vielleicht höchstpersönlich überzeugen?«

Sein Herz hämmerte. Wenn sie hineinging, war er verloren. Sie hätte keine Skrupel, ihn ins Gefängnis zu schicken, wenn sie könnte. Aber Leos unerschrockener Blick und seine trotzige Aufforderung irritierten Marta, und für einen Moment kamen ihr Zweifel. Wenn er das Fresko tatsächlich besäße, würde er sie in seine Hütte bitten? Die dunkle Kammer hinter der Tür schien ihr finster und verboten. Es lag etwas unerwartet Gefährliches in diesem Augenblick, das Marta verunsicherte. Ihr Verstand sagte ihr, einfach in den kleinen Verschlag zu gehen, das Fresko zu finden und Leo Pizzola auf frischer Tat zu überführen. Aber da war noch etwas anderes in ihrem Herzen, etwas Geheimnisvolles und Unheimliches, das ihr zur Vorsicht riet.

Leo hatte auf ihre Verunsicherung gesetzt. Er musste seinen Vorteil nur noch ein wenig ausbauen.

»Nun? Geh nur hinein.«

»Stinkt es da drinnen genauso wie du?«

»Ich habe das Gemälde nicht gestohlen«, sagte er und zog die Tür mit einem heimlichen Seufzer der Erleichterung wieder zu.

»Ich habe dich beobachtet.«

Leo hatte sich darauf eingestellt, das Spiel bis zum Äußersten mitzuspielen, doch etwas in ihrer ruhigen, beherrschten Art verriet ihm, dass sie soeben einen dritten Treffer gelandet hatte. Er räusperte sich verlegen und sagte: »Du hast mich beobachtet. ... Was soll das heißen?«

»Ich habe gesehen, wie du und Topo die Teile aus der Kirche geschafft haben.«

Leo sah hinaus aufs Meer, und der Augenblick hing in der Luft wie eine der niedrigen Wolken über dem Horizont. Er wunderte sich, wie ruhig alles war.

Es gab keine Möwen, die kreischend die Klippen umkreisten. Auch die Zikaden in den Disteln im Feld waren verstummt. Sogar die leichte Brise vom Meer hatte in diesem besonderen Moment aufgehört; alles war still, und sein Traum war vorüber. Er war müde und wollte einfach nur schlafen.

»Okay. Prima. Du hast uns gesehen. Ruf die Polizei.«

»Ich werde die Polizei nicht holen.«

»Okay. Prima. Ruf nicht die Polizei. Ich bringe alles morgen zur Kirche zurück.«

»Du bringst nichts morgen zur Kirche zurück.«

»Okay! Prima! Ich bringe nichts morgen zurück. Ich bringe es gleich heute Nachmittag noch zur Kirche zurück!«

»Du wirst es überhaupt nicht zurück zur Kirche bringen!«

»Okay! Prima! Ich werde ...! Kannst du mir bitte verraten, was du überhaupt willst!?«

»Ich will, dass du deine Tat wieder gutmachst!«

Bis zu diesem Moment war sie sich nicht sicher gewesen, was sie erreichen wollte oder warum sie überhaupt gekommen war, doch plötzlich wusste sie es. Leo hatte diesen großen Kummer verursacht, und er würde alles wieder einrenken. Wie konnte er nur so egoistisch sein? Tat er nur so, als könne er es nicht begreifen?

»Weißt du eigentlich, was du getan hast?«

Allein Leos dumpfer Blick sagte alles – er hatte tatsächlich nicht den leisesten Schimmer. Also erzählte sie ihm davon, wie sie Pater Elio allein in Kirche hockend und auf die kahle Wand starrend entdeckt hatte. Sie erzählte ihm von den Tränen und den Selbstvorwürfen des alten Mannes, wie er sich die

Schuld für die Schändung gab und wie er glaubte, Gott habe ihn bestraft, weil er kein guter Priester oder Verwalter oder was auch immer gewesen sei. Gott hatte dem Dorf das Mysterium genommen, weil Pater Elio gesündigt hatte, was immer das heißen mochte. Pater Elio wusste, dies war ein Zeichen, dass Gott sich von ihm abgewandt hatte, und es müsste ein Wunder geschehen, um ihm den Glauben an Gottes Liebe zurückzugeben. Und sie erzählte ihm von dem Entschluss des alten Mannes, mit einem Akt der Buße um Vergebung zu bitten und so lange zu fasten und zu beten, bis Gott ihm verziehen hatte. Weiter kam Marta nicht, weil ihr vor lauter Zorn erneut die Stimme versagte und Tränen ihre Augen füllten.

Pater Elio war ein größerer Dummkopf, als er geglaubt hatte. Innerlich schüttelte Leo den Kopf. Dennoch gefiel ihm die Vorstellung, dass der alte Mann dahockte, sich Vorwürfe machte und nichts mehr aß, ganz und gar nicht.

»Wie lange will er fasten?«

»So lange wie nötig.«

Leo verstand. Der alte Dummkopf wollte sich zu Tode hungern. Kein Wunder, dass Marta wie eine Furie über ihn hergefallen war.

»Ich sagte doch, ich bringe es zurück.«

»Er will es aber nicht zurückhaben! Er kann den Gedanken nicht aushalten, dass irgendwer aus Santo Fico das Mysterium gestohlen haben könnte. Deshalb glaubt er auch, Gott habe es fortgenommen.«

»Aber wenn er sieht, dass es ein Mensch war …«

»Er weiß, dass es ein Mensch war, verdammt noch mal! Er ist schließlich kein Idiot! Verflucht, er weiß vermutlich sogar, dass du es gewesen bist! Verstehst du denn nicht? Die Tatsache, dass jemand aus dem Dorf das Mysterium gestohlen hat, ist für ihn nur ein weiterer Beweis, dass er im Leben gescheitert ist. In seiner Vorstellung bist du nur Gottes Instrument, mit dem er ihn straft. Bring es nicht zurück! Ich meine es ernst!« Sie setzte ihren Finger wie einen Dolch auf seine Brust und senkte ihre Stimme zu einem unheilvollen Flüstern: »Wenn du es zurückbringst, gehe ich zur Polizei.«

Leo blickte sich nach etwas um, gegen das er treten konnte. »Was zum Teufel willst du dann von mir?«

»Ich will, dass du deine Tat wieder gutmachst. Gib Onkel Elio zu verstehen, dass Gott ihm vergibt… und dass er ihn immer noch liebt.«

»Wie in aller Welt soll ich das denn machen?«

»Lass ein Wunder geschehen«, sagte sie knapp.

Selbst Marta war von der unschuldigen Aufrichtigkeit ihres Vorschlags verblüfft. Genauso gut hätte sie ihn bitten können, die Tür zu schließen, den Suppentopf umzurühren oder sich die Schuhe zuzubinden. Doch kaum hatte sie es ausgesprochen, wusste sie, dass es genau das war, was sie wollte und jetzt auch erwartete.

Leo schluckte kräftig. Er hatte sie richtig verstanden und wusste, sie meinte es ernst. Er brauchte sie nur anzusehen. Sie erwartete ein Wunder von ihm.

»Und wie?«

»Was weiß ich. Du bist der schlaue Kopf.«

Abrupt drehte sie sich um und lief über die Wiese zurück, hielt aber nach wenigen Schritten inne. Einen Augenblick blieb sie mit dem Rücken zu ihm stehen, bevor sie sich langsam umdrehte. Diesmal war ihre Stimme sanft und vertraulich, und ihre Worte waren genau überlegt.

»Leo, es gibt so viel ... so viel Kummer zwischen uns ... dir und mir. An einigem davon ... ich weiß nicht, vielleicht bin ich ... ich weiß nicht. Aber ich sage dir aus tiefstem Herzen: Wenn Onkel Elio daran stirbt, wenn er stirbt, weil er denkt, Gott habe ihn verlassen, dann werde ich ... dann werde ich etwas tun.«

Langsam deutete sie mit dem Finger erneut auf ihn, und Leo begriff, dass er soeben die schlimmste Drohung seines Lebens erhalten hatte. Sie würde etwas tun, und es wäre fürchterlich.

»Bring ein Wunder zuwege.«

Dann drehte sie sich um und eilte den Pfad hinauf. Leo rief ihr hinterher.

»Was soll ich mit dem Bild machen?«

Marta zuckte die Achseln und rief über die Schulter zurück: »Wirf es meinetwegen ins Meer. Ich will es nie wieder sehen.« Dann war sie verschwunden.

Als Erstes öffnete Leo die Tür und sämtliche Fensterläden seiner Hütte. Es gab keinen Grund mehr, weiter in der finsteren Hitze zu brüten. Was Marta anging, gehörte das Fresko ihm. »Wirf es meinetwegen ins Meer«, hatte sie gesagt. Die einzige Zeugin seines Verbrechens wollte es nie wieder sehen. Der Schatz gehörte wieder ihm, diesmal sogar mit einer leisen indirekten Zustimmung. Der Wind vom Meer erfüllte den Raum im Nu mit frischer Luft.

Leo ging in die Hütte und zog das Laken zurück, um das Wandstück einen Moment zu betrachten, und zum ersten Mal im Leben war es ihm egal, was der Heilige dachte. Es hatte nichts zu bedeuten. Er legte die Platte auf den Tisch, damit jeder, der zufällig vorbeikam, sie sehen konnte, und ließ sich auf sein Bett fallen. Aber es würde niemand vorbeikommen. Sein Besuch war bereits da gewesen. Ausgestreckt auf dem Bett die wenigen Minuten vor dem Einschlafen genießend, dachte er an Marta und ihr Wunder. Er wusste, es würde nicht einfach werden, aber er nahm die Herausforderung gerne an. Ein Wunder wäre seine Fahrkarte fort von Santo Fico … und sein Los zum Glück. Er hatte keine Ahnung, was er tun würde, aber so schwierig konnte ein Wunder nicht sein.

Wenig später war Leo tief eingeschlafen und träumte von Chicago, Baseball und dem kühlen grünen Rasen des Wrigley-Field-Stadions.

13

Am nächsten Nachmittag um halb zwei hatte Leo das Gefühl, das erste Wunder bereits vollbracht zu haben, und alles Weitere sei ein Kinderspiel. Er hatte den Morgen damit verbracht, Topo erfolgreich davon abzuhalten, sich entweder umzubringen oder zur Polizei zu rennen und sich für jedes ungeklärte Verbrechen in der Toskana schuldig zu bekennen.

Wie Leo seinem schuldbeladenen Komplizen erklärte, war Gott es gewesen, der die Wand zum Einsturz gebracht hatte, nicht sie. »Und schließlich«, erläuterte Leo, »wenn wir das Gemälde nicht in Sicherheit gebracht hätten, wäre es zerstört und für alle Zeiten verloren.« Es war alles ganz logisch: Wenn Gott das Bild zerstören wollte, hatte er dafür keine weitere Verwendung mehr. Und wenn dies der Fall war, sollte es Menschen da nicht erlaubt sein, von dem zu profitieren, was Gott nicht mehr wollte? Waren Topos eigenes Heim und seine Werkstatt nicht ein Zeugnis dieser Art von Lumpensammler-Logik? Andererseits, auf einer spirituellen Ebene, hatte Gott vielleicht Größeres vor. Vielleicht wollte er, dass das Bild dem Rest der Welt zugänglich gemacht wurde, damit die Menschen es überall bewundern konnten. Und wenn auch nur eine dieser Möglichkeiten stimmte, konnte es da nicht sein, dass Gott ausgerechnet Leo und Topo auserwählt hatte, genau im rechten Moment vor der Kirche zu sein, um das Gemälde zu retten? Beteten sie nicht beide seit langer Zeit inständig zum Himmel, aus Santo Fico fort zu dürfen? Wer sagte denn, dass dies nicht die Antwort auf ihre Gebete war? Wollte Topo sich tatsächlich Gottes unfehlbarem Willen entgegenstellen?

Als Leo geendet hatte, war Topo nicht nur von der Stimmigkeit von Leos Logik und seiner Theologie überzeugt, sondern der Meinung, das ganze Dorf sollte von ihrer guten Tat erfahren. Womöglich würden sie eine Belohnung bekommen oder zumindest ein Zeichen öffentlichen Dankes, aber Leo überredete ihn schnell, das treibe die Sache vielleicht ein Stück zu weit. Nachdem er sicher war, Topo habe sich zuverlässig mit der Situation abgefunden, war es Zeit für den nächsten, schwierigeren Schritt. Er erzählte Topo von seiner Auseinandersetzung mit Marta.

Wenn Leo Marta Caproni Fortinos Willensstärke mit Respekt begegnete, so war Topo gänzlich von ihr eingeschüchtert. Das war immer schon so gewesen. Der Grund war nicht, dass Marta Topo jemals etwas getan hätte, außer dem ein oder anderen Stoß oder einem kräftigen Boxhieb auf den Arm, als sie noch Kinder waren. Nein, er fürchtete sich allein vor ihrem Potenzial – vielleicht weil sie eine Frau war; vielleicht weil sie so umwerfend aussah; vielleicht weil von ihr jene unbekannten Gefahren ausgingen, die ihn so ängstigten und so sehr in Aufregung versetzten.

Nachdem Leo Topo eröffnet hatte, dass Marta sie mit dem Mysterium aus der Kirche kommen sehen, wie Pater Elio auf das Verschwinden reagiert und dass Marta ihnen beiden mit Gefängnis gedroht hatte, war er sich nicht sicher, ob sein Freund in Tränen ausbrechen oder ohnmächtig werden würde. In Topos angstgeweiteten Pupillen sah Leo sämtliche Schrecken gespiegelt, die in seiner Vorstellung hinter den grausamen Eisenstäben des Gefängnisses auf ihn warteten. Doch bis zum Nachmittag war Leo merklich vorangekommen. Eine der schwierigsten Hürden war es, Topo davon zu überzeugen, dass sie nicht für den Rest ihres Erdenlebens in einem Gefängnis in Siena landen würden und dass sie tatsächlich das Gemälde behalten, es verkaufen und beide reich werden würden. Die Saat, die Leo in den frühen Morgenstunden ausgestreut hatte, als er vom Willen Gottes in dieser Sache sprach, begann gegen Nachmittag endlich aufzugehen, und selbst Topo zeigte erste kleine Anzeichen der Begeisterung dafür, ein angemessenes Wunder in die Wege zu leiten, das Pater Elio seinen Glauben zurückgeben würde.

Den Rest des Nachmittags verbrachten sie an Topos Küchentisch damit, die Vorzüge diverser göttlicher Ereignisse abzuwägen. Sie gaben sich alle Mühe, ihre Diskussion auf einer respektvollen spirituellen Höhe zu halten und mögliche Wunder fest auf dem Boden der Schrift zu verankern, doch war es mit ihrer Bibelfestigkeit nicht weit her, und ihre Kenntnisse von Wundertaten waren bestenfalls als bruchstückhaft zu bezeichnen. Beinahe automatisch hielten sie sich deshalb an ihre eigenen persönlichen Begegnungen mit dem Übernatürlichen.

Mit dem Ergebnis, dass Topos Wunder eine große Ähnlichkeit mit Sciencefiction-Filmen der Fünfzigerjahre aufwiesen, wohingegen Leos Wunder direkt den Seiten der amerikanischen Boulevard-Presse entsprungen zu sein schienen. Unglücklicherweise beflügelten mehrere Flaschen Wein weder ihre Inspiration noch ihr Temperament. Am frühen Abend hielt ein verängstigter und entmutigter Topo es für geraten, Leo erst einmal nach Hause zu schicken.

Im Licht der frühen Abendsonne stapfte Leo von Topos Werkstatt aus heimwärts. Wer hätte geglaubt, dass ein Wunder zu bewerkstelligen so schwierig sein konnte? In diesem Moment war er nicht sicher, auf wen er wütender war – auf Marta mit ihrer unsinnigen Forderung, er solle sich ein Wunder einfallen lassen, oder auf Pater Elio und seinen sinnlosen Hungerstreik oder auf Topo, weil er ihn nicht zum Abendessen eingeladen hatte. Mürrisch hatte er bereits die Hälfte der Piazza überquert, als er bemerkte, dass er geradewegs auf eine handfeste Auseinandersetzung zusteuerte.

Direkt vor ihm stand Pater Elio auf den Stufen zur Kirche und redete mit Marta. Die Eingangstür zur Kirche stand offen, und man sah, dass der alte Mann damit beschäftigt gewesen war, die Trümmer des eingestürzten Daches aus der Kirche zu schaffen. Offenbar wollte er mit seinen Bemühungen fortfahren, doch in welche Richtung er sich auch drehte, baute Marta sich vor ihm auf und hielt ihm bittend einen Korb hin, in dem sich sein Essen befinden musste. Zuletzt fasste der alte Priester Marta am Arm und drehte sie sanft um in die Richtung ihres Hotels. In dem Augenblick sahen beide Leo. Marta blitzte ihn an, doch Pater Elio lächelte und stieg winkend mit ihr die Stufen hinab.

Zu allem Unglück bemerkte Leo auch noch Nonno, der am Rand des Brunnens hockte. Um seine Stirn war ein dicker Verband, unter einem Auge befand sich ein hässlicher blauer Fleck, sein Gesicht war verschrammt, und er stützte sich auf einen geliehenen Gehstock, als benötige er ihn schon seit Jahren. Der graue Hund lag schlafend zu seinen Füßen. Leo blinzelte aus dem Augenwinkel zu dem alten Mann hinüber. Nonno beobachtete ihn, und Leo wusste, er würde beim leisesten Hinweis zu ihm herüberkommen. Eine Unterhaltung mit Nonno in der Gegenwart von Marta und Pater Elio könnte höchst peinlich werden, also unternahm er alles, den alten Mann zu ignorieren.

Leo verzog die Brauen, als sei er in tiefes Nachdenken versunken, und gab sich einen entschlossenen Schritt, den Blick fest auf das Kopfsteinpflaster zu seinen Füßen gerichtet. Er war überzeugt, wenn er so tat, als habe er sie nicht bemerkt, könne er die Piazza unbehelligt überqueren. Doch zu seinem weiteren Pech hatte Pater Elio den glorreichen Einfall, ein Plausch mit Leo wäre genau das Richtige, um Marta von ihm abzubringen. Er liebte seine Nichte, und er verstand ihre Besorgnis, aber der aus dem Korb aufsteigende köstliche Geruch drohte den Entschluss seines Fastens ins Wanken zu bringen.

»Guten Abend, Leo.« Der alte Mann schob sich und Marta genau in Leos Weg.

»Ahh! Hallo …« Leo versuchte so zu tun, als habe man ihn aus tiefsten Gedanken gerissen. Marta seufzte nur, schüttelte den Kopf und gab Leo das Gefühl, mit seiner Masche niemanden hinters Licht führen zu können.

Zumindest Pater Elio hatte sein Ziel erreicht. Marta ließ von ihm ab und ging zurück zum Hotel, doch weil er nicht unhöflich sein wollte, fragte er Leo: »Wie sieht es bei dir aus? Ich meine, nach dem Erdbeben letzte Nacht.«

»Oh, nicht weiter schlimm. Danke … Ich war gerade, ähm … unterwegs nach …« Leo deutete auf die Straße zum Meer und wandte sich in die entsprechende Richtung. Marta schwieg nicht nur beharrlich, sondern weigerte sich, ihn überhaupt anzublicken, was Leo noch nervöser machte. Gerade als er sich umdrehen und gehen wollte, hörte er eine vertraute Stimme.

»Hallo, Nico.«

Nonno hatte seinen Platz am Brunnen verlassen und stand plötzlich, auf beinahe magische Weise, direkt neben Leo. Er winkte Leo verhalten zu. »Wie geht's, Nico? Wo bist du gestern Nacht gewesen?«

Leo hätte ihn am liebsten am Kragen gepackt und geschüttelt, bis die wenigen Zähne in seinem Mund klapperten, oder sonst was mit ihm angestellt, damit er den Mund hielt. Stattdessen nickte er nur leicht und zuckte mit den Schultern.

»Mein Haus ist über mir eingestürzt. Erinnerst du dich? Du hast mich gefunden. Wo bist du gewesen? Du hattest versprochen, bei mir zu bleiben.«

In der Nacht zuvor war Pater Elio so beschäftigt gewesen, dass er Leos Fortbleiben nicht bemerkt hatte, aber Marta wusste, wo er gewesen war, und Leo spürte, wie ihr Blick sich ihm zuwandte. Das war kein gutes Zeichen.

»Ich habe Holz geholt, um dich frei zu bekommen.«

»Du bist ein guter Junge, Nico. Ich dachte schon, du hättest mich sitzen lassen. Vielleicht wegen der Berge. Aber ich habe dich damals nicht im Stich gelassen. Das weißt du! Selbst im Schnee … als …«

Der alte Mann fühlte, wie er den Faden verlor. Man hatte ihm gesagt, dass dies manchmal passierte. Er zwinkerte Leo bloß zu und gab ihm einen Klaps auf die Schulter. »Mein Haus ist über mir eingestürzt, aber du hast mich gefunden. Stimmt's?«

Leo zuckte wieder mit den Schultern und versuchte das Bild von Nonnos staubigem Gesicht unter den Trümmern und sein vertrauensvolles Lächeln, in das sich Schmutz und Blut und Tränen mischten, zu verdrängen. Er hatte ihn im Stich gelassen, aber bis zu diesem Augenblick hatte er noch nicht in der Weise darüber nachgedacht. Marta hatte natürlich nichts von Nonno gewusst, bis jetzt jedenfalls, und der Gedanke, dass Leo den alten Mann allein gelassen hatte, begraben unter dem Schutt seines Hauses, um das Mysterium aus der Kirche zu stehlen, ließ ein Gefühl des Ekels in ihr aufsteigen. Sie wollte erneut auf ihn einschlagen oder ihn anschreien, doch sie begnügte sich damit, ihn unruhig zappeln zu sehen.

Pater Elio war müde und verabschiedete sich, indem er allen einen guten Abend wünschte und erklärte, er müsse zurück in die Kirche und beten. Marta nickte, und als ihr Onkel auf die Kirchentür zulief, sah sie kurz zu Leo hinüber. Es war nur ein flüchtiger Blick, aber in ihren Augen erkannte Leo etwas, das mehr war als Zorn. Es war Verachtung. Sie trat unmittelbar vor ihn und flüsterte ihm mit leiser, gefühlloser Stimme zu: »Drei Tage. Wenn du innerhalb von drei Tagen nicht etwas unternommen hast, den Glauben meines Onkels wieder herzustellen, rufe ich die Polizei. Drei Tage. Danach werde ich alles tun, was zu tun ist, damit du für deine Tat bestraft wirst. Drei Tage.«

Ohne einen weiteren Blick lief sie über die Piazza und verschwand beinahe im gleichen Moment im Hotel, in dem Pater Elio die Kirche betrat. Leo blieb allein mit Nonno und dem grauen Hund mitten auf der Piazza zurück. Er wollte Nonno nicht anblicken, weil er genau wusste, der alte Mann würde dann mit ihm reden, und das wollte er im Augenblick am allerwenigsten. Er war viel zu wütend auf den alten Dummkopf, weil er ausgerechnet vor Marta von gestern Abend anfangen musste, und er war darüber hinaus wütend auf Marta und ihr neues Ultimatum und wütend auf sich selbst, weil ihm bislang kein Wunder eingefallen war, das er ihr ins Gesicht hätte schleudern können. Ohne also Nonno in irgendeiner Weise zu beachten, lief Leo über die Piazza und verschwand auf der Straße, die zur Küstenstraße hinunterführte.

Er bedauerte natürlich, den alten Mann in der Nacht zuvor im Stich gelassen zu haben, und er war froh, dass es ihm gut ging, aber Nonno war nicht sein Problem. Er hatte nichts weiter vorgehabt, als die Piazza zu überqueren! Warum konnte Nonno nicht einfach den Mund halten? Jetzt hatte Marta alles, um ihm seinen Kopf geröstet auf einem Tablett zu präsentieren, garniert mit Salbei und Basilikum, wenn er nicht binnen drei Tagen ein Wunder hinbekam. *Drei Tage!* Zum ersten Mal seit der »Rettung« des Freskos meinte er, in diesem Ausspruch das Zuschlagen der Gefängnistür zu vernehmen. Er musste sich etwas einfallen lassen. Er brauchte ein Wunder, das selbst den ärgsten Skeptiker überzeugen würde. Er brauchte Zeugen, die es beglaubigen konnten. Er brauchte etwas Unerwartetes, Unglaubliches. Er brauchte ... er brauchte ... Und er musste wissen, warum zum Teufel Nonno auf der Küstenstraße hinter ihm herlief.

Sie befanden sich bereits vor den Toren von Santo Fico, als Leo das schlurfende Geräusch in seinem Rücken bemerkte. Nonno und der graue Hund folgten ihm in einem Abstand von etwa zwanzig Metern. Als Leo anhielt und sich zu ihnen umdrehte, blieben auch sie stehen und blickten unbeteiligt in eine andere Richtung. Entschlossen drehte Leo sich um und eilte mit großen Schritten nach Hause, aber er wusste sofort, dass sein persönlicher Albtraum und sein verdammter Hund ihm auf den Fersen waren. Also blieb er erneut stehen. Nonno tat es ihm nach und begann damit, geistesabwesend kleine Steinchen mit seinem neuen Stock von der Straße zu schieben, nur der Hund verpasste das Signal und lief weiter. Kaum hatte er seinen Fehler bemerkt, eilte er zurück und ließ sich zu Nonnos Füßen in den warmen Staub fallen. Leo stapfte den Berg hinauf auf sie zu.

»Und?«

Nonno verstand nicht recht und schob verlegen die Beine hin und her.

»Was gibt's?«, fuhr Leo ihn an.

»Was gibt's? Ich weiß nicht – was gibt's, Nico?«

»Hör zu. Es tut mir Leid wegen gestern Nacht. Es tut mir Leid, dass ich nicht zurückgekommen bin. Entschuldigung.«

Nonno lächelte und gab Leo einen leichten Knuff auf die Schulter. »He, ist schon gut. Du bist ein guter Junge. Du hast mich gefunden!«

»Also, was gibt's? Warum folgst du mir?«

Nonno dachte einen Augenblick angestrengt nach und sagte dann leise: »Mein Haus ist gestern Nacht über mir eingestürzt …«

»Ich weiß. Ich habe dich gefunden.«

Leo spürte, dass da noch mehr war, der alte Mann aber aus irgendeinem Grund nicht damit herauswollte. Gerade so, als gebe es etwas, das Leo wissen sollte, und Nonno ihm die Chance einräumte, es als Erster zu sagen. Aber Leo hatte keine Ahnung, was Nonno von ihm hören wollte, und so standen beide in der sengenden Sonne auf der Straße und warteten darauf, dass der jeweils andere das Geheimnis lüftete.

Zuletzt begann Nonno zu reden. Seine Augen mieden Leos Blick, und seine Stimme war sanft und unsicher.

»Also … Ich habe kein Zuhause mehr. Kann ich bei dir bleiben, Nico?«

Er schien sich zu schämen, und Leo fühlte sich schlechter, den alten Mann seine Bitte laut aussprechen zu lassen, als dafür, dass er ihn unter Schutt begraben im Stich gelassen hatte. Eingezwängt unter den Trümmern seiner Wohnung, hatte Nonno der Katastrophe ins Auge gesehen und wie ein Mann um sein Leben gekämpft. Trotzdem er verschüttet war, hatte er seine Würde behalten. Jetzt war er ein hilfloser alter Greis, der, auf einen Stock gestützt, im Staub der Straße stand und um Barmherzigkeit bat.

Die Worte kamen über Leos Lippen, noch ehe er recht darüber nachdenken konnte, aber sie schienen ein geeigneter Abschluss für diesen ganz und gar missratenen Tag zu sein.

»Aber sicher. Komm.«

An diesem Abend wurde es in der Schäferkate enger, als Leo verkraften konnte. Es lag aber nicht an Nonno. Tatsächlich erwies sich der alte Mann als überraschend angenehme Gesellschaft. Nachdem die Einzelteile des Mysteriums sicher unter dem Bett verstaut waren und Nonno endlich herein durfte, war Leo verblüfft, wie liebenswert der alte Mann sein konnte. Nonno war nicht nur erstaunlich angetan von der alten Hütte und ihrer spärlichen Einrichtung, sondern er zeigte sich besonders dankbar für das provisorische Bett, das Leo ihm in einer Ecke des Raums herrichtete. Der alte Mann bot sich sogar an, das Abendessen zuzubereiten, und zu Leos Entzücken stellte sich sein neuer Mitbewohner als erstaunlich erfindungsreicher Koch heraus.

Nein, es war nicht Nonno, der die Grenzen der Gastfreundschaft strapazierte. Es war der dürre graue Hund, der offenbar davon ausging, dass Leos Einladung für zwei galt. Obwohl Nonno schwor, dass er den Hund nie fütterte und ihn tatsächlich auch noch nie etwas fressen sehen hatte, war klar, dass er sich von irgendetwas ernähren musste. Und was immer das war, es schien sich nicht gut mit seinem Magen zu vertragen. Nonno tippte auf Heuschrecken, Eidechsen und Skorpione. Die genaue Nahrungsliste war irrelevant, weil die Blähungen des Tieres gegen zehn Uhr am Abend so mächtig geworden waren, dass Leo mit tränenden Augen und nach Luft schnappend aus der kleinen Kammer stürzte. Nonno erschien kurz darauf und entschuldigte sich für das ungebührliche Benehmen des Hundes. Er sei selbstverständlich daran gewöhnt, aber für Fremde sei es zweifellos schwer zu ertragen.

Vor der Hütte empfingen sie ein weiter, mondloser Himmel, übersät mit Sternen, und eine sanfte Brise vom Meer. Es war eine so angenehme Nacht, dass sie ein kleines Feuer entfachten und von drinnen Decken holten. Wenige Minuten später kam auch der Hund kleinlaut aus der Hütte geschlichen. Man verzieh ihm noch einmal, und dann lagen alle drei ausgestreckt auf dem Boden und starrten in den Nachthimmel. Zuerst wurde wenig gesprochen, doch dann gab ein Wort das andere, und schon bald führten beide eine lebhafte Unterhaltung. Nonnos Gedächtnis und seine Beobachtungen beeindruckten Leo. Bislang hatte er Nonno immer für einen komischen Kauz gehalten, den man gerade noch duldete und einfach beiseite schob, wenn er einem auf der Piazza im Weg stand. Doch zu Leos Verblüffung war Nonno nicht nur ein interessanter und angenehmer Gesprächspartner, sondern steckte auch voller Geschichten und Abenteuer. Nur gelegentlich kam er aus dem Tritt und wurde von Erinnerungen an eine dunkle, geheimnisvolle Tragödie in irgendwelchen verschneiten Bergen eingeholt. Die meiste Zeit aber war sein Geist klar, auch wenn er seinen Gastgeber weiterhin Nico nannte.

Es war vermutlich nach Mitternacht, als Nonno die seltsamste Geschichte an diesem Abend erzählte, die zugleich am meisten Sinn machte. Sie war einfach und ganz und gar logisch. Es war die abgewandelte Version einer Geschichte, die Leo und sämtliche Dorfbewohner schon unzählige Male gehört hatten, allerdings immer nur in wirren, unzusammenhängenden Bruchstücken. Noch nie hatte Leo den alten Mann die vollständige Geschichte erzählen hören. Als er ihr jetzt zum ersten Mal am Lagerfeuer lauschte, wusste er, dass er auf etwas Außergewöhnliches gestoßen war. Er hatte sein Wunder gefunden.

14

Zum ersten Mal in seinem Leben hatte Elio Caproni Schwierigkeiten mit dem Aufstehen. Der frühe Morgen war schon immer seine liebste Tageszeit gewesen; er liebte die frische Luft, die kühle Leere der Piazza und das blendende Funkeln der Morgensonne, die durch die Ostfenster der Kirche fiel. Und schließlich war da noch die erste Tasse Kaffee am Morgen – eine der größten Freuden des Lebens.

Doch an den vergangenen Tagen wollte er morgens einfach nur weiterschlafen. Er wachte nicht erfrischt auf und musste sich zwingen, die Decke zurückzuschlagen und in die Küche zu schlurfen. Zuerst dachte er, es läge am Fasten, aber er hatte schon häufiger gefastet. Als junger Mann hatte er zusammen mit seinem Vorgänger, Pater Luigi Scavio, volle zwei Wochen lang nichts gegessen. Vielleicht waren es auch nur zehn Tage gewesen, aber es war eine lange Zeit, und er hätte noch länger durchgehalten, doch Pater Luigi war alt und durch das Fasten zu sehr geschwächt. Vielleicht war das der Grund. Vielleicht war er jetzt Pater Luigi. Vielleicht war er jetzt zu alt, um zu fasten. Es waren keine guten Gedanken beim Aufstehen, und er versuchte, sie abzuschütteln. Eine Tasse Kaffee, und es ginge ihm wieder besser.

Und wirklich, eine Stunde (und eine weitere Tasse Kaffee) später fühlte Pater Elio sich merklich besser. Er brauchte nur ein wenig Beschäftigung, um seinen Geist zu zerstreuen. Also verbrachte er auch diesen Morgen wie schon an den beiden Tagen zuvor damit, den Schutt des eingestürzten Daches durch die Eingangstür vor die Kirche zu schaffen und vor den Stufen zu einem Berg aufzutürmen. Mit Genugtuung registrierte er, dass viele der Dachziegel noch zu gebrauchen waren. Nach einigen Stunden hatte er einen Großteil des Schutts vor die Tür geschafft, bis auf einige Balken, die für ihn alleine zu schwer waren. Er würde dafür Hilfe benötigen, aber es gab immer noch genug zu fegen. Er zog es vor, diese Arbeit in den kühlen Morgenstunden zu erledigen, bevor es richtig heiß wurde – selbst im Innern der Kirche, in deren Dach ein riesiges Loch klaffte. Außerdem musste er sich eingestehen, dass im Freien zu arbeiten ihm den Blick auf die Verwüstungen seiner wunderbaren kleinen Kirche ersparte.

Er kehrte gerade die Kirchenstufen, als er Maria Gamboni langsam die Piazza überqueren sah. Das war ungewöhnlich, weil es sich nicht um einen ihrer üblichen Beichttage handelte, und Pater Elio hoffte nur, Maria werde nicht von einem plötzlichen Anfall von Schuld niedergedrückt und müsse umgehend eine Notbeichte ablegen. Er wollte nicht zurück in die Kirche. Da die Sonne um das Kirchenschiff herumkam, wollte er zur Nordseite gehen und dort im Schatten an der eingestürzten Mauer arbeiten. Vielleicht hatte sie ein anderes Ziel und lief vorbei. Doch Maria kam langsam die Stufen empor und setzte sich auf den Absatz. Pater Elio stellte seinen Besen beiseite und setzte sich neben sie. Seit zwanzig Jahren war Maria Gamboni ein leidenschaftliches Feuer bekennender Schuld, doch an diesem Morgen war Pater Elio nicht vorbereitet auf diese traurige alte Frau, die stumm im Schatten des Glockenturms neben ihm hockte.

»Was muss ich tun, Pater?«

»Tun?«, wiederholte Pater Elio tonlos.

»Warum nimmt Gott meine Reue nicht an?«

Die Frage war so einfach und tief, dass Elio nicht antworten konnte.

»Seit zwanzig Jahren bete ich Tag für Tag um Vergebung. Tausende Male habe ich meine Sünden bekannt. Ich habe Buße geleistet, bis meine Stimme heiser war und meine Knie bluteten. Sie wissen, dass dies die Wahrheit ist.«

Er nickte. Er wusste, es war die Wahrheit.

»Warum also vergibt Gott mir nicht? Was muss ich noch machen? Wenn mein Rico nicht zu mir zurückkehrt, warum darf ich es nicht wissen? Wenn er nicht mehr lebt, warum darf ich es nicht erfahren? Was macht ein Mensch, wenn die einzige Sache, die er auf der Welt liebt, seine Liebe nicht erwidert? Was muss ich tun, damit Gott mich erhört und mir vergibt?«

Pater Elio blieb so lange stumm neben Maria Gamboni sitzen und dachte über ihre Fragen nach, dass sie – wären sie im Beichtstuhl gewesen – angenommen hätte, er schliefe. Aber er schlief nicht. Er war zutiefst erstaunt darüber, dass sie seine eigenen Gedanken und Ängste so treffend in Worte fassen konnte. Sie sah in seinen wässrigen blauen Augen, dass er über ihr trauriges Geständnis nachdachte, aber offenbar keine Antwort fand.

Zuletzt rettete Maria die verfahrene Situation, indem sie mit ihrem knochigen Finger auf die Piazza wies und ungläubig rief: »Da sieh einer an! Was führen denn die zwei im Schilde?«

Die Frage mochte bodenständiger sein als das zuvor aufgeworfene spirituelle Problem, war aber darum nicht weniger schwer zu beantworten. Schweigend beobachteten sie, wie Leo Pizzola von der alten nördlichen Küstenstraße auf die Piazza trat, gefolgt von Nonno und dem grauen Hund. Leo schien es sehr eilig zu haben und versuchte Nonno anzutreiben, aber das neue aristokratische Hinken des alten Mannes sperrte sich gegen jedes Drängeln. Als Leo Pater Elio und Maria Gamboni auf den Kirchenstufen entdeckte, lächelte er gequält und winkte. Nonno wollte höflich seinen Hut lüften, aber Leo schob den alten Mann ungeduldig über die Piazza zur Einmündung der Straße, die nach Süden bergabwärts aus dem Dorf hinausführte.

Als sie außer Sichtweite waren, schnalzte Maria mit der Zunge und sagte nur: »Na, das ist ja ein feines Paar.«

»Maria, was du vorhin gefragt hast … Ich weiß leider auch keine Antwort.«

Die alte Frau stand auf und klopfte sich den Staub von ihrem schwarzen Kleid. »Ich weiß. Ist schon gut. Was können Sie auch schon davon wissen, dass Gott sich von einem abwendet? Sie sind Priester. Gott liebt Sie.«

Sie lief die Stufen hinunter und rief über die Schulter: »Wir sehen uns Donnerstag.«

Pater Elio starrte ungläubig auf den Besen in seinen Händen und dachte über Maria Gambonis Worte nach. Was konnte er schon davon wissen, dass Gott sich von einem abwandte? Er war Priester. Gott liebte ihn.

Topo war sich nicht sicher, was ihn wütender machte: die Tatsache, dass Leo Nonnos merkwürdiger Geschichte Glauben schenkte, oder dass er den stinkenden Hund mit in die Werkstatt brachte. Der Hund suchte nach einer Stelle, wo er sein Bein heben konnte. Aber nachdem Topo sich schließlich von dem Tier, das zwischen Boxen, Kisten und an seinem Hosenbein schnüffelte, abwenden und Nonnos Geschichte lauschen konnte, musste er seine Überraschung über das eingestehen, was er da hörte. Seit er sich erinnern konnte, hatte er Erzählungen über die geheimnisvolle Geschichte von Santo Fico gehört, aber die Details dieses besonderen Ereignisses, von dem Nonno erzählte, waren neu und fesselnd ...

Es war im Winter 1944 gewesen, vermutlich Ende Januar oder Anfang Februar, als Nonno von irgendwo aus dem Norden nach Santo Fico hineingestolpert kam. Er war so hager und abgemagert, dass die meisten Dorfbewohner dachten, er würde nicht überleben. Eine Woche lang wurde er immer wieder von Fieberanfällen geschüttelt, in denen er schreckliche Dinge fantasierte, die meist wenig Sinn machten, aber nach allem, was man sich zusammenreimen konnte, musste ihm etwas Furchtbares mit den Deutschen passiert sein. Man vermutete, dass er zu einer Gruppe Antifaschisten gehörte, die von den Nazis in den Dolomiten gejagt wurde, und er der einzige Überlebende war. Wie er es geschafft hatte, zu Fuß mitten im Winter durch halb Italien zu marschieren, sollte für immer ein Geheimnis bleiben.

Zu allem Unglück wurde einen Monat später ein Kommando Deutscher nach Santo Fico geschickt. Sie kamen eines Tages mit ihren Lastwagen über die südliche Küstenstraße ins Dorf gefahren, parkten mitten auf der Piazza und quartierten sich im Hotel ein. Sie gehörten zu einem größeren Kontingent deutscher Soldaten, die zur »Aufmunterung« der verzweifelten Kräfte des Duce nach Italien abkommandiert waren. Die kleine Abteilung war nach Santo Fico gesandt worden, weil es einen befestigten Hafen besaß und man von dort einen weiten Blick über das Meer hatte. Zum Glück dauerte die Besetzung nicht lange. Den Dorfbewohnern gefiel es nicht, dass ihr Dorf von den arroganten deutschen Soldaten besetzt war, die sich niederließen, wo immer sie wollten, alles mitnahmen, was ihnen gefiel, und mit den Frauen flirteten, wie es ihnen gerade passte. Also wehrten die Dorfbewohner sich – und zwar auf ihre ganz eigene Weise.

Eines Nachts, so berichtete Nonno, als die gesamte Region vom Meer her und aus der Luft beschossen wurde, hatten sich einige Männer aus ihren Häusern geschlichen und sämtliche Wasserleitungen abgesperrt. Am nächsten Morgen erklärte man den Deutschen, ein verirrte Bombe habe den Dorfbrunnen zerstört und alle Bewohner von Santo Fico müssten verdursten, bevor der Schaden repariert werden könne. Natürlich hatten die Dorfbewohner zuvor Wasservorräte für einen Monat angelegt. Sie flehten die Deutschen um Hilfe an. Wenige Tage später waren die Deutschen verschwunden und ließen sich nie wieder in Santo Fico blicken. Binnen vierundzwanzig Stunden waren die Wasserleitungen wieder geöffnet – bis auf die Zufuhr des Brunnens.

Nonno zufolge wurde der Brunnen anders als die Haushalte des Dorfes von einer eigenen uralten

Quelle gespeist. Der Brunnen war bereits mehrere Jahrhunderte alt, und seine Quelle stammte vermutlich aus der Zeit, als die Kirche gebaut wurde, vielleicht sogar noch früher. 1944 hatte es im Dorf nur einen einzigen alten Mann gegeben, der wusste, wo die Leitungen für die Zufuhr des Brunnens entlangliefen, und in der Nacht, in der sie das Wasser abdrehten, war Nonno damit beauftragt worden, zusammen mit dem alten Mann den Brunnen zu sperren – was er auch getan hatte.

Zum großen Nachteil des Dorfes war der alte Mann, der den Verlauf der Zuleitungen kannte, tatsächlich sehr alt. Zwei Tage nach ihrem Sabotageakt war er gestorben. In den folgenden Monaten war Nonno wenig hilfreich gewesen. Er war nicht nur fremd in der Gegend, er hatte die verborgenen Leitungen auch nur ein einziges Mal aufgesucht, und das auch noch in einer mondlosen Nacht. Außerdem war sein Geist in jenen Tagen noch weit verwirrter als heute. Alle Erinnerungen an die alten Rohre blieben trübe, und der alte Brunnen blieb trocken – Santo Ficos einziger Verlust im Zweiten Weltkrieg.

In jener Zeit gab es gewiss größere Sorgen als die Wiederherstellung des Brunnens. Man befand sich im Krieg, und die Umstände waren hart. In den Jahren danach war das kühle Wasser, das einst in der Mitte der Piazza geflossen war, ein beliebtes Gesprächsthema, später dann eine verblassende Erinnerung, und zuletzt wurde die Vorstellung, dass im Brunnen einmal Wasser geflossen sei, zur bloßen Fabel, über die die Kinder ihre Witze machten.

Nur für Nonno war es nie ein Witz. Jahrelang machte er sich Vorwürfe, dass er die Stelle nicht finden konnte, zu der ihn der alte Mann in jener Nacht im Jahr 1944 geführt hatte. Jahrelang durchkämmte er die Hügel der Umgebung und festigte seinen Ruf als Dorftrottel, indem er hartnäckig wiederholte, eines Tages werde er das Wasser auf den Dorfplatz zurückbringen. Bis zum heutigen Tag hielt er daran fest, dass er den Brunnen wieder fließen lassen könne, wenn er die vergessene Stelle nur wieder fände.

Topo blickte von einem erwartungsvollen Gesicht zum anderen. Es war eine interessante Geschichte, aber er hatte nicht die leiseste Ahnung, welche Reaktion Leo von ihm erwartete.

Doch Leo lächelte verschlagen und sagte: »Wäre das nicht was, wenn der Brunnen plötzlich wieder Wasser hätte? Vielleicht wenn Pater Elio gerade am Brunnenrand säße und zum Himmel betete … und mit einem Mal …«

Topo lächelte und nickte. »Ganz plötzlich schießt wieder Wasser in den Brunnen. Das wäre wirklich was. Das wäre …«

»… ein Wunder!«, ertönte es von beiden wie aus einem Mund.

Topo sah den großartigen Moment schon vor sich, und beide machten sich umgehend an ihren Schlachtplan. Auch Nonno wurde von der Aufregung angesteckt, aber im Augenblick wollte er nur den dummen Hund vor die Tür bekommen, bevor Topo die Pfütze am Boden bemerkte, die von einem feuchten Pappkarton tröpfelte, der die Einzelteile einer Sandschleifmaschine enthielt.

Zugegeben, Nonnos Angaben waren oft ungenau. Trübe Erinnerungen einer undeutlichen Vergangenheit vermischten sich mit vagen Bildern von Dingen, die man besser längst vergessen hätte, und zu behaupten, er würde manchmal den Faden verlieren, war noch geschmeichelt. Aber was das Wasser und den Brunnen anging, war Nonno sich in einigen Punkten absolut sicher. Zunächst einmal lag die Leitung unter der Erde … vielleicht. Er erinnerte sich aber genau, dass sie gegraben hatten. Er war sich nur nicht mehr ganz sicher, ob das Graben vor oder nach dem Auffinden der Leitung kam oder auch beide Male. Jedenfalls beschloss Leo, für alle Fälle Spitzhacke und Schaufel mitzunehmen. Weiterhin war Nonno sich absolut sicher, dass die Leitung südlich vom Dorf liegen musste … Oder hatte er sich in seinen Nachforschungen hauptsächlich auf die Südseite des Dorfes verlegt? Aus irgendeinem Grund jedenfalls blieb »südlich vom Dorf« einschlägiger Bestandteil seiner Geschichte. Ausgerüstet mit hohen Erwartungen und geeignetem Werkzeug machte sich das Trio auf den Weg.

Solange sie in Topos kühler Werkstatt auf der schattigen Seite des alten Steinhauses saßen, hatte ihr Vorhaben ganz vernünftig geklungen. Doch als sie zehn Minuten auf der Straße unterwegs waren und die toskanische Sonne unerbittlich auf sie niederbrannte, begann zumindest Topo die Weisheit ihres Unternehmens in Frage zu stellen. Außerdem hatte er keine Lust, die Schaufel zu schleppen. Er jammerte, der hölzerne Stiel wäre zu heiß und er wisse einfach nicht, wo er ihn anfassen solle, also tauschte Leo mit ihm das Werkzeug. Doch wenige Minuten später war Topo die Spitzhacke zu schwer, und er wollte die Schaufel zurückhaben.

Die beiden Männer waren so sehr in ihr Gezänk vertieft, dass sie gar nicht bemerkten, als Nonno an ihrer Spitze plötzlich anhielt und die Hand hob. Fast wären sie auf ihn aufgelaufen. Ob der alte Mann etwas sah, sich erinnerte, einen Geruch aufschnappte oder einfach nur den Geist früherer Abenteuer verspürte – es war zweifellos ein mystischer Moment. Sie hatten gerade die letzte Wegbiegung durchschritten, die aus einem unwegsamen Gelände voller Klippen und Felsklüfte hinausführte. Die trockene Hitze knisterte beinahe im Gras, und das Zirpen der Zikaden klang wie eine Warnung. Rechts von ihnen fiel ein kurzes Feld steil bis zu den Klippen über dem Meer ab. Zu ihrer Linken erstreckte sich eine sanft ansteigende, gelbbraune Ebene, die mit Disteln, Kakteen und Felsen übersät war. Der schmale Weg führte noch etwa fünfhundert Meter geradeaus, bevor er landeinwärts abknickte und durch die gelbbraunen Felder auf eine kleine Baumgruppe zulief, die aus der Entfernung lediglich als kleiner grüner Fleck am Horizont auszumachen war.

Nonno prüfte die Lage, wobei er sich die weißen Bartstoppeln kratzte und leise vor sich hin murmelte. Alle warteten gespannt – sogar der Hund. Der alte Mann hatte etwas gewittert. Sie warteten eine scheinbare Ewigkeit. Zweimal wollte Topo etwas sagen, doch jedes Mal blitzte Leo ihn an und bedeutete ihm mit einer herrischen Geste, Nonnos Meditation nicht zu stören. Schließlich seufzte der alte Mann erleichtert auf. Er wandte sich nach Osten und lief hinkend schnurstracks in das Distelfeld. Leo folgte ihm.

Topo schloss sich ihnen an, aber ihm war unwohl zumute. Seit vielen Jahren waren Nonno und sein alter grauer Hund unzertrennlich. Wo der eine war, war auch der andere. Die Leute waren immer davon ausgegangen, der Hund klebe nur deshalb an Nonnos Fersen, weil es der Natur des treuen Tieres entsprach. Jetzt allerdings machte Topo sich Sorgen. War es nur ihm aufgefallen, dass der Hund in das Feld gelaufen und nach einer Heuschrecke geschnappt hatte, Sekunden bevor Nonno seine Eingebung erhalten hatte? Für Topo stellte sich damit eine wichtige Frage: Wer folgte hier wem, der Hund dem Herrn oder das Herrchen dem Hund?

Und so ging es den ganzen Tag weiter. Entweder »spürte« Nonno etwas oder der Hund, und dann machten sie sich in eine neue Richtung auf. Oft blieb Nonno stehen, betrachtete angestrengt einen Stein und überlegte, ob man genau an der Stelle mit dem Graben beginnen sollte. Meist jedoch entsann er sich eines Besseren, und sie zogen weiter. Aber Topo ließ den Hund nicht mehr aus den Augen und achtete genau darauf, ob er vielleicht nickte oder den Kopf schüttelte. In seltenen Fällen deutete Nonno mit seinem Stock auf einen Felsklotz, was bedeutete, dass man den Stein zur Seite rollen und genau an der Stelle graben sollte. Steine rollen mochte Topo gar nicht und war dann immer froh, die Schaufel in Händen zu halten. Er hasste Schlangen und fürchtete sich vor ihnen, ganz besonders vor Kletternattern. Als kleiner Junge hatte seine Mutter ihm immer wieder die Geschichte erzählt, wie ihr jüngerer Bruder von einer Kletternatter gebissen worden war. In allen Einzelheiten beschrieb sie, wie er anschwoll, blau wurde und dann – mit weit hervortretenden Augen – wirr zu reden begann, während seine Zunge purpurrot anlief und Schaum aus sämtlichen Öffnungen seines Körpers trat (und es gab noch weitere schreckliche Symptome, die von ihrer jeweiligen Stimmung abhingen).

Der kleine Topo und seine Schwestern rätselten oft über die ungewöhnlichen Krankheitssymptome und über die Frage, wie viel wirres Zeug er mit drei Jahren wohl geredet haben konnte, aber die Geschichte verfehlte nicht ihre Wirkung. Die gesamte Pasolini-Familie hatte eine Heidenangst vor Schlangen – ein Umstand, den Leo und Franco in ihrer Kindheit immer weidlich ausgenutzt hatten. Sie brauchten nur laut »Schlange!« zu schreien und irgendwo im Gras ein Stück Gartenschlauch zappeln zu lassen, damit Topo einen wilden Luftsprung machte, wie ein Mädchen kreischte und unter Flüchen und Tränen davonrannte. Es war jedes Mal ein Riesenspaß.

Am späten Nachmittag hätten Leo und Topo mit Freuden einen Gutteil ihres in Aussicht stehenden Vermögens für ein großes Glas Wasser, fünf Minuten Rast im Schatten eines Baums oder einen Sonnenhut gegeben. Schließlich gab selbst der Hund auf. Nicht lange nachdem sie ihn in weiten Bögen über das Feld zurück ins Dorf hatten laufen sehen, erklärte auch Nonno die Suche für beendet. Topo war sich jetzt ganz sicher, dass der Hund von Anfang an das Kommando führte. Tatsächlich konnte auch Leo Nonnos ständiges »Das da drüben kommt mir sehr bekannt vor« nicht mehr hören. Er begann sich zu fragen, warum alles, was Nonno irgendwie bekannt vorkam, immer so weit weg lag. Warum konnte ihm niemals etwas in der Nähe bekannt vorkommen? Zu guter Letzt folgten die drei dem Weg des Hundes zurück über das Feld und dann die steile Straße zum Dorf hinauf.

Lange Zeit hockten sie in Topos kühler Werkstatt und tranken schweigend ihr Wasser. Sie waren nahe dran gewesen, sich einen Sonnenstich einzufangen, als Nonno zuletzt erklärte: »Wisst ihr, ich bin lange nicht mehr hier draußen gewesen. Aber ich glaube, ich erinnere mich jetzt… Ich meine, wir waren damals noch weiter vom Dorf weg.«

»Wie weit?«, hakte Leo nach.

»Oh… vielleicht bis zum Ende der Felder, oder vielleicht… aber ganz bestimmt nicht bis zu den Bäumen. Es gab da keine Bäume… glaube ich.«

Topos Kopf schmerzte beim Gedanken daran, die ganze Strecke mit der Schaufel unterm Arm laufen zu müssen. Glücklicherweise hatte Leo eine bessere Idee.

»Morgen nehmen wir den Lastwagen. Und wir starten am Vormittag, wenn es kühler ist.«

»Und ihr zwei setzt euch Hüte auf«, fiepte Nonno.

»Und morgen nehmen wir Wasser mit«, fügte Leo hinzu.

Topo war zu erschöpft, um irgendetwas zu sagen oder zu protestieren. Er wollte gerne protestieren. Er wollte Nonno ins Gesicht brüllen, dass er verrückt sei. Er wollte Leo erklären, dass es *sein* Lastwagen war, den Leo großzügig für morgen versprach, und der bloße Gedanke, sich am nächsten Tag erneut diesem Inferno auszusetzen, war mehr, als er ertragen konnte. Er wollte Leo auffordern, das Fresko zurück in die Kirche zu bringen, nach Chicago zurückzukehren und ihn nie wieder zu belästigen. Er war müde, und er musste sich ausruhen – erst recht, wo es danach aussah, als ob das Ganze am nächsten Morgen von vorne losging.

Doch der nächste Tag war besser. Sie hatten den Lastwagen, sie hatten Wasser, und sie trugen eine Kopfbedeckung. Nur Nonnos Erinnerung bezüglich der Frage, wo er in jener mondlosen Nacht im Jahr 1944 gewesen war, blieb weiterhin trübe.

Der alte Mann wollte mit seinem Hund hinten auf der Pritsche mitfahren. Der Hund mochte es, die Nase in den Wind zu halten und geheimnisvolle Gerüche zu erschnuppern. Nonno stand hinter dem Führerhaus, das Gesicht ebenfalls im Wind, und suchte den Horizont nach geheimnisvollen Stellen ab. Der Plan war, der Straße wie gestern bis zu jener Kurve zu folgen und dann quer über das Feld zu der Stelle zu fahren, die Nonno ihnen gestern gezeigt hatte. Dennoch kamen sie nur langsam voran, weil Nonno alle dreißig Meter auf das Dach der Fahrerkabine hämmerte und brüllte: »Stopp! Die Stelle kommt mir bekannt vor.« Der kleine Lastwagen kam in einer Staubwolke zum Stehen, und alle stiegen aus. Dann stiefelten sie durch Disteln und Dornengestrüpp, Topos Schaufel stets im Anschlag, um einer lauernden Kletternatter zuvorzukommen, und warteten auf Nonnos magischen Moment der Erleuchtung. Etwa zwanzig Minuten später ging es zurück zum Wagen und dann weitere dreißig Meter die Straße hinunter, bevor Nonno mit seinem Stock erneut auf das Dach des Fiats trommelte. Das Ritual hielt die ganze Fahrt über an, den Berg hinunter, um die Biegung herum und quer durch die Felder auf die kleine Baumgruppe zu, die ganz langsam mehr wurde als ein niedriges Gebüsch am Horizont.

Es war bereits Nachmittag, als die Abenteurer endlich die gelbbraunen Felder hinter sich gelassen hatten. Der Lastwagen parkte in der letzten Kurve, mit der die Straße die flache Ebene südlich von Santo Fico verließ und sich durch die Ausläufer des Gebirges bis zur Autobahn schlängelte. Obwohl weder

Leo noch Topo es bemerkten, parkten sie an genau der Stelle, an der Topo nur wenige Stunden vor dem Erdbeben gestanden hatte, als Leo sich auf der Heimfahrt von Grosseto übergeben musste. Dabei hätten sie den Zufall sehr wohl bemerken können, wenn sie nur einen kurzen Moment ihren Streit unterbrochen und sich umgeschaut hätten. Aber die Hitze und die Anspannung war beiden schließlich zu viel geworden. Und dann war da noch Nonnos unschuldige Bemerkung, die, es lässt sich wohl nicht anders sagen, bei Topo gar nicht gut ankam.

Nonno hatte wie üblich gebrüllt und über ihren Köpfen getrommelt. Wie üblich hatten sie den Lastwagen angehalten. Wie üblich waren sie hinter ihm her in die Wiese gestiefelt. Geduldig hatten sie gewartet, während der alte Mann sich wie üblich die Bartstoppeln kratzte und nachdachte. Dann hatte Leo beiläufig bemerkt, sie seien nun fast bei den Bäumen angelangt und hätten nur noch ein kurzes Stück Feld, in dem sie suchen konnten. Nonno drehte sich um, bedachte die tiefe Wahrheit in Leos Beobachtung und antwortete sanft: »Vielleicht war es doch nördlich vom Dorf.«

Während Leo die Vermutung sprachlos machte, ging Topo hoch wie eine Feuerwerksrakete. Er schrie so schrill, dass Leo zuerst dachte, der kleine Kerl sei nun doch auf eine Schlange gestoßen. Topo stapfte zum Lastwagen zurück, fest entschlossen, seine zwei Begleiter (drei, wenn man den Hund mitzählte) zu Fuß nach Hause gehen zu lassen. Leo konnte sich ihm gerade noch in den Weg stellen, woraufhin sich zwischen beiden eine hitzige Debatte über eine weite Palette von Themen entspann, die von unbeglichenen Rechnungen aus der Kindheit über unverhofften

Geldsegen bis hin zu verrückten Plänen reichte und wovon Nonno nicht ein Wort verstand. Er beschloss deshalb, einfach nicht hinzuhören.

Nonno war ganz durcheinander. Wie konnte er die Wasserleitung so viele Jahre im Süden vermutet haben, wenn sie in Wirklichkeit in nördlicher Richtung lag? Er musste sich setzen und gründlich darüber nachdenken. Suchend blickte er sich nach einer geeigneten Stelle zum Sitzen um und bemerkte einen langen, dünnen Stein, den offenbar jemand erst vor kurzem umgestoßen haben musste. Das eine Ende des Steins, das im Boden gesteckt hatte, war lehmverkrustet und lag genau neben einer schüsselartigen Vertiefung im Boden. Nonno blinzelte zu dem Stein hinüber, kratzte sich am Kinn und versuchte aus alldem schlau zu werden. Er setzte sich auf den Stein, über den Leo einige Nächte zuvor gestolpert war, und betrachtete die halbrunde Vertiefung im Boden, wo er zuvor gelegen hatte. Ein schmaler Metallstreifen glitzerte in der Sonne. Irgendetwas war dort vergraben, dachte der alte Mann und bohrte mit dem Finger in der trockenen Erde.

»Also, wer hätte das wissen können«, murmelte er.

Leo und Topo bekamen davon nichts mit, und es war nur einer kurzen Atempause in ihrem Wortgefecht zu verdanken, dass sie Nonno überhaupt reden hörten. Sie waren seine zusammenhanglosen Äußerungen gewohnt, aber der gerade vernommene Satz kam ihnen so ungewöhnlich vor, dass sie wie aus einem Mund riefen: »Was?«

»Ich sagte, es muss an den Bäumen gelegen haben. Damals konnten sie noch nicht so hoch gewesen sein. Vielleicht sind sie gewachsen. Vielleicht waren sie aber auch damals schon so hoch, und ich habe sie nicht gesehen. Ihr wisst ja, es war dunkel.« Er saß auf dem Stein und kratzte an etwas Glänzendem in seiner Hand.

»Was ist mit den Bäumen?« Leo lief zu dem aufgeregten alten Mann.

»Ich glaube, diese verdammten Bäume haben mich die ganzen Jahre in die Irre geführt. Vielleicht waren sie damals viel kleiner.« Nonno hielt ein mattes Stück Metall in die Luft. »Ich habe meine Uhr wieder gefunden. Funktioniert nicht mehr. Ich habe sie in jener Nacht verloren. Den ganzen Boden habe ich nach ihr abgesucht, aber es war dunkel. Nachdem ich das Loch im Boden zugeschüttet hatte, habe ich diesen Stein hier hochkant als Markierung aufgestellt. Ich muss ihn genau auf meine Uhr gestellt haben. Irgendwas muss ihn kürzlich umgestoßen haben.«

Leo und Topo blickten sich ungläubig an.

»Du meinst …?«

»Aber ja doch. Das ist die Stelle. Ich habe nur nie hier nachgesehen, weil es so nahe bei den Bäumen ist. Seltsam … ich kann mich wirklich nicht an Bäume erinnern. Es muss zu dunkel gewesen sein. Also … Wollt ihr hier graben?«

Bald standen die drei über einem Loch im Boden, das den Blick auf eine alte Wasserleitung aus Tonziegeln freigab, die auf einer Strecke von zwei Metern in Stücke geschlagen und an einem Ende mit Steinen und anderem Schutt zugestopft war.

»Die Leitung ist hinüber«, bemerkte Topo.

»Ihr habt sie damals zerschlagen«, ergänzte Leo.

Nonno grinste über beide Ohren. »Und ob wir das haben. War ein hartes Stück Arbeit. Und hat uns einiges an Zeit gekostet. Wir hatten ja bloß ein paar dicke Steine. Die Leitung ist alt, aber verdammt zäh.«

»Du sagtest doch, ihr hättet ein Ventil zugedreht.«

»Hab ich das gesagt? Nein, das habe ich nie gesagt. Ich sagte, wir haben das Wasser abgesperrt. Es gab überhaupt kein Ventil. Wir haben einfach die Leitung zerschlagen. Mit ein paar dicken Steinen. Und dann … oh Gott, überall Wasser! Ich dachte, ich müsste ertrinken. Wir konnten das Wasser nicht abstellen. Dann kam mir die Idee, die Leitung zuzustopfen. Als Erstes kam mein Hut. Dann mein Mantel. Da habe ich auch meine Uhr aus der Hosentasche genommen. Die wollte ich schließlich behalten. Dann wanderte auch meine Hose in die Leitung, aber es kam immer noch Wasser. Und dann hat auch der alte Mann seine Kleidung ausgezogen. Wir haben unsere sämtliche Kleidung in das Rohr gestopft, bis es schließlich dicht war. Nur wollten die Sachen nicht drinbleiben. Also habe ich angefangen, Steine und Stöcke und Lehm in die Öffnung zu stopfen. Und zuletzt habe ich einen großen Felsklotz davorgesetzt. Dann war alles dicht. Anschließend habe ich das Loch zugeschüttet, und wir haben uns zurück ins Dorf geschlichen – nass und lehmverschmiert. Wir hatten nichts weiter als unsere Schuhe am Leib. Es war nicht sehr kalt, aber der alte Mann hat sich dennoch erkältet. Und dann ist er gestorben.«

Sie starrten in das Loch hinab.

»Wir brauchen dafür einen Klempner.« Der spitze Ton in Topos Stimme ließ keinen Zweifel: Er machte Leo zum Vorwurf, dass Nonno die Leitung zertrümmert hatte.

»Ohhh, und ob ihr dafür einen Klempner braucht. Wir haben das Ding kurz und klein gehauen.« Nonno lachte laut.

Leo dachte fieberhaft nach. Sie könnten das hinbekommen. Noch am Nachmittag könnte Topo in die Stadt fahren und für morgen einen Klempner bestellen. Einen Klempner aus Follonica… Nein! Follonica war zu nahe. Topo sollte bis nach Piombino fahren und dort einen Klempner auftreiben, der noch nie in Santo Fico war und den hier niemand kannte. Leo würde das Rohr noch weiter freilegen und das Loch anschließend gut tarnen. Morgen reparierte der Klempner die Leitung, diesmal aber mit Ventil. Dann mit etwas Fingerspitzengefühl, zur rechten Zeit und mit ein wenig Glück am Ventil gedreht, und siehe da – ein Wunder.

Nonno verstand kein Wort von dem, was Leo und Topo vorhatten. Er hatte seine eigenen Pläne.

»Wartet nur, bis wir im Dorf sind und es allen erzählen. Wenn die hören, dass wir das Wasser wieder fließen lassen!«

Damit Nonno ihnen keinen gewaltigen Strich durch die Rechnung machte, erklärten sie ihm in aller Eile, dass die Leitung, das Wasser und der Brunnen streng geheim bleiben mussten. Es sollte eine Überraschung für alle werden, ganz besonders für Pater Elio. Tatsächlich durfte er zu niemandem auch nur ein Sterbenswörtchen sagen, niemals. Nonno verstand. Er mochte Geheimnisse, und er mochte Überraschungen, und ganz besonders mochte er Pater Elio. Sie konnten sich auf ihn verlassen.

Von ihrem Schlafzimmerfenster aus sah Marta den vertrauten kleinen roten Lastwagen in einer Staubwolke vom Straßenrand losfahren und zwischen den Bäumen verschwinden. Topo war unterwegs zur Autobahn. Sie hatte die Männer fast den ganzen Morgen immer wieder von ihrem Fenster aus beobachtet, und obwohl sie nicht die leiseste Ahnung hatte, was Leo da trieb, hatte sie kein gutes Gefühl dabei.

15

Am nächsten Morgen hockten Leo, Topo, Nonno und der graue Hund in aller Frühe im Schatten einer Eiche und horchten auf das Geräusch eines sich aus dem Wald nähernden Lastwagens. Der Klempner, den Topo in Piombino aufgetrieben hatte, hatte versprochen, am nächsten Morgen »unverzüglich« über die betreffende Straße zu kommen, aber jeder Versuch, ihn auf eine genauere Zeitangabe festnageln zu wollen, war zwecklos geblieben. Immerhin hatte Topo einen Menschen gefunden, der hoch und heilig schwor, niemanden in Santo Fico zu kennen, niemals in Santo Fico gewesen zu sein und hoffentlich nie nach Santo Fico zu müssen. Das war zumindest etwas.

Der Hund hörte als Erster etwas. Er hob den Kopf vom Boden und blickte in die Bäume. Als auch die anderen drei das leise Brummen eines Lastwagens vernahmen, der sich über die Straße näherte, hatte der Hund schon wieder das Interesse verloren und war zurück in den Schlaf gesunken.

Der zerbeulte kleine Lastwagen des Klempners kam tuckernd in einer blauen Rauchwolke zum Stehen. Die drei Männer begafften ihn schweigend, voller Ehrfurcht darüber, dass ein solches Gefährt tatsächlich die weite Strecke von Piombino geschafft hatte. Außerdem fragten sie sich, ob der Klempner ein eigenes Geschäft oder bloß diesen ramponierten Lastwagen besaß. Die Ladefläche war mit Gestellen, Regalen und Kisten voll gestellt und diese wiederum randvoll mit Werkzeugen, Rohren, Zwingen, Bolzen und jedem nur erdenklichen Klempnergerät in allen Formen und Größen. Unter der Last der Ausrüstung war es nur verständlich, dass die Achsen und der Rahmen des Fahrzeugs fast auf dem Boden hingen. So dachten sie jedenfalls, bis die Tür aufging und der kleine Lastwagen erleichtert ächzte, nachdem der gedrungene Fahrer aus der Kabine geklettert war. Die drei Beobachter hatten ernste Befürchtungen, was die Breite der Tür und den Umfang ihres Klempners betraf. Leo konnte sich nicht erinnern, je einen Menschen gesehen zu haben, der tatsächlich breiter als hoch war, obwohl er zugeben musste, dass diese Kanonenkugel auf Beinen nicht besonders groß war. Genauer gesagt, der Mensch war sogar ausgesprochen klein – vermutlich konnte er sich mit Topo auf Augenhöhe unterhalten. Doch als sie dann zusahen, wie er einen Sack mit Werkzeug von der Ladefläche seines Wagens zog, wurde deutlich, dass an dem Kerl nicht ein einziges Gramm Fett war. Er war durch und durch kompakt. Und er war dunkelhäutig. Seine Arme und Beine hatten in etwa die Farbe von abgetragenen braunen Lederschuhen. Aus der Entfernung konnte Leo nicht sagen, ob der Mann von der Sonne gegerbt oder einfach nur unglaublich schmutzig war.

Er näherte sich seinen drei ängstlichen Helfern mit festen, rollenden Schritten und einem Grinsen, das sich übers ganze Gesicht bis zum Ansatz seines kahlen, braun gebrannten Schädels zog, und fragte bloß: »Na, wo haben wir denn die kaputte Leitung?«

Leo und Topo sprangen fast gleichzeitig dem herannahenden Klempner voran, als hätte man ihnen mit einem kräftigen Stock eins übergezogen. »Hier entlang … gleich da vorn …« Mit mehreren Metern Abstand und immer gegen den Wind führten sie den Klempner über das heiße Feld zu der Grube.

Es gehört zum Lauf der Welt und zum Geschäft eines Klempners, gelegentlich mit Situationen zu tun zu haben, die, gesellschaftlich gesehen, unappetitlich sind. Leo und Topo konnten unmöglich wissen, welchen Auftrag der kugelige Mann zuvor erledigt hatte – vielleicht, eher noch sehr wahrscheinlich, war es etwas Ekliges gewesen. Nur das Ergebnis stand unumstößlich fest: Dieser arme ehrliche Handwerker war in einen Duft eingehüllt, der als ausgesprochen streng zu bezeichnen war. Selbst Nonno, dessen olfaktorischer Sinn in Leos Augen durchaus fragwürdig war, zog es vor, Abstand zu halten. Nur der alte graue Hund schien von dem mächtigen Aroma des Klempners angezogen. Natürlich hatte Nonno es schon erlebt, dass der Hund auf verrottende Kadaver in der Sonne zusteuerte, bei deren Anblick es einem den Magen umdrehte und die Tränen in die Augen trieb, um sich mitten hineinzulegen und mit Vergnügen darin zu wälzen. Insofern hatten die Empfehlungen des Hundes nicht viel zu bedeuten. Allerdings hegte Leo den Verdacht, der stechende Geruch habe nichts mit irgendeinem zuvor erledigten Auftrag zu tun und der Mann habe auch weniger Zeit in der Sonne gelegen, als man hoffen durfte.

Zumindest verstand er sich auf seine Arbeit. Nachdem er weniger als eine Minute am Rand der

Grube gestanden hatte, erklärte er: »Die Leitung ist hinüber.«

Sie hatten es mit einem echten Profi zu tun. Nickend bestätigten sie seine erste Einschätzung.

»So ... die soll ich also reparieren.«

Es war keine Frage. Es war eine Feststellung. Der Mann erkannte nicht nur auf Anhieb das Problem, er hatte auch umgehend die Lösung. Sie nickten über seinen Beschluss.

»Wollt ihr ein Ventil?«

»Geht das?«, fragte Leo.

»Kein Problem. Zwei Stunden.«

»Können wir irgendwie behilflich sein?«

»Ja. Fallt mir nicht auf die Nerven.« Der runde Klempner lachte herzhaft. Er hatte den Witz schon oft gemacht.

Leo, Topo, Nonno und der Hund traten vom Rand der Grube zurück, während der Klempner sich an die Arbeit machte. Sie entfernten sich allerdings nicht zu weit, weil es nicht uninteressant war zu sehen, wie die watschelnde Bowling-Kugel sich in die Grube hinunterließ. Andererseits wollten sie nicht zu nahe herangehen, weil der Wind sich jederzeit drehen konnte.

Wie sich herausstellte, war er erstaunlich agil, und die Reparaturarbeiten gingen zügig voran. Als einzig schwieriger Teil der Operation erwies sich das Entfernen der diversen Kleidungsstücke der beiden Freizeit-Saboteure aus der Leitung. Der jahrzehntelange Druck, dem die Füllmasse aus Kleidungsstücken, Steinen, Zweigen und Lehm zwischen dem Wasser auf der einen und dem großen Felsblock auf der anderen Seite ausgesetzt war, hatten einen enorm wirkungsvollen Pfropfen entstehen lassen. Der rüstige Klempner lag über eine halbe Stunde zerrend, hackend, stoßend, schnaubend und fluchend im Matsch, als plötzlich ein mächtiger Müllpfropfen wie aus einem Feuerwehrschlauch aus der Leitung geschossen kam. Das Wasser kam mit so unerwarteter Gewalt, dass sich die Grube umgehend in ein Schlammloch verwandelte. Nur mit Mühe hielt der Klempner den Kopf über Wasser und brüllte: »Wenn ihr mir helfen wollt, wäre jetzt die Gelegenheit dazu!«

Unglücklicherweise verlor der graue Hund in der Situation die Nerven. Vermutlich wollte er nur von dem kühlen braunen Wasser trinken, und ob er dabei ausrutschte oder mit Absicht in die Grube sprang, musste zu einem späteren Zeitpunkt geklärt werden. Tatsache war, dass er im nächsten Moment auf dem Kopf des Klempners saß, die Hinterbeine verdreht um dessen Schultern geschlungen, und mit allen vier Pfoten ruderte. Nach einigen dramatischen Sekunden, in denen Mensch und Tier im trüben Wasser zappelten und mehrmals komplett in der Brühe untertauchten, zog Nonno den Hund ohne große Umstände an Land, und der Klempner schraubte das Ventil auf die neu verlegte Leitung. Als der Sturzbach schließlich versiegte, stieg der kompakte Kerl fröhlich lachend aus dem Loch, um einen Moment auszuruhen, seine Kleidung zu trocknen und das Wasser in der Grube versickern zu lassen. Er schien die Aktion sogar genossen zu haben, und Leo konnte nicht umhin zu bemerken, dass seine Haut durch das unverhoffte Bad merklich heller geworden war.

Die vorübergehende Pause kam Leo und Topo gerade recht, um ihr weiteres Vorgehen zu beratschlagen. Der Klempner versicherte ihnen, die beiden

Leitungsenden wären in weniger als einer Stunde miteinander verbunden. Damit hätte Leo ausreichend Zeit, ins Dorf zurückzulaufen und Pater Elio zum Brunnen zu locken. Wenn sie ihre Uhren sekundengleich einstellten, würde Leo dafür sorgen, dass Pater Elio genau in dem Augenblick am Brunnen betete, an dem Topo das Ventil öffnete. Beiden gefiel der Plan, nur Nonno war nicht damit einverstanden. Aus irgendeinem Grund war ihm daran gelegen, dass er das Ventil aufdrehte.

»Ich habe das Wasser abgestellt, ich muss es auch wieder zurückbringen.«

Also gut. Nonno drehte das Ventil auf. Doch jetzt hatte auch der Klempner an dem Plan etwas auszusetzen.

»Niemand weiß, wie es in der anderen Hälfte der Leitung aussieht. Auch die könnte noch irgendwo verstopft oder auf der Strecke bis zum Brunnen an einer Stelle beschädigt sein.«

Weder Leo noch Topo oder Nonno wussten dafür eine Lösung, also beschloss man, die Möglichkeit einfach zu ignorieren. Es war ein guter Plan; ein ganz ausgezeichneter Plan. Sie mussten nur ihre Uhren vergleichen und eine genaue Zeit abmachen. Dann war es so weit, und Leo kehrte ins Dorf zurück, um Pater Elio für das Wunder an Ort und Stelle zu dirigieren.

Auf dem Weg ins Dorf hatte Leo Zeit, über etwas nachzudenken, das er bislang noch gar nicht bedacht hatte. Wie sollte er Pater Elio dazu bewegen, zum Brunnen zu gehen und um Punkt elf Uhr sechsundvierzig… nein… elf Uhr fünfundvierzig um Wasser zu beten? Topos Einsatz war um elf Uhr sechsundvierzig. Er hatte um eine Minute Spielraum gebeten. Das hieß, Pater Elio würde eine Minute lang beten, bevor das kühle, klare Wasser sich auf wundersame Weise aus dem Krug des Engelchens in die oberste kleine Marmorschale ergoss, über deren Rand in die zweite größere Schale fiel und zuletzt fröhlich in das leere Brunnenbecken plätscherte. Leo gefiel die Idee mit dem Sicherheitsspielraum, obwohl er sich sicher war, dass Topo nur damit gekommen war, weil er Leos amerikanischer Uhr nicht traute. Wie auch immer, wie konnte er Pater Elio dazu bringen, um exakt elf Uhr fünfundvierzig am Brunnen zu beten?

Als er die Straße zur Piazza hochlief, hatte Leo einen Plan gefasst. Marta würde es tun. Sie war für die ganze Misere verantwortlich. Sie war diejenige, die nicht vergeben konnte. Sie war diejenige mit den bösen Worten, dem wütenden Blick und den gefletschten Lippen. Es war für ihren Onkel! Also sollte sie es tun!

Bis zum Ende der Straße hatte er sich in eine leidliche Wut auf Marta hineingesteigert, sodass er statt die Piazza zu überqueren scharf nach links abbog und den Hinterhof des Hotels betrat. Von hier aus brauchte er nur den verführerischen Düften aus der Küche zu folgen. Marta stand am Herd und rührte in einem großen dampfenden Topf, aus dem es nach Fleischbrühe roch. Leos Magen grummelte hungrig, als er sich im Türrahmen aufbaute. Er hatte sich auf ein Gefecht vorbereitet und sogar schon ein paar Sätze im Kopf zurechtgelegt, wurde jedoch kalt überrascht, als sie nur zu ihm herüberblickte und sagte: »Du musst durstig sein nach dem langen Weg.«

Das war er. Nickend wies sie zum Waschbecken und wartete, bis er zwei Gläser getrunken hatte. Leo war geschlagen. Ihre Haltung war nicht unbedingt freundlich, aber sie schrie ihn nicht an, obwohl er ohne zu fragen in ihre Küche marschiert war. Und wieso wusste sie von seinem langen Weg?

Sie drehte die Herdflamme herunter und bat ihn, am Küchentisch Platz zu nehmen. Als er sich ihr gegenüber niederließ, warnte ihn sein Instinkt davor, ihrer Gastlichkeit auf den Leim zu gehen – es konnte eine Falle sein.

»Also«, begann sie ohne jeden Argwohn, »hast du dich entschlossen, mir mitzuteilen, warum du und Topo in den letzten beiden Tagen mit dem verrückten alten Mann in der Gegend herumgelaufen seid? Oder wonach ihr gegraben habt? Oder wo Topo gestern gewesen ist? Oder was der weiße Lastwagen dort bei den Bäumen hinter den Feldern macht? Oder warum mein Onkel immer noch glaubt, Gott habe sich von ihm abgewendet? Oder bist du nur gekommen, um mir zu sagen, welche Rolle du mir in der Sache zugedacht hast?«

Leo erinnerte sich, dass man von der oberen Etage des Hotels einen einzigartigen Ausblick über die Ebene im Süden hatte, und er fragte: »Hast du irgendwem erzählt, dass wir da draußen waren?«

»Nein.«

Er atmete hörbar erleichtert auf. Und dann, da sie ihn danach gefragt hatte, erzählte er ihr alles.

Nachdem Leo zu seinem langen Marsch ins Dorf aufgebrochen war, kletterte der Klempner zurück in die Grube und begann mit der Ausbesserung des zerstörten Leitungsstücks. Topo machte sich nützlich, indem er die Dinge vom Lastwagen holte, die der Klempner ihm zurief: Rohrstücke, Kupplungen,

Dichtungen, Schraubenschlüssel. Beim dritten Versuch hatte er meistens das richtige Werkzeug gefunden oder zumindest eins, mit dem der Klempner irgendwie zurechtkam. Klempnerwerkzeug war nicht Topos Stärke.

Nach einer guten halben Stunde rief der leutselige Klempner Topo zu sich an den Rand der Grube und erklärte ihm noch einmal seine Befürchtungen über weitere Verstopfungen der Leitung. Er hatte ernstliche Zweifel, dass durch die alten Rohre tatsächlich Wasser bis zur Piazza gelangen würde.

»Vielleicht solltet ihr euch einen anderen Tag aussuchen, wenn ihr die Sache einmal getestet habt«, schlug er vor.

Einen anderen Tag aussuchen? Topo blickte zur Straße hinüber. In der Ferne sah er Leo den steilen Weg zum Dorf hinaufsteigen. In wenigen Minuten wäre er da. Es war zu spät für einen anderen Tag.

»Nein. Es muss heute sein. Sind Sie gleich fertig?«

»Ja. Vielleicht können Sie schon mal was von dem Zeug zum Wagen bringen?«

Nonno sah die Gelegenheit, sich von dem nassen Hund fortzustehlen, und rief sogleich: »Ich mach das.« Umgehend fing er an, Werkzeuge und nicht benötigtes Material quer über das Feld zur rollenden Werkstatt des Klempners zu schleppen.

Der Klempner zuckte die Schultern: »Ich bin gleich so weit, aber ich übernehme keine Garantie für den Brunnen.«

Topo lächelte und winkte ihm aufmunternd zu, obwohl er innerlich selbst nervös wurde. Es muss einfach klappen, dachte er und zog mit einem Rohrschneider über das Feld. Er setzte sich im Schatten des Lastwagens auf den Boden und versuchte ruhig zu atmen. Im Kopf ging er noch einmal alle von Leo genannten Gründe durch, warum ihr Plan nicht fehlschlagen konnte. Zuerst einmal war es ein guter Plan, ja sogar ein ganz ausgezeichneter Plan. Es würde ein Wunder sein, das sich sehen lassen konnte. Tatsächlich wünschte er sich, dabei sein zu können. Dieses Wunder würde allen, die es miterlebten, Tränen in die Augen treiben. Dieses Wunder eröffnete zahlreiche weitere Möglichkeiten. Touristen zum Beispiel, die für religiöse Wundergeschichten Geld gaben, würden möglicherweise auch für diese Geschichte zahlen. Das Dorf hätte immer noch das Wunder und das Mysterium, nur wären es jetzt das Wunder des verdorrten Feigenbaums und das Mysterium des fließenden Wassers von Santo Fico. Und was erst, wenn das wunderbare Wasser eines Tages Kranke heilte? Dann würde sich sein Ruhm in Windeseile ausbreiten. Sie könnten das Wasser sogar in Flaschen abfüllen und es rund um die Welt verkaufen, erst recht nach einem Wunder wie diesem …!

Die Stimme des Klempners holte ihn jäh in die Wirklichkeit zurück. »So, das hätten wir.«

Topo blickte auf seine Uhr, als er zum Rand der Grube lief. Die Arbeit war geschafft, und sie hatten noch zwölf Minuten Zeit. Der Klempner war immer noch über seine Arbeit gebeugt, die eine Hand ruhend auf das Rohr gelegt. Er war wie erstarrt und schien sich angespannt auf etwas zu konzentrieren. Topo war sich nicht sicher, worauf der Klempner wartete, aber er wartete auch. Nach einer Weile schüttelte der Klempner entmutigt den Kopf.

»Na also, ich habe ja gesagt, keine Garantie. Ich fühle nichts.«

Topo war verwirrt. »Was sollten Sie denn fühlen?«

»Wasser. Ich müsste spüren, wie das Wasser durch die Leitung fließt.«

»Aber ... aber, Sie müssten doch dazu erst das Ventil aufdrehen, oder?«

Der Klempner erhob sich und krabbelte mühsam aus seinem Loch. »Oh, so schlau bin ich auch. Das Ventil ist aufgedreht. Wie soll ich sehen, ob es funktioniert, wenn das Ventil nicht aufgedreht ist? Aber, wie ich schon sagte, es läuft kein Wasser durch das Rohr. Die Leitung sitzt irgendwo zu.«

»Das Ventil kann nicht auf sein! Es ist noch nicht so weit! Erst in ...«, Topo blickte prüfend auf seine Uhr, »... elf Minuten!«

Der Klempner wurde genauso ungehalten mit Topo wie über die rutschige Wand der Grube.

»Hören Sie, das kommt alles aufs Gleiche heraus. Das Ventil ist auf, aber es passiert nichts!«

Nonno, der gerade ein Stück Eisenrohr vom Boden aufhob, um es zum Wagen zurückzubringen, hörte die missmutige Äußerung des Klempners. Das Ventil war seine Sache!

»Nein«, rief er. »Ich habe das Wasser unterbrochen, und ich werde es auch wieder anstellen! Ihr habt es mir versprochen, ich darf das Ventil aufdrehen!«

Nonno drehte sich aufgebracht zu Topo um, als der Klempner endlich aus der Grube stieg. Das Eisenrohr schlug dröhnend wie ein chinesischer Gong gegen seinen kahlen Schädel, und der leutselige Klempner sank wie ein nasser Sack zurück in die Grube.

Marta saß schweigend am Küchentisch und hörte Leos Geschichte zu: von Nonnos Einquartierung in seiner Hütte, von seiner Geschichte vom Krieg und den Deutschen, von der Suche im Feld und der Entdeckung der Uhr und der Leitung, vom Eintreffen des Klempners und schließlich von seinem Plan, sie solle Pater Elio zum Brunnen locken und um Punkt elf Uhr fünfundvierzig – also in genau vierzehn Minuten – um Wasser beten lassen. Sie blickte ihn lange an. Er spürte, dass ihr irgendetwas auf der Seele lag.

Zuletzt fragte sie ungläubig: »Du lässt Nonno bei dir schlafen?«

»Ja.«

»Und den Hund?«

»Ja.«

Leo kämpfte damit, Haltung zu bewahren. Er wollte die Arme in die Luft werfen, in der Küche hin und her stampfen und sie anschreien, doch bitte beim Thema zu bleiben. Zeit war hier kein unwichtiger Faktor. Doch er blieb geduldig sitzen und zwang sich dazu, ruhig zu atmen, statt zu schreien, und zu seiner Verwunderung sah er Marta lächeln.

»Wasser ... Die Idee gefällt mir.«

Es gefiel ihr. Sie war von seinem Plan angetan; gut vorbereitet, vertretbare Erwartungen, und es gab sogar eine Reihe biblischer und historischer Vorläufer, was Wunder mit Wasser anging. Die Sache gefiel ihr. Sie würde Pater Elio zum Brunnen bringen, doch in Anbetracht der Tatsache, dass sie nur noch zehn Minuten Zeit hatten, beeilte sie sich besser.

Doch Marta sollte nicht bis zur Kirche gelangen. Als sie und Leo aus dem Hotel kamen, sahen sie, dass auf der Piazza die Menschen zusammenliefen. Mehr als ein Dutzend Dorfbewohner umstanden bereits den Brunnen, und weitere waren unterwegs, während sich die Nachricht des Geschehens wie ein Lauffeuer verbreitete. Mitten in der Menschentraube stand Pater Elio. Und als Leo und Marta über die Piazza auf den Priester zueilten, hörten sie ein eigentümliches Geräusch – ein dunkles, tiefes Gurgeln. Es klang wie das Jammern einer melancholischen Tuba, die eine Oboe verschluckt hatte. Der anstößige Laut hallte von den Wänden der Piazza wieder, untermischt mit den »Aahs« und »Oohs« der Schaulustigen, die alle auf den staubigen Brunnen deuteten. Marta ergriff ängstlich den Arm ihres Onkels.

»Was ist das? Was geht hier vor?«

»Das ist … seltsam. Ich weiß nicht. Geräusche …« Pater Elio konnte nur den Kopf schütteln. Die Erklärung kam von Maria Gamboni, die sich hinter dem alten Priester versteckte.

»Es ist ein Zeichen für mich. Ich war auf dem Weg zur Kirche und überquerte gerade die Piazza. Eigentlich ist heute nicht mein Beichttag, aber ich spürte dennoch das dringende Bedürfnis. Ich lief also über die Piazza zur Kirche, und plötzlich ruft der Brunnen meinen Namen. Er rief nach mir! Zweimal! Ich bin gleich in die Kirche gerannt und habe Pater Elio geholt. Jetzt gibt der Brunnen nur noch Schmerzlaute von sich. Aber zuvor hat er meinen Namen gerufen. ›Maria Gamboni! Maria Gamboni!‹ Zweimal! Er hat meinen Namen gerufen. Zweimal!«

Aus der Tiefe des Brunnens ertönte ein weiterer dunkler, knurrender Rülpser, der eher wie eine Blechblasabteilung mit Blähungen klang. Marta hörte Leo leise zu sich selbst flüstern: »Ich hätte Topo niemals allein lassen dürfen.«

Offenbar war etwas schief gelaufen, aber noch war nicht alles verloren. Es galt nur schnell zu handeln. Im nächsten Moment rief Marta: »Onkel Elio, du musst für den Brunnen beten!«

Leo wurde von Martas Geistesgegenwart angesteckt und fügte schnell hinzu: »Ja, Pater Elio, bitte! Sie müssen für den Brunnen beten!« Der alte Brunnen rülpste erneut. »Aber schnell.«

Beide waren erstaunt, als die anderen verschreckten Nachbarn in ihre Bitte einfielen. Sekunden später drangen von überall Rufe auf den geachteten Priester ein, für den Brunnen zu beten. Nur er könne die bösen Geister vertreiben! Er würde den Brunnen zum Verstummen bringen!

Pater Elio hob beide Arme und hielt die Handflächen gebieterisch in Richtung des widerspenstigen Brunnens gestreckt, ganz wie Moses, als er das Rote Meer teilte. Die Menge schwieg andächtig, und Pater Elio runzelte die Brauen, um zu einer geharnischten Strafpredigt anzusetzen. Er öffnete gerade den Mund, als aus der Ferne ein anhaltendes Hupen ertönte. Von Sekunde zu Sekunde wurde es lauter, bis zuletzt der kleine weiße Lastwagen des Klempners den Berg hochgerast kam und schlitternd über die Piazza schoss, Klempnerwerkzeuge in alle Himmelsrichtungen verteilend. Von der Ladefläche spähten Nonno und der graue Hund wie die Blaulichter eines Krankenwagens über die Fahrerkabine. Der Lastwagen kam quietschend zwischen dem Brunnen und dem Hotel zum Stehen, und der Motor erstarb.

Im gleichen Moment rülpste der Brunnen erneut.

Leo, Marta, Pater Elio und alle anderen auf der Piazza oder in deren unmittelbarer Nähe versammelten sich um den Lastwagen. Nonno hockte auf der

Pritsche neben dem ausgestreckt liegenden Klempner. Er sah aus, als schliefe er friedlich, abgesehen von einem breiten blauroten Striemen mitten auf der Stirn.

Topo stotterte in Leos Richtung: »Ich glaube, wir brauchen einen Doktor.«

»Mein Gott! Was habt ihr mit ihm gemacht?«, fragte Leo.

Topo warf Nonno einen verzagten Blick zu. Nonno schien jeden Moment in Tränen auszubrechen.

»Er ... hat sich den Kopf gestoßen«, sagte Topo kleinlaut.

Nonno nickte dankbar: »Richtig schwer.«

Der Brunnen rülpste zweimal, aber niemand bemerkte die kleinen Schlammspritzer, die auf dem Kopfsteinpflaster der Piazza niedergingen.

Pater Elio lief zur Ladefläche des Wagens und nahm die Situation in die Hand. Binnen Sekunden wurden aus dem Hotel Eiswürfel gebracht, dann Verbandszeug und zuletzt ein Glas Wein. In kürzester Zeit hatte der alte Priester die Wunde des Klempners mit kühlen Tüchern umwickelt, als der rundliche Kerl zur Erleichterung aller, ganz besonders Nonnos und Topos, sich zu regen begann. Ein oder zwei Minuten später versuchte er bereits wieder aufzustehen, was auch im Vollbesitz der körperlichen Kräfte kein einfaches Unterfangen war. Benommen hockte der arme Klempner auf der Pritsche des Wagens, aber er würde überleben. Nach einem kurzen Augenblick der Verwirrung starrte er Pater Elio, der neben ihm saß, lange aus großen Augen an, und auch der Pater betrachtete ihn voller Erstaunen. Schließlich brach der Klempner das verlegene Schweigen.

»He ... Pater Elio. Sie sind aber alt geworden. Fast hätte ich Sie nicht wieder erkannt.«

»Rico ...? Rico Gamboni?«

»Aber ja, was denken Sie denn?«

Die Menge um den Lastwagen schnappte nach Luft und wich zurück, als ob sie ein Gespenst vor sich hätte, da jeder die Geschichte vom geheimnisvollen Verschwinden Enrico Gambonis kannte. Wenn dieser leicht benebelte Klotz von einem Menschen tatsächlich Enrico Gamboni war, musste er von den Toten auferstanden sein. Der arme Klempner seinerseits war noch verwirrter als die ihn Umstehenden. Er blickte in lauter verschreckte Gesichter, die ihn anstarrten, als sei er Lazarus persönlich, der gerade aus seinem Grab stieg.

»Augenblick mal! Das hier ist Santo Fico, aber ... wer sind die vielen Leute? Was mache ich hier?«

»Rico, weißt du, wo du gewesen bist?« Pater Elio redete mit ihm wie mit einem begriffsstutzigen Kind.

»Sicher. Ich bin ... ich bin ... ich bin ... Wo zum Teufel bin ich gewesen?«

»Woran erinnerst du dich?«

»Ich erinnere mich ... also, ich weiß noch ...« Es machte den Eindruck, als ob der dicke Klempner durch einen dichten Nebel hindurch ein paar Puzzle-Teile in seinem Kopf zusammenzulegen versuchte.

»Ich erinnere mich, dass ich eine neue Ölpumpe für mein Boot brauchte. Ich musste nach Grosseto, aber auf dem Weg zum Bus dachte ich, ich könnte auch nach Follonica fahren. Das tat ich dann. Aber in Follonica konnte ich keine Pumpe bekommen, also bin ich mit dem Bus weiter nach Piombino gefahren. Und in Piombino bin ich dann runter zum

Hafen … und auf dem Weg dahin … irgendwo … ist mir etwas auf den Kopf gefallen …« Seine Stimme verlor sich in weiter Ferne, während er sich mit seinen Wurstfingern über eine zackige Narbe fuhr, die quer über seinen kahlen Schädel lief. »Irgendetwas Schweres.«

In dem Augenblick entfuhr dem Brunnen ein gewaltiger Rülpser, und große Fladen stinkenden Schlamms spritzen aus dem Krug des fetten Engelchens über der obersten Brunnenschale. Und noch einmal. Und ein drittes Mal, diesmal noch lauter. Plötzlich verwandelte sich die Spitze des Brunnens in einen explodierenden Vulkan, der einen Sturzbach übel riechenden Schlamms und Schlicks über der Menge niedergehen ließ. Die Dorfbewohner schrien, als die schwarze Brühe auf sie niederregnete, während mit jedem unflätigen Blähen des Brunnens noch mehr Matsch und Morast in den Himmel geschleudert wurde.

Beim Anblick des Spektakels packte Enrico Gamboni Topo am Hemd, deutete triumphierend auf den über der Piazza niedergehenden Matschregen und brüllte: »Ich hab's euch ja gesagt, irgendwo gibt es eine Verstopfung!«

Nach einigen weiteren gewaltigen Stößen beruhigte sich der Brunnen wieder, und der ausgeworfene Schlamm verwandelte sich in eine tröpfelnde zähe Masse, aus der bald darauf eine wässrig braune Suppe wurde. Kurze Zeit später war der Ausbruch vorüber, und kühles, klares Wasser ergoss sich plätschernd aus dem Krug des Engels in die oberste Schale, lief von dort in die zweite, größere Schale und platschte dann in das leere, aufnahmebereite Brunnenbecken.

Enrico Gamboni blickte sich von der Ladefläche seines Lastwagens um, als habe man ihn auf der Oberfläche des Mondes abgesetzt.

»He! Augenblick mal... Bin ich vielleicht Klempner?«

Pater Elio griff hinter seinen Rücken, wo es ihm gelang, nach kurzem Ringen Maria Gambonis Finger aus seinem schwarzen Jackett zu lösen. Ihre ängstlichen Augen waren wie zwei große runde Monde, und zum ersten Mal sah Elio sie sprachlos. Außerdem sträubte sie sich entschieden, sich dem zu nähern, was da auf der Pritsche des Lastwagens saß, ob Gespenst oder Dämon. Aber der Priester legte ihr den Arm um die zitternden Schultern und schob sie fest vorwärts.

»Hier ist jemand, der dir gerne Guten Tag sagen möchte.«

Maria winkte dem Phantom zögerlich mit ihren knochigen Fingern zu. Ihre Stimme war kaum mehr als ein Flüstern.

»Hallo Rico... Kennst du mich noch?«

Das Gesicht des Klempners erstrahlte wie der aufgehende Mond. Er stieg von dem Lastwagen und nahm Marias zitternde Hand.

»Na, wenigstens eine, die sich nicht verändert hat. So schön wie eh und je.« Maria Gamboni errötete.

An diesem Nachmittag ging es auf der Piazza so geschäftig zu wie seit Jahren nicht mehr. Es gab so viel zu tun. Zunächst einmal fühlte jeder in Santo Fico sich verpflichtet mitzuhelfen, den Brunnen vom Schlamm und der in Jahrzehnten angesammelten Dreckschicht zu befreien. Anschließend musste jeder Dorfbewohner, ob Mann, Frau, Kind oder Hund, zumindest eine kurze Zeit auf dem Brunnenrand sitzen, seine Füße im Wasser baumeln lassen, zu den Schalen laufen, über deren Rand das Wasser fiel, die Hand hineinhalten oder davon trinken. Wer noch jung war, wie Carmen und Nina oder die de-Parma-Enkelkinder, tanzte im Brunnenbecken und bespritzte sich oder die Umstehenden mit Wasser. Und Nonno, begleitet von seinem alten grauen Hund, musste am Brunnenrand Hof halten und hundertmal erzählen, wie er seine Uhr gefunden und die Leitung repariert hatte – wobei er gelegentlich noch hinzufügte, wie er das Ventil aufgedreht hatte. Enrico Gamboni erhielt von allen Seiten kräftige Schläge auf den Rücken, zum Dank dafür, den Brunnen repariert zu haben, und um ihn daheim willkommen zu heißen. Vor allem aber musste man sich versichern, dass er tatsächlich aus Fleisch und Blut und kein Gespenst war, als ob es bei seinem Körperumfang noch irgendwelche Zweifel geben konnte. Pater Elio hatte Santo Fico seit vielen Jahren nicht mehr so fröhlich gesehen. Nur drei Menschen schienen die ausgelassene Stimmung nicht teilen zu können.

Topo verschwand als Erster. Er murmelte etwas davon, in seiner Werkstatt noch aufräumen zu müssen. Kurz darauf verschwand Marta in ihr Hotel; sie hatte einen Topf Fleischbrühe auf dem Herd stehen. Leo wollte mit Marta reden, aber ihre Enttäuschung war so groß, dass sie ihn nicht einmal anschauen konnte. Er wollte ihr sagen, dass es nicht sein Fehler war; und er wollte ihr hinterherrufen, auch sie sei von dem Plan begeistert gewesen, aber es waren zu viele Menschen auf der Piazza.

Neben ihm saß Enrico Gamboni auf der Heckklappe des kleinen weißen Lastwagens gleich neben seiner wieder gefundenen Braut. Leo hörte sie leise miteinander flüstern.

»Du riechst seltsam«, bemerkte Maria.

»Ich bin lange Zeit Klempner gewesen.«

»Oh. Vielleicht liegt es daran.«

»Ist es schlimm?«

Maria schnüffelte an seinem Hemd und dachte einen Augenblick nach. »Zumindest ist es kein Fisch.«

Leo war auf dem Weg nach Hause, als Pater Elio ihn von den Stufen der Kirche aus zu sich winkte. Leo wollte nur schnell heim, aber einen Moment hatte er für den alten Priester Zeit.

»Vielen Dank dafür, was du getan hast.«

»Ich habe nichts getan«, sagte Leo.

»Nonno sagt, du wärst es gewesen. Ich möchte mich bei dir bedanken.«

Pater Elio klopfte seinen Arm, und Leo bemerkte, dass seine dünne Hand zitterte. Der alte Mann blickte ihn lächelnd an, aber Leo sah nur die hervorstehenden Wangenknochen und dunkle Ringe unter seinen müden Augen. Martas flehentliche Bitte, ihren Onkel zu erretten, bevor es zu spät war, hallte in seinem Kopf, und er wollte nach Hause.

»Ich habe nichts getan«, sagte er barsch und wandte sich abrupt zum Gehen. Das Letzte, was er jetzt noch gebrauchen konnte, war Pater Elios Dank.

Aber Elio rief ihm hinterher: »Sieh doch nur, wie viel Glück du gebracht hast! Sieh den Brunnen. Sieh die vielen Menschen. Sieh Maria Gamboni. Sieh, wie glücklich du alle gemacht hast.«

Leo stapfte einfach nur die Straße hinunter und versuchte die Worte des alten Priesters zu ignorieren. Er war ganz und gar nicht in der Stimmung, von irgendwelchen guten Taten oder der Glückseligkeit von Santo Fico zu hören, und schon gar nicht, dass Pater Elio sie ihm zuschrieb.

»Glück«, brummte er vor sich hin. »Wollen wir doch einmal sehen, wie glücklich Maria Gamboni ist, wenn sie herausfindet, dass ihr Gatte noch eine andere Frau und fünf Kinder in Piombino hat.«

16

Die nächsten Tage waren hart. Marta ging mindestens dreimal am Tag in die Kirche, doch selbst wenn Onkel Elio sie stets mit einem freundlichen Lächeln empfing, war seine Schwäche nicht zu übersehen. Sein Gang war langsam und schleppend. Wenn man mit ihm redete, verlor er rasch den Faden und schien in Gedanken meist woanders. Am meisten aber sorgte sie sich darüber, wie er die Teller mit köstlichen Speisen, auf die sie Stunden in der Küche verwandt hatte, stirnrunzelnd abwies. Jeden Tag versuchte sie sich aufs Neue zu erinnern, was seine Lieblingsgerichte waren, aber ihre Anstrengungen machten ihn nur unglücklich. Am dritten Abend nach der Brunnengeschichte ließ sie es bleiben und brachte lediglich eine große Schüssel dampfender Gemüsebrühe und ein Glas Wein. Es dauerte nur wenige Minuten, den alten Mann zu überzeugen, dass Brühe und Wein lediglich eine andere Form von Wasser darstellten. Wasser gehörte nicht zu seinem Fastengelübde. Er leerte die gesamte Schüssel, trank den Wein und ging zu Bett. In dieser Nacht schlief er so gut wie nie nach dem Erdbeben. Marta verlegte sich auf Gemüsebrühen.

Nina ging ihren Großonkel ebenfalls häufiger besuchen. Sie vermisste es, ihm sein tägliches Essen zu bringen. Sie bot sich jedes Mal an, aber aus irgendeinem Grund bestand ihre Mutter auf dieser Aufgabe. Nina wurde auf ein andermal vertröstet, aber als klar war, dass es eine Ewigkeit dauern konnte, ging sie ohne besonderen Grund zur Kirche. Sie konnte natürlich nicht sehen, wie dürr und abgemagert ihr Großonkel geworden war, aber sie spürte, dass es ihm nicht gut ging. Sie hörte es in seiner Stimme. Sie hatte oft die Traurigkeit in seiner Stimme gehört, wenn er von Gott sprach, und sie hatte ihn sogar einmal vor langer Zeit danach gefragt. Er hatte ihr damals erklärt, er sei niemals traurig über Gott, aber manchmal sei er traurig über sich selbst, weil er Gott so sehr enttäuscht hatte. Ein paar Mal hatte Nina versucht, die Gründe dafür zu erfahren, doch er hatte immer das Thema gewechselt. Jetzt hörte das Mädchen in seiner Stimme nicht nur Trauer, sondern noch etwas anderes, und es dauerte ein paar Tage, bis sie erkannte, dass es Verzweiflung war. Ihr Großonkel Pater Elio verzweifelte über irgendetwas, nur wusste sie nicht, was es war. Sie wollte ihn trösten, wusste aber nicht, wie, also betete sie um die richtigen Worte. Nina beklagte nie ihre Blindheit – was hätte das auch für einen Sinn? Jetzt aber hätte sie alles dafür gegeben, abends bei ihrem Onkel zu sitzen und ihm aus einem großen und weisen Buch vorzulesen, das ihm die vielen Fragen seines gequälten Herzens beantworten und ihm inneren Frieden bringen konnte. Doch sie musste sich damit begnügen, einfach nur bei ihm zu sein und ihn zu lieben.

In der Schäferkate unten am Meer erging es Leo nicht viel besser. Er vermied es, ins Dorf zu gehen, weil ihm kein neues Wunder einfiel und er Marta nicht in die Augen sehen konnte. Außerdem musste er die ganze Zeit an Pater Elio denken. Er hatte Martas Verzweiflung über den alten Mann zuerst nicht verstanden, bis er neben ihm auf den Kirchenstufen gesessen hatte. Seither erschienen nachts, wenn er sich in seinem Bett wälzte, Pater Elios leere Augen immer wieder im erstarrten Gesicht des heiligen Franziskus, sodass er sich abwechselnd dem anklagenden Blick der beiden heiligen Männer ausgesetzt sah, die ihn aus der Dunkelheit seiner Angstträume anstarrten. Was er auch tat, sie ließen sich nicht vertreiben.

Auch das Zusammenleben mit Nonno bereitete ihm Probleme. Dabei lag es nicht einmal an Nonno. Tatsächlich ging es Nonno deutlich besser, seit wieder Wasser im Brunnen war. Er verbrachte seine Tage immer noch am Brunnen hockend, doch wenn jetzt Leute vorbeikamen, schienen sie sehr viel eher bereit, sich kurz zu ihm zu setzen und mit dem alten Mann zu plaudern. Und es schien gerade so, als ob jeder Bewohner Santo Ficos zumindest einmal am Tag am wieder belebten Brunnen vorbeikam. Fast immer war eine Schar Kinder zugegen. Zwar gab es in Santo Fico nicht allzu viele Kinder, aber die, die dort lebten, schienen ständig am Brunnen versammelt zu sein und ihren Helden Nonno zu umlagern. Nonno liebte die Aufmerksamkeit. Und er liebte die Kinder.

Leos Problem war, dass die Schäferhütte zu klein war. Für ihn beherbergte sie einen stinkenden Hund zu viel, sodass er mehr und mehr Nächte im Freien verbrachte. Er hätte Nonno darauf angesprochen, nur hatte er noch nie erlebt, dass jemand eine ärmliche Behausung so rasch in sein Herz geschlossen hatte wie Nonno und der Hund die steinerne Kate.

Es war gerade so, als ob der damalige Erbauer, wer immer es gewesen sein mochte, genau diese beiden als zukünftige Bewohner im Auge gehabt hätte. Leo beschloss, die Hütte bei seiner Rückkehr nach Amerika Nonno und dem Hund zu vermachen. Vorerst jedoch strich er bei Tage, und häufig auch in der Nacht, in der Landschaft umher, in der er groß geworden war und die er seit seiner Rückkehr mit allen Mitteln zu ignorieren versucht hatte.

Es hatte am Morgen nach dem Brunnenfiasko begonnen. Leo war früh und mit einer Stinklaune aufgewacht. Er hatte eine unruhige Nacht hinter sich. Wie konnte ein so großartiger Plan nur so schief gehen? Er hatte gedacht, ein Spaziergang vor dem Frühstück würde ihn beruhigen, und war wie von selbst von den Klippen und vom Meer weg in Richtung Dorf gelaufen, obwohl er wusste, dass er nicht nach Santo Fico wollte. Er folgte einem staubigen Pfad nach dem anderen, trat nach hohen Grasbüscheln und hing den immer gleichen frustrierenden Gedanken nach. Einmal stieß er unerwartet auf eine Herde von Lombolos Pferden, die auf seinem Gelände weideten. Beide waren von der Begegnung überrascht, doch Leo zog einfach seinen Hut vom Kopf, wedelte damit in der Luft und brüllte sie wütend an. Die mächtigen Tiere blähten die Nüstern, spähten mit großen Augen zu ihm herüber, traten mit ihren scharfkantigen Hufen auf den Boden und rannten davon.

Er bemerkte, dass er sich auf dem Weg zum Olivenhain befand, und lief ohne besondere Absicht weiter. Die knorrigen alten Bäume waren ihm vertraut, aber sie sahen merklich verändert aus. Sie waren größer, buschiger und trauriger. Nie hatte er sie so verwahrlost gesehen. Er erinnerte sich, wie sie einmal ausgesehen hatten, gestutzt und beschnitten, schlank und gepflegt. Diese Bäume trieben wilde Zweige, die kreuz und quer in den Himmel wuchsen oder bis fast auf den Boden hingen. Leo pflückte eine Olive. Sie war klein und hart. Er wusste, sie würde nicht größer werden. Sie würde sich nie mit Öl und Saft füllen und so prall und reif werden, dass sie fast platzte. Diese Bäume hatten Durst. Er stellte sich vor, wie sich ihre alten Wurzeln auf der Suche nach Wasser tiefer und tiefer in den sandigen Boden bohrten. Aber das wenige Wasser, das sie fanden, wurde von den wilden Trieben aufgesogen.

Auf seinem Weg durch den Olivenhain entdeckte Leo eine alte Baumschere, die jemand in einer Astgabel vergessen hatte. Sie war vom Rost der Jahre überzogen. Leo sah in Gedanken seinen Vater, der unter dem Baum stand und seine Zweige mit der Schere beschnitt. Er hörte die kräftige, klangvolle Stimme seiner Tante Sofia, die seinen Vater von der Feldarbeit zum Essen rief. Tante Sofia war nach dem Tod ihrer Schwester bei deren Ehemann geblieben und hatte sich in den letzten Jahren um ihn gekümmert. Leo stellte sich vor, wie sein Vater die Baumschere in die Astgabel legte und durch das warme, rotgoldene Abendlicht langsam zurück zum Haus lief. Ganz bestimmt hatte er vorgehabt, am nächsten Tag mit der Arbeit fortzufahren, denn sein Vater war jemand, der immer genau auf sein Werkzeug achtete. Aber es war niemand zurückgekehrt, und deshalb hing die Schere immer noch da.

Leo betrachtete den Baum und versuchte sich vorzustellen, welchen Zweig der Vater zuletzt beschnitten haben mochte. Er suchte sich einen aus, griff mit der Hand nach oben und knipste ihn ab. Ihm gefiel das saubere, schnappende Geräusch, mit dem die Schere durch den Zweig fuhr. Ihm gefiel der vertraute Druck der Schere in seiner Hand, und ihm gefiel es zu sehen, wie der nutzlose Zweig zu Boden fiel; sogleich schnitt er den nächsten ab. Und so fing er an.

Leo verbrachte den ganzen Tag im Olivenhain, ging von Baum zu Baum und tat das, was er die ganze erste Hälfte seines Lebens getan hatte und was er in der zweiten zu leugnen versucht hatte. In dieser Nacht träumte er weniger.

Am nächsten Morgen war er erneut früh wach. Diesmal musste er keine Wut ablassen, und kein Verdruss quälte ihn – ihm war einfach nur nach einem Spaziergang nach dem Frühstück. Sein Weg führte ihn in die Weingärten, und wie es der Zufall so wollte, hatte er die Baumschere seines Vaters in der Tasche. Aber er stellte fest, dass das Zurückschneiden der Reben nicht das eigentliche Problem war. Das dicke, gewundene Holz der Weinstöcke war gesund, doch zeigten sich nur wenige Ranken, und die spärlichen frischen Triebe waren dünn und fast blattlos. In diesem Jahr würde es keine Trauben geben. Weinreben sind robuste Pflanzen, die Hitze lieben und in trockenen, steinigen Böden gut gedeihen, aber die Dürre dieses Sommers war selbst für die zähen bejahrten Stöcke zu viel. Die Reben starben an Wassermangel.

Am meisten aber bekümmerten Leos Herz die Rosensträucher. Vor jeder Rebenreihe stand ein einzelner Rosenstrauch, und auch diese Sträucher vertrockneten. Sie waren lange vor Leos Geburt gepflanzt worden, vermutlich sogar noch vor der Zeit seines Vater. Als kleiner Junge hatte man ihm erzählt: »Die Rose ist wie der Wein, nur sehr viel empfindlicher und anfälliger für alle Sorten von Krankheiten, die auch die Reben befallen können. Was auch immer den Wein bedroht, die Rose bekommt es zuerst.« Leo hatte gelernt, dass der Winzer durch Beobachtung der Rosen vor Gefahren gewarnt wurde und rechtzeitig Maßnahmen zum Schutz der Weinstöcke ergreifen konnte. Er erinnerte sich, wie sehr seine Mutter ihre Rosensträucher geliebt hatte. Genau wie die Arbeiter in den Weingärten, hatte sie vor den Rosen auf der Erde gekniet, den Boden umgegraben, sie gedüngt und ihre dünnen Zweige beschnitten.

»Schneide die Rose auf fünf Augen zurück, dann bringt sie reiches Blütenglück«, sagte sie immer, und sein Vater lachte.

»Du liebst die Rosen mehr als den Wein«, rief er ihr aus dem Weinfeld zu.

Worauf sie zurückrief: »Wenn sich so viele um die Reben kümmern, muss wenigstens eine den Rosen die Treue halten.«

Und wenn der Wein in dichtem Laub stand und die schweren, vollen Trauben bis fast zum Boden hingen, wurde jede Reihe von einer Wächterrose in voller Blütenpracht angeführt – jeder Strauch in einer anderen Farbe, eine leuchtender als die andere. Und er erinnerte sich, dass sein Vater gleich nach Sonnenaufgang vor die Tür trat und mit Armen voller kühler, frisch geschnittener Rosen für seine Mutter zurückkehrte.

»Von diesen Feldern geht ein Fluch aus«, dachte Leo laut, und er wusste, dass er seine Gespenster so lange verleugnet hatte, wie es nur eben ging.

Leo bahnte sich einen Weg durch das hohe Gras auf der Hügelkuppe, die zugleich die höchste Erhebung des Gehöfts war, und lief zielstrebig auf ein altes Wasserrohr zu, das direkt aus der Erde zu kommen schien. In der Mitte des Rohrs befand sich eine verrostete Sperrschraube, und die Öffnung am anderen Ende lag über einer Holzrinne, die bergab wies und unter dem hoch aufgeschossenen Gras verschwand. Nach einigem Suchen entdeckte Leo einen kurzen Eisenstift, der als Hebel für die Sperrschraube diente, und nach einer halben Stunde Zerren und Stoßen gelang es ihm schließlich, die Schraube zu lösen. Klares Wasser schoss durch die Spinnweben vor dem Ausgang des Rohrs und lief durch die verstaubte Rinne hügelabwärts.

Bis zum Abend war Leo damit beschäftigt, mit der Schaufel in der Hand entlang der alten Gräben zu rennen und zu versuchen, schneller als das Wasser zu sein, das in Windeseile den Berg hinunter auf den Olivenhain zufloss. Unten angekommen, öffnete er hier einen Zugang und verschloss dort einen anderen und lenkte so das Wasser kunstvoll von einer Reihe zur nächsten, bis sämtliche Olivenbaumreihen Inseln inmitten langfingriger, schimmernder Seen waren. Dann begann der Wettlauf von vorn, als das Wasser sich strudelnd einen Weg durch ein weiteres Grabensystem quer durch die Felder in Richtung der Weingärten bahnte.

Zuletzt hockte Leo am Rand des Bewässerungsgrabens und sah dem vorbeifließenden Wasser zu, genau wie er es als kleiner Junge getan hatte. Er beobachtete, wie das Wasser in der trockenen Erde um die Weinreben und die Rosenstöcke verschwand. Er beobachtete die Mauersegler, die über ihn hinwegschossen und die winzigen Insekten über dem Wasser jagten. Am Nachmittag kamen die Lombolo-Pferde zum Trinken vorbei, aber als sie Leo am Damm sitzen sahen, blieben sie in sicherer Entfernung. Erst als Leo keine Anstalten machte, sie mit seinem Hut und lautem Brüllen zu vertreiben, kamen sie bis an den Graben und tranken. Leo sah ihnen dabei zu. Und dann betrachtete er wieder die Mauersegler, die über ihm durch den Himmel schossen.

An diesem Abend nahm Leo den Weg über die Klippen zurück zu seiner Hütte. Er wusste, er machte vieles falsch. Er beschnitt die Olivenbäume zur falschen Zeit. Seine Bewässerung schwemmte zu viel guten Mutterboden um die Weinstöcke fort. Aber das kümmerte ihn nicht. Morgen würde er es besser machen.

Der Rauch über dem Pizzola-Anwesen war von der Küstenstraße im Norden schon von weitem zu sehen. Topo war unterwegs zu Leo, weil er den Druck einfach nicht mehr aushielt und die ganze Wundergeschichte sein Leben viel zu kompliziert machte. Jedes Mal, wenn er die Piazza überquerte, sah er, wie Marta ihn von einem der Hotelfenster aus beobachtete, und er hätte schwören können, in ihren Augen spiegelten sich die Gitterstäbe einer Gefängniszelle wider. Es war allein Leos Schuld, und wenn Leo die Dinge nicht in Ordnung brachte, musste eben Topo das tun. Er hatte eine Idee. Leos Wunder hatten sie ausprobiert. Jetzt war vielleicht er einmal am Zug. Leo Pizzola war nicht der Einzige, der sich Wunder ausdenken konnte.

Alle diese Überlegungen waren vergessen, als Topo über der Stelle, wo er das Pizzola-Haus vermutete, große schwarze Rauchwolken aufsteigen sah. Ganz gegen jeden Vorsatz begann er zu rennen. Als er das verwitterte alte Haus erreichte, hatte er sein Tempo merklich verlangsamt. Der Hof brannte nicht, zumindest nicht im Augenblick. Der Rauch kam von weiter unten aus dem Olivenhain.

Zu seiner Überraschung sah er, wie Leo damit beschäftigt war, unter den Bäumen große Büschel trockenen Grases und toter Zweige aufzulesen und sie jenseits des Weges in einiger Entfernung zum Hain zu schaffen. Er legte sie auf einem Haufen am Rande eines großen Kreises ab, den er im trockenen Gras freigelegt hatte. Nonno stand inmitten des Kreises auf dem kahlen Boden und fütterte geduldig und vorsichtig ein loderndes Feuer. Er nahm sich Zweige und Gras von Leos Stapel und stieß sie, wenn er den Zeitpunkt für gekommen hielt, in die Flammen. Der graue Hund saß neben einem Gartenschlauch, den man für alle Fälle bereitgelegt hatte. Als Topo an ihm vorbeilief, zwinkerte der Hund ihm vertraulich zu – sollte es Ernst werden, stand er mit dem Schlauch bereit.

»Bist du verrückt geworden? Um diese Jahreszeit macht man kein Feldfeuer«, brüllte Topo gegen das Prasseln der Flammen an. »Damit wartet man bis zum Herbst. Du könntest den ganzen Hof niederbrennen.«

»Wir passen schon auf«, sagte Leo und lief zurück zum Olivenhain. Man brauchte ihm nicht zu erklären, dass jetzt nicht die Saison für Feuer war.

Topo folgte ihm auf dem Fuß und bemerkte, dass viele der Bäume aufrechter zu stehen schienen. Sie sahen wieder mehr nach Olivenbäumen aus, und viele der Reihen waren vom Unkraut befreit. Topo gefiel der Anblick; das war schon näher an dem, wie es sein sollte, aber er war dennoch verwirrt.

»Warum machst du das? Ich dachte, du wolltest den Hof verkaufen.«

»Will ich auch«, log Leo. »Es ist nur – siehst du Horden von Käufern, die mir die Tür einrennen? Niemand wird ihn kaufen, solange er so aussieht.«

Das leuchtete Topo ein, und Leo war erleichtert, dass sein Freund mit anderen Dingen beschäftigt war und nicht weiter nachbohrte.

»Ich muss mit dir reden.«

Leo warf einen prüfenden Blick auf Nonnos Brennvorräte. Für ein paar Minuten konnte er im Schatten eines Baums eine Pause machen. Topo vergewisserte sich, dass weder Nonno noch der Hund zuhören konnten.

»Wie geht's dem Fresko?«

»Ausgezeichnet.«

»Meinst du nicht, du solltest es woanders lagern? Ich meine, solange Nonno bei dir wohnt?«

»Nein. Es ist gut an seinem jetzigen Platz aufgehoben«, log Leo erneut. Tatsächlich stand sein Herz jedes Mal still, wenn Nonno zur Tür hereinkam. Es war, als ob das Fresko unter dem Bettgestell laut aufheulte. Immer wenn Nonno sich in der Hütte zu schaffen machte, fürchtete Leo, er werde jeden Moment auf das Bündel unter dem Bett zeigen und rufen: »He! Was ist das? Sieht aus wie etwas, das du aus einer Kirche gestohlen hast!« Die schlichte Wahrheit war, dass Leo sich nach Kräften bemühte, nicht an Fresken, Reichtum und Wunder zu denken.

»Ich habe einen Plan«, grinste Topo verschlagen.

Nun … zuhören konnte nicht wehtun.

Der von Topo unterbreitete Plan, dachte Leo, war so typisch, dass er von niemand anders kommen konnte. Er war theatralisch und bombastisch, voll von dramatischen Geschehnissen und Höhepunkten. Er besaß einen Plot, ein Drehbuch, eine Besetzung und Spezialeffekte – und er war tatsächlich ausgesprochen gut. Topos Grundidee war wirklich zu einfach. Wenn das Problem darin bestand, dass Pater Elio glaubte, Gott habe sich wegen einer schweren, geheimnisvollen Sünde von ihm abgewandt, konnte man doch, anstatt ihm Gottes Liebe durch irgendein Wunderzeichen zu versichern, einfach jemanden zu ihm schicken, der ihm sagte, Gott liebe ihn immer noch. Das Wunder war nicht die Botschaft, sondern der Bote. Es wäre ein Engel, der aus dem Himmel zu ihm herabstiege.

Topo beschrieb die Szene so dramatisch, dass Leo eine Gänsehaut auf den Armen verspürte. Als der aufgeregte kleine Kerl zur Lösung kam, konnte er vor lauter Ergriffenheit kaum weitersprechen, und selbst Leo musste heimlich eine Träne unterdrücken. Nachdem Topo geendet hatte und beide schweigend unter dem Olivenbaum saßen, waren Leo zwei Dinge klar: Erstens, es war ein guter Plan, vielleicht sogar der beste, und zweitens, wenn Guido Pasolini in Hollywood groß geworden wäre, läge ihm vielleicht die Welt zu Füßen.

Damit der Plan funktionieren konnte, mussten in aller Eile ein paar Vorbereitungen getroffen werden. Topo redete von Kostümen und Make-up, von der Beleuchtung und von dem Drehbuch – um alle diese Dinge würde er sich kümmern. Die einzige Sache, die er in der Produktion nicht übernehmen könnte (er benutzte tatsächlich das Wort »Produktion«), war, eine Besetzung für die Rolle des Engels zu finden. Dafür brauchte er Leo. Der Engel war der entscheidende Punkt. Es musste ein Mädchen von engelhafter Schönheit sein. Und es musste ein Mädchen sein, das Pater Elio nicht sogleich erkennen würde, was bedeutete, es durfte nicht so oft die Kirche besuchen. Und es musste eine Schauspielerin sein. Beide wussten, in Santo Fico gab es nur eine Person, die alle diese Kriterien erfüllte.

17

Die kleine Glocke über der Tür, die beim Eintreten läutete, erinnerte Leo daran, dass er schon einmal in Angelica Giancarlos Schönheitssalon gewesen war. Vor vielen Jahren hatte er eine Nachricht an seine Tante Sofia überbracht, die hier ihre Haare machen ließ, als der kleine Salon noch von Angelicas Mutter geführt wurde. Der Besuch war nur kurz gewesen. Es hätte auch keinen Grund für ihn gegeben, sich länger dort aufzuhalten, da Angelica bereits einige Jahre zuvor aus Santo Fico weggegangen war. Dennoch erinnerte er sich auch nach so vielen Jahren noch an die Einrichtung: die türkis- und rosafarbenen Plastikstühle mit den Chromlehnen, das seltsame Waschbecken mit den vielen Schläuchen und der Einbuchtung vorn und auch die Ständer mit Helmen, die aussahen wie Requisiten aus einem alten Sciencefiction-Film. Immer noch hing ein beißender chemischer Geruch in der Luft, der ihm in der Nase stach und ein flaues Gefühl in Kopf und Magen verursachte. Es war ein Geruch, der vermutlich schädlich war, war man ihm längere Zeit ausgesetzt.

Seine einprägsamste Erinnerung an diesen Ort war allerdings ein Erlebnis vor vielen Jahren draußen auf der Straße. Es war eine Sache, die Leo niemals vergessen würde und von der er ebenso wusste, dass er sie nie jemandem erzählen könnte, nicht einmal Angelica. Er wüsste auch nicht, was er erzählen sollte.

Es war im November gewesen. Ein kalter Regen aus dem Norden prasselte seit einer Woche auf das Dorf, und aus irgendeinem vergessenen Grund war Leo zu spät auf dem Weg zur Schule. In Windeseile flitzte er die schmalen, glitschigen Gassen entlang, als er hinter einer Straßenecke eine außergewöhnliche Entdeckung machte. Am anderen Ende der Straße stand ein fremdes Auto vor dem Giancarlo-Haus. In Santo Fico war jeder unbekannte Wagen ein Ereignis, das näher untersucht werden musste, sodass Leo sofort seinen Schritt verlangsamte. Der kleine, braune Fiat nahm fast die gesamte Straßenbreite ein, doch auch aus einiger Entfernung konnte Leo erkennen, dass die Rückbank voller Gepäckstücke war. Ein fremder Mann, der einen dunklen Anzug trug und einen dünnen, glänzenden Schnurrbart hatte, saß ungeduldig hinterm Steuer. Leo hatte keine Ahnung, wer der Mann war, aber er war ihm vom ersten Moment an verhasst.

Vor der Tür des Hauses standen Angelica und ihre Mutter bewegungslos im beißenden Wind und Regen, festgefroren in einer Umarmung, die keine von beiden lösen wollte. Zuletzt wandte Angelica sich ab, drehte den Kopf zu einem Fenster im ersten Stock und starrte auf das regenverschlierte Glas. Leo fand es seltsam, dass sie zu einem dunklen, leeren Fenster hinaufstarrte, aber als er paar Schritte weiter die Straße entlanglief, bemerkte er eine undeutliche Gestalt hinter der Scheibe. Es war Angelicas Vater, und der Anblick seines Gesichts ließ Leo erstarren. Es war ein in Stein gemeißeltes Antlitz; ein Gesicht, das nur Bedauern kannte und in dem das einzig Lebendige ein Paar abgrundtiefer, angstvoller Augen waren. Leo hatte noch nie einen solchen Schmerz gesehen, der ihn, wie die Erscheinung in einem Albtraum, an den Tod denken ließ. Er betete, nie wie Angelica in so flehende, schmerzvolle Augen blicken zu müssen. Aber natürlich musste er es dann doch, als er das Herz seines eigenen Vaters brach.

Schließlich wandte sich das versteinerte Gesicht vom Fenster ab, und im gleichen Moment drehte Angelica sich um. Sie stieg auf der Beifahrerseite in den Fiat, als ihr Blick plötzlich auf die andere Straßenseite fiel – genau auf Leo. Erst jetzt bemerkte er, dass er sie die ganze Zeit offen und schamlos anstarrte, aber es war ihm egal. Was zählte war, dass Angelica fortging und dass sie offenbar unglücklich war. Beides erfüllte den Dreizehnjährigen mit Sehnsucht und Verwirrung, weil es in diesem Alter keinen Unterschied zwischen kindlichem Begehren und Liebe gibt. Er war sich nicht einmal sicher, ob sie überhaupt seinen Namen kannte, aber er wollte trotzdem zu ihr rennen, seine dünnen Kinderarme um sie legen und sie beschützen. In dem Augenblick, da ihre Blicke sich trafen, schwor Leo tausend stumme Schwüre der Leidenschaft, Hinnahme und Vergebung. Dann lächelte sie ihn an. Es war ein Erwachsenenlächeln voll Anerkennung und Dankbarkeit für das, was sein kindliches Herz bezeugt hatte. Einen Augenblick später schlug die Wagentür zu, der braune Fiat sprang stotternd an, und Angelica verschwand am Ende der Straße in einem Abgasschleier.

Mehr wusste Leo über Angelica Giancarlos verwirrende Abreise nicht zu sagen. Er fragte sich oft, ob sie sich an den Tag und an seine Anwesenheit erinnerte. Und jetzt fragte er sich, was sie dazu sagen würde, ihn plötzlich in ihrem Schönheitssalon zu sehen. Dabei waren seine Sorgen gänzlich unbegründet.

Einen Moment später, als sie durch den hellen, mit Sonnenblumen bedruckten Vorhang trat, der ihr kleines Geschäft vom Rest des Hauses trennte, und in Leo Pizzolas lächelndes Gesicht blickte, klappte Angelicas Kiefer herunter, und sie war für einen Augenblick sprachlos. Ihr Gehirn arbeitete fieberhaft: Was in aller Welt hatte er hier zu suchen? Dies war eine ernste Verletzung ihrer stummen Vereinbarung, und im ersten Moment wollte sie sich umdrehen und weglaufen, entschied dann aber, der Situation ins Auge zu sehen. Außerdem beschloss sie, sollte er auch nur ein Sterbenswort über ihre geheime und unausgesprochene Begegnung bei ihrem Bad im Meer verlieren, würde sie ihm ins Gesicht schlagen und des Ladens verweisen. Und sie würde nie wieder an dieser Stelle schwimmen gehen.

Zu ihrer großen Erleichterung gab Leo sich höflich und respektvoll. Er redete sie sogar mit »Signorina Giancarlo« an, bis sie ihn abwehrend bat, Angelica zu sagen. Steif stand er mit dem Hut in der Hand im Laden, bis sie ihn freundlich aufforderte, sich zu setzen. Seine Augen blickten abwechselnd in ihre oder auf den Boden, ohne dass sie ihn dabei erwischte, wie er verstohlen hungrige Blicke auf andere Teile ihres Körpers warf, wie es die meisten Männer taten. Er war mehr als höflich, er war charmant.

Einen kurzen Moment hatte sie ernste Bedenken, als er aus heiterem Himmel und mit vollem Ernst fragte, ob sie regelmäßig zur Kirche gehe.

Sollte sie Leo Pizzola so grundlegend falsch eingeschätzt haben? War er gekommen, um sie zur Buße zu ermahnen? Vielleicht wollte er sie mit in die Kirche schleppen. Vorsichtig ging sie auf seine Fragen ein, nein, sie gehe nicht regelmäßig zum Gottesdienst … Und ja, ihre letzte Beichte läge auch schon einige Jahre zurück … Nein, sie könne nicht sagen, Pater Elio in irgendeiner Weise nahe zu stehen, obwohl sie ihn natürlich ihr Leben lang kannte und ihn sehr schätzte. Tatsächlich habe sie in den etwa sieben Jahren seit ihrer Rückkehr nach Santo Fico nicht die Gelegenheit gehabt, persönlich mit ihm zu sprechen.

»Unsere Wege scheinen sich ganz einfach nicht zu kreuzen«, sagte sie und kicherte verlegen.

Sich in Santo Fico geschlagene sieben Jahre aus dem Weg zu gehen, war eine reife Leistung, dachte Leo und überlegte, ob er den geheimen Grund dafür erfahren würde.

Als Leo ihr von Pater Elios Glaubenskrise erzählte, war ihr die Betroffenheit deutlich anzumerken. Und als er ihr unter der Auflage strengster Vertraulichkeit den Plan erläuterte, den er und Guido Pasolini sich ausgedacht hatten (»Wer?« … »Topo?« … »Oh, Topo!«), war sie sofort angetan. Und als Leo ihr schließlich noch eröffnete, dass sie für die Rolle des Engels eine bezaubernde Schauspielerin brauchten, musste sie sogar weinen. Eine halbe Ewigkeit hockte er neben ihr auf dem winzigen Sofa aus Chrom und Plastik, bis Angelica sich endlich gefasst hatte und ihm mitteilen konnte, es sei ihr »eine Ehre, die Rolle des Engels zu übernehmen und so Pater Elios Glauben zu retten«. Und sie stand zu ihrem Wort.

Leo versicherte ihr, Guido – also Topo – kümmere sich um sämtliche Einzelheiten »der Produktion«, und er würde ihr am Nachmittag das Drehbuch vorbeibringen. Gemeinsam mit Topo könne sie dann über Kostüm und Make-up beratschlagen. Leo könne sich bloß vorstellen, wie viel Spaß sie dabei hätten. Er erklärte ihr, die »Aufführung« würde noch am gleichen Abend im Wäldchen hinter der Kirche stattfinden, bevor er sich mit einer komischen Verbeugung, die sie auf ebenso komische Weise erwiderte, verabschiedete und verschwand.

Wenn jemand in Santo Fico an diesem Nachmittag ein Problem mit seinem Toaster, seinem Radio, seiner Bohrmaschine oder sonst einem Elektrogerät gehabt hätte, hätte er bei Pasolinis Werkstatt vor verschlossenen Türen gestanden. Topo hatte endlich zu seiner wahren Berufung gefunden, doch was Leo Sorge bereitete, war der Sinn seines Freundes für eine große Inszenierung. Was sie brauchten, war ein eingängiges, unkompliziertes kleines Wunder. Ein göttliches Geschöpf erscheint in aller Stille im Wald und gibt einem geschlagenen alten Priester seinen Glauben zurück. Leo fürchtete allerdings, Topos Entwurf würde irgendwo zwischen *Quo Vadis?* und *Ben Hur* liegen. Außerdem kamen ihm einige Dinge höchst seltsam vor.

»Wozu brauchst du so viel Verlängerungskabel?«

»Um den Filmprojektor anzuschließen.«

»Wozu brauchst du einen Filmprojektor?«

»Um einen Film zu zeigen.«

»Wozu musst du einen Film zeigen?«

»Um das *überirdische Licht* zu schaffen, das *engelhafte Leuchten.*«

»Wird es nicht einfach nur wie ein Kinofilm aussehen?«

»Nein. Wir zeigen einen alten Schwarz-Weiß-Film. Dann verlangsamen wir die Laufgeschwindigkeit des Projektors und drehen an der Linse, bis das Bild verwischt. Und dann bewege ich die Finger meiner Hand schnell vor der Linse hin und her, was alles noch mehr verzerrt. Außerdem projizieren wir den Film auf Büsche und Zweige. Niemand wird irgendetwas erkennen können. Ich habe mich noch für keinen Film entschieden. Hauptsache schwarz-weiß. Und natürlich ohne Untertitel.«

»Klar doch.«

»Wir brauchen einen Klassiker. *La Strada*! Was meinst du?«

Leo dachte, die Idee hatte überzeugender geklungen, als Topo sie ihm unter dem Olivenbaum erklärte. Er überlegte seine Worte genau. Immerhin war dies Topos Wunder, und er wollte ihm auf keinen Fall in die Quere kommen. Wenn Leo nicht alles verstand, hieß das nicht, dass es nicht funktionieren würde.

»Macht der Filmprojektor nicht einen furchtbaren Lärm?«

Topo drehte sich einmal im Kreis und klatschte laut in die Hände. »Wolldecken!«

»Wolldecken?«

»Wir wickeln den Projektor in Wolldecken. Das macht man immer so. Genau wie die anderen Sachen.«

Leo zuckte die Schultern und tat so, als habe er verstanden.

»Hast du einen Text für Angelica geschrieben? Sie erwartet dich jede Minute und ist bestimmt nervös.«

Leo hatte den Eindruck, dass Topo jedes Mal eine merkliche Anspannung befiel, wenn er den Namen

Angelica Giancarlo erwähnte. Außerdem war Topo zuvor, als er Leo penibel genau nach seiner Begegnung mit ihr im Schönheitssalon befragt hatte, ganz plötzlich in ein ungewöhnliches Stottern verfallen. Doch jetzt griff er nur flink in seine Tasche, drückte Leo ein zerknittertes Blatt Papier in die Hand und stöberte gleich weiter in seinen Blechdosen mit den Filmrollen. Leo las den Text und fühlte sogleich seinen Glauben an die Sache zurückkehren.

»Topo, das ist... das ist... gut. Das ist richtig schön.«

Topo grunzte und kramte weiter zwischen den Blechdosen nach seiner Fellini-Abteilung. »Ja doch. Ich bring es gleich zu Anga-Anga-Anga-elica... *La Strada*... Das ist der richtige Film. Du musst mit Marta reden... Wo steckt nur der Fellini!«

Der Weg zum Hotel war längst nicht mehr so behaftet mit bösen Vorahnungen wie einst. Zwar konnte sich Leo auch jetzt nicht sicher sein, wie er empfangen würde, aber Marta fiel kaum noch mit einem Schwall von Verwünschungen und Vorwürfen über ihn her. Auf dem Weg von Topos Werkstatt hinauf zum Hotel versuchte er nachzuvollziehen, warum sie so verbittert war. Ihre Gefühle für ihn waren natürlich leicht zu erklären, aber es war noch mehr als das. Seit er in ihrer Nähe war, hatte er bemerkt, dass es über ein Gefühl persönlicher Verachtung für ihn hinausging. Sie war verbittert über das Leben selbst, und das beunruhigte ihn.

Als er in einen *vicolo*, einen schmalen Durchgang zwischen zwei Häusern, eintrat, bemerkte er aus dem Augenwinkel etwas, das ihn sofort anhalten und zurückweichen ließ. Am anderen Ende der Gasse stand Carmen an eine Hauswand gelehnt, während der komische schmierige Kerl, der die Post aus Grosseto brachte, sich an sie drängte. Es war kein großes Geheimnis, warum sie sich im Durchgang zwischen den Häusern versteckte. Sie rauchte nicht bloß, sondern sie ließ sich auch noch von diesem Burschen befummeln. Es war zwar nicht mehr als ein harmloses jugendliches Flirten, bei dem viel gelacht und geschubst wurde, aber sie ließ sich dennoch von ihm anfassen. In dem kurzen Augenblick, in dem er sie beobachtete, konnte Leo sehen, dass Carmen die Situation im Griff zu haben glaubte. Dennoch reagierte sie erschrocken, als sie bemerkte, dass Leo sie beobachtete. Doch schon im nächsten Moment sah sie ihn herausfordernd an und paffte an ihrer Zigarette. Ihr Blick war trotzig, als warte sie nur darauf, dass er etwas sagte oder tat. Leo war nicht nahe genug, um zu sehen, dass Carmen geweint hatte. Solly Puce drehte sich ebenfalls zu ihm um, und als er Leos kalten Blick spürte, ließ er von Carmen ab, zerrte an seiner Hose, machte ein paar seltsame Handbewegungen, die Leo nicht verstand, und rief eine Reihe unverständlicher Worte.

Trotz der bitteren Erinnerungen und Enttäuschungen, die Leo mit Franco Fortino verband, waren sie einmal dicke Freunde gewesen, und hier ging es um Francos älteste Tochter. In seinem Herzen wusste Leo, dass er sich den widerlichen Burschen schnappen und ihm eine gründliche Tracht Prügel verpassen sollte, weil Franco genau das von ihm gewollt hätte. Doch bevor er einen Schritt tun konnte, warf Carmen ihre Zigarette auf den Boden, packte Solly am Hemd und zog ihn um die Ecke. Er hörte, wie beide laut lachten.

Im Hotel stellte Leo sich in die Tür zur Küche und wartete. Marta war nicht zu sehen. Er klopfte und rief ihren Namen und wollte schon gehen, als Marta oben auf dem Treppenabsatz erschien. Ihr Gesicht machte einen abwesenden Eindruck, als habe er sie gerade bei einer wichtigen Beschäftigung unterbrochen.

»Oh, du bist es. Und? Was willst du?«

»Darf ich reinkommen?«

»Sicher. Ja. Was willst du?« Sie war über irgendetwas aufgebracht, und diesmal war nicht er der Grund.

»Ich brauche deine Hilfe. Du musst Pater Elio heute Abend ins Hotel holen und ihn bis gegen zehn Uhr hier festhalten, abseits von der Kirche.«

»Bis zehn Uhr? Das ist sehr spät für ihn. Und überhaupt … warum? Was hast du vor?«

»Nichts. Mach dir keine Sorgen. Aber setz dich heute Abend so an den Tisch, dass du das Fenster im Blick hast. Wenn wir so weit sind, komme ich ans Fenster und gebe dir ein Zeichen. Dann kannst du ihn nach Hause lassen.«

»Wie soll ich ihn bis zehn Uhr hier behalten?«

Es war eine rein rhetorische Frage. In Gedanken war Marta ganz woanders, und Leo hoffte nur, sie habe alles richtig mitbekommen, als sie ihn durch die Küche zur Hintertür begleitete.

»Sag ihm, du müsstest etwas Wichtiges mit ihm bereden.«

»Klar doch. Etwas Wichtiges bereden. Übrigens, hast du Carmen gesehen?«

Leo war schon halb über den Hof, doch der ängstliche Ton ihrer Stimme verriet sofort, was sie wirklich die ganze Zeit quälte. Er dachte an die bezaubernde Carmen und an Solly Puce, der sich gegen sie drückte, mit der Hand über ihre Taille fuhr und ihr durchtrieben ins Ohr lachte, und jetzt wünschte er wirklich, er hätte sich den Burschen vorgeknöpft, als dazu Gelegenheit war.

»Nein … das heißt, vielleicht habe ich sie vor ein paar Minuten weiter unten im Dorf gesehen.«

»War sie allein?«

»Ich weiß nicht … Ich glaube – nein.«

Als er aus dem Hof trat, hörte Leo weiter unten am Hang eine alte Vespa knatternd anspringen. Jeder im Dorf wusste, zu welchem Roller das Geräusch gehörte.

Marta rannte zum Hofzaun und rief in die leere Gasse: »Carmen Fortino! Komm sofort zurück! Carmen!«

Als sich das Geräusch der Vespa immer weiter entfernte, hätte Marta den Himmel anheulen können. Warum hatte sie erneut mit Carmen gestritten? Noch dazu wegen nichts! Es war zu dumm. Wenn Carmen nur zurückkäme, würde sie ihr sagen, wie Leid es ihr tat. Sie würde sie in den Arm nehmen wie damals als kleines Mädchen, oder sie würde sie anbrüllen und schütteln und dann an sich drücken – vielleicht sogar alles auf einmal. Wie üblich kreisten die Ereignisse in ihrem Leben wie ein verrücktes Karussell um sie herum, unbekümmert ob ihrer Bemühungen, sie in den Griff zu bekommen, und sie fühlte sich hilflos.

Ja, sie würde heute Abend mit Pater Elio reden, und es ginge dabei tatsächlich um etwas sehr Wichtiges.

18

Zum ersten Mal seit Wochen wehte nach Sonnenuntergang eine kühle Brise vom Meer her und schlug gegen die Berge hinter Santo Fico. Es war kein beißender oder kalter Wind, bloß ein kühler Hauch. Und er hatte auch keine größeren Auswirkungen, abgesehen davon, dass er in einigen Talsenken des Küstengebirges für einen dünnen Bodennebel sorgte. Topo entdeckte das Phänomen, als er gerade damit beschäftigt war, die Verlängerungskabel in den Bäumen hinter der Kirche zu verstecken. Er hätte vor Freude in die Luft springen können. Nebel! Natürlich! Welch ein grandioser Spezialeffekt. Für Topo war das Auftauchen der Nebelschleier fast so etwas wie eine offizielle Absegnung seines Wunders von oben.

Marta war gegen neun Uhr zur Kirche gegangen und hatte Onkel Elio gefragt, ob sie mit ihm über eine wichtige Sache reden könne, doch es müsse im Hotel sein, weil sie auf Carmens Rückkehr warte. Nichts davon war gelogen, und da Elio ihren Kummer sah, ließ er sich nicht lange bitten.

Aus dem Schatten einer Straßenecke beobachteten drei geduckte Gestalten, wie Marta und ihr Onkel die Piazza überquerten und im Hotel verschwanden.

Dann eilten die drei, beladen mit allerlei technischem Gerät, zur Rückseite der Kirche. Topo lief mit der Kabeltrommel direkt zur Küchentür der Kirche. Er wusste genau, wo er das Kabel anschließen konnte, weil Pater Elio ihn immer die Steckdose gleich hinter der Tür benutzen ließ, wenn er seine Filme auf der Piazza vorführte. Diesmal allerdings lief Topo mit dem Kabel nicht zurück zur Piazza, sondern ging damit hinter die Kirche und verschwand zwischen den Bäumen.

Zuvor am Nachmittag hatten Topo und Leo das kleine Gehölz aus Zedern, Pinien und Eichen genauestens nach der geeignetsten Stelle für das Erscheinen eines Engels inspiziert. Topo hatte sich für eine kleine, von drei Pinien gerahmte Anhöhe entschieden, die in seinen Augen eine filmisch-biblische Qualität besaß. Sie erschien ihm außerdem passend, weil dichtes Buschwerk den Fuß der Anhöhe an genau der Stelle säumte, an der Pater Elio vorbeikommen würde, und somit einen Aufstieg verhinderte. Topo gefiel der Gedanke nicht, Pater Elio könne sich von dem Geschehen so mitreißen lassen, dass er den Engel berühren oder mit ihm reden wollte. Einer so genauen Prüfung konnte sein Wunder nicht standhalten. Die Büsche und die Erhebung boten einen perfekten Schutzwall, und sie waren außerdem bestens für das geeignet, was Topo an »Spezialeffekten« im Sinn hatte. Leo schleppte also den Filmprojektor an die betreffende Stelle.

Angelica schien im trüben Abendlicht kaum etwas sehen zu können und hatte überdies größte Sorgen, was ihr Kostüm, ihr Make-up, ihre Frisur und ihren Text betraf. Und da Topo mit anderen Dingen beschäftigt war, bat sie Leo um Hilfe, ihr einen Weg durch die Büsche hinauf zu dem Hügel mit den drei Pinien zu weisen. Leo war bereits zu dem festen Entschluss gekommen, ihr Engel brauche unbedingt eine Brille und wolle es nur nicht zugeben.

Am Fuß der Anhöhe quälte Topo sich mit dem altbekannten künstlerischen Problem, wie man eine himmlische Vision am besten ausleuchtete. Er war davon ausgegangen, dass er es auf ganz traditionelle Weise mit Seitenbeleuchtung probieren würde. Nur war das vor dem fantastischen Bodennebel. Vielleicht doch lieber Hintergrundbeleuchtung? In modernen Filmen gab es jede Menge Hintergrundbeleuchtung, und in Kombination mit dem Bodennebel würde es einen bezaubernden Effekt ergeben. Schließlich sollte es wie ein Wunder aussehen! Wie das Herabsteigen eines Engels zur Erde! Topo hatte sich gerade für die entrückende Wirkung einer Hintergrundbeleuchtung entschieden, als er zur Anhöhe hinaufblickte und Angelica ihren dunklen Mantel ablegen sah. Das lange, cremefarbene Nachthemd, das sie gemeinsam ausgesucht hatten, schimmerte im letzten Abendlicht, und er musste an den Nachmittag mit ihr denken.

Topo hatte sich über Gassen und Hinterhöfe zu Angelicas Salon geschlichen und sich genau vergewissert, dass keiner zuschaute, bevor er eintrat. Seine Geheimniskrämerei hatte nichts mit ihrem Projekt zu tun. In seiner Vorstellung hatte Angelica Giancarlo etwas so überwältigend Aufregendes, dass allein der Besuch ihres Hauses ihm verboten vorkam und er um seinen Ruf fürchtete.

Als er in Angelicas winzigem Laden stand, wurde ihm plötzlich bewusst, dass er kaum je mit dieser

Frau gesprochen hatte. O ja, als kleiner Junge war er ihr durch die Straßen gefolgt und hatte ihren sinnlichen Gang nachgeahmt. Er hatte ihr oben vom Glockenturm hinterhergepfiffen und sich dann geduckt und gekichert. Er hatte ihr aus sicherer Entfernung anzügliche Dinge zugerufen und war dann schnell fortgelaufen. Er hatte in einem dunklen Kinosaal gesessen und ein verschleiertes Haremsmädchen mit unglaublichen Brüsten angehimmelt. Und als junger Mann hatte er natürlich davon geträumt, dass ... nun ja ... er hatte natürlich geträumt. Aber Freunde waren sie dadurch nicht geworden. Warum glaubte er also, sie zu kennen? Er wusste nichts von Angelica Giancarlo! Aber gewiss kannte sie ihn! Sie würde sich an ihn erinnern! Natürlich wüsste sie nicht seinen Namen, aber sie würde sich an seine kindischen Zurufe, das Hinterherpfeifen und an seine Gesten erinnern. Oh, mein Gott, die Gesten!

Mit einem flauen Gefühl im Magen starrte er auf die verblichenen Sonnenblumen auf dem dünnen Stoffvorhang und wartete auf eine leise Bewegung, die ihr Kommen signalisieren würde. Welcher Teufel hatte ihn nur geritten, hierher zu kommen? Zweifellos hatte sie das Läuten der Glocke bei seinem Eintreten gehört. Jeden Moment würde Angelica Giancarlo durch den Vorhang treten, ihm eine Ohrfeige verpassen und ihn vor die Tür setzen. Und er hätte es obendrein noch verdient.

Gerade überlegte Topo, ob er heimlich und leise durch die Tür entkommen konnte, bevor sie ihn sah, als Angelica durch den gelben Vorhang trat und sich beide plötzlich Auge in Auge gegenüberstanden. Topo schmolz beim Anblick ihrer braunen Augen und ihres warmherzigen Lächelns dahin. Er war ihr nicht oft so nahe gekommen, zumindest nicht, wenn er sie dabei ansehen konnte, und sie erschien ihm noch schöner als in allen seinen Träumen. Bevor sie recht erkannte, dass der arme Mann mit katatonischer Stummheit geschlagen war und kein Wort mehr herausbrachte, war Angelica schon bei ihm und hielt seine Hand.

»Hallo, Guido«, schnurrte sie säuselnd ... Guiiidoow ... »Wie schön, dich zu sehen! Was du und Leo da für Pater Elio macht, finde ich absolut wundervoll und fühle mich geehrt, dass ihr dabei an mich gedacht habt. Wusstest du, dass ich beim Film gewesen bin? Oh, natürlich wusstest du das ... Aber das ist so lange her ...«

Topo hätte sich keine Sorgen über seinen Anteil an der Unterhaltung machen müssen. Und er hatte auch keine Angst mehr – sie nannte ihn Guido. Natürlich erzählte sie noch lange und leidenschaftlich weiter, aber Topo bekam von alledem nichts mit. Sie war so bezaubernd. Und obwohl sie ihn immer noch überragte, war sie doch nicht ganz so groß, wie er es in Erinnerung hatte. Und sie war fülliger – nicht dick, aber anziehend rundlich. Ziemlich anziehend. Und dabei war sie so zuvorkommend und so aufrichtig. Und er liebte die Art, wie sie Guido sagte.

Zuletzt fragte sie ihn nach dem Drehbuch, und Topo zog ein zerknülltes Blatt Papier aus der Tasche. Angelica setzte sich auf ein schmales Sofa, hielt sich das Blatt dicht vor die Nase und las bedächtig. Nachdem sie geendet hatte, ließ sie das Blatt auf den Schoß sinken und begann zu schluchzen. Sie sagte nur ein Wort: *»Schön«*, und brach in Tränen aus. Topo sah ihr schweigend beim Weinen zu und überlegte die ganze Zeit, wo sie wohl die Taschentücher verwahrte.

Als sie sich schließlich wieder beruhigt hatte, fragte sie ihn nach Kostümen und Make-up, und Topo spürte deutlich, dass sie seine Meinung wirklich interessierte. Sie sprach mit ihm, als läge es bei ihm, was sie tragen und wie sie aussehen sollte. Selbstverständlich hatte sie ein paar eigene Ideen zur Form ihrer Frisur. Sie sollte himmelwärts weisen und zugleich ihren Kopf wie ein Heiligenschein umgeben. Sie würde sich darum kümmern, schließlich gehörte Haargestaltung zu ihrem Beruf. Was das Kostüm betraf, hatte sie ein halbes Dutzend in der engeren Auswahl, konnte sich aber nicht recht für eins entscheiden. Sie sagte: »Du bist der Regisseur.« Und dann nahm sie seine Hand und zog ihn durch den Vorhang mit den Sonnenblumen.

Nachdem sie ein paar Treppen erklommen hatten, fand Topo sich in Angelica Giancarlos Schlafzimmer wieder. Auf dem Bett ausgebreitet lagen eine Reihe von »Kostümen«. In schnellen Sätzen und sprühend vor Begeisterung erklärte sie ihm, das meiste seien Nachthemden, um sogleich sämtliche Vorteile und Nachteile der einzelnen Kleidungsstücke aufzuzählen. Als Topo fragte, ob sie »vielleicht etwas in Richtung... weiß und fließend« habe, verstand sie dies fälschlicherweise als ein Zeichen der Enttäuschung. Sich für ihre spärliche Garderobe entschuldigend, schob sie ihn in ihr winziges Ankleidezimmer, wo sie eng aneinander gepresst standen und sie ihm unbekümmert ihre sämtlichen Kleiderregale zeigte. Der muffige Geruch in dem kleinen Zimmer, eine exotische Mischung aus Parfüms und Pudern, und die Nähe von Angelicas Körper machten Topo zugleich bange und schwindelig. Er war deshalb beinahe erleichtert, als sich in der winzigen Kammer auch nichts Besseres fand und sie ins Schlafzimmer zu den ursprünglichen sechs Kandidaten zurückkehrten.

Drei der Kleidungsstücke lehnte Topo sogleich ab, weil die Farben nicht stimmten, wobei Angelica seine rasche Entscheidungsgabe und seine Geschmackssicherheit entzückte. Doch die endgültige Entscheidung fiel schwer. Also schlug Angelica vor, die verbliebenen Kleidungsstücke vorzuführen.

Topo hockte auf einem Stuhl an der Wand, während sie hinter einem Paravent in der Ecke verschwand und ihm in einer exklusiven Schau die drei Nachthemden eins nach dem anderen präsentierte. Topos Mund war so trocken, dass er kaum sprechen konnte, und der Schweiß tropfte schier von seinen Händen. Zuerst war Topo in Sorge, in ihrer Gegenwart sichtbar erregt zu werden und keinen Hut für seinen Schoß zu haben. Aber schon bald bemerkte er, dass er dafür viel zu nervös war – obwohl dies bei weitem die aufreizendste Sache war, die ihm je widerfahren war.

Jedes Mal wenn Angelica hinter dem Paravent hervortrat und sich ans Fenster stellte, erläuterte sie ganz und gar unbefangen, wie sich der seidige, hauchdünne Stoff auf ihrem Körper anfühlte. Beiläufig redete sie über Farben und Größen. Topo nickte nur. Ihr persönlicher Favorit kam als Letztes. Es war ein weit geschnittenes, bis zum Boden fallendes, cremefarbenes dünnes Nachthemd aus reinster Seide. Topo sah natürlich lediglich, dass es leicht glänzte. Es hatte einen V-Ausschnitt, der mehr als nur einen leichten Einblick ins Dekolleté gewährte, aber es hatte auch kurze Ärmel, die es irgendwie züchtig erscheinen ließen. Sie erklärte ihm dies alles, noch bevor sie es anzog, doch als sie hinter dem Paravent hervor ans Fenster trat, ließ das Sonnenlicht hinter ihr das Nachthemd praktisch unsichtbar werden. Wie gebannt starrte Topo auf Angelicas Schritte und Drehungen. Sie lief langsam vor dem Fenster hin und her, ohne zu ahnen, welchen Effekt das Sonnenlicht auf ihre Silhouette hatte.

»Und? Was denkst du?«

»Das gefällt mir am besten«, ertönte ein heiseres Wispern. Topo hörte die Worte und war sich auch ziemlich sicher, dass sie aus seinem Mund stammten. Die Sache war entschieden. Sekunden später hatte er sich so weit berappelt, ihr versichern zu können, ihre Entscheidungen betreffend des Kostüms, der Frisur und des Make-ups seien ausnahmslos genial.

»Ich vertraue dir blind«, sagte er, als er aus dem Laden schwebte. Er rannte den ganzen Weg nach Hause, ohne das Pflaster zu spüren, goss sich ein großes Glas Wein ein und saß dann eine lange Zeit still da.

Als er jetzt am Fuß der Erhebung stand und zu Angelica Giancarlo in ihrem langen cremefarbenen Nachthemd mit den kurzen Ärmeln, eingerahmt von den Bäumen, hinaufblickte, musste Topo an den Anblick vor dem Fenster in der Sonne denken. Hintergrundbeleuchtung war definitiv passé.

»Probe kann beginnen«, sagte er gut gelaunt und hüpfte den Weg hinunter, um den Projektor vorsichtig in eine Decke einzuwickeln.

»Leo, du gehst wie Pater Elio den Pfad entlang und sagst mir, wenn du bei dem Baumstumpf bist.«

Sie hatten vereinbart, dass Pater Elio nicht näher als bis zu einem gewissen Baumstumpf kommen sollte.

Leo schritt also in der Dunkelheit ein Stück den Weg zurück, aber er konnte hinter den Bäumen immer noch Topo flüstern hören.

»Alles klar, Angelica?«

»Alles klar.«

»Also gut, Leo. Los geht's.«

Leo kam mit langsamen Schritten, wie er es bei Pater Elio vermutete, den Weg hinauf, und als er auf der Höhe des Baumstumpfs war, sagte er leise: »Alles klar, ich bin bei dem Stumpf.«

Auf dem Scheitel der Anhöhe vor ihm begannen seltsame Lichter zuckend im Nebel zu kreisen. Die Gestalt einer bezaubernden Frau mit weißblondem Haar, das ihren Kopf wie ein Heiligenschein umgab, trat vor ihn. Ihr Kleid schimmerte leuchtend zwischen den Bäumen. Die fahlen Lichter umkreisten sie, ohne je lange genug stillzustehen, als dass er Einzelheiten hätte erkennen können, aber der Eindruck war atemberaubend. Ihre sanfte Stimme drang wie Musik aus der Dunkelheit zu ihm.

»Lieber Pater Elio ... Verzweifle nicht ... Du bist nicht allein ... Alle Menschen sind Sünder ... Denke nicht an die Sünde, sondern wende dein Herz der Gnade des Vaters zu und dem Opfer deines Erlösers ... Gott liebt dich, so wie er alle seine Kinder liebt, und wie schwer auch deine Sünde war, sie ist dir bereits vergeben ... Gott hat sie dir vergeben, noch bevor du den Mut hattest, ihn um Vergebung zu bitten. Lieber Pater Elio ... verzweifle nicht.«

Dann streckte die silberne, schimmernde Erscheinung ihre Hände zum Himmel empor, und das Licht erlosch. Und so unerklärlich, wie sie erschienen war, war sie wieder verschwunden, und Leo blieb allein im Wald zurück. Er war erschüttert. Nie hätte er geglaubt, dass es so eindrucksvoll sein würde. Nie hätte er geglaubt, dass Angelicas tröstende Worte ihn so tief berühren würden. Ein leises Flüstern drang aus den Büschen.

»Und?«

Er hatte Mühe, seine Stimme wieder zu finden. »Das war ... das war ... großartig.«

»Konntest du den Projektor hören?«

»Ein bisschen vielleicht, aber ... nein. Nein, nicht wirklich. Es war ... fantastisch! Bekommst du es noch einmal so hin?«

»Kein Problem. Angelica, du warst wunderbar. Genauso machen wir es für Pater Elio. Einverstanden?«

Aus dem dunklen Schatten der Anhöhe trat Angelica hinter einer der Pinien hervor und winkte leicht. Dann hörten sie ein lautes Schluchzen. »Schon in Ordnung. Hat irgendwer ein Taschentuch?«

Marta hatte es so eingerichtet, dass Pater Elio mit dem Rücken zum Fenster am Küchentisch saß; von dort konnte er den seitlichen Zugang zum Haus nicht einsehen. Sie hatte gerade Kaffee gemacht, als Nina ihre Stimmen in der Küche hörte, die Treppen herunterkam und sich zu ihnen setzte. Sie plauderte eine Weile mit ihnen, aber Ninas Gegenwart machte ihre Mutter nervös. Natürlich musste sie nicht befürchten, Nina könne zufällig Leo durch das Fenster entdecken, doch wenn das Tor quietschte oder Leo auf einen trockenen Zweig trat, würde Nina garantiert fragen, woher das Geräusch kam, und dann würde Onkel Elio sich vermutlich zum Fenster umdrehen. Deshalb bemerkte Marta auf unverfängliche Weise, Nina sehe müde aus und solle lieber zu Bett gehen. Das Mädchen lachte nur und sagte: »Wenn du mich loswerden willst, Mutter, brauchst du es nur zu sagen.« Dann gab sie beiden einen Gutenachtkuss und ging die Treppe hinauf.

Marta versuchte über Belangloses zu reden, aber sie war so besorgt um Carmen, dass jedes kleinste Geräusch sie ablenkte und angespannt nach dem Tuckern des Motorrollers lauschen ließ. Als Pater Elio sie schließlich ahnungslos nach Carmen fragte, konnte Marta die Anspannung nicht länger zurückhalten, und die Tränen flossen noch vor den Worten. Da er nicht nur Martas Onkel, sondern auch ihr Priester war, musste er sie nicht lange drängen, ihm ihr Herz auszuschütten. Allerdings war es schwierig zu sagen, was Marta mehr quälte, Angst oder Zorn. Sie war wütend auf Franco, der sich auf seinem Motorrad so dumm in den Tod gefahren hatte, mit dieser Frau auf dem Rücksitz, die Arme fest um seine Brust geschlungen. Über sie brauchte man nicht weiter zu reden. Sie hatte bezahlt. Sie war mit ihm gestorben.

»Aber dieser verdammte Franco gehörte jetzt hierher!«, fluchte sie. »Seine Tochter braucht ihren Vater. Carmen hört nicht auf eine Frau, schon gar nicht auf ihre Mutter. Sie braucht einen Mann, der ihr zeigt, wo es langgeht. Sie braucht ihren Vater! Dieser verfluchte Franco!«

Und so ging es eine ganze Weile weiter.

Pater Elio hörte geduldig zu. Er hatte dem nichts hinzuzufügen. Marta hatte Recht. Franco dachte nur an sich; so war es immer gewesen. Und Marta hatte auch Recht mit Carmen. Es war offensichtlich, dass das Mädchen mit geschlossenen Augen und auf Zehenspitzen am Rand des Abgrunds tanzte, nur um zu zeigen, dass sie es konnte. Die gestrenge Stimme oder das liebevolle Verständnis eines Vaters könnten vielleicht helfen, aber Franco war nicht mehr da. Elio hatte eine Idee, aber er kannte Martas Empfindungen in diesem besonderen Punkt und schwieg daher lieber, während Marta fast eine geschlagene Stunde in einem fort schäumte. Als sie schließlich eine kurze Pause einlegte, um Luft zu schnappen, wagte Pater Elio einen Vorstoß.

»Es gibt da einen Mann, auf den Carmen vielleicht hören würde.«

Marta ahnte, worauf ihr Onkel hinauswollte, doch fürchtete sie sich zu hören, was ihr Herz längst wusste. Trotzdem fragte sie ihn: »Wer?«

»Leo Pizzola.«

Marta stieß einen spitzen Schrei des Entsetzens aus, als Leo Pizzolas Gesicht plötzlich direkt über Pater Elios Kopf im Fenster auftauchte.

Elio sprang halb von seinem Stuhl auf. Er wusste, sie würde allergisch auf Leo Pizzolas Namen reagieren, aber er hatte nicht damit gerechnet, dass sie ihn gleich anschreien würde.

»Entschuldige, ich hätte das nicht sagen dürfen.«

Leo gab Marta einen kurzen Wink und war wieder verschwunden.

»Nein, Onkel Elio. Ich muss mich entschuldigen. Das was dumm von mir. Ich glaube, ich bin einfach erschöpft.«

»Vielleicht sollte ich besser gehen.«

»Es ist schon spät. Soll ich dich zurückbringen?«

»Nein. Das geht schon. Du wartest hier auf Carmen.«

Sie küssten und umarmten sich zum Abschied, und Marta entließ ihren Onkel durch die Hintertür, damit er allein des neuen Wunders ansichtig wurde, das da draußen auf ihn wartete. Sie wusste, sie sollte besser mit ihm gehen. Schließlich war diese ganze Wundergeschichte ihre Idee. Sie sollte ihn mehr beschützen. Und sie hätte Leo genauer nach seinem Vorhaben befragen müssen. Aber heute Abend war ihr alles mehr oder weniger gleichgültig, also setzte sie sich mit ihrem kalten Kaffee an den Küchentisch und wartete. Sie wollte, dass Carmen zurückkehrte. Wo war sie nur? Bitte, lieber Gott, bring Carmen sicher nach Hause!

Die Piazza war dunkel und leer, und Pater Elios schlurfende Schritte hallten über den Platz. Seit langer Zeit war er nicht mehr so spät noch unterwegs gewesen. Kein Wunder, dass er so müde war. Die ganze Zeit musste er an Martas ängstliches Gesicht denken, und so hielt er mitten auf der Piazza an und schickte ein Stoßgebet zum Himmel, Carmen möge sicher und bald nach Hause kommen. Als der alte Priester anschließend tastend die Stufen zur Küchentür hinter der Kirche hinaufstieg, geschah etwas ganz und gar Seltsames.

»... Elio Caproni ...«

Zuerst dachte er, es wäre der Wind in den Bäumen. Es klang so, als würde er seinen Namen rufen. Ein leises, kaum vernehmliches Säuseln, wo immer es herkam. Er schüttelte den Kopf. Er war müde und hörte schon Stimmen. Er trat durch die Küchentür.

»... Elio Caproni ...«

Da war es wieder. Wieder klang es wie sein Name, aber es war nicht der Wind. Wer flüsterte so sanft und so spät seinen Namen?

»Ist da wer?«

Er lauschte angestrengt und traute sich kaum zu atmen. Stille. Er wollte erneut aufgeben, da hörte er es plötzlich wieder: »... Elio Caproni ...«

»Wer ist da? Wer ruft mich?«

Er hatte es ganz deutlich gehört. Irgendwer flüsterte seinen Namen aus dem Wäldchen hinter der Kirche. Er bekreuzigte sich rasch und verfluchte alle Teufel und bösen Geister. Was aber, wenn jemand ihn brauchte? Wenn ihn jemand um Hilfe rief? Pater Elio könnte es sich sein Lebtag nicht verzeihen, wenn jemand verletzt oder in sonst einer Notlage war und er ihn aus Angst im Stich ließ. Also lief der verschreckte alte Priester langsam auf das dunkle Gehölz und die Stimme zu.

So leise es eben ging, schlich Leo den Weg entlang und lotste den alten Mann immer tiefer in das Dunkel des Waldes. Immer wieder blieb er stehen, um dafür zu sorgen, dass Pater Elio auch folgte, doch dann kamen ihm Zweifel, ob er es damit nicht übertrieb. Seine unheimlichen, geflüsterten Rufe durch den geheimnisvollen Wald kamen selbst ihm gespenstisch vor, und er hoffte nur, Pater Elio würde keinen Herzinfarkt bekommen. Es wäre nicht gut, wenn ihr Wunder einen so starken Eindruck machte und ihn umbrachte.

»... Elio Caproni ...«, flüsterte er wieder.

Pater Elio schritt ängstlich den dunklen Pfad entlang, den er schon tausende Male gegangen war, allerdings immer am Tage. Bei Nacht hatte er etwas Unheimliches und ein wenig Gespenstisches. Trotz zitternder Knie und trockenen Mundes gelang es ihm, mit schwankender Stimme zu rufen: »Ich kann dich hören, aber ich sehe dich nicht. Wo bist du? ... Bist du da drüben?«

Mittlerweile hockte Leo neben Topo in den Büschen und beugte sich in der Dunkelheit vor, um zu sehen, ob sich die Gestalt von Pater Elio dem Baumstumpf näherte. Der alte Mann bewegte sich unendlich langsam, aber Leo konnte erkennen, dass er die Stelle beinahe erreicht hatte. Er drehte sich zu Topo und flüsterte: »Halte dich bereit.«

Nur zwei Dinge waren diesmal anders als bei ihrer gelungenen Probe zuvor. Der erste Unterschied betraf eine kleine Nachbesserung, eigentlich kaum der Rede wert. Topo war offenbar unzufrieden über Leos beiläufige Bemerkung, der Projektor sei vielleicht eine Spur zu laut gewesen. Er wusste, er konnte das besser. Also hatte er, als Leo Pater Elio in den Wald lotste, die Gelegenheit genutzt und die Wolldecke noch ein bisschen fester um den Projektor gewickelt – wirklich nur ein kurzer Handgriff.

Die zweite Änderung war schon etwas größer. Genauer gesagt war sie sogar lebensverändernd. Während Leo unterwegs war, Marta das vereinbarte Zeichen zu geben und anschließend Pater Elio in den Wald zu locken, und Topo sich an dem Projektor zu schaffen machte, stand Angelica Giancarlo still in der Dunkelheit auf dem Rücken der Anhöhe und wartete. Geduldig harrte sie unter den drei Pinien aus und dachte über die Worte nach, die sie kurz zuvor gesprochen hatte und in wenigen Minuten noch einmal sprechen würde. Und sie dachte über ihr Leben nach.

... Alle Menschen sind Sünder ... Angelica dachte an die elenden Jahre in Rom, an die vielen demütigenden Dinge, die sie hatte tun müssen, bloß um unbedeutende Rollen in beschämenden, drittklassigen Filmen zu bekommen ... *Denke nicht an die*

Sünde ... Sie dachte an die vielen widerlichen Männer, mit denen sie sich für Geld eingelassen hatte. Sie alle hatten ihr vorgeschwärmt, wie bezaubernd sie sei ... Sie alle hatten sie verlassen ... *Wende dein Herz der Gnade des Vaters zu* ... Sie dachte an die Briefe ihrer Mutter, die sie anflehte, nach Hause zurückzukehren, weil es ihrem Vater das Herz brach ... Aber sie hatte ihn nach jenem verregneten Morgen nicht mehr wieder gesehen, als sich sein Gesicht im Fenster abwandte ... Er war an seinem gebrochenen Herzen gestorben ... *Gott liebt dich, so wie er alle seine Kinder liebt* ... Sie dachte an ihr Baby, das Baby, das sie in sich trug, als sie von zu Hause fortlief, und dass sie es nur einmal in ihren Armen gehalten hatte, bevor sie es ihr für immer weggenommen hatten ... Es war ein kleines Mädchen gewesen ... *Gott hat dir deine Sünde vergeben, noch bevor du den Mut hattest, ihn um Vergebung zu bitten* ... Angelica hatte davon geträumt, ihr Leben wie ein entzückendes Ballkleid aus Samt und Seide zu tragen. Nun erkannte sie, dass es nicht mehr war als ein billiges, flitterndes Stück Stoff, grob zusammengenäht mit den Fäden von Eitelkeit, Selbstsucht, Täuschungen, Dummheit und Lügen ... *Verzweifle nicht* ... *Wie schwer auch deine Sünde war, sie ist dir bereits vergeben* ... *Liebe Angelica Giancarlo* ... *verzweifle nicht* ...

Pater Elio schlich langsam den Waldweg entlang und erreichte endlich den Baumstumpf. Leo drehte sich zu Topo und flüsterte leise: »Los.«

Topo betätigte den Schalter. Ein heller Lichtstrahl kam aus dem lautlosen Projektor und wurde von Topos hypnotisch vor der Linse kreisenden Fingern gedämpft und gebrochen. Der magische Effekt währte aber nur für zwei Sekunden, bevor sich ein

Zipfel der enger umwickelten Decke im Motor des Geräts verfing. Dann verlangsamte sich der Film auf Zeitlupentempo, während die Antriebsspule den Deckenzipfel tiefer und tiefer in das Gerät hineinzog. Plötzlich blieb er ganz stehen, und die Handlung von *La Strada* gefror zu einem Standbild. Topos magische Finger ließen von der Linse ab und griffen panisch nach der Decke. Das ungetrübte Bild erleuchtete hell die Anhöhe und traf die arme Angelica Giancarlo wie die Scheinwerfer eines Lastwagens ein hilfloses Reh auf einer dunklen Landstraße. Der Lichtstrahl des Projektors kreiste und schlingerte, als zuerst Topo und dann Leo heftig an der Decke zerrten.

Der Anblick auf der Anhöhe war, im wahrsten Sinne des Wortes, fantastisch. Angelicas glänzendes Nachthemd und ihr gebleichtes Haar leuchteten weiß im gleißenden Strahl des Lichts. Ihre Arme waren in die Luft gestreckt, als wolle sie nach der Himmelsdecke greifen und sie zu sich herunterziehen. Zwei große, feuchte Maskarakreise umrahmten ihre Augenhöhlen und ließen sie wie dunkle Löcher erscheinen, aus denen schwarze Sturzbäche über ihre Wangen liefen. Ihr roter Mund war zu einem Schmerzensschrei verzerrt, und ihr ganzer Körper wurde von Schluchzern geschüttelt. Das Bild in jenem Moment hätte die Schlussszene aus *König Ödipus* sein können, und statt ihres Texts brachte Angelica nur einen einzigen gequälten Schrei hervor.

»Gott, vergib mir meine Sünden …!«

Genau in dem Moment, als das festgefrorene Bild im Projektor Blasen warf und zu einer braunen Masse zerschmolz, stolperte der kreischende Engel auf unsicheren Füßen den Hügel hinunter auf den zu

Tode erschrockenen Priester zu. Dann ertönte der markerschütternde Schrei von neuem.

»Gott, vergib mir meine ...«

Weiter kam Angelica nicht, weil sich ihr Fuß in dem Verlängerungskabel verhedderte, das Topo vor ihr gespannt hatte. In ihrer Blindheit und Verzweiflung gelang es Angelica, das Kabel mit ihrem Fuß aus dem Projektor zu zerren. Schlagartig war es stockfinster. Zugleich brachte das Verlängerungskabel die arme, füllige Angelica ins Straucheln und ließ sie stolpernd und sich überschlagend hügelabwärts in die Büsche kugeln, geradewegs vor Pater Elios Füße.

Was die Wirkung von Topos Wunder betraf, war Pater Elio sehr wohl davon überzeugt, einen Engel gesehen zu haben, allerdings einen Racheengel, der gekommen war, seine Seele zu holen. Ob also der alte Priester sich tapfer behauptete oder einfach nur vor Schreck erstarrt war, wird nie zu klären sein. Jedenfalls stand er immer noch mitten auf dem Weg neben dem Baumstumpf, als Angelica Giancarlo aus den Büschen kroch und Gott um Vergebung anflehte.

Pater Elio half dem armen verwirrten Ding auf die Füße. »Gütiger Himmel ...«, stammelte er, »das ist ja ... die kleine Angelica Giancarlo!« Er kannte sie seit ihrer Geburt. Er hatte sie getauft. Er hatte der Familie in der schweren Zeit Trost gespendet. Er hatte ihren Vater beerdigt. Und jetzt lief sie mitten in der Nacht durch den dunklen Wald, mit nichts am Leib als ... Herr im Himmel ... einem Nachthemd? ... und bat stammelnd und schreiend um Gottes Vergebung. Pater Elio begriff das alles nicht. Zuerst wurde er von der Stimme in den Wald gelockt, und dann das. Und dieses plötzliche Wetterleuchten! Es war schon seltsam genug, so spät im Jahr und bei kühler werdenden Temperaturen Wetterleuchten zu erleben, aber dass es wie die riesige grinsende Grimasse von Anthony Quinn erschien ... Unglaublich! Aber Pater Elio hatte keine Zeit, sich mit derartigen Phänomenen zu beschäftigen. Er musste Angelica in die Kirche bringen, wo er sie beruhigen, trösten und ihr die Beichte abnehmen konnte. Er nahm ihre Hand und führte die schluchzende Frau den Weg zurück zur Kirche.

Leo und Topo kauerten in den Büschen und warteten geduldig, bis Pater Elio und Angelica in der Kirche verschwunden waren, bevor sie leise die Utensilien für ihr Wunder einsammelten und nach Hause gingen.

Später in der Nacht kam es im ersten Stock des Albergo di Santo Fico zu einem fürchterlichen Streit. Es war schon fast zwei Uhr früh, als Carmen sich endlich durch die Küchentür schlich und mit den Schuhen in der Hand auf Zehenspitzen über die Fliesen zur Treppe tapste. Sie war so sehr darauf bedacht, im Dunkeln bloß kein Geräusch zu machen, dass sie die dunkle Gestalt am Küchentisch gar nicht bemerkte.

Einige Stunden zuvor, kurz nachdem Onkel Elio gegangen war, hatte auch Marta keine Lust mehr gehabt, länger in der Küche zu hocken, und sie war nach oben gegangen. Sie dachte, vom Eckbalkon an der Südseite des Hauses den Motorroller besser hören zu können. Sie hatte auf dem Balkon gesessen, als sie Geräusche von irgendwo zwischen den Bäumen hinter der Kirche hörte. Ein heller Lichtstrahl blitzte für Sekunden auf, dann folgte ein wilder Schrei; danach nichts mehr. Irgendetwas sagte ihr, dass sie Zeugin eines weiteren fehlgeschlagenen Wunders geworden war, woraufhin sie ihre Aufmerksamkeit wieder der dunklen Ebene im Süden zuwandte und angestrengt nach dem Geräusch eines Rollers lauschte.

Kurz nach zehn Uhr ging sie zurück ins Haus und machte sich bereit zum Schlafengehen. Sie ließ das Schlafzimmer dunkel, weil sie sich vor dem offenen Fenster entkleiden wollte. Sie durfte auf keinen Fall verpassen, wie der Roller die schmale Straße zum Dorf hinaufknatterte.

Gegen elf legte sie sich wartend aufs Bett. Doch schon bald wurden ihre Lider schwer, und sie musste gegen den Schlaf ankämpfen, sodass sie wieder nach unten ging und sich auf einen Küchenstuhl setzte. Die geraden Rückenlehnen waren unbequem genug, um sie wach zu halten, und sie hockte immer noch am Küchentisch, als ihre Wacht endlich ein Ende hatte.

Als sie die ältere Tochter durch die Küche schleichen sah, spürte Marta zugleich eine solche Erleichterung und Wut, dass sie gleichzeitig weinen und dem Mädchen an die Kehle gehen wollte.

»Wo bist du gewesen?«

Martas Stimme fuhr wie eine eisige Hand durch die Dunkelheit, die das Mädchen am Genick packte und es mit einem kräftigen Stoß die halbe Treppe hinaufstieß.

Carmen roch nach Zigaretten und Alkohol, ihr Make-up war verschmiert, und ihre Kleider waren zerzaust. Auf Martas Frage erwiderte Carmen nur, sie sei in Grosseto gewesen, und mit lallender Stimme erklärte sie trotzig, sie werde es wieder tun, wann immer es ihr passe. Die Auseinandersetzung wurde schnell lauter. Marta warnte sie vor den Bars in Grosseto, vor Jungen wie Solly Puce und vor den Folgen des Leichtsinns. Aber Carmen lachte nur und erklärte ihrer Mutter, sie werde mit Solly Puce oder jedem anderen Jungen schon noch fertig, was Marta ihr glaubte und sich beschämt fühlte.

In der Folge warfen sich Carmen und Marta all jene schrecklichen, grausamen Dinge an den Kopf, die für Familienstreitigkeiten typisch sind: ein unseliges Gemisch aus Lügen und Wahrheiten, zusätzlich verzerrt durch Schuld und Schmerz. Sie warfen sich Vergehen vor, die Jahre zurücklagen, tatsächliche und eingebildete, und prophezeiten einander eine öde, lieblose Zukunft. Sie sagten sich Dinge, für die sie sich später entschuldigen, die sie dem anderen verzeihen und doch niemals vergessen würden. Oben in ihrem Zimmer hörten sie Nina weinen und sie anflehen aufzuhören, aber sie konnten und wollten nicht, so sehr raste ihr Blut. Der Streit endete erst, als Carmen ihre Mutter mit einem üblen Schimpfwort bedachte und Marta ihr eine so heftige Ohrfeige versetzte, dass ihr die Hand wehtat. Dennoch war es nicht Carmen, die weinte. Das Mädchen sah ihre Mutter nur mit erhobenem Kinn an und forderte sie auf, noch einmal zuzuschlagen. Da brach Marta in Tränen aus, raste zur Tür hinaus und verschwand in der Dunkelheit.

Erst als sie verschwunden war, flossen auch bei Carmen die Tränen. Sie ging auf ihr Zimmer und heulte wie ein Schlosshund, aber nicht wegen der Ohrfeige. Noch nie hatte sie etwas, das sie gesagt hatte, so sehr bereut. Es stach ihr ins Herz, und das Bild des furchtbaren Schmerzes in den Augen ihrer Mutter brannte hinter ihrer Stirn.

Jetzt war es Carmen, die in der Dunkelheit lag und sich um ihre Mutter sorgte. Wo mochte sie sein? Wohin konnte sie mitten in der Nacht rennen?

Leo hatte sich mit seiner Decke auf die Westseite der Hütte gelegt, wo er vor der Morgensonne geschützt wäre, sodass er Marta nicht kommen hörte. Erst als sie mit den Fäusten gegen die Tür hämmerte und seinen Namen brüllte, erhob er sich vom Boden, doch da öffnete Nonno auch schon mit einer Laterne in der Hand die Tür. Marta hatte vergessen, dass Nonno hier wohnte, und im schwachen Licht der Laterne konnte Leo erkennen, dass die mitternächtliche Besucherin den Weg vom Dorf in höchster Erregung zurückgelegt hatte. Ihr helles Nachthemd war zerrissen, in ihrem Haar hingen Disteln, und auf ihren Armen waren die Kratzer einiger schmerzhafter Stürze zu sehen. Ihr staubiges Gesicht war tränenverschmiert. Kleinlaut sagte sie zu Nonno: »Verzeihung ... ich muss Leo sprechen.«

Als Nonno am Haus vorbei auf Leo wies, trat Marta von der Tür zurück und sagte, peinlich berührt über das, was der alte Mann denken musste: »Entschuldigung ... Ich weiß, es ist schon spät ...« Nonno hatte das Gefühl, dem armen Mädchen etwas sagen zu müssen, doch aus den Augenwinkeln sah er Leo den Kopf schütteln, also drehte er sich bloß um und schloss die Tür hinter sich.

Bis auf das ferne Rauschen des Meeres war es ganz und gar still. Marta lief auf die Klippen zu, und Leo folgte ihr. Er würde warten, bis sie so weit war.

»Ich möchte dich um ... um etwas bitten. Einen Gefallen.«

Einen Gefallen? Um einen Gefallen bittet man einen Freund, dachte Leo. Marta kostete ihr Anliegen bestimmt einige Überwindung.

»Es geht um … diesen Jungen. Er … er taugt nichts. Carmen … Ich glaube, sie ist … Also, ich weiß nicht … ob sie mit ihm oder nicht.«

Im wächsernen Licht des Mondes sah Leo, wie Marta ihr Gesicht abwandte. Er sah, wie sie sich selbst aufzurichten versuchte, die Arme in einer verzweifelten Umklammerung um ihre Schultern geschlungen. Er bemerkte sogar, wie Brust und Schultern sich hoben und senkten und sie sich bemühte, ihren Atem zu beruhigen. Aber er konnte nicht ihre Augen sehen, doch gerade sie waren für ihn das Entscheidende.

»Was willst du von mir?«

Er gab sich Mühe, möglichst sanft zu klingen, aber er bedauerte, gesprochen zu haben, noch bevor die Frage ganz raus war. Er wusste, die Marta von einst existierte nicht mehr. Aus dem Mädchen war eine Frau voller Bitterkeit geworden, doch heute Nacht war sie noch einmal anders – eher wie ein verzweifeltes Tier, das von den Wogen verschlungen zu werden drohte, aber bis zuletzt kämpfen wollte, anstatt sich einfach in die dunklen Tiefen hinabgleiten zu lassen.

»Ich weiß nicht«, gab sie schnippisch zurück. »Irgendwas! Ich will, dass du irgendwas tust … oder … oder ich schwöre dir, Leo …«

»Was? Willst du zur Polizei gehen?«

»Vielleicht … Ich könnte es tun!«

»Na, dann mach's doch! Was willst du? Noch ein Wunder? Tut mir Leid, aber ich habe noch genug mit deinem letzten Wunder zu tun, und dessen Ausgang verlief nicht sonderlich glücklich.«

»Rede mit ihr! Einfach nur … reden!«

»Warum?«

»Darum! Das bist du mir schuldig!« Martas Stimme überschlug sich, und Leo sah, dass sie ihre langen Finger tief in ihr schwarzes Haar grub und gegen ihren Kopf presste, als wollte sie verhindern, dass er explodierte.

»Du standest in meinem Schlafzimmer, in der Dunkelheit, in der Nacht vor meiner Hochzeit ... und du hast ... Dinge gesagt! Dinge, zu denen du kein Recht hattest! Du hast mir Dinge gesagt, die du ... nicht hättest sagen dürfen! Nicht in dem Moment! In der Nacht vor meiner Hochzeit! Du schuldest mir etwas!«

»Das ist eine Ewigkeit her«, flüsterte Leo.

»Es war gestern!«

Sie weinte, und Leo spürte, dass er wiederum Dinge zu ihr sagen wollte. Er suchte nach Worten, die jene Nacht erklären würden und die Jahre vor dieser Nacht und ebenso die Jahre danach. Aber diese Worte existierten nicht. Und weil er keine Worte hatte und sie so furchtbar litt, streckte er seine Hand aus und berührte ihren Arm. Doch sie zuckte zurück, als hätte er sie verbrannt, und er sah, wie sie abwehrend beide Hände gegen ihn hielt.

»Fass mich nicht an ... Ich warne dich ...«

Aber es lag kein Zorn in ihrer Stimme. Es war die Stimme einer verängstigten jungen Frau, die er schon einmal gehört hatte. Als er vor so vielen Jahren in ihrem Schlafzimmer gestanden und Dinge gesagt hatte, die zu sagen er kein Recht hatte, hatte diese Stimme flehentlich in der Dunkelheit geflüstert: »Das darfst du nicht sagen ... Bitte, hör auf ...«

Marta hüllte sich in einen Mantel aus Mondlicht und zwang sich zur Ruhe. Als sie erneut sprach, war sie wieder jene andere Person, die Frau, die er seit seiner Rückkehr kennen gelernt hatte.

»Du hattest einmal einen Freund. Du hast ihn betrogen. Carmen ist seine Tochter. Ich möchte, dass du es für Franco tust.« Sie drehte sich um und lief den Weg hinauf, der sie zurück ins Dorf brachte, und Leo sah ihrer dunklen Gestalt noch lange nach, bis sie schließlich im Mondlicht verschwand.

Warum zum Teufel war er nicht in Chicago geblieben?

19

Der nächste Morgen begann wie immer mit einem blassen Lichtstreifen über den Bergen im Osten, der mit dem Anstieg der Sonne rasch in ein leuchtendes Rot überging. Als sie schließlich über der Bergkuppe hinter Santo Fico erschien, war die östliche Himmelshälfte in weißgelbes Licht getaucht, das sich schnell ausbreitete, bis die Sonne über dem Rand der Erde aufging und auf ihrer Bahn nach oben strebte. Der Himmel war jetzt tiefblau und die Sonne ein roter Feuerball. Es war ein typischer Sonnenaufgang im Sommer an diesem Streifen der toskanischen Küste. Doch für die Frühaufsteher zeigten sich an diesem Morgen neue Zeichen im Westen. Schwere und tiefe Wolken zogen langsam in der Ferne den Horizont entlang. Außerdem hatte es in der Nacht einen leichten Wind gegeben, in dem ein Geruch von Wetteränderung lag. Heute würde es ein heißer, drückender Tag werden, und wer sich auf diese Zeichen verstand, wusste, dass sich nicht weit entfernt ein Unwetter zusammenbraute und noch unentschieden war, in welche Richtung es ziehen sollte.

Marta schlief bis weit in den Morgen hinein. Als sie von ihrem nächtlichen Ausflug nach Hause kam, registrierte sie mit Entsetzen ihr Aussehen und war heilfroh, dass Leo sie in der Dunkelheit nicht richtig hatte erkennen können – ihr zerzaustes Haar, die Kratzer, das zerrissene Nachthemd, der Schmutz und die Tränen. Sie ließ ein heißes Bad ein, das die meisten Zeichen der Nacht abwusch. Nur ihre Gedanken waren unverändert aufgewühlt, als sie zwischen die kühlen Laken schlüpfte. Sie war sich sicher, keinen Schlaf finden zu können; sie überlegte sogar, ob sie je wieder ruhig schlafen könne. Dann sank ihr Kopf in das Kissen, und beinahe im gleichen Moment versank auch ihr Bewusstsein. Als sie schließlich wieder die Augen öffnete, stand die Sonne schon hoch am Himmel. Sie fühlte sich, als hätte man ihr irgendeine starke Droge verabreicht, und quälte sich mit Mühe aus dem Bett.

Beim Ankleiden fragte sie sich die ganze Zeit, warum sie es so eilig hatte. Vor ihr lag ein Tag wie jeder andere. Am Morgen würden die üblichen Besucher zum Kaffee erscheinen. Sie hatte genügend frisches Obst im Haus. Nina war vermutlich schon auf und holte beim Bäcker frisches Brot. Als sie die Tür ihres Schlafzimmers öffnete und den Duft frisch gebrühten Kaffees roch, wusste sie, dass auch Carmen auf war. Sogleich wollte sie umkehren, die Tür schließen und zurück unter das Laken kriechen. Doch über kurz oder lang mussten sie und Carmen sich begegnen. Sie betete, Carmen möge als Erste auf sie zukommen und etwas sagen, das alles wieder in Ordnung brachte. Es war ziemlich unwahrscheinlich, aber beten konnte nie schaden.

Die Küche war blitzsauber. Sie war zwar nicht sonderlich unaufgeräumt gewesen, aber nach den vielen Geschehnissen der letzten Nacht waren eine Reihe kleiner Dinge liegen geblieben, die Marta am Morgen erledigen wollte. Doch es gab nichts mehr zu tun; Carmen musste ihr zuvorgekommen sein. Marta wusste, ihre dickköpfige Tochter würde sich vermutlich nicht entschuldigen, aber die blitzblanke Küche sprach Bände. Dann stieg ihr der Kaffeeduft in die Nase, und sie schenkte sich eine Tasse ein, als sie überraschend Stimmen im Speiseraum hörte. Leise schlüpfte sie durch die Schwingtüren in den Schatten im hinteren Teil des Raums.

Am Tisch neben der Tür zur Terrasse saß Leo Pizzola bei einer Tasse Kaffee und einem Teller mit frischem Obst. Carmen lehnte an der Wand, die Arme vor der Brust gekreuzt, und hörte zu, was Leo zu sagen hatte, doch ihr Gesicht war wie eine verschlossene Maske der Verachtung. Marta stand schweigend im Schatten und beobachtete, wie Leo mit ruhiger Stimme Carmen etwas erklärte. Sie wünschte, sie hätte seine Worte verstehen können, aber dazu redete er zu leise. Dann machte er eine Pause, trank seinen Kaffee und wartete, dass Carmen etwas sagte. Doch auch ihre Worte konnte Marta nicht verstehen, also schob sie sich ein Stück aus dem Schatten nach vorne.

Plötzlich schlugen die Schwingtüren hinter ihr gegen ihren Po, und sie schrie auf, als heißer Kaffee aus der Tasse über ihre Hand lief. Nina kam mit einem Teller Brot und Marmelade durch die Tür und entschuldigte sich bei demjenigen oder derjenigen, der sie die Tür ins Kreuz gestoßen hatte. Während Nina den Teller zu Leo an den Tisch brachte, trat Carmen auf Marta zu. Sie machte einen verlegenen Eindruck, ganz anders als der Blick hochmütiger Verachtung, den sie einige Stunden zuvor gezeigt hatte.

»Er will, dass ich für ihn arbeite.«

»Wie bitte?«

»Er sagt, er muss das Haus seines Vaters gründlich sauber machen, bevor er es verkaufen kann. Ich soll ihm dabei zur Hand gehen. Ich habe ihm gesagt, das sei eine Schnapsidee. Du würdest es niemals erlauben, doch er sagte, ich solle dich trotzdem fragen.«

Leo saß am Tisch, bestrich eine dicke Brotscheibe mit Marmelade und tat demonstrativ unbeteiligt.

»Wann soll es losgehen?«

»Heute.«

»Hat er dir eine angemessene Bezahlung versprochen?«

»Ja.«

»Mir soll es egal sein. Du musst entscheiden. Tu, was du willst.«

Marta bedachte sie mit einem Blick unbekümmerter Gleichgültigkeit und verschwand in der Küche. Carmen war geplättet, aber Geld war Geld, also lief sie zum Tisch zurück und nahm das Angebot an. Leo nickte nur, warf ein paar Münzen für das Frühstück auf den Tisch, nahm sein Brot mit Marmelade und verließ das Hotel.

Er überquerte die Piazza und wollte sich gerade auf den Weg nach Hause machen, als jemand nach ihm pfiff. An der Nordseite der Kirche stand Marta und winkte ihn mit Schlangenbewegungen zu sich. Sie drückte sich gegen die Mauer und wollte nicht hinter der Ecke hervortreten, wo sie vom Hotel aus gesehen werden konnte. Ihm ging auf, dass Marta in Windeseile von der Küche über den seitlichen Hof und außen um die Piazza herum bis hinter die Kirche gerannt sein musste, um ihn rechtzeitig abzufangen. Ärgerlich winkte sie ihn erneut zu sich, während er überlegte, sie einfach zu ignorieren und weiterzugehen, doch dann pfiff sie ihm noch einmal zu, und zwar auf eine Art, die keinen Widerspruch duldete. Seufzend lief er zur Ecke der Kirche, hielt allerdings so viel Abstand, dass sie ihn nicht mit Händen greifen konnte, ohne aus ihrem Versteck hervorzutreten.

»Was glaubst du, was du da machst?«, zischte sie ihn an.

»Nach Hause gehen.«

Auch wenn es Leo Leid tat, was Marta durchmachen musste, war er nicht in der Stimmung, sich an diesem Morgen weitere Vorwürfe anhören zu müssen, sodass er genauso brüsk antwortete und Marta von seiner Schroffheit überrascht war.

»Was glaubst du, was du tust, Carmen für dich arbeiten zu lassen?«

»Du hast mir gesagt, ich solle was tun. Also tue ich was.«

»Ach ja? Sie dein Haus putzen lassen? Das habe ich nicht gemeint. Was hast du dir weiter überlegt?«

»Ich weiß noch nicht. Ich hatte noch keine Zeit zum Nachdenken. Ich hatte eine unruhige Nacht.«

»Hast du Carmen von meinem Besuch bei dir erzählt?«

»Natürlich nicht.«

»Gut, sag auch weiterhin nichts.«

»Ich hatte es nicht vor.«

Hinter Martas Rücken am Ende der Kirche, dort wo in der Gartenmauer ein neuer Durchbruch entstanden war, spähte ein alter, grauer Kopf hervor, um die Ursache des Gezänks zu untersuchen. Als erst Leo und dann Marta sich zu ihm umdrehten, zog Pater Elio rasch den Kopf zurück, streckte ihn aber gleich wieder vor. Man hatte ihn entdeckt; es hatte keinen Zweck, sich weiter zu verstecken.

»Guten Morgen«, sagte er verschämt.

Leo und Marta erwiderten den Gruß ebenso leise, und Marta blinzelte schnell um die Ecke. Auf der anderen Seite der Piazza wischte Carmen die Tische auf der Hotelterrasse und plauderte dabei mit Nina. Marta fluchte leise, hob den Saum ihres Rocks und rannte den gleichen Weg zurück, den sie gekommen war. Wie ein Kaninchen hopste sie zwischen den Schutthaufen hindurch. Als sie an ihrem Onkel vorbeikam, wusste sie nichts zu sagen und grinste ihn nur dümmlich an, bevor sie um die Ecke sauste. Leo wollte ihr noch etwas Bissiges hinterherrufen, war aber zu müde für irgendwelche originellen Einfälle.

»Leo, könntest du mir kurz helfen?«, fragte Pater Elio und war auch schon im Garten verschwunden. Leo seufzte – er würde wohl nie zu Hause ankommen.

Leo sah, dass Pater Elio fleißig im Garten gearbeitet hatte. Alle herabgefallenen Steine und Ziegel waren sorgfältig aufgestapelt, genau sortiert nach Art und Größe; sie warteten nur darauf, dass ein geschickter Maurer sie neu verarbeitete. Abgesehen von den aufgeschichteten Steinen war der Garten makellos. Die Putzbrocken waren allesamt weggeschafft, und der Gipsstaub war entweder zusammengefegt worden oder hatte sich mit dem Boden vermischt. Die Pflanzen waren ausreichend gewässert. Sogar der verdorrte Feigenbaum sah aus, als habe man ihn gründlich abgestaubt, vielleicht sogar poliert. Alles in allem war der Garten so friedlich und einladend wie immer.

Ein Anblick aber ließ Leos Herz pochen und ihm das Blut in den Adern gefrieren. Die Kapelle stand noch! Die nördliche Wand war gerissen und kurz über dem Fundament leicht nach innen gesackt, aber sie stand noch! Im hellen Licht des Morgens machte sie sogar einen ausgesprochen soliden Eindruck! Leo hatte fest mit dem Einsturz der Kapelle gerechnet, und da stand sie nun. Pater Elio war bereits in ihr verschwunden, und das bedeutete, Leos Hilfe würde irgendwo in der Kirche gebraucht. Nichts scheute Leo mehr, als die Kirche zu betreten, und er überlegte schon, einfach durch das Loch in der Gartenmauer zu verschwinden, als Pater Elio erneut nach ihm rief: »Du musst schon hereinkommen.« Er hatte das Gefühl, der alte Mann könne seine Gedanken lesen.

Drinnen war Leo erneut überrascht, was Pater Elio alles geleistet hatte. Die Kirche war blitzsauber. Wären da nicht die zerbrochenen Fenster und das riesige Loch in der Decke gewesen, hätte nichts auf die Katastrophe hingedeutet. Pater Elio wartete in der beschädigten Kapelle auf der Nordseite auf ihn. Die Beleuchtung war eingeschaltet, und im hellen Licht konnte Leo erkennen, dass die Wand entlang des Fundaments gebrochen war und ein Riss durch die Decke ging, aber es bestand keine Einsturzgefahr. Pater Elio hatte in beiden Ecken Stützbalken aufgestellt und einen dritten Balken quer darüber gelegt, der als Behelfskonstruktion ein weiteres Absacken der Decke verhindern sollte. Die Balken standen krumm und schief, da Pater Elio offenbar Probleme hatte, sie alleine in die richtige Position zu bringen.

Es war allerdings nicht die Gebrechlichkeit von Pater Elios Konstruktion, die Leo verwirrte. Es war die Wand. Er konnte sich nicht erinnern, je etwas so erschreckend Nacktes gesehen zu haben wie die graue, kahle Rückwand der Kapelle. Sein Leben lang hatten ihn von dieser Wand die Farben, das Licht, die Bewegung und die Gesichter der Leute angestrahlt, die ihm so durch und durch vertraut waren. Er dachte daran, wo sie sich jetzt befanden – in Einzelteilen übereinander gestapelt und in eine alte Decke geschlagen unter einem schmutzigen Feldbett in einer Schäferkate. Doch die graue Wand war jetzt tot und kümmerte sich nicht mehr darum, redete er sich ein. Stattdessen versuchte er an das Geld zu denken, das mit diesen bedeutungslosen Stücken bemalten Putzes zu gewinnen war, doch die kahle Wand starrte ihn an wie eine stumme Anklage. Er versicherte sich, dass nichts und niemand ihn aufhalten konnte. Er brauchte nur Topos Lastwagen zu nehmen und davonzufahren. Er könnte nach Rom oder Mailand gehen – ganz egal, wohin. Marta würde ihn niemals aufspüren. Es war ganz leicht, er musste einfach nur verschwinden. Warum sorgte er sich also so sehr um Marta?

»Was gibt es zu tun, Pater?«

Pater Elio stand bei einem der Stützbalken und mühte sich mit einem kurzstieligen Vorschlaghammer ab.

»Jedes Mal wenn ich einen der Balken in die richtige Position bringen will, kippt der andere um, und das Querholz schlägt mir auf den Kopf.«

»Zeigen Sie mal… Sie halten die andere Seite fest.«

Leo nahm den Hammer aus den schwachen, alten Händen und schlug, während Pater Elio die jeweils andere Seite stützte, mit wenigen Schlägen die Balken nacheinander in die richtige Stellung. Die Kapelle war noch nicht wiederhergestellt, aber ein erster Anfang war gemacht.

Pater Elio klopfte Leo anerkennend auf die Schulter. Leo dachte, wenn der alte Priester kein Wort über das fehlende Fresko verlor, warum sollte er davon anfangen? Er versuchte, sich zu verabschieden, aber Pater Elio lief einfach hinter ihm her und folgte ihm durch die Kapellentür in den Garten. Dann sagte der alte Mann etwas, das Leo völlig unvorbereitet traf.

»Marta ist nicht wütend auf dich, weißt du.«

Manchmal wird man so plötzlich mit etwas konfrontiert, dass man keine Zeit hat, eine Fassade aufzubauen, und bevor man sich recht versieht, ist die Wahrheit auch schon draußen.

»Und ob sie das ist, aber mir soll es egal sein. Vor langer Zeit habe ich eine Dummheit gemacht«, gestand Leo. »Wenn sie mich hassen will, einverstanden, bitte sehr. Aber sie hasst alles. Es tut mir Leid, dass Franco gestorben ist. Entschuldigen Sie, Pater, aber soll sie doch zur Hölle fahren.«

Der alte Mann setzte sich auf einen der Steinhaufen und kratzte sich am Kopf. »Vieles ist geschehen, nachdem du von hier fortgegangen bist. Das Verhältnis zwischen Marta und Franco war nicht gut. Franco bekam alles, was er wollte. Er bekam Marta. Er bekam das Hotel. Er bekam entzückende Kinder. Und je mehr er bekam, desto unglücklicher wurde er. Dann wurde er unausstehlich. Vielleicht hat er sie sogar geschlagen. Ich hoffe es nicht, aber es könnte durchaus so gewesen sein. Er war auf vielfache Weise grausam, auf eine besonders schmerzhafte und sich einprägende Art. Ich glaube nicht, dass Marta weiter unglücklich sein will, aber sie hat sich einfach daran gewöhnt. Es ist schwer, sie dagegen ankämpfen zu sehen, nicht wahr?«

»Sie sind ihr Onkel, Sie sind ihr Priester – es muss doch einen Weg geben, wie Sie ihr helfen können.«

»Vor langer Zeit, als ich an der Universität von Bologna studierte, besuchte ich viele interessante Kurse. Am meisten liebte ich den Kurs über die Naturwissenschaften. Ich verstand nicht viel davon, aber ich mochte den Kurs trotzdem. Ich lernte dort alles über Pflanzen und Tiere, über die Fische im Wasser und die Vögel in der Luft. Ich lernte, wie Wolken und Stürme entstehen. Ich lernte so viele verschiedene Dinge, aber auch eine ganz besondere Sache lernte ich dort – vielleicht die wichtigste von allen –, ich lernte dort über Schmetterlinge.

Gott wirkt so viele Wunder, dass wir sie oft gar nicht sehen. Wie die Schmetterlinge. Schmetterlinge gehören zu Gottes größten Wundern. Durch sie lehrt er uns über unser Leben. Hast du jemals gesehen, wie ein Schmetterling seinem Kokon entsteigt? Oh, es ist ein furchtbares Ringen. Es scheint eine große Qual für das Tier zu sein … Vielleicht ist es das auch. Nur der Schmetterling kann das wissen. Aber eins ist gewiss – es ist ein unausweichliches Ringen. Der Schmetterling muss die Hülle seines alten Lebens durchbrechen – die Puppe, die ihn eine Zeit lang vor anderen Insekten, Vögeln und Eidechsen schützte … vor allen möglichen Feinden. Und vor anderen Gefahren, wie Wind und Regen – all den Dingen, die ihn aufgrund seiner Schwäche zerstört hätten. Doch eines Tages muss er aus seinem Kokon ausbrechen. Er will ein neues Dasein führen, verstehst du, und dazu muss er seine Hülle verlassen. Aber der Kokon ist kein Zimmer mit einer Tür. Es ist etwas, das der Schmetterling selbst geschaffen hat, aus einem einzigen endlos gesponnenen Faden. Wieder und wieder hat die Raupe diesen Faden um sich gesponnen, bis sie darin eingeschlossen war. Doch jetzt ist ein Schmetterling daraus geworden, der ins Freie drängt. Aber er ist eingesperrt. Und einzelne Fäden, die zuvor mit einer gewissen Leidenschaft gesponnen wurden, wollen nicht reißen. Sie legen sich um seinen Leib und halten ihn fest. Der Anblick seines Ringens um Freiheit kann sowohl beängstigend als auch hoffnungsvoll sein. Aber für den Schmetterling ist es ein harter, über Leben und Tod entscheidender Kampf.

Wenn ich einen Schmetterling sich aus seiner Puppe mühen sehe und Mitleid mit ihm habe, bin ich manchmal versucht, die Hand Gottes zu spielen und ihm zu helfen. Es braucht ja nicht viel, ich müsste nur ein paar Fäden zerreißen. Es würde sein Ringen so viel einfacher machen, und der Schmetterling würde nie etwas davon wissen. Aber ich mache es trotzdem nicht. Weißt du, warum? Weil ich weiß, dass es ihn vernichten würde. Er würde sterben. Ich habe das in dem Naturwissenschaftskurs an der Universität gelernt. Der Schmetterling hat so ein … ein … Ding in seinem Bauch, glaube ich. Dieses … Ding ist gefüllt mit einer Flüssigkeit, die sich in den Adern der Schmetterlingsflügel verteilen muss. Durch die Anstrengung und das zähe Ringen, aus dem selbstgesponnenen Kokon zu entkommen, wird diese Flüssigkeit aus dem … Ding in seinem Bauch herausgedrückt und fließt in die Adern der Flügel. Ohne diese Flüssigkeit in den Flügeln könnte er sie niemals aufschlagen und davonfliegen. Er würde stattdessen zu Boden fallen und sterben.

Marta hat lange an ihrem schützenden Kokon gearbeitet. Jetzt ist der Zeitpunkt gekommen, an dem sie ihm entkommt oder nicht. Aber sie muss es alleine tun. Wir alle müssen es alleine tun. Das hat Gott so vorgesehen.«

Seit ihrer Kindheit war Carmen Fortino oft auf dem Bauernhof der Pizzolas gewesen. Eine ihrer frühesten Erinnerungen war, dass sie an der Hand ihrer Mutter die nördliche Küstenstraße entlanglief, bis sie zu dem Loch in der alten Steinmauer kamen. Von hier aus war Marta zu langsam für Carmen, weil sie Nina auf dem Arm tragen musste, die noch ein Baby war, und das kleine Mädchen rannte voraus, um die tiefsten Sandlöcher im Weg aufzuspüren und barfuß hindurchzulaufen und so zu tun, als wären es warme Pfützen, gefüllt mit dem Lavendelpuder ihrer Großmutter. Damals war es ein wunderbarer Spaziergang. Die Wiesen waren ordentlich gemäht, und überall standen Blumen, die stets genügend Wasser bekamen. Ihre Mutter erzählte ihr oft, Signora Pizzola liebe Blumen, und als Marta in Carmens Alter war, habe sie ihr oft im Frühjahr und Herbst beim Pflanzen geholfen. Signora Pizzola war schon vor langer Zeit gestorben, als ihre Mutter noch ein junges Mädchen war, aber ihre Mutter erzählte ihr, dass Signore Pizzola eher einen Arm verlieren würde als die Blumen seiner Frau verkommen zu lassen. Carmen war dieser schreckliche Vergleich immer seltsam vorgekommen – schließlich waren es nur Blumen, und ein Arm war ein Arm.

Ihre Mutter war stets respektvoll gegenüber Signore Pizzola, der ein hoch gewachsener Mann war und einen ordentlich gepflegten weißen Bart trug. Er machte einen starken Eindruck und hatte ein kräftiges Lachen, das aber nicht oft zu hören war, und seine Augen blickten meist traurig. Sie erinnerte sich an die Augen des alten Mannes, als sie Leo das erste Mal begegnet war. Als kleines Mädchen liebte sie es, auf der Veranda zu sitzen, manchmal auf dem Schoß des alten Mannes, und kalte *limonata* zu trinken. Der alte Mann mochte sie am liebsten mit viel Zucker, genau wie sie. Sie saß mit ihrem Glas da und trank, und ihre Mutter sprach mit Signore Pizzola über Leute, die Carmen nicht kannte, und von Dingen, die sie nicht verstand. Manchmal schaukelte er Nina und sang ihr lustige Lieder vor, über die sie laut lachte oder einschlief, und dann ging Carmen mit den Ziegen spielen. Nach dem Tod von Signore Pizzola gab es für sie keinen Grund mehr, von der Küstenstraße abzubiegen und durch das Loch in der Mauer den Hang hinunterzulaufen.

Tatsächlich war sie nur noch ein einziges Mal dort gewesen, obwohl sie es nie jemandem sagen würde, weil sie sich so sehr dafür schämte. Es war vor gut einem Jahr gewesen, als Solly Puce eine Hand voll Freunde aus Grosseto mit nach Santo Fico gebracht hatte. Er sagte, sie wollten gemeinsam schwimmen gehen, aber keiner von ihnen war im Wasser gewesen. Stattdessen hatten sie nur am Strand gesessen, Wein getrunken und schmutzige Witze gerissen. Carmen mochte sie ganz und gar nicht. Sie vermutete, sie waren nach Santo Fico gekommen, weil Solly Puce irgendwelche Lügen über sie erzählt hatte, denn die ganze Zeit über machten sie direkt vor ihm dumme Anspielungen, ohne dass er etwas dazu sagte. Also erzählte sie im Gegenzug gemeine Dinge über Sollys Männlichkeit, die ihn bloßstellen sollten, und die jungen Männer lachten nur noch lauter.

Nachdem kein Wein mehr da war und ihnen die schmutzigen Witze ausgingen, war ihnen nichts mehr eingefallen, und Carmen hatte vorgeschlagen, zu einem Spukhaus ganz in der Nähe zu gehen. Sie führte sie zum alten Pizzola-Hof.

Das Haus stand schon seit Jahren leer. Es war das erste Mal, dass Carmen nach Signore Pizzolas Tod wieder herkam. Wo einst die Blumen gestanden hatten, blühte jetzt Unkraut. Die gekachelte Veranda war leer und mit trockenem Laub bedeckt. Die Fenster waren dunkel und machten einen gespenstischen Eindruck – für Carmen sahen sie aus wie die traurigen Augen von Signore Pizzola, die darauf warteten, dass ein Freund vorbeikam, mit ihm *limonata* trank und ihn vielleicht sogar zum Lachen brachte. Aber die Leute, die sie mitgebracht hatte, waren keine Freunde. Carmen wäre es nicht im Traum eingefallen, mit Steinen zu werfen, bis sie das Klirren des ersten Fensters hörte. Sie mochte das nicht. Sie sagte ihnen, sie sollten damit aufhören, aber es half nichts. Sie warfen weiter mit Steinen und zertrümmerten die Fenster. Sie brüllte sie an zu verschwinden, aber sie lachten nur und setzten ihr Zerstörungswerk fort. Erst als Carmen anfing, mit Steinen nach ihnen zu werfen, zogen sie ab. Als sie angetrunken aus dem Dorf fuhren, riefen sie ihr hässliche und gemeine Wörter hinterher. Sie wusste, das ganze Dorf konnte sie hören, und sie schämte sich in Grund und Boden. Zwei Wochen lang sprach sie kein Wort mit Solly.

Als sie an diesem Augustmorgen zum Pizzola-Hof kam, sah sie, dass die Fenster mit Läden verschlossen und auch die Türen mit Brettern vernagelt waren. Die Bäume vor der Veranda waren bereits zurückgeschnitten, und überall vor dem Haus lagen große Haufen trockener Zweige, Laub und Unkraut, die darauf warteten, zum Verbrennen auf das Feld neben dem Olivenhain geschafft zu werden.

Leo arbeitete neben dem Haus mit einer Handsense, als er Carmen die Straße herunterkommen sah. Sie ging forsch, mit hoch erhobenem Kopf, ein in ein rot-weiß kariertes Tuch geschlagenes Bündel unter dem Arm, und im ersten Augenblick glaubte er, es sei Marta, auf magische Weise zurückverwandelt in eine Sechzehnjährige. Aber Carmens Ankunft bedeutete, dass er etwas in Angriff nehmen musste, das er bisher gescheut hatte, also legte er die Sense nieder und ging auf die Veranda. Zuerst nahm er sich die Fenster vor, riss die Bretter von den verwitterten Läden und warf sie eins nach dem anderen auf den Abfallhügel. Als Carmen die Terrasse betrat, waren sämtliche vorderen Fenster wieder frei, und Leo machte sich an der vernagelten Eingangstür zu schaffen. Sie sah ihm aus einiger Entfernung zu, unsicher, ob er sie überhaupt schon bemerkt hatte. Rostige Nägel quietschten und jaulten, als er die Bretter zurückbog, doch schon nach kurzer Zeit war auch die Tür frei, und Leo drückte die Türklinke. Verschlossen.

»Haben Sie keinen Schlüssel? Ich dachte, das wäre Ihr Haus.«

Leo funkelte sie mit kalten Augen an, und Carmen wünschte, sie hätte lieber nichts gesagt. Er nahm einen großen Terrakotta-Topf vom Boden und wog ihn in der Hand, als überlege er, ob er ihn durchs Fenster oder nach ihr schmeißen solle. Doch unter dem Blumentopf war ein Schlüssel versteckt, sodass er den Topf ein Stück weiter wieder zu Boden setzte.

Leo drehte den Schlüssel im Schloss und drückte noch einmal auf die Klinke. Als sich die Tür knarrend öffnete, schlug ihnen eine Wolke muffiger Luft entgegen, und Leo machte einen Schritt zurück, als wolle er aus Höflichkeit Carmen den Vortritt lassen.

Von dem Augenblick, da sie den Fuß ins Haus setzte, erinnerte Carmen sich, warum sie das alte Pizzola-Haus so sehr mochte. Die Räume waren weit und einladend, mit hohen Decken und breiten Durchgängen. Sie durchquerte die Eingangshalle mit der breiten Treppe, die nach oben führte, und betrat das Wohnzimmer. Drinnen war es dunkel und still, und die Schatten machten ihr Angst. Überall im Raum hoben sich fahle Möbelstücke gegen die Dunkelheit ab, eingehüllt in weiße Laken, die den unheimlichen Eindruck erweckten, als sei der große Raum voll von schlafenden Gespenstern, die es nicht mochten, wenn man ihre Ruhe störte. Trotz des trüben Lichts sah sie sofort, dass das Saubermachen anstrengender werden würde, als sie es sich vorgestellt hatte. Überall hingen Spinnweben, und in einigen Ecken lag so dick Staub, dass sie überzeugt war, bei regelmäßigem Gießen könne man Pflanzen direkt auf dem Fußboden ziehen. Außerdem knirschte bei jedem Schritt zerbrochenes Glas unter ihren Füßen und kratzte an ihrem schlechten Gewissen.

»Sie müssen die Fensterläden öffnen …«

Natürlich sprach sie mit Leo, doch als sie sich umdrehte, sah sie, dass sie ganz allein in dem großen Haus war. Leo stand noch draußen auf der Veranda, und ihr kam der Gedanke, dass sie vielleicht nicht die Einzige war, die sich vor schlafenden Gespenstern fürchtete. Doch im nächsten Augenblick kam Leo entschlossen durch die Tür, begann die breiten, hohen Fenster zu öffnen und die Fensterläden aufzustoßen. Zur Front hin waren die meisten Fensterscheiben zerschlagen, ebenso zahlreiche Fenster auf der Südseite.

»Sieht so aus, als ob ein paar Halbstarke sich richtig an den Fensterscheiben ausgetobt hätten. Ich muss Topo bitten, neues Glas zu besorgen, wenn ich das nächste Mal im Dorf bin.« Beim Gang durch das Haus öffnete Leo Fenster und Läden, gefolgt von Carmen, die seinen Ausführungen lauschte, was in den einzelnen Räumen getan werden musste. Dabei hätte er sich die Mühe sparen können. Es war nur zu offensichtlich. Dann verschwand er wieder – so schnell, wie er ins Haus gekommen war.

Carmen sah, wie er wütend die Sense vom Boden aufhob, und überlegte, auf welche finsteren Bilder in seinem Kopf er damit losgehen wollte.

Auch wenn sie ans Saubermachen gewöhnt war, da sie schon früh im Hotel mitgeholfen hatte, hatte sie noch nie Räume geputzt, die über so viele Jahre verwahrlost waren. Doch es machte ihr nichts aus – sie liebte dieses Haus, und sie stellte fest, dass bei anderen zu putzen viel interessanter war als bei sich zu Hause. Außerdem wurde sie für ihre Arbeit bezahlt. Das wirklich Spannende aber war Leo – der Mann, der einmal der beste Freund ihres Vaters gewesen war. Lauter rätselhafte Geheimnisse umgaben ihn, ihren Vater und ihre Mutter. Im Laufe des Morgens ließ Carmen sich immer wieder neue Gründe einfallen, um nach draußen zu gehen und Leo mit irgendwelchen Fragen in ein Gespräch zu verwickeln, doch Leo ließ sie stets abblitzen. Sie konnte ihn weder dazu bringen, länger mit ihr zu reden, noch ins Haus zu kommen. Wenn sie ihn etwas fragte, rief er ihr eine knappe Antwort vom Hof aus zu und wandte sich wieder seiner Arbeit zu.

Gegen Mittag setzte sich Leo mit etwas Brot und Käse auf den Rand der Terrasse, woraufhin auch Carmen ihr Wischen einstellte, das Bündel nahm, das Marta ihr am Morgen mitgegeben hatte, und ebenfalls nach draußen ging. Leo mühte sich mit einem halb versteinerten Laib Brot und einem Klumpen gelbem Käse von zweifelhafter Herkunft ab. Obwohl er mit einem Messer dicke Scheiben dazu abschnitt und damit das knochentrockene Brot belegte, waren auf dem Käse lauter schwarze Fingerabdrücke und andere weniger eindeutig identifizierbare Spuren zu erkennen. Die einzelnen Bissen spülte er mit Wasser aus einer alten Weinflasche hinunter. Als Carmen vor die Tür trat, bot er ihr großzügig von seiner Mahlzeit an, doch sie lehnte lachend ab, setzte sich nicht weit von ihm auf die Kante der Terrasse und schlug ihr rot-weiß kariertes Bündel auf. Zum Vorschein kamen Trauben und Orangen, Möhren und Radieschen, hart gekochte Eier, geschnittener Schinken und Käse und zwei dick belegte Frikadellen-Brote, aus denen rote Soße tropfte – alles ordentlich in braunes Wachspapier eingepackt. Leo blickte sehnsüchtig auf das Festmahl des Mädchens.

»Meine Mutter hat gesagt, Sie hätten vermutlich nichts im Haus, das man auch nur einem Schwein vorsetzen könnte, und hat deshalb gleich Essen für zwei eingepackt.«

Leo musste sich nicht lange überwinden, eher seinen Stolz als trockenes Brot und ranzigen Käse hinunterzuschlucken, und so hockten die beiden im Schatten einer Korkeiche auf dem Rand der Terrasse und ließen es sich schmecken. Zwischendurch redeten sie von beiläufigen Dingen – dem Blick auf das Meer, dem Alter der Bäume, den Namen der Vögel, die über ihren Köpfen durch die Luft schossen –, und nach und nach begannen sie voreinander aufzutauen.

Als ihr Picknick verschwunden war, das meiste davon in Leos Magen, lehnte er sich zurück und steckte sich eine Zigarette an. Jetzt warf Carmen ihm schmachtende Blicke zu.

»Kann ich auch eine bekommen?«

Leo sah sie kurz an und warf dann Zigaretten und Streichhölzer zu ihr herüber.

»Ich dachte, Sie hätten was dagegen, wenn ich rauche«, sagte Carmen, nachdem sie ihre Zigarette angezündet und die Schachtel zurück zu Leo geworfen hatte.

»Wie kommst du darauf?«

»So wie Sie mich vor ein paar Tagen angeschaut haben, als Sie mich mit einer Zigarette gesehen haben.«

»Rauchen ist dumm. Aber als ich dich vor ein paar Tagen gesehen habe, war das Rauchen noch der harmloseste Teil.«

Carmen mochte diesen groben Ton nicht, ganz besonders nicht bei einem Mann.

»Haben Sie es meiner Mutter erzählt?«

»Was? Dass ich dich beim Rauchen erwischt habe?«

»Haben Sie ihr erzählt, dass Sie mich mit Solly gesehen haben?«

»Nein.«

»Und warum nicht?«

»Du bist nicht meine Tochter. Das geht mich nichts an.«

Aus irgendeinem Grund, den sie selbst nicht verstand, empfand Carmen bei Leos Worten einen Stich. Vielleicht weil er in seiner Unbeteiligtheit so kühl wirkte. Vielleicht musste sie bei Leos Anblick auch an ihren Vater denken. Waren die beiden nicht die engsten Freunde gewesen? Sollte sie ihm da nicht etwas bedeuten? Warum verhielt er sich so anders als die anderen Jungen? Dann ging ihr auf, dass er schließlich ein Mann und kein Junge war. Sie hatte immer nur mit jungen Burschen zu tun.

»Stimmt. Es geht Sie nichts an. Sie sind nicht mein Vater. Mein Vater ist tot.«

»Und dafür kannst du dem Himmel dankbar sein.«

Carmen verschluckte sich beinahe. Wie konnte er so etwas Grausames sagen? Wie konnte er sagen, sie solle sich freuen, dass ihr Vater tot war? Es war furchtbar. Es war unvorstellbar. Sie hasste ihn dafür, dass er so etwas auch nur denken konnte.

»Wie können Sie es wagen, zu sagen ...«

Er drehte sich so blitzschnell zu ihr um, dass sie stutzte, und obwohl seine Stimme ruhig und gelassen blieb, spürte sie seinen bohrenden Blick und bekam Angst.

»Weil ich deinen Vater gekannt habe, und wenn du glaubst, er hätte sich irgendwelche von deinen Eskapaden gefallen lassen, bist du auf dem Holzweg. Er hätte dir die Zigarette so schnell aus dem Mund geschlagen, dass sich dein Kopf dreimal um sich selbst gedreht hätte. Er hasste es, wenn Frauen rauchen. Und wenn er dich wie ich vor einigen Tagen mit diesem Grünschnabel gesehen hätte, hättest du eine ganze Woche nicht sitzen können, und der schmierige kleine Pimpf, der da an dir herumgefummelt hat, würde sich fragen, ob er je wieder gerade laufen könne.«

Es dauerte einen Moment, ehe Carmen bemerkte, dass ihr Mund weit offen stand und sie vergessen hatte zu atmen. Sie spürte einen Kloß in ihrer Kehle, und ihre Augen brannten.

Leo fragte: »Bist du mit der Küche fertig?«

Das junge Mädchen hörte sich murmeln: »Noch nicht ganz«, während sie hastig den Abfall des Mittagessens einsammelte. Sie wollte zurück ins Haus, bevor er die Tränen sehen konnte, die jeden Moment fließen mussten. Als sie weg war, lehnte Leo sich zurück und rauchte weiter seine Zigarette. Ein Anfang war gemacht.

Am Nachmittag zwang Leo sich mehrere Male, ins Haus zu gehen. Unerwartet kam er in die Küche oder ins Wohnzimmer, um nachzusehen, wie weit Carmen mit der Arbeit war. Natürlich interessierte ihn nicht, wie gut Carmen vorankam, sondern er suchte Gelegenheiten, seine Autorität zu unterstreichen. Tatsächlich wurde sie im Laufe des Tages respektvoller und suchte manchmal sogar seine Anerkennung.

Am späten Nachmittag geschah etwas, das Leo nicht vorhersehen konnte. Er warf eine Ladung Abfall auf den Lastkarren – er hatte bereits zwei volle Wagen zur Feuerstelle neben dem Olivenhain geschafft –, als er aufblickte und sah, wie sich aus Nordwesten eine Gestalt näherte. Es war ein Reiter zu Pferde, und im blendenden Licht der Nachmittagssonne, die vom Meer gespiegelt wurde, sah es so aus, als leuchteten seine Schultern. Leo erkannte den Besucher sofort und lief ihm entgegen. Carmen, die auf der Terrasse war und den Reiter ebenfalls sah, rief Leo zu:

»Wer ist das?«

»Paolo Lombolo. Seine Familie hat hier auf der Wiese ein paar Pferde stehen.«

Mit neunzehn Jahren war Paolo der jüngste der vier Lombolo-Brüder und der, den Leo am meisten mochte. Er war ruhig, stets zuvorkommend und konnte in bestimmten Situationen richtig witzig sein. Einmal in der Woche ritt er vom Gut der Eltern herüber, um nach den Pferden zu sehen. Die Lombolos hatten einen großen Bauernhof südlich von Punta Ala, mit zahllosen Obsthainen und Weingärten, aber Paolos Herz schlug für die Pferde. Wenn er Richtung Süden ritt, hielt er immer Ausschau nach Leo, um ihm die Grüße seines Vaters auszurichten. Paolo war ein prima Kerl.

Den jungen Besucher gegen die Sonne reiten zu sehen, stach Leo in die Augen, sodass er den Kopf zum Haus drehte und Carmen immer noch auf der Veranda stehen sah. Sie sah aus, als wäre sie zur Salzsäule erstarrt, so sehr war sie von dem Anblick fasziniert. In ihren Augen lag eine seltsame Art von Furcht. Leo blickte zurück in die Richtung, in die sie so furchtsam starrte, und versuchte zu sehen, was Carmen sah, aber da war nur Paolo Lombolo, der auf dem Rücken seiner gescheckten Stute gegen die Sonne ritt. Sein langes schwarzes Haar hüpfte in dichten Strähnen auf seinen gebräunten Schultern auf und nieder, als das Pferd den Hang hinaufgaloppiert kam. Er saß hoch aufgerichtet auf dem Tier, und Pferd und Reiter schienen eins zu sein. Die glänzende Sonne auf seinen bloßen Armen ließ ihn wie eine Bronzefigur erscheinen, die sich in Zeitlupe näherte. Für Leo war es lediglich Paolo Lombolo, der vorbeikam, um Hallo zu sagen, aber in Carmens

Gesicht sah er, dass es für sie wie ein Blitz aus heiterem Himmel war, der sie mitten ins Herz traf.

Schließlich zügelte Paolo seine Stute vom Galopp in den Schritt und winkte Leo freudig zu. Aus dem Schatten der Veranda studierte Carmen die hohen Wangenknochen seines gebräunten Gesichts und die Art, in der seine Zähne weiß aufblitzten und seine dunklen Augen lächelten. Aus den Augenwinkeln bemerkte Leo, wie sich das Mädchen plötzlich umdrehte und ins Haus eilte.

»Guten Tag, Paolo.«

»Guten Tag, Signore Pizzola. Sieht nach schwerer Arbeit aus. Aber hier ist es bestimmt nicht ganz so heiß wie bei uns.«

»Die Arbeit muss getan werden.«

»Hat das Erdbeben mehr angerichtet als erwartet?«

Leo spürte, wie ein elektrischer Stoß seinen Rücken entlangjagte und seine Nackenhaare sich aufrichteten, als er automatisch an das Fresko dachte. Schuldbewusst erwiderte er knapp: »Nein! Wieso? Was meinst du damit?«

»Ich meine, hat das Erdbeben größere Schäden im Haus angerichtet?«

Leo versuchte seine Paranoia mit einem nicht weniger überdrehten Lachen zu vertuschen: »Nein. Es muss nur ein wenig sauber gemacht werden.«

»Sieht gut aus«, sagte Paolo und nickte anerkennend. Doch in Gedanken war der Junge mit anderen Dingen beschäftigt und schien Leos Unruhe nicht zu bemerken.

»Mein Vater hat eine große Bitte an Sie. Die Hitze setzt unseren Obstbäumen schwer zu, und wir brauchen all unser Wasser für die Felder. Er lässt fragen, ob wir auch unsere übrigen Pferde zu Ihnen bringen können? Nur für kurze Zeit?«

»Wie viele Pferde sind das?«

»Noch mal sechs. Ich weiß, es ist kein leichtes Anliegen, aber mein Vater ist sicher, es wäre für nicht länger als eine Woche. Er schwört, im Westen seien die ersten Wolken zu sehen, und spürt einen Druck in der Luft, der auf ein Gewitter hindeutet.«

»Bring die Pferde morgen her und lass sie so lange hier stehen wie nötig. Ich habe die Quelle oben bei den Feldern geöffnet, sodass ausreichend Wasser da ist.«

»Vielen Dank. Ich werd's meinem Vater ausrichten. Und ich erzähle ihm auch, dass Sie fleißig … am … Haus … arbei …« Paolos Stimme geriet ins Stocken, als seine Aufmerksamkeit von etwas in Leos Rücken in Anspruch genommen wurde. Carmen kam mit einem Glas Wasser in jeder Hand auf die Veranda.

In den vergangenen sechs Monaten hatte Leo Carmen oft genug durch Santo Fico stolzieren und dutzende Male flirten sehen: mit alten Männern, jungen Männern, sogar mit kleinen Jungen; mit allem, was männlich war – nur so zur Übung. Sogar ihm hatte sie ein- oder zweimal hübsche Augen gemacht und ihn kokett angelächelt. Aber als er das Mädchen mit den zwei Gläsern Wasser über die Veranda kommen sah, glaubte Leo, sie nicht wieder zu erkennen. Ihr Blick war zu Boden gerichtet, und sie machte kleine, schüchterne Schritte. Und als sie Leo das Glas hinhielt, sah er in ihrem Gesicht etwas, das er nie zuvor gesehen hatte. Carmen war nervös.

»Ich dachte, bei der Hitze wäre ein Glas Wasser nicht schlecht«, sagte sie freundlich.

Auch diese neue Höflichkeit überraschte Leo. Er nahm eins der Gläser, doch Carmen räusperte sich sogleich und drehte ihren Kopf leicht, aber bestimmt in Paolos Richtung. Leo verstand – wie konnte er so ungehobelt gegenüber seinem Gast sein?

»Äh ... Paolo, möchtest du ein Glas Wasser?«

Carmen reichte ihm das Wasser hinauf und lächelte, und Paolo Lombolo wäre beinahe im Sattel dahingeschmolzen. Sein Gesicht, das im ersten Moment aschfahl geworden war, als er sie die Veranda überqueren sah, wurde nun puterrot, sodass Leo sich schon Sorgen um den Blutdruck des Jungen machte. Inzwischen achtete Leo genau auf weitere Zeichen, und als Carmen sich ihm erneut mit gerunzelter Stirn und spitzen Lippen zuwandte, war er gleich zur Stelle.

»Paolo, darf ich dir Carmen Fortino vorstellen?«

Carmen lächelte sittsam. Paolo grinste wie ein Honigkuchenpferd, aber seinem schwachen Grunzen war zu entnehmen, dass der junge Reiter offenbar etwas sagen wollte, die komplizierte Beherrschung der menschlichen Sprache ihn jedoch unseligerweise vorübergehend überforderte.

»Carmen hilft mir beim Hausputz.«

Paolo leerte sein Wasserglas, ohne seinen Blick von ihr zu wenden.

Er nuschelte ein halbwegs verständliches »Danke schön« und reichte ihr höflich das Glas herunter.

»Gern geschehen«, flüsterte sie heiser und starrte dabei in das gelangweilte Gesicht der Stute.

Nach diesem gelungenen Austausch suchten beide nach weiteren Worten, aber es fiel ihnen nichts ein. Auch Leo hielt Carmen sein leeres Glas hin, doch sie beachtete ihn nicht, sondern drehte sich um und verschwand eiligst im Haus.

»Also Paolo, morgen bringst du die Pferde her?«

»Äh ... ja, Signore, morgen ...« Paolo schien eingehend das Fliesenmuster der Terrasse zu studieren, bevor er schließlich ganz unverfänglich fragte: »Wird sie auch hier sein?«

»Vermutlich.«

»Aha ... oh ... also ... bis morgen.«

Paolo wendete seine gescheckte Stute in Richtung Meer, um nach den Pferden zu sehen, doch er drehte sich nicht weniger als dreimal um, in der Hoffnung, einen kurzen Blick auf das bezaubernde Mädchen im Haus zu erhaschen. Erst als er nicht mehr zu sehen war, trat Carmen auf die Veranda, als sei nichts gewesen, und rief nach Leo.

»Haben Sie gesagt, er kommt morgen wieder?«

»Hab ich das? Na, vielleicht ... Wieso?«

»Nur so.«

Unbeteiligt warf sie den Kopf zur Seite und wandte sich zum Gehen, und es wäre ein ungemein eleganter Abgang gewesen, hätte sie nicht die Eingangstür um einen guten Meter verfehlt und wäre geradewegs mit dem Kopf gegen die Mauer gelaufen. Doch sie hatte sich rasch gefangen und verschwand im Inneren.

Für Leo war mit einem Mal alles klar. Es war wie eine Eingebung von oben.

20

Als Carmen am nächsten Tag zur Arbeit erschien, bemerkte Leo einige Veränderungen. Am auffälligsten war, dass sie statt der abgeschnittenen Fransen-Shorts und des alten ärmellosen T-Shirts einen leichten, weiten Rock und eine luftige Sommerbluse trug. Das zusammengefaltete Halstuch, mit dem sie am Tag zuvor die Haare gebunden hatte, war ebenfalls verschwunden, und sie hatte sich stattdessen ein leuchtend rotes Band ins frisch gewaschene Haar geknotet. Und schließlich fehlte auch das einfache karierte Handtuch, in das sie gestern ihr Mittagsbrot eingeschlagen hatte. Heute schleppte Carmen schwer an einem geflochtenen Weidenkorb, den sie mit beiden Armen tragen musste und bei dessen Anblick Leos Magen vor Vorfreude knurrte.

Nach der ersten Stunde war Leo froh, dass sie bereits einen guten Arbeitstag hinter sich hatte, weil sie sich diesmal offenbar ausschließlich den Fenstern auf der Nordwest-Seite widmen wollte. Außerdem entnahm er Carmens gelegentlichen bissigen Kommentaren über ihre Mutter, dass es zwischen ihr und Marta am Morgen mächtig gekracht haben musste. Er konnte sich Martas Reaktion vorstellen, als Carmen zu ihrem zweiten Tag gründlichen Hausputzes die Treppe herunterkam und gekleidet war, als ginge sie zu einer Geburtstagsparty. Und dann war da noch der Weidenkorb, in dem Leo sehnsüchtig das Mittagessen vermutete. Es war unerwartet großzügig von Marta gewesen, dass sie am Vortag genug Essen für beide eingepackt hatte, und Leo war neugierig zu erfahren, welche Geschichte Carmen ihrer Mutter aufgetischt hatte, dass sie ihr diesmal gleich einen ganzen Koffer voll Lebensmittel mitgegeben hatte. Aber was Marta da mit dem Schwein gesagt hatte… nun denn, wenn sein Plan aufging, hätte er schon bald mit beiden nichts mehr zu tun.

Leo versuchte den ganzen Morgen über draußen zu arbeiten, aber Carmen war über Nacht die Unselbständigkeit in Person geworden und brauchte für alles eine Anleitung – alle paar Minuten kam sie mit einer neuen dummen Frage zu ihm. Zuletzt musste er sich ebenfalls im Haus beschäftigen, damit Carmen überhaupt noch zum Arbeiten kam. Das Schlimme daran war, dass Carmen ihn mit persönlichen Fragen löcherte, je mehr sie sich an ihn gewöhnte. Sie fragte ihn nach ihrem Vater, nach ihrer Mutter, nach der Zeit, in der sie zusammen gewesen waren, und nach allen möglichen Dingen, die Leo entweder nicht wusste oder über die er nicht reden wollte. Irgendetwas machte Carmen wütend und begann nun auch, ohne dass er den Grund kannte, Leo die Stimmung zu vermiesen. Er versuchte, ihre Fragen zu beantworten, doch Carmen schien fest entschlossen, ihm jedes seiner Worte im Mund herumzudrehen und in eine schnippische Bemerkung gegen ihre Mutter zu verwandeln. Sie arbeiteten gemeinsam im Wohnzimmer, als Carmen ihm eine besonders verquere Frage stellte, die für Leo das Fass zum Überlaufen brachte.

»Sie kannten meinen Vater. Also sagen Sie mir die Wahrheit, in Ordnung? Ist er Ihnen irgendwie … ein bisschen dumm vorgekommen?«

»Wie bitte?! Bist du verrückt? Nein, er war nicht dumm. Er war klug. Was soll diese blöde Frage?«

»Er hat meine Mutter geheiratet. Wie klug kann er gewesen sein, meine Mutter zu heiraten?«

»Was ist eigentlich los mit dir?«, fuhr Leo sie an. »Was soll so ein neunmalkluger Kommentar? Den ganzen Tag schon ziehst du über deine Mutter her. Es reicht jetzt, verstanden?«

»Schon gut. Ich dachte, wenigstens Sie würden es verstehen.«

»Was verstehen?«

»Sie wissen, wie sie ist. Ich sehe doch, wie gemein sie Sie behandelt.«

»Wie mich deine Mutter behandelt, geht dich verdammt noch mal nichts an. Vielleicht hat sie ihre Gründe. Aber was, bitte schön, hat sie dir denn getan, außer dass sie auf dich Acht gibt und sich um dich sorgt und nur das Beste für dich will?«

»Woher will sie wissen, was das Beste für mich ist? Sie ist nirgendwo gewesen und hat nie etwas unternommen. Ihr ganzes langweiliges Leben hat sie in diesem langweiligen kleinen Kaff verbracht, und dabei tut sie so, als wüsste sie alles. Sie weiß überhaupt nichts.«

Leo stand einen Augenblick regungslos da, als kämpfe er mit einer schweren Entscheidung. Dann lief er so plötzlich auf Carmen zu, dass sie dachte, er wolle sie schlagen. Sie wich bereits vor ihm zurück, als er ihr den Zeigefinger auf die Brust setzte und drückte. Carmen plumpste in den Sessel hinter ihr.

»Bleib da sitzen.«

Auf der anderen Seite des Wohnzimmers stand eine alte Zedernholztruhe, die mit einem Seidentuch bedeckt war und die bedeutendsten Familienschätze der Pizzolas enthielt. Keine vererbten Juwelen oder alten Urkunden, keine vergessenen Landabtretungen oder wertvolle Münzen. Die Truhe war viel größeren Reichtümern vorbehalten, die unersetzbar und unbezahlbar waren – dem Schal, den seine Urgroßmutter an ihrem Hochzeitstag getragen hatte, vergilbten Familienfotos, die aus der Pionierzeit der Fotografie stammten, wichtigen Briefen, winziger Babykleidung. Es war ein Sammelsurium geschätzter Erinnerungsstücke, deren Herkunft oft dunkel war – aber Leo kannte sie alle. Er kniete vor der Truhe und stöberte vorsichtig in seiner Vergangenheit. Er zog eine große Bibel hervor, die so alt war, dass der Ledereinband zerbröselte, und Leo bemerkte, dass seine Hände zitterten, als er sie behutsam auf den Boden legte. Ganz besonders achtete er darauf, dass keine der papierdünnen Blumen herausfielen, die Generationen seiner Familie gesammelt und zwischen den Seiten getrocknet und gepresst hatten. Dann hob er vorsichtig drei alte Zeitschriften aus der Truhe.

»Ich würde wetten, jeder Haushalt in Santo Fico hatte einmal eine, wenn nicht gar mehrere dieser Zeitschriften«, murmelte er leise, halb zu sich selbst und halb zu Carmen. »Ich glaube, wir haben die komplette Sammlung.«

Er klappte den Deckel herunter und legte die Zeitschriften vorsichtig darauf. Dann ließ er sich mit einem Seufzer auf dem Fußboden nieder, lehnte sich mit dem Rücken gegen die Truhe und begann zu erzählen.

»Vor langer Zeit, weit vor deiner Geburt, als deine Mutter ungefähr so alt war wie du, kam eine Horde Leute aus Mailand nach Santo Fico. Sie arbeiteten für irgendein Modemagazin und wollten bei uns Fotos machen. Sie blieben einige Tage und quartierten sich im Hotel ein. Einer war Fotograf, andere kümmerten sich um die Garderobe, die sie mitgebracht hatten, und so weiter. Ich habe nie herausgefunden, wofür sie die vielen Leute brauchten. Schließlich gehörten noch drei große, bezaubernde, dünne Frauen dazu, die die Kleider vorführten. Überall im Dorf machten sie ihre Aufnahmen. Am Hafen, an den Klippen, am Strand, im Hotel, in der Kirche – einfach überall.

Am ersten Tag saß der Fotograf vor dem Hotel, als deine Mutter von der Kirche zurückkam. Vermutlich hatte sie Pater Elio das Mittagessen gebracht. Gewöhnlich ging sie durch den Hintereingang in die Küche, aber weil die Modeleute da waren und sie neugierig war, lief sie quer über die Piazza und durch den Vordereingang ins Hotel. Der Fotograf am Tisch auf der Hotelterrasse verfolgte sie die ganze Zeit durch seine Kamera. Aber er machte keine Fotos. Er beobachtete sie einfach nur durch die Kamera. Dann stand er auf und ging ihr nach ins Hotel, immer noch durch seine Kamera blickend.

Dieser Fotografen-Typ wollte Fotos von deiner Mutter machen. Nun, dein Großvater sagte Nein, aber deine Großmutter sagte Ja – und als der Fotograf deinem Großvater erzählte, wie viel Geld deine Mutter bekommen würde, sagte auch er Ja. Und so machten sie Aufnahmen von deiner Mutter für dieses

Modejournal. Und als sie dann zurück nach Mailand mussten, ist deine Mutter mitgegangen. Komm her.«

Carmen setzte sich neben ihn auf den Fußboden, und sie benutzten die Truhe als Tisch. Die Zeitschriften waren gelb an den Rändern und offenbar viele Male durchgeblättert worden, aber sie waren pfleglich behandelt worden und hatten weder Wellen noch Knicke. Die Mode auf den Titelseiten kam Carmen witzig und längst überholt vor, aber sie kannte die Namen der drei Magazine. Innen waren die Bilder ihrer Mutter. Sie war jung und schön und sah aus wie Carmen.

»Du kennst die Bilder nicht? Du hast nie etwas davon gehört?«

Carmen schüttelte nur den Kopf und blätterte ehrfurchtsvoll weiter.

»Fast drei Monate lang ist sie weg gewesen. Dann war sie plötzlich wieder da. Sie sagte, Mailand gefiele ihr nicht. Aber als dieser Fotograf anrief, fragte deine Großmutter ihn, warum Marta nach Hause zurückgegangen sei, und er sagte ihr, deine Mutter hätte erklärt, es gebe jemanden in Santo Fico, den sie liebe, und sie könne nicht von ihm getrennt leben. Der Fotograf erzählte deiner Großmutter, deine Mutter hätte viel Geld in Mailand verdienen und vielleicht sogar berühmt werden können – aber das alles wusste deine Mutter, bevor sie nach Hause zurückkehrte.«

»Sie kam also zurück, weil sie meinen Vater liebte?«

Leo zuckte nur die Schultern. »Ich muss ins Dorf. Wir sehen uns später. Wenn Paolo Lombolo vorbeikommt, sag ihm, ich muss mit ihm reden.«

Er ließ Carmen allein mit den Bildern des bezaubernden jungen Mädchens, das vielleicht hätte berühmt werden können, aber jemanden zu sehr liebte, und er war dankbar für ihre Vorsicht, keine Tränen auf die Seiten tropfen zu lassen.

Draußen machte Leo sich auf den Weg ins Dorf. Er hatte viel zu tun und wenig Zeit. Die Luft war schwül und drückend. Im Westen zogen Wolken auf. Es würde ein Gewitter geben. Selbst er konnte das sehen.

Trotz seiner vielen unliebsamen Charakterzüge hatte Solly Puce eine unfehlbare Eigenschaft – seine Pünktlichkeit. Einige Bewohner von Santo Fico blickten prüfend auf ihre Uhren, wenn sie die Vespa den Berg hinauftuckern hörten – nicht um nach der Zeit zu sehen, sondern um sich zu vergewissern, dass ihre Uhren auch richtig gingen. Solly nahm seinen Job, die Post über die Ziegenpfade in dieser Region der Toskana-Küste zuzustellen, sehr ernst. Die Tatsache, dass in vielen der winzigen Dörfchen unglaublich bezaubernde Mädchen wohnten, die von der Außenwelt abgeschnitten waren und sich einsam fühlten, war einer der Vorzüge seines Jobs. Es wunderte daher niemanden, als um Punkt elf Uhr vierzig die Vespa, eine Fahne blauen Rauchs hinter sich herziehend, über die Piazza knatterte und wie immer vor dem Palazzo Urbano zum Stehen kam.

Solly wühlte in den abgewetzten ledernen Satteltaschen am Gepäckträger seines Rollers und blickte über den Platz. An einem so heißen Tag wie heute wäre die Piazza normalerweise menschenleer gewesen, abgesehen natürlich von dem verrückten Alten am Brunnen und seinem Hund. Heute aber waren wie jeden Tag seit der Wiederbelebung dieser lächerlichen Fontäne ein Dutzend Leute und mehr da, die kamen oder gingen oder am Brunnenrand saßen und plauderten oder an den Terrassentischen des Hotels Domino spielten. Das ganze Gesicht der Piazza hatte sich verändert, dachte Solly, nur weil plötzlich ein bisschen Wasser plätscherte. Ihm hatte der Platz vorher besser gefallen – so leblos. Doch trotz der vielen Leute konnte Solly nicht das Gesicht entdecken, nach dem er suchte. Vielleicht hatte Carmen den Roller nicht gehört? Unmöglich!

Er entdeckte das für Santo Fico bestimmte Bündel mit Briefen, Zeitschriften und Werbeprospekten und marschierte damit zur Poststelle, als er einen finster blickenden Typen an der Ecke des Palazzos lehnen sah. Der verschlagene kleine Kerl kaute auf einem Zahnstocher und starrte ihn unverfroren an. Solly erkannte auf Anhieb, dass dieser zu kurz geratene Bursche mit dem flachen Kinn und den dicht beieinander stehenden Augen gefährlich aussah. Andererseits, dachte Solly, sahen die meisten Männer und ein nicht unerheblicher Teil der Frauen gefährlich aus. Beim Betreten des Palazzos warf er sein nicht vorhandenes Haar zurück, rollte mit den Schultern und schüttelte seine Glieder, woraufhin er sich sofort besser fühlte. Auch wenn es längst zu seiner zweiten Natur geworden war, hatte Solly immer noch das Gefühl, seine Verrenkungen signalisierten seiner Umwelt, dass man sich besser nicht mit ihm anlegte.

Doch als er wieder auf den Platz trat, stand der Knirps mit dem Zahnstocher direkt neben seiner Vespa.

»Schöner Roller«, bemerkte Topo mit gefährlichem Unterton.

Solly grunzte und verstaute das schmale Bündel aufgegebener Post flink in der Satteltasche, doch die mausartige Kreatur ließ sich nicht abwimmeln, und Solly spürte, wie sein Mund trocken wurde. Topo redete in einem verschwörerischen Flüsterton, den verbogenen Zahnstocher immer noch im Mund.

»Bist du Solly Puce?«

Solly hörte sich selbst zustimmend grunzen.

»Ich habe eine Nachricht von Carmen Fortino für dich. Sie will dich heute Nacht treffen.«

»Sie will mich treffen?«

»Ja. Du kennst doch die Punta Brusca, die Landzunge nördlich vom Dorf bei der alten Mauer?«

Solly nickte.

»Du triffst sie dort heute Nacht um zehn – und zwar pünktlich. Nicht früher, nicht später. Punkt zehn.«

»Wieso?«

»Wieso?« Der Zahnstocher hüpfte vor Verwunderung von einem Mundwinkel in den anderen. »Ich habe gehört, du seist clever. Was glaubst du, warum eine heiße Nummer wie Carmen Fortino sich mit einem jungen Hengst wie dir an der Punta Brusca treffen will, an der alten Mauer, um Punkt zehn?«

»Ich dachte, sie wäre noch wegen neulich stinksauer auf mich ...«

»Klar, sicher doch, deshalb hat sie mir ja auch die Nachricht für dich mitgegeben – weil sie stinksauer ist. Du glaubst wohl, wenn ein Mädchen Nein sagt, meint sie auch Nein. Nun gut, du musst es wissen. Entweder du erscheinst heute Nacht um zehn an der Punta Brusca und bist bereit, deinen Mann zu stehen, oder du lässt es bleiben. Ich persönlich denke, sie ist vielleicht eine zu starke Frau für dich, aber mich soll es nichts angehen. Ich bin nur der Bote.«

Topo zog in der Art von James Cagney an seiner Hose und schlenderte über die Piazza. Solly Puce kletterte auf seinen Roller und trat auf den Anlasser. Auf der Fahrt aus dem Dorf wirbelten Topos Worte durch seinen Kopf – »Punta Brusca ... Punkt zehn ... eine zu starke Frau ...!«

Als Topo um die Ecke des Hotels bog, zwinkerte er Leo, der das Ganze aus sicherer Entfernung beobachtet hatte, kurz zu und hielt beide Daumen nach oben.

Es war schon nach Mittag, als Leo endlich über die Küstenstraße nach Hause konnte. Er legte einen flotten Gang ein, weil er nicht genau wusste, wann Paolo die Pferde bringen würde. Wenn er während seiner Abwesenheit gekommen war und nicht am Haus vorbeigeschaut hatte oder wenn Carmen ihn nicht hereingebeten hatte, wäre er womöglich schon wieder fort. Und wenn Leo nicht mehr mit Paolo sprechen konnte, war alles umsonst. Doch seine Sorgen waren gänzlich unbegründet.

Als er sich dem Haus näherte, sah er die gescheckte Stute im Schatten eines Baums angebunden, und Carmen und Paolo saßen auf der Veranda. Leo beobachtete sie eine Weile. Sie unterhielten sich angeregt und lachten viel. Das war so weit gut, doch dann hatte Leo plötzlich viel ernstere Sorgen. Den ganzen Morgen über hatte er auf den Picknickkorb geschielt. Jetzt sah er schon von weitem, dass der Inhalt vor Carmen und Paolo ausgebreitet lag. »Oh, mein Gott«, stöhnte er. »Sie gibt ihm mein Mittagessen!«

Als er am Haus ankam, sprang Paolo auf und grüßte den Hausherrn mit strenger Förmlichkeit. Immer hieß es »Signore« hier und »Signore« da, sodass Leo sich furchtbar alt vorkam, und außerdem hatten sie sein Mittagessen verspeist! Er hätte schreien mögen, als er in den Resten des Festmahls herumstocherte. Es hatte zwei Sorten Pasta gegeben, dazu marinierte Garnelen, eine *torta*, Salat, Brot, Früchte, Kekse, Wein – immerhin deutete Carmen auf etwas Brot, ein kleines Stück Käse und eine Orange, die sie für Leo zurückgehalten hatte. Mit kindlichem Entzücken redete sie von Paolos ungeheurem Appetit, und Paolo schwärmte von Carmens fantastischen Kochkünsten.

»Meine Mutter hat ein bisschen geholfen«, gab Carmen zu und flehte Leo mit Blicken an, nur ja den Mund zu halten, was er natürlich auch tat. Und dann fiel es ihm wie Schuppen von den Augen: Dieses Mahl war nicht einen Augenblick für ihn gedacht gewesen. Er sollte dankbar für die Orange sein.

Die drei unterhielten sich eine Weile weiter auf der Veranda, aber es war offensichtlich, dass mit Leos Ankunft jeder aufkeimende Funke erloschen war. Dennoch wollte er nicht wieder gehen – zumindest nicht gleich. Er hatte wichtige Dinge zu erledigen. Kurz darauf machte Paolo sich auf den Heimritt, und Carmen ging zurück an ihre Arbeit. Leo begleitete Paolo zu seiner Stute, während Carmen die Reste des Picknicks in den Korb packte und ins Haus ging.

»Carmen sagt, Sie wollten mich etwas fragen?«

Etwas fragen? Er erinnerte sich vage, Carmen irgendetwas in der Richtung gesagt zu haben, als er am Morgen aufgebrochen war, aber nur, um Paolo bis zu seiner Rückkehr festzuhalten. Ihn etwas fragen …

»Ach ja. Wie viele Pferde, sagst du, hast du heute gebracht?«

»Sechs.«

»Oh, sechs!«

»Ist das in Ordnung? Oder sind sechs zu viele?«

»Nein, nein, nein. Sechs sind in Ordnung. Übrigens, Paolo ...«

Leo beugte sich geheimnisvoll zu ihm, und Paolo sah, dass Carmen von dem Gespräch von Mann zu Mann auf keinen Fall etwas mitbekommen durfte, obwohl sie längst im Haus verschwunden war.

»Hat Carmen irgendetwas von einem Treffen heute Nacht um zehn an der Punta Brusca gesagt?«

»Nein«, flüsterte Paolo.

»Du schwörst ganz bestimmt, dich nicht heute Nacht um zehn an der Punta Brusca mit ihr verabredet zu haben?«

»Nein, Signore, ich schwöre es.«

»Kennst du die Stelle? Ich meine, weißt du, wo die Punta Brusca ... hinter der alten ...?«

»Ja, Signore, hinter der alten Mauer. Ich kenne die Punta Brusca. Warum fragen Sie?«

»Oh, heute Morgen ging im Dorf das Gerücht, Carmen wolle sich heute Nacht um zehn an der Punta Brusca mit irgendeinem Jungen treffen. Dem Gerede nach hatte der Junge behauptet, er wolle ... Ach was, lassen wir das. Santo Fico ist ein kleines, klatschsüchtiges Dorf, in dem jeden Tag hunderte dummer Gerüchte in die Welt gesetzt werden. Du kennst das. Außerdem ist Carmen ein erwachsenes Mädchen. Ich bin sicher, sie weiß sich zu helfen, wenn irgendein schmieriger Bursche versucht ... Ach, was rede ich da. Zu traurig, dass sie nie einen Vater oder einen größeren Bruder hatte, um sie zu beschützen … Aber was soll's. Vielen Dank für deinen Besuch.«

Leo griff den Arm des verblüfften Jungen und half ihm in den Sattel. Paolo bestieg sein Pferd wie in Trance, weil in seinem Kopf schreckliche Bilder wild durcheinander wirbelten.

»Signore Pizzola«, stammelte er. »Wenn Sie glauben, Carmen sei in Gefahr …«

»In Gefahr? Ach wo. Das Ganze ist doch bloß ein Gerücht. Und wenn das Mädchen so dumm sein sollte, heute Nacht – um zehn – irgendeinen dahergelaufenen, schmierigen, sexbesessenen Kerl – an der Punta Brusca, hinter der alten Mauer – zu treffen, dann hat sie verdient, was immer ihr zustößt. Hör zu, Paolo, sag deinem Vater, die Pferde können so lange wie nötig hier bleiben. *Ciao.*«

Leo trat einen Schritt zurück und gab dem Pferd einen Klaps auf die Flanke. Oben am Haus stand Carmen lächelnd in der Tür und winkte Paolo zum Abschied. Leo beobachtete sein Gesicht genau und dachte bei sich, es wäre vermutlich weniger schmerzhaft für den Jungen gewesen, wenn er ihm glühende Metallstifte durch die Ohren geradewegs ins Gehirn getrieben hätte.

Nachdem Paolo hinter dem Abhang zum Meer verschwunden war, hob Leo den rechten Arm in die Luft und streckte Paolo die Faust hinterher. Dann drehte er sich um und polterte über die Veranda zur Haustür. Carmen hatte drinnen am Fenster gestanden und Paolo so lange sie konnte hinterhergesehen, doch als sie Leo wütend auf das Haus zustürzen sah, hatte sie sich blitzschnell ihren Besen geschnappt. Leo stand in der Tür, starrte sie an und brüllte, dass die Wände und die noch verbliebenen Fenster zitterten.

»Was genau hat er zu dir gesagt, junge Dame!?«

Carmen war von seinem Wutausbruch wie gelähmt. »Nichts … was … worüber denn?«

»Lüg mir nichts vor! Welche Pläne habt ihr zwei geschmiedet?!«

»Keine. Keine Pläne. Wovon reden Sie überhaupt?«

»Warum soll ich dich dann noch einmal daran erinnern, heute Nacht um zehn an der Punta Brusca hinter der alten Mauer zu sein?!«

»Ich weiß nicht. Ich habe keine Ahnung, worum es geht.«

»Carmen Fortino, schwöre mir, dass du nicht vorhast, heute Nacht aus dem Haus zu schleichen und diesen Knaben an der Punta Brusca zu treffen, heute Nacht um zehn hinter der alten Mauer!«

Carmen schüttelte verängstigt den Kopf. »Ich schwöre.«

»Also dann … prima! Soll er doch allein um zehn zur Punta Brusca kommen und die Nacht dort verbringen. Er wird die Botschaft schon verstehen und dir nicht länger nachstellen.«

Die Furcht, Paolo Lombolo nie wieder zu sehen, trieb ihr Tränen in die Augen und zeigte Leo, dass sein Auftritt erfolgreich war. Vielleicht sogar ein wenig zu erfolgreich, fürchtete er. Vielleicht hatte er sie so sehr eingeschüchtert, dass sie die entscheidenden Informationen gar nicht mitbekommen hatte. Zur eigenen Sicherheit murmelte er sie beim Hinausgehen noch einmal leise vor sich hin: »Punta Brusca … hinter der alten Mauer … Punkt zehn Uhr … Genau!«

Er vermutete, es würde Verdacht erwecken, wenn er gleich wieder ins Dorf ginge, also arbeitete er erst einmal eine Zeit lang am Haus. Außerdem hatte er dadurch Gelegenheit, Carmens Stimmung zu beeinflussen. Binnen einer Stunde war sie davon überzeugt, seine Befürchtungen, sie könne sich heimlich mit Paolo Lombolo treffen, seien komplett zerstreut, und schon bald klang wieder ihr leises Summen durch die Räume. Leo war sich sicher, ihre gute Laune verdanke sich allein der Vorfreude auf den Abend, aber das störte ihn nicht. Er hatte sie gerne im Haus. Er mochte die leisen, raschelnden Geräusche, mit denen sie in den einzelnen Räumen hantierte und im Haus Ordnung schaffte. Leo hatte sich nie viele Gedanken um Kinder gemacht. Warum auch? Doch heute ertappte er sich dabei, wie er ohne besonderen Grund dachte: Sie hätte meine Tochter sein können. Zweifellos. Und Nina auch. Am meisten überraschte ihn an diesen unwirklichen, abstrusen Gedanken über Vaterschaft, Carmen und Nina und das, was hätte sein können, dass er sie nicht gleich verscheuchen wollte. Tatsächlich genoss er sie sogar. Und er mochte auch, dass Carmen zwischendurch immer wieder zur Zedernholztruhe ging. Wenn sie sich unbeobachtet glaubte, blätterte sie einen Augenblick in den Magazinen, betrachtete die Bilder ihrer Mutter und machte sich wieder an die Arbeit.

Schließlich hatte Leo lange genug gewartet, um plötzlich festzustellen, dass er vergessen hatte, »neues Glas für die Fenster zu bestellen«, worauf er sich widerwillig erneut auf den Weg ins Dorf machte.

Er hatte die Begegnung mit Marta bis zuletzt aufgeschoben. Wenn bis zu diesem Punkt irgendetwas an seinem Plan schief gelaufen wäre, hätte er keinen

Grund gehabt, überhaupt mit ihr zu reden. Aber bislang war alles überraschend glatt verlaufen, und jetzt musste er sie in sein Vorhaben einbinden.

Marta war über seine Bitte alles andere als begeistert, aber Leo blieb ruhig am Tisch sitzen, während sie in der Küche auf und ab lief und ihn mit Fragen bombardierte, die er ihr nicht beantworten wollte. Warum musste Carmen heute Nacht raus? Wo ging sie hin? Mit wem war sie verabredet? Würde er auch dort sein? Wann wäre sie zurück? Leo wusste, wenn sie auf der Beantwortung der Fragen beharrte, konnte er die ganze Sache so gut wie vergessen.

»Du hast mir gesagt, ich solle etwas unternehmen«, fauchte er sie schließlich an. Er hatte nicht ganz so harsch sein wollen, aber ihre Hartnäckigkeit ging ihm langsam auf die Nerven. »Ich bin dabei, etwas zu unternehmen. Soweit ich mich erinnere, hat es nicht geheißen: ›Tu was, aber bitte mich erst um Erlaubnis.‹ Wenn ich mich um meinen eigenen Kram kümmern soll, brauchst du es nur zu sagen.«

Leo lehnte sich zurück und wartete.

»Verrat mir nur, ob du auch dort bist. Ich muss wissen, ob jemand auf Carmen aufpasst.«

»Ich bin da und passe auf sie auf.«

»Also gut«, sagte Marta und seufzte geschlagen. »Aber ich komme mit dir.«

Jetzt durfte Marta stoisch am Tisch sitzen und Leo durch die Küche stolzieren und eindringlich all die Gründe aufzählen, warum Marta sich lieber aus der Sache heraushalten sollte.

Zum Schluss einigten sie sich auf einen Kompromiss. Leo willigte ein, Marta mitzunehmen, und Marta gelobte, sich still zu verhalten und sich auf keinen Fall in sein Vorhaben einzumischen. Sie verabredeten sich für spätestens halb zehn an der Küstenstraße beim Loch in der Mauer.

Leo stand schon in der Tür, als ihm noch etwas Wichtiges einfiel.

»Hast du noch die Pistole deines Vaters?«

»Ja.«

»Steck sie ein. Und eine Hand voll Munition.«

21

Den ganzen Tag über herrschte eine seltsame Atmosphäre. Die ansteigende Schwüle verstärkte das allgemeine Unwohlsein, und die Menschen blickten immer wieder hinauf zum Himmel, ohne recht zu wissen, was sie dort zu finden hofften. Den ganzen Tag plagte die Menschen eine Unrast, dieses ins Haus zu bringen oder jenes abzudecken, wegzusperren oder zu verschließen. Als am Nachmittag ein Wind anhob, nickten die Leute, als wollten sie sagen: »Seht ihr, ich hab's euch doch gesagt.«

Die einzige Person, die das heraufziehende Unwetter offenbar nicht im Geringsten störte, war Carmen Fortino. Als sie am Nachmittag den Hof verließ, erklärte sie stolz, ihre gemeinsame Arbeit im und ums Haus könne sich sehen lassen, und Leo hatte ihr zustimmen müssen. Tatsächlich hatte das Aussehen von Haus und Hof sich in den zwei Tagen enorm gewandelt, aber die größte Verwandlung entdeckte Leo bei Carmen. Sie war beinahe ausgelassen.

Auch Marta bemerkte oben im Hotel sofort die Veränderung. Sie stand am Spülbecken und wusch Tomaten, als Carmen mit einem fröhlichen »Hallo« in die Küche kam, eine der prallen Tomaten stibitzte und sich damit auf den Küchentisch setzte. Marta sah aus den Augenwinkeln, dass ihre Tochter sie beobachtete, und fühlte sich unbehaglich. Als sie sich zu ihr umdrehte, lächelte Carmen nur seltsam und starrte weiter in ihre Richtung. Zuletzt fragte Marta nervös kichernd: »Was starrst du so? Warum siehst du mich so komisch an?«

»Ich bewundere nur dein Kleid. Mir gefallen die kleinen Strohblumen. Die Farbe steht dir. Aber ich finde, es betont zu wenig deine Figur.«

»Meine Figur? Welche Figur? Zwei Geburten haben meine Figur schon vor Jahren ruiniert.«

Carmen lachte so herzhaft, dass auch Marta lächeln musste. »Und ob du eine Figur hast.«

Im gleichen Moment sprang sie vom Tisch und zog das alte bedruckte Kleid in Martas Rücken zusammen. Der Stoff spannte sich vorne um ihren Körper. »Siehst du? Da ist sie! Ei, ei, ei, seht euch nur diese Figur an!«

Marta quiekte vor Verlegenheit über Carmens Kompliment, aber es stimmte. Sie hatte immer noch eine gute Figur. Sie lachte und versuchte sich freizuwinden, aber mit nassen Tomaten in den Händen hatte sie damit wenig Glück.

»Was machst du da? Lass los! Herr im Himmel, was ist in dich gefahren? Hast du den ganzen Tag mit Leo Pizzola getrunken?«

Carmen ließ das Kleid los und wandte ihre Aufmerksamkeit den Haaren ihrer Mutter zu. Behutsam zog sie ihr eine lose Strähne aus der Stirn.

»Warum trägst du dein Haar nicht manchmal offen? Ich wette, es stände dir ganz ausgezeichnet.«

Und dann machte Carmen etwas ganz Unerhörtes. Sie legte ihre Arme um Marta, beugte sich vor und küsste ihre Mutter auf die Wange. Im nächsten

Augenblick sprang sie laut summend durch die Küche und die Treppen zum ersten Stock hinauf.

Marta stand an der Spüle und rang nach Atem. In ihrem Hals saß ein dicker Kloß. Sie hatte Schwierigkeiten, die restlichen Tomaten zu waschen. Es war viele Jahre her, dass sie sich von jemandem so hatte umarmen lassen. Und noch länger, dass sie wer geküsst hatte, und sei es auch nur auf die Wange. Sie machte einen Schritt zurück, fuhr sich mit einem Küchenhandtuch über die Augen und versuchte ihre Gefühle niederzuringen.

»So etwas Verrücktes... meine Figur... welche Figur?«, brummte sie. »Die Farbe steht mir gut... mein Haar offen tragen... damit es beim Essen im Teller hängt«, murmelte sie vor sich hin. »Mir in die Augen fällt... den Nacken heiß und schwitzig macht... einfach lächerlich.«

Das Fenster über der Spüle war offen und nach innen geklappt. Im Fensterglas konnte Marta undeutlich ihr Spiegelbild sehen. Sie musste wohl in Carmens Alter gewesen sein, als sie ihr Haar zum letzten Mal offen getragen hatte.

Leo stand am Durchbruch in der Mauer an der nördlichen Küstenstraße und hätte sich in den Hintern treten können. Warum hatte er Marta am Nachmittag nicht einfach gebeten, ihm die Pistole zu geben? Dann müsste er jetzt nicht in der Gegend herumstehen und auf sie warten. Er hatte ihr nicht verraten, wohin sie gehen würden. Wenn er einfach ginge, hätte sie keine Chance hinterherzukommen. Er hatte zwar keine Uhr dabei, aber er war sicher, sie hatte sich verspätet, weil es bereits so dunkel war. Nachdem er einen Augenblick den westlichen Horizont studiert hatte, kam er zu dem Entschluss, es sei vermutlich doch noch nicht so spät wie vermutet. Schwarze Wolken verdeckten die untergehende Sonne. Trotzdem hätte er sich am Nachmittag die Pistole geben lassen sollen.

Schließlich kam eine Frau die Straße entlang. In ihrer Hand trug sie ein kleines Bündel, etwas, das in einen Schal gewickelt war, aber aus irgendeinem Grund war er nicht sicher, dass es sich um Marta handelte. Irgendetwas war anders. Erst als sie unmittelbar vor ihm stand, wusste er, was es war. Ihr Haar. Sie trug ihr Haar offen. In sanften Wogen fiel es über ihre Schultern und ihren Nacken und wehte im aufkommenden Westwind. Leo hätte nicht gedacht, dass es so lang wäre, und er hatte vergessen, wie dick und glänzend es war.

Sie mochte es nicht, wie er ihr Haar anstarrte.

»Also«, sagte sie schnippisch, »wohin gehen wir?«

Leo deutete die Straße hinunter in Richtung Norden. »Punta Brusca. Du trägst dein Haar offen.«

»Und?«

»Nichts.«

Sie drehte sich um und marschierte los. Leo roch den Duft ihrer Seife. Es war Lavendel oder Flieder oder irgendetwas Ähnliches.

»Du duftest gut.«

Marta blieb stehen und drehte sich zu ihm um. Zum Glück für Leo hatte sie die Bemerkung nicht verstanden.

»Wie bitte?«

»Nichts.«

Sie beschloss, nicht weiter nachzuhaken, und lief weiter voraus. Leo betrachtete ihr Kleid. Er hatte es nie zuvor an ihr gesehen und überlegte, aus welchem

Material es war. Der Stoff wirkte dünn und glatt, hatte aber dennoch eine kräftige Farbe. Es war verblüffend zu beobachten, wie er einerseits weit und luftig schien und sich andererseits beim Gehen den Rundungen ihres Körpers anschmiegte. Ein erstaunlicher Stoff. Er schloss zu ihr auf und lief eine Weile stumm neben ihr her.

»Das ist ein bezauberndes Kleid.«

Marta überlegte gewissenhaft, was genau er damit sagen wollte, bevor sie eine angemessene Antwort gab.

»Vielen Dank.«

Einen Augenblick später fügte Leo hinzu: »Die Farbe steht dir ausgezeichnet.«

Marta hielt ihm das in den Schal gewickelte Bündel hin. »Ich habe hier eine geladene Pistole in der Hand.«

Schweigend liefen sie weiter zur Punta Brusca.

Die Punta Brusca lag keine fünfhundert Meter die Straße hinunter. Es war ein schmaler Felsvorsprung mit einer spektakulären Aussicht zu drei Seiten, von dem aus sanft abfallende Feldwege zu einem wunderbaren weißen Sandstrand führten. Vor ewigen Zeiten hatten die Römer – vielleicht waren es auch die Etrusker – an dieser Stelle ein Bauwerk errichten wollen. Wer sich weit genug durch dichtes Gestrüpp, Kletterpflanzen und dornige Ranken vorarbeitete, konnte noch flache steinerne Grundmauern und andere Relikte entdecken. Der einfache Besucher sah allerdings nicht mehr als eine alte mannshohe Mauer. Sie lief etwa einhundert Meter über den Vorsprung und brach dann ab. Wer die Mauer gebaut hatte und aus welchen Gründen, war irgendwo in den Tiefen der Geschichte verborgen.

Leo und Marta bogen von der Straße in einen ausgetretenen Pfad ab, der sich zwischen den Dünen und dichten Büscheln Seegras hinunter zum Strand wand. Im Dunkeln war der Weg nicht einfach zu laufen, schon gar nicht in dieser Nacht, wo der Wind auffrischte und ihnen Sand in die Augen wehte. Zum Glück erhob sich über den Bergen im Osten langsam der Halbmond. Obwohl sie schweigend liefen, waren Leo und Marta beide überrascht, wie wenig sich die Punta Brusca verändert hatte. Leo hatte das Gefühl, er könne den Pfad mit verbundenen Augen gehen, selbst nach so vielen Jahren. Und auch wenn keiner ein Wort sagte, waren beide von dem Gefühl ergriffen, es sei erst letzten Monat gewesen, dass sie durch diese Dünen gelaufen waren, um im warmen Meer zu schwimmen.

Auf dem Weg den sandigen Abhang hinunter hatten sie das Gefühl, die Steinmauer zu ihrer Rechten würde sich immer weiter entfernen. Doch sobald sie die letzte Düne hinter sich gelassen hatten, knickte der Pfad scharf nach rechts ab und führte in einen kleinen, von dichtem Gebüsch überwucherten Zedernwald. Und da war sie wieder. Die Büsche reichten bis dicht an die alten, gemeißelten Steine. Vor ihnen endete der Pfad an einer Stufe, die auf einen breiten, von den Wellen glatt gewaschenen und nassen Sandstrand fiel. Dahinter erstreckte sich das Meer bis zu einem mit dunklen Wolken verhangenen Horizont. Der kleine Zedernwald bot etwas Schutz vor dem Wind, doch das Unwetter zog rasch auf die Küste zu, und in der Ferne zuckten Blitze am dunklen Himmel.

Schweigend hockten sie im warmen Sand und versuchten die unzähligen Erinnerungen zu verdrängen, die sie mit diesem Ort verbanden. Marta richtete sich steif auf, als sie Leo leise in der Dunkelheit kichern hörte. Sie war sich sicher, er lachte über sie. Sie wusste, sie hätte ihr Haar hochbinden sollen. Hier saß sie als erwachsene Frau, trug die Haare lang wie ein junges Mädchen und kam sich furchtbar dumm vor.

»Worüber lachst du?«, wollte sie wissen.

»Ich musste nur gerade daran denken, wie Topo früher seinem Vater Zigaretten geklaut hat und wir hier gesessen und Rauchen geübt haben.«

Die Sichel des Halbmonds stieg über den Spitzen der vom Wind gebeugten Zedern auf und tauchte den Strand in ein fahles Licht, in dem Leo und Marta sich fremden Blicken schutzlos ausgesetzt vorkamen. Rasch zogen sie sich ins Dickicht an der Steinmauer zurück, von wo aus sie den Strand und den Pfad gut beobachten konnten, ohne selbst gesehen zu werden. Ihr Versteck war so eng, dass sie Rücken an Rücken dicht an die Mauer gelehnt ausharren mussten, doch Leo versicherte Marta, sie würden nicht lange warten müssen. Der betörend süße Duft ihrer Seife stieg ihm wieder in die Nase, und er versuchte, nicht an ihren bloßen Arm in seinem Rücken zu denken. Sie konnte spüren, wie er atmete. Sie warteten. Nach kurzer Zeit in ihrer unbequemen Lage fragte sie: »Wann geht es denn endlich los?«

Leo hatte sich an den schneidenden Ton ihrer Stimme gewöhnt und versuchte darüber hinwegzugehen. »Ich weiß nicht, wie spät es ist. In zehn Minuten vielleicht.«

Auch im Schatten des Gebüschs konnte Marta den dunklen Umriss von Leos Gesicht ausmachen. Er beobachtete angestrengt den Pfad, der sich von der Straße durch die Dünen schlängelte, aber sie konnte nichts entdecken. Der aufbrausende Wind peitschte die Bäume, doch Leo blickte weiter starr auf die Dünen, als suche er etwas in der Dunkelheit, und Marta spürte das Haar auf ihren Schultern. Sie war froh, dass er nicht über sie gelacht hatte, und auch sie erinnerte sich noch daran, dass sie hier am Strand geraucht hatten. Sie erinnerte sich, dass sie oft zum Schwimmen hierher gekommen waren. Besonders an das letzte Mal, als Leo sich geweigert hatte, mit ihr ins Wasser zu gehen.

Beinahe wie von selbst schlüpften die Worte aus Martas Mund, aber sie wusste, dass sie hier zu zweit in der Dunkelheit mit ihm reden musste. Tief in ihrem Herzen spürte sie, wenn sie ihn nicht jetzt, in dieser Minute, fragte, würde sie ihn nie mehr fragen und nie die Antwort erfahren. Manchmal ist der richtige Zeitpunkt plötzlich da, und es ist besser, nicht zu viel darüber nachzudenken. Manchmal muss man seine Angst und seinen Stolz überwinden und die Dinge einfach geschehen lassen, weil bestimmte Gelegenheiten sich nur einmal bieten und nie wiederkehren. Marta dachte natürlich nicht an all diese Dinge, aber sie wusste, dass dies ein solcher Moment war, und sie nahm ihren ganzen Mut zusammen.

»Darf ich dich etwas fragen?«, flüsterte sie.

»Sicher.«

Leo erwartete eine weitere Frage Carmen oder seinen Plan für heute Abend betreffend, aber ihre tatsächliche Frage traf ihn völlig unvorbereitet.

»In der Nacht vor meiner Hochzeit, als du vor meinem Fenster standest und sagtest, du liebst mich … und mich anflehtest, Franco nicht zu heiraten, sondern mit dir fortzulaufen – wusstest du da schon von Francos Flittchen in Grosseto?«

Leo hoffte, sich vielleicht verhört zu haben, aber er hatte sie genau verstanden. Sie hatte ihre Worte leise, beinahe flüsternd gesprochen, ihren Mund aber dicht an sein Ohr gehalten. Er hatte richtig gehört. Es lag kein Vorwurf in der Frage, und Leo war sogar überrascht, wie unpersönlich sie klang. Warum fragte sie das? Was wollte sie? Warum konnte Carmen nicht ein paar Minuten früher erscheinen? Er hatte keine Ahnung, was er antworten sollte. Da Sofia de Salvio auf dem Rücksitz von Francos Motorrad gestorben war, auf halsbrecherischer Fahrt mitten in der Nacht, und Marta sie Francos Flittchen nannte, war davon auszugehen, dass sie Francos Geheimnis kannte.

»Du wusstest also von ihr?«

»Ja.«

»In der Nacht, als Franco sich in Grosseto geprügelt hat. War das mit dir?«

»Ja.«

»Wieso?«

»Wir haben uns eben manchmal die Köpfe eingeschlagen.«

»Hast du mir deshalb all diese Dinge gesagt? Weil du Mitleid mit mir hattest?«

Irgendetwas stimmte an ihrem Tonfall nicht. Sie fragte ihn die fürchterlichsten Dinge, doch ihre Stimme klang weder wütend noch verletzt oder anklagend. Stattdessen flüsterte sie sanft in sein Ohr. Er wollte ihr Gesicht sehen, aber er konnte sich nicht drehen. Sie stand in der Dunkelheit eng an seine Schultern gepresst, sodass er ihre Augen nicht erkennen konnte.

»Sag es mir. War es, weil du Mitleid mit mir hattest?«

Natürlich hatte er Mitleid mit ihr gehabt. Sie hatte ihm Leid getan, seit sie vierzehn war und Franco mitbekam, wie Leo Marta anschaute. Von dem Moment an, als Leo Franco gestand, was er für Marta fühlte, hatte es ihm Leid getan. Franco war sein bester Freund, und gute Freunde verraten einander ihre Geheimnisse. Aber Leo kannte Franco nicht wirklich – vielleicht kannte ihn keiner. Leo konnte unmöglich ahnen, dass sein Geständnis in Franco etwas weckte – nicht Liebe, sondern Gier. Franco war ein Egoist. Wenn Leo Marta wollte, dann wollte auch Franco sie. Und von diesem Tag an begann ein Wettstreit, den Leo nie verstehen würde, aber er beendete eine Freundschaft, die ihm alles in der Welt bedeutete, und kostete ihn auch die erste und größte Liebe, die er je erfahren sollte.

Für Franco war es nur ein weiteres Kräftemessen, diesmal nicht im Laufen, Schwimmen oder Ringen, sondern um eine Person. Leo wusste, er hatte nicht die geringste Chance gegen den gut aussehenden, lustigen und charmanten Franco. Aber in dieser Nacht in Grosseto, der Nacht vor der Hochzeit, erblickte Leo etwas von dem Ungeheuer, das Franco einmal werden würde. Und er sah auch Martas Zukunft vor sich.

Er und Topo hatten Franco gebeten, nicht nach Grosseto zu fahren. Aber es war seine Party gewesen, und so hatten sie im Il Cavallo Morto am Tisch gesessen und zugesehen, wie Franco sich betrank und die untröstliche Sofia de Salvio aufzog. Jeder wusste, dass Franco Sofia besser gefiel als Marta, weil sie mit ihm trank, rauchte und über seine schmutzigen Witze lachte. Nur an diesem Abend nicht, dem Abend vor der Hochzeit. An diesem Abend saß sie auf seinem Schoß, weinte bitterlich und flehte ihn an, bei ihr zu bleiben. Franco glaubte, Leo sei mit dem Kopf auf der Tischplatte eingeschlafen, als er Sofia zuflüsterte, er werde sie niemals verlassen, doch werde er morgen »das feinste Hotel, Restaurant und die beste Bar an der Toskana-Küste heiraten«. Und dann hatten beide gelacht, wie großartig Franco Marta an der Nase herumführte. Genau in dem Augenblick war Leo über den Tisch hinweg Franco an die Kehle gesprungen.

Es war, als sähe er zum ersten Mal die ganze Verschlagenheit und Durchtriebenheit, die immer schon in Franco gesteckt hatte, die er aber zuvor nie erkannt oder vielleicht auch nur verdrängt hatte. Und in diesem einen Augenblick, als er in Francos wahres Gesicht blickte, sah er auch Martas ganze schmerzliche Zukunft. Mein Gott, jeder hätte Mitleid mit ihr empfunden. Aber später in der Nacht, als er in ihrem dunklen Schlafzimmer stand und ihr endlich sein Herz offenbarte, hatte es nichts mit seiner Wut auf Franco oder Mitleid für Marta oder mit Trunkenheit zu tun. Er war stocknüchtern gewesen. Er hatte ihr einfach gestehen müssen, was er fühlte, oder er wäre explodiert. Hatte er Mitleid mit ihr? Was sollte er antworten?

»Marta, das liegt so lange zurück. Was willst du eigentlich?«

»Ich will, dass endlich einer ehrlich zu mir ist. Ich habe so viele Jahre mit Leuten verbracht, die mich anlügen, mich schützen wollen und Geheimnisse vor mir haben. Mein Leben hat... Es war kein gutes Leben. Manchmal denke ich, es sei an der Zeit, mit einigen Dingen abzuschließen. Ich will nur, dass jemand ehrlich mit mir ist. Hast du das damals zu mir gesagt, weil du Mitleid mit mir hattest?«

»Nein.«

Marta schwieg eine lange Zeit. Leo wünschte, er hätte gelogen. Er wünschte, er hätte einfach gesagt: »Ja, ich habe das damals gesagt, weil Franco dich nicht liebte. Am Anfang wollte er mich einfach bloß aus dem Feld stechen. Zuletzt hatte er es nur auf das Hotel abgesehen. Ja, ich hatte Mitleid mit dir!« Leo wünschte, er hätte genau das gesagt, aber er hatte es nicht. Stattdessen hatte er »Nein« gesagt. Und das bedeutete, alles, was er ihr damals im Dunkeln geschworen hatte, war wahr. Und so wusste Marta schließlich und ohne Zweifel, dass Leo sie geliebt hatte.

»Warum hast du mir das alles erst gesagt, als es zu spät war?«

»Weil du Franco liebtest.«

Beide sagten lange Zeit nichts. Sie standen in der Dunkelheit, so nahe, dass sie das Atmen des anderen spüren konnten, und warteten auf Carmen. Vom Meer her wehte ein warmer, stürmischer Wind. Er drückte die Zedern zur Seite und wirbelte Laub um sie herum. Die Luft roch nach Regen. Als Marta erneut redete, klang ihre Stimme wie aus weiter Ferne.

»Ich weiß noch, wie wir früher zum Schwimmen herkamen. Du auch?«

»Ja.«

»Ich erinnere mich noch genau an den Tag, als wir schwimmen wollten, aber irgendwas war passiert. Ich wusste nicht, was, aber ich spürte es – es war etwas zwischen dir und Franco. Etwas ziemlich Schlimmes. Du sagtest, du könntest nicht schwimmen. Du müsstest nach Hause. Du müsstest im Olivengarten arbeiten… und du warst furchtbar wütend. Erinnerst du dich?«

Leo erinnerte sich. Er erinnerte sich an die gemeinen, widerlichen Geschichten, die Franco ihm an diesem Tag erzählt hatte, darüber, was er und Marta gemacht hätten. Er erinnerte sich seiner Tränen, als Franco genau beschrieb, wie er Marta in den Armen gehalten, geküsst und berührt hatte. Er erinnerte sich, wie er ihn fortgestoßen hatte, an die Fäuste, den Kampf und die Schimpfworte. Erst Jahre später erkannte er, dass Franco gelogen hatte, aber da war es zu spät. Für Leo gehörte Marta zu Franco. Franco hatte gewonnen, und er hatte verloren.

»Ich erinnere mich.«

»Alles war so anders an diesem Tag.«

»Ich weiß.«

»Ich wünschte, wir wären schwimmen gegangen.«

»Du warst mit Franco zusammen.«

»Und du warst ein Idiot.«

Marta spürte, wie Leos Atem plötzlich stockte. Sein Körper versteifte sich, und er drückte sich gegen die Mauer. Sie spähte in die Dunkelheit in die Richtung, in die auch Leo blickte, und sah eine Gestalt durch die Dünen auf den Strand zueilen. Es musste Carmen sein. »Zehn Uhr«, flüsterte Leo.

Nachdem sie eine halbe Ewigkeit im Dickicht gewartet hatten, war Marta überrascht, wie plötzlich alles ging. Carmen befand sich noch auf dem Pfad zwischen den Dünen, als Marta das vertraute und ungeliebte Knattern eines Motorrollers auf der Straße hörte. Sie sah das schwache Licht von Solly Puces Vespa an der Abzweigung des Pfades anhalten und erlöschen. Marta knuffte Leo hart in den Rücken.

»Solly Puce? Was hat Solly Puce hier verloren!«

Leo packte sie fest an den Schultern. »Du bist nur aus dem einen Grund hier, weil du versprochen hast, dich still zu verhalten. Also Ruhe!«

Carmen rannte das letzte Stück des Pfades und blickte, eingehüllt in einen feinen Nieselregen, hinaus auf den Strand. Schwarze Wolken rollten nun so schnell heran, dass der Mond nur noch für kurze Momente zu sehen war. Es war, als ob der Sturm, der die ganze Zeit geduldig hinter dem Horizont gelauert hatte, plötzlich mit aller Gewalt auf die Küste zubrauste.

Carmen wollte gerade zwischen den Bäumen Schutz suchen, als Solly Puce den Dünenpfad heruntergesprungen kam. Sie erkannte ihn sofort, und obwohl Leo und Marta in ihrem Versteck nicht hören konnten, was die beiden miteinander redeten, war klar, dass Carmen über Sollys Auftauchen nicht sonderlich erfreut war. Und es war ebenso offensichtlich, dass Solly sich Topos Ratschlag zu Herzen genommen hatte und fest entschlossen war, Carmen seine Männlichkeit zu beweisen. Die Unterhaltung dauerte nicht lange. Carmen befahl Solly zu verschwinden, und Solly erwiderte etwas, wofür er sich eine Ohrfeige einhandelte. Der Regen fiel jetzt immer dichter, und der Wind heulte zwischen den Bäumen und wehte von ihrem Streit nur einzelne dünne Wortfetzen herüber. Solly hielt Carmen fest. Von ihrem Platz im Gebüsch kam es Marta so vor, als zerrisse er ihre Bluse. Carmen holte erneut aus, doch diesmal wehrte er den Schlag ab, und sie hörten ihren Schrei, als er ihr ins Gesicht schlug.

Marta wollte hervorspringen und sich ins Getümmel stürzen – sie und Carmen würden Solly Puce schon zeigen, wo es langging –, doch als sie sich nach vorn warf, blockierte Leos Arm ihr den Weg. Sie wollte ihn anbrüllen, etwas zu tun, dem Kampf ein Ende zu bereiten, doch er sah nicht einmal hin. Stattdessen blickte er nach Norden auf den Strand.

»Gib mir die Pistole«, sagte er nur.

Mit zitternden Händen wickelte sie den Schal auf und drückte Leo den alten Revolver in die Hand. Sie hatte Angst, er werde Solly Puce erschießen, und sie hatte genauso viel Angst, er werde es nicht tun. Sie betete, dass die alten Patronen noch etwas taugten. In dem Moment versuchte Carmen zurück auf den Strand zu rennen, aber Solly hielt sie von hinten fest. Sie trat nach ihm, und beide fielen in den Sand.

Marta hörte Leo ein leises Stoßgebet murmeln, aber sein Blick war immer noch nach Norden auf den Strand gerichtet. Marta hatte genug. Sie stieß Leo zur Seite und rannte los. Diesmal packte er sie, zog sie zurück und presste ihr schützend die Hand vor den Mund. Leo war zu allem entschlossen. Wenn Paolo Lombolo nicht erschien, würde er Solly Puce entweder windelweich prügeln oder den kleinen Mistkerl abknallen und seine Leiche zwischen den Dünen verscharren. In diesem Moment war es ihm egal, wofür er sich letztlich entschied. Aber Marta hatte Recht, die Prügelei konnte nicht weitergehen.

Am Strand wurden Carmens Schreie vom Wind und dem Toben der Wellen verschluckt, während Solly sie in den Sand drückte. Leo hatte gerade entschieden, nicht länger warten zu können, als Solly plötzlich ohne erkennbaren Grund von ihr abließ. Dann stand er auf und stolperte einige Schritte rückwärts. Carmen lag am Boden und brüllte irgendetwas.

Mit großen Augen sah Marta ein riesiges fahles Pferd über die Dünenkante auf den Strand springen und sich aufbäumen. Leo empfand es als wunderbaren Effekt, dass im gleichen Moment ein Blitz über ihren Köpfen am Himmel zuckte. Mit dem Donner brachen die Wolken, und der Regen fiel in Sturzbächen herab. Der Reiter trieb den zurückweichenden Solly bis an den Rand des Wäldchens. Dann schwang die dunkle Gestalt ihr Bein über den Hals des Pferdes und ließ sich, ohne die Augen von dem verängstigten Postboten zu nehmen, von dem sattellosen Rücken des Tieres zu Boden gleiten. Leo war beeindruckt von der Kaltblütigkeit, mit der Paolo die Zügel seines Pferdes in aller Ruhe an einem Ast festband.

Andererseits hielt Solly Puce sich tapfer und schleuderte dem Störenfried ein paar unverständliche Flüche entgegen. Er war gerade zu seinen gefürchteten Verrenkungen übergegangen, als eine Faust aus der Dunkelheit hervorschoß und den Bewegungsablauf empfindlich störte. Statt mit den Schultern zu rollen, klappte Sollys Kopf nach hinten. Bevor er sich von dem Schlag erholen oder reagieren konnte, landete die Faust ein zweites Mal in seinem Gesicht, genau auf der frisch gebrochenen Nase. Nie hatte jemand behauptet, Solly Puce sei strohdumm, und noch ehe die Faust ein drittes Mal aus der Dunkelheit hervorschnellen konnte, war Solly schon auf dem Pfad durch die Dünen und rannte so schnell er konnte zu seiner heiß geliebten Vespa.

Jetzt erst nahm Leo die Hand von Martas Mund, sodass sie flüsternd fragen konnte: »Wer ist das?«

»Paolo Lombolo.«

»Ohh ... Alle Achtung, ist der aber groß geworden.«

Paolo lief zu Carmen, die schluchzend im nassen Sand lag. Er hob sie vom Boden auf und trug sie unter die Zedernbäume.

In der Schwärze des Regens war kaum etwas zu sehen, aber Leo war sich sicher, sie mussten ganz in der Nähe sein. Marta hörte, wie er den Hahn der Pistole spannte. Mein Gott, dachte sie, er will auf sie schießen! Leo zog Marta von der Mauer weg, richtete die Pistole auf den Boden und feuerte zweimal.

Solly befand sich auf halber Strecke zwischen den Dünen, als er die beiden Schüsse hörte. Überzeugt davon, dass sie von dem unbekannten Reiter stammten und seinem Hinterkopf galten, rannte er in blinder Panik zurück zu seiner Vespa und brauste davon.

Als Carmen unten am Strand die Schüsse hörte, packte sie Paolo am Hemd und brüllte: »Mein Gott, er hat eine Pistole!« Sie zog Paolo durch das Wäldchen tief in das Dickicht am Fuß der Steinmauer.

Leo und Marta bemerkten sie erst im letzten Moment. Sie drückten sich eng an die Mauer und sahen, dass Carmen und Paolo genau unter ihren Büschen, keinen Meter entfernt, Schutz suchten.

Dann entlud sich das Sommergewitter mit aller Gewalt über ihren Köpfen, und Paolo nahm Carmen in die Arme, um sie vor Wind und Regen zu schützen und ihr die Angst vor Blitz und Donner zu nehmen. Tatsächlich aber fürchteten sich beide nicht vor dem Gewitter – erst am Tag zuvor hatte sie der Blitz getroffen. Zum Glück drehten sie auch nicht den Kopf zur Seite, wo zwei Gestalten wie versteinert dicht gegen die Mauer gedrückt standen, die Körper eng aneinander gepresst, und sich weder zu rühren noch zu atmen wagten. Leo starrte über Martas Kopf hinweg in den Himmel, um ihr nur nicht ins Gesicht sehen zu müssen. Er war sich sicher, sobald sie sich wieder bewegen durften, würde sie ihm erneut eine runterhauen oder ihn in den Bauch boxen. Doch im kurzen Aufflackern eines Blitzes sah er, dass ihre dunklen Augen ihn stumm beobachteten. Als es wieder dunkel war, merkte er, wie sie ihren Kopf seitwärts gegen seine Brust lehnte. Er roch den Duft ihrer Haare und spürte ihren Atem.

Das Gewitter ging schneller vorüber, als es gekommen war. Schon bald war der Mond wieder zu sehen, und die dunklen Wolken zogen mit hoher Geschwindigkeit auf die Berge im Südosten zu.

Paolo half Carmen auf, band die Stute los und schwang sich elegant auf ihren Rücken. Dann zog er Carmen mit sanftem Schwung zu sich hinauf. Gemeinsam ritten sie den Pfad durch die Dünen hinauf und bogen auf der Straße nach Süden ab. Von hier ließ Paolo das Pferd langsam bis vor die Tür des Hotels traben.

Leo und Marta beschlossen, am Strand entlang nach Hause zu gehen, um nicht von Paolo und Carmen gesehen zu werden. Sie folgten dem glänzenden Sand und den weißen Schaumkronen, bis sie die Klippen erreicht hatten. Dort stiegen sie über einen vertrauten Pfad zwischen den Felsen zu einem Plateau hinauf, das bereits zum Pizzola-Grundstück gehörte.

Sie liefen über die hell vom Mondlicht beschienenen Felder, das Donnern der Wellen ein immer schwächer werdendes Rauschen in ihrem Rücken, als Marta plötzlich am Ende der Weide etwas sah, das sie seit Jahren nicht mehr gesehen hatte. In einem Fenster des Pizzola-Hofes brannte ein Licht. Leo war in das Haupthaus gezogen. Das war gut. Dort gehörte er hin.

Als sie den Sandweg erreichten, der hinauf zum Durchbruch in der Mauer führte, fragte Leo Marta, ob er sie bis zurück zum Hotel begleiten sollte, doch sie sagte, das sei nicht nötig, und sie wünschten sich eine gute Nacht. Bevor sie ging, drehte Marta sich noch einmal zu ihm um und sagte: »Vielen Dank für das, was du für Carmen getan hast.« Und dann nahm sie sein Gesicht in beide Hände und gab ihm einen Kuss, der mehr war als ein einfaches Dankeschön.

Er stand am Weg und sah Martas verschwindender Gestalt im Mondlicht hinterher, als er noch einmal ihre Stimme hörte.

»Es war niemals Franco.« Dann war sie verschwunden.

In dieser Nacht saß Leo lange auf der Veranda des väterlichen Hauses. »Es war niemals Franco«, hatte sie gesagt. Er dachte über diesen Satz und die Jahre nach, in denen sie gemeinsam groß geworden waren. Es war, als ob hunderte kleiner Puzzle-Stücke seines Lebens, die immer wild vor seinen Augen getanzt hatten, plötzlich ineinander passten und sich zu einem Bild fügten. Er erinnerte sich an die vielen geheimnisvollen Blicke, mit denen sie ihn angeschaut hatte und von denen er immer gedacht hatte ... Er erinnerte sich an ihr Lächeln, das immer nur ihm gegolten hatte und das er nie verstanden hatte ... Er erinnerte sich, wie sie seine Hand genommen oder seinen Namen gerufen oder ihm beim Spielen zugeschaut hatte, nur um ihm zu zeigen ... Und er erinnerte sich an seine Eifersucht, als sie aus Mailand zurückgekehrt war, wegen dieses Jungen, den sie nicht verlieren wollte. Er war es gewesen. Er war dieser Junge. Sie hatte doch gesagt, er sei ein Idiot gewesen.

Schließlich ging er nach oben und schlief zum ersten Mal seit vielen Jahren wieder in seinem Zimmer und in seinem Bett. Aber in dieser Nacht träumte Leo nicht von Fresken oder Chicago oder Baseball oder Frauen ohne Namen. In dieser Nacht träumte er davon, wie er ein kleiner Junge gewesen war und seinem Vater bei der Weinlese geholfen hatte.

22

Am nächsten Morgen erwachte Pater Elio viel früher als gewöhnlich und stellte fest, dass er nicht mehr aus dem Bett hochkam. Seine Beine schienen ihren Dienst zu versagen. In der Nacht war er von einem heftigen Sommergewitter geweckt worden, und Blitz und Donner hatten ihn nicht wieder einschlafen lassen. Er war aufgestanden, um nachzusehen, ob das Unwetter in der Kirche angesichts des großen Lochs in der Decke irgendwelche Schäden angerichtet hatte.

Zu seiner Freude stellte er fest, dass der Wind viel von dem Staub und Dreck fortgeweht hatte, an den er mit seinem Besen nicht herankommen war. Er war nicht sicher, wie es bei Tageslicht besehen ausschauen mochte, aber im Augenblick schien alles so sauber, dass es beinahe glänzte.

Da er schon einmal wach war, schaltete er das Licht in der Kirche wieder aus und ging in den Garten. Er setzte sich auf die niedrige Steineinfassung, die das Wunder umgab, und lehnte sich mit dem Rücken gegen den dürren Stumpf des alten Feigenbaums. Dies war sein liebster Ort, um zu beten, doch mochte er nicht mehr so gerne dort sitzen, seit durch das Erdbeben ein Teil der alten Steinmauer eingestürzt war. Es wäre ihm furchtbar peinlich, wenn jemand vorbeikam, ihn gegen den Feigenbaum gelehnt sitzen sah und glaubte, er würde sich für den heiligen Franziskus halten. Natürlich tat er das nicht. Er lehnte nur gerne am Stamm des alten Baumes und stellte sich vor, dass der Heilige genau das Gleiche getan hatte. In der Nacht hatte er nach dem Gewitter am Baum gesessen und gebetet und darüber völlig die Zeit vergessen. Als er schließlich aufgestanden war und zurück ins Bett wollte, hatten die Gelenke in seinen Beinen geschmerzt, und sein ganzer Körper hatte sich klamm und kalt angefühlt.

Selbst zur Sonntagsmesse kamen nur eine Hand voll Gläubige, und sie waren es auch, die sich als Erste um Pater Elio Sorgen machten. Er erschien nie zu spät zum Gottesdienst, und dass er eine Messe vergessen konnte, war schlichtweg undenkbar – schon gar keine Sonntagsmesse. Dennoch hatte niemand, nicht einmal Maria Gamboni, den Mut, in Pater Elios Wohnung zu gehen und nachzuschauen. Sie fürchteten weniger, seine Privatsphäre zu verletzen, als das, was sie womöglich finden würden. Angelica Giancarlo war von allen Kirchenbesuchern am meisten enttäuscht. Für sie war es nicht nur ein früher Sonntagmorgen, sondern ihre erste Messe seit vielen Jahren. Sie war es schließlich, die über die Piazza zum Hotel lief und höflich, beinahe scheu, Marta ihre Besorgnis mitteilte.

Nina war als Erste zur Stelle. Als sie Angelica ihrer Mutter davon berichten hörte, Pater Elio sei nicht zum Gottesdienst erschienen, rannte Nina aus der Küche und konnte nur mit Mühe von Marta eingeholt werden. Pater Elio versuchte die ganze Geschichte mit einer leichten Unterkühlung abzutun, doch seine fahle Haut und die tief eingesunkenen Augen machten Marta Angst. Sie ließ Nina seine Hand haltend am Bett zurück und ging in die Küche, wo sie ihm eine Schale gekochter Haferflocken mit etwas Milch und Honig zubereitete. Als sie damit in seiner Kammer erschien, erinnerte er sie an sein Fastengelöbnis, was Marta so wütend machte, dass Elio und Nina erschrocken zurückfuhren. Schließlich gestattete der alte Mann ihr, ihn mit ein paar Löffeln Haferbrei zu füttern, und beinahe sofort begann er sich lobend darüber zu äußern, wie gut er ihm schmecke. Marta achtete darauf, dass er den ganzen Teller leer aß, woraufhin Onkel Elio verkündete, er wolle ein wenig schlafen. Marta sollte den enttäuschten Kirchgängern sagen, die ausgefallene Frühmesse werde am Abend nachgeholt. Dann schloss er die Augen. Nina hielt seine Hand, bis sie sicher war, dass er schlief.

Wie sich die Dinge unter den Leuten verbreiten, ist ein unerklärliches Geheimnis, aber stets wissen sie zwischen Gerüchten und Gewissheiten klar zu unterscheiden. Dass Pater Elio krank war, war eine Gewissheit. Wer die Nachricht von seinem Zustand und sein Versprechen, am Abend eine Messe zu halten, in die Welt gesetzt hatte, war unbekannt. Vermutlich waren es entweder Maria Gamboni oder die Saraceno-Schwestern – vielleicht auch beide. Wer, war letztlich auch gleichgültig. Viel wichtiger war, dass die Nachricht von Pater Elios Befinden bis zur Mitte des Morgens von Tür zu Tür, von Fenster zu Fenster und von Straßenecke zu Straßenecke gelaufen war und ganz Santo Fico wie ein Bienenkorb summte. Bis zum Mittag war es beinahe unmöglich geworden, von auswärts jemanden in Santo Fico anzurufen. Sämtliche Leitungen waren besetzt. Pater Elio schlief während all dieser Aktivitäten den ganzen Tag über, von dichten Steinmauern vor dem Lärm auf der Straße geschützt.

Gegen Nachmittag war aus den vereinzelt eintreffenden Autos und Lastwagen ein unablässiger Strom geworden, der sich über die dürre Ebene im Süden schob und die schmale Straße zur Piazza von Santo Fico hinaufquälte. Leo war auf dem Weg zum Olivenhain, als er die ungewöhnliche Staubwolke über der Küstenstraße bemerkte. Erst nachdem er den Hang bis zum Durchbruch in der Mauer erstiegen hatte, erblickte er die langsam kriechende Autoschlange, die sich an seinem Tor vorbei bergauf mühte. Also schloss er sich dem Zug ins Dorf an.

Ungefähr zum gleichen Zeitpunkt tauchten die ersten Fischerboote am nördlichen und südlichen Horizont auf. Alle warteten geduldig, bis sie die schmale Hafeneinfahrt passieren konnten, doch schon bald waren sämtliche Anlegeplätze am Pier belegt. Da der Strom der Boote weiter anhielt, sahen sie sich gezwungen, inmitten des Hafenbeckens ihre Anker zu werfen, und die Besatzung musste sich von kleinen Ruderbooten an Land bringen lassen. Bis zum Abend fand sich in Santo Fico kaum noch ein Platz, an dem man sich hinsetzen konnte.

Pater Elio war schwach, aber als die Stunde für die Abendmesse näher rückte, bestand er darauf, dass Nina ihm aus dem Bett half. Er hatte versprochen, die Abendmesse zu lesen, und er würde die Menschen nicht noch einmal enttäuschen. Als er hörte, auch Angelica Giancarlo wäre am Morgen in der

Kirche gewesen, hüpfte sein Herz vor Freude. Er würde sie nicht noch einmal im Stich lassen.

Aus irgendeinem Grund ging es in seiner Küche zu wie in einem Taubenschlag. Marta, Carmen und Nina waren dort, und auch wenn er es gewohnt war, sie in seiner Küche zu finden, kam es doch höchst selten vor, dass sie alle drei auf einmal erschienen. Auf dem Holztisch stand das vertraute Tablett mit einer großen Schüssel kräftiger Gemüsesuppe, frischem Brot und einem Glas Rotwein. Die Brühe duftete so großartig, dass er sich überreden ließ, ein wenig davon zu essen. Eigentümlich war auch, dass Leo immer wieder in die Küche platzte. Elio bemerkte, dass Martas Zorn auf Leo sich gelegt zu haben schien und etwas anderes an seine Stelle getreten war, doch gab er sich große Mühe, sich diese Beobachtung nicht anmerken zu lassen. Auch Carmens Haltung gegenüber ihrer Mutter schien sich grundlegend gewandelt zu haben. Sie hing förmlich an den Lippen ihrer Mutter und schien sie immer wieder berühren zu müssen. Und dann war da noch Topo, der sich gewöhnlich nur dann in die Nähe der Kirche wagte, wenn er Strom zur Vorführung seiner Filme brauchte. Heute aber hatte er anscheinend viele wichtige Fragen an Leo, sodass beide den ganzen Nachmittag über ständig zur Tür herein- und wieder hinausflitzten.

Pater Elio fand das plötzliche Leben in seiner Küche aufregend, aber auch verwirrend. Er saß am Tisch und kaute abwechselnd an seinem Brot oder löffelte seine Suppe, die meiste Zeit über auf nur eine Hand angewiesen, weil Nina die andere nur ungern loszulassen schien. So hockten die beiden wie im stillen Auge eines Wirbelsturms, der um sie herum tobte. Schließlich sagte er, es sei Zeit zu gehen. Er hätte genug gegessen und müsste sich für die Messe fertig machen.

Und dann äußerte Pater Elio einen seltsamen Wunsch. Er bat Leo mitzukommen. Er erklärte Leo, er fühle sich noch etwas wackelig und unsicher auf den Beinen. »Außerdem«, sagte er, »warst du der beste Messdiener, den ich je hatte.«

Nina bat, ebenfalls mitkommen zu dürfen, und nachdem Pater Elio zugestimmt hatte, liefen sie zu dritt in die Sakristei hinüber. Verwundert entdeckte er, dass sein Messgewand bereits herausgelegt war. Jemand hatte es gewaschen und gebügelt, und Leo half dem alten Mann beim Ankleiden, wie er es bereits als kleiner Junge getan hatte. Keiner von ihnen sagte etwas, und beide waren überrascht, wie glatt und sicher das Ritual verlief. Anschließend führte Nina ihren Onkel das kurze Stück durch den steinernen Flur, während der alte Priester von einem eigentümlichen Lichtschein aus der Kirche angezogen wurde.

Als Pater Elio aus dem Flur in die Kirche trat, sackten seine Beine beinahe unter ihm weg. Der seltsame Lichtschein stammte von hunderten Kerzen, die den großen Raum erleuchteten. Sie füllten die Kerzenhalter, die von den Wänden und Pfeilern herabhingen. Sie erstrahlten vom mächtigen Leuchter über dem Altar, der seit Jahrzehnten nicht mehr angezündet worden war. Die Kerzen in dem großen Messing-Kandelaber, der den Altar umgab, leuchteten so hell, dass es fast in den Augen schmerzte.

Und überall waren Gesichter – hunderte und aberhunderte Gesichter. Überall waren Menschen, mehr, als Santo Fico überhaupt Einwohner hatte. Sämtliche Kirchenbänke waren bis auf den letzten Platz gefüllt. Die Menschen drängten sich in den Seitengängen. Sie drängten sich im hinteren Teil der Kirche. Sie drängten sich auf dem Chor. Wohin er auch blickte, überall sah er stumme, lächelnde Gesichter. Und Pater Elio kannte sogar alle diese lachenden Gesichter, obwohl er die meisten seit vielen Jahren nicht mehr gesehen hatte. Es waren die Gesichter der Menschen, die einmal in Santo Fico gelebt hatten und sich dann in alle vier Himmelsrichtungen in der Umgebung verstreut hatten. Da waren die alten, zerfurchten Gesichter derer, mit denen er einst zur Schule gegangen war. Da waren die jüngeren Gesichter derer, die er getraut hatte. Und da waren die jungen Gesichter derer, die er getauft hatte. Überall sah er Gesichter aus seiner Familie und aus der Nachbarschaft – die Gesichter seines Lebens. Dort drüben saß Maria Gamboni neben ihrer wieder gefundenen Liebe Enrico, dem fröhlichen Klempner. Und da saß Topo neben Angelica Giancarlo, auch wenn sie eine andere Frisur hatte. Ihr Haar war jetzt glatt, und direkt neben ihr saß ihre Mutter. Pater Elio hatte Signora Giancarlo schon seit Jahren nicht mehr in der Kirche gesehen. Hinten in der Ecke stand Nonno und daneben sein grauer Hund. Dem heiligen Franziskus hätte ein Hund in der Kirche gefallen, dachte Elio. Und da war Angelo de Parma mit seiner Frau und seinen Enkelkindern. Aus der ersten Reihe sah Carmen lächelnd zu ihm herüber, und neben ihr saß ein gut aussehender junger Mann, der ihre Hand hielt. Auch Marta saß in der ersten Reihe und lächelte. Tränen traten ihm in die Augen, als er Martas Lachen erblickte. Alle strahlten sie ihn an, und im Raum war es so still, dass man die Kerzen knistern hörte.

Leo half Pater Elio die Stufen zum Altar hoch und führte dann Nina zur ersten Bankreihe. Von seinem Platz am Altar aus konnte Pater Elio in das nördliche Seitenschiff blicken. Die beiden Wandstrahler beleuchteten eine große Sperrholzplatte, die gegen die Rückwand gelehnt war und auf der die Einzelteile des Freskos wie ein großes Puzzle befestigt waren. Vom Altar aus und durch die leichte Neigung der Holzplatte sah es so aus, als ob das gütige Gesicht des heiligen Franziskus Elio geradewegs anblickte und als ob auch er lächelte.

Es war Topo gewesen, der am Morgen zu Leo gekommen war und ihm mitgeteilt hatte, er wolle seinen Teil des Freskos nicht mehr. Er erklärte, er würde Leo weiter bei den Wundern helfen, weil er es versprochen hatte, aber Leo könne das Geld aus dem Verkauf des Freskos für sich behalten. Topo würde noch eine Weile in Santo Fico bleiben. Wie es schien, hatte Angelica Giancarlo ihn für Freitag zum Abendessen zu sich nach Hause eingeladen. Sie wollte Guido ihrer Mutter vorstellen. Und sie hatten sogar davon gesprochen, irgendwann nach Follonica zu fahren und sich einen Film anzusehen. Sie mochte ihn.

»Wie du siehst«, erklärte Topo, »ist es mir im Augenblick – und auch in naher Zukunft – nicht möglich, irgendwelche Pläne zum Verlassen von Santo Fico zu schmieden.«

Die Art, in der Leo als Reaktion auf diese bedeutsame Ankündigung bedächtig mit dem Kopf nickte, machte seinen kleinen Freund nervös.

»Nun, ich verstehe«, sagte Leo. Seine Stimme war leise und gelassen. »Aber da du versprochen hast, mir auch weiter zu helfen, muss ich dich gleich ein letztes Mal um deine Dienste bitten.«

Sie brauchten fast den gesamten Nachmittag, bis sie alle Einzelteile wieder in der kleinen Kapelle hatten, wo das Bild hingehörte. Das Gemälde erstrahlte wie ein Juwel, und nur die wenigsten wussten von seiner vorübergehenden Abwesenheit. Leo stand still und aufmerksam hinter Pater Elio am Altar, der beste Messdiener von Santo Fico, während Pater Elio die größte Messe seines Lebens hielt.

Die Besucher des Gottesdienstes an diesem Abend hatten das Gefühl, als wäre jeder ein Wort in einem großen, unendlichen Gedicht oder eine einzelne Note in einem mächtigen Choral, der in alle Ewigkeit fortklang. Sie alle waren Teil eines Rituals, und dieses Ritual war heilig und erhaben über die Zeit – und doch schien Pater Elio mit jedem seiner Worte jeden Einzelnen persönlich anzusprechen. Er sprach von Vergebung. Er redete in einfachen Worten von der Notwendigkeit, sein Schicksal anzunehmen, ohne Bedauern und ohne Bitterkeit. Leo musste lächeln, als der alte Mann seine Zuhörer sanft mahnte: »Wir sollten unseren Prüfungen mit dem Mut der Schmetterlinge entgegentreten.« Pater Elio wusste, dass in dieser besonderen Messe an diesem besonderen Abend ein Geist seine Kirche erfüllte, den er seit vielen Jahren nicht mehr erlebt hatte, und er fühlte eine tiefe Freude.

Es gab nur zwei Momente, die ihn vor Probleme stellten. Das Austeilen der Kommunion war anstrengend. Noch nie hatte er das Abendmahl an so viele Leute verteilt. Leo blieb eng an seiner Seite, stützte ihn und holte neue Hostien. Nina versuchte auf der Bank neben ihrer Mutter sitzen zu bleiben, wurde aber zusehends besorgter um ihren Onkel. Sie spürte, dass die Messe zu lange dauerte, und beharrte darauf, dass Onkel Elio nicht genügend Kraft habe.

Zuletzt ereiferte sie sich so sehr, dass Marta das Mädchen an die Hand nehmen und zu Pater Elio bringen musste, wo sie sich an seinem Arm festhielt und ihn bis zum Ende der Messe nicht mehr losließ. Schließlich flüsterte ihm Leo ins Ohr, sie hätten keine Hostien mehr, sodass Pater Elio traurig die noch Anstehenden zurückschicken müsste. Aber niemand schien verärgert.

Der zweite kritische Augenblick war, als Elio das Bekenntnis »Mea culpa, mea culpa, mea maxima culpa« sprach. Alle hörten seine heisere, beinahe versagende Stimme, mit der er Gott um Vergebung bat, doch keiner verstand, warum der Ruf wie aus tiefster Seele abgerungen schien.

Endlich hatte er es über sich gebracht.

Die Kirchgänger wischten sich die Augen und saßen schweigend da. Niemand rührte sich. Die Messe war vorbei, aber alle spürten, dass noch so viel zu sagen war; nur hatte keiner Worte für das, was alle in ihren Herzen fühlten. Schließlich war es Angelica Giancarlo mit ihren Erfahrungen als Schauspielerin, die instinktiv wusste, wie über einen so kritischen Moment betretenen Schweigens hinwegzukommen war. Sie stand auf und applaudierte. Zuerst waren die meisten schockiert, doch binnen Sekunden verstanden auch andere die Angemessenheit der Geste und erhoben sich ebenfalls von ihren Bänken. Viele begannen zu klatschen.

Pater Elio stand vor den Stufen zum Altar, hob die Hand und winkte den Leuten zu, und seine Lippen bewegten sich stumm. Er wollte etwas sagen, doch dann sank er auf die Knie und fiel zu Boden. Er lag auf den kalten Steinplatten, und Nina war immer noch bei ihm und umklammerte seine Hand.

Pater Elio bat darum, nicht aus der Kirche getragen zu werden. Aus irgendeinem Grund war es ihm wichtig, an der Stelle zu bleiben, wo er zusammengesackt war, gleich vor den Altarstufen. Topo holte Kissen und eine Decke aus Pater Elios Schlafkammer, und sie betteten ihn so gut es ging auf dem Steinboden. Die Gemeinde zog in einer langen Schlange ruhig und ehrerbietig an ihm vorbei. Einige streiften seine Hand oder flüsterten ihm etwas zu, doch die meisten verabschiedeten sich mit einem leichten Winken. Bald waren sie allein. Marta und die Mädchen und Leo und Topo blieben die ganze Nacht bei ihm. Im Schein der herabbrennenden Kerzen erzählten und lachten sie über viele Dinge. Am meisten schwelgte Pater Elio in Erinnerungen. Er erzählte von Menschen und Ereignissen, die sie zum Teil kannten, zum Teil aber auch das erste Mal hörten. Und so verbrachten sie die ganze Nacht mit dem Erzählen von Geschichten.

In den frühen Morgenstunden bat Elio darum, mit Leo allein gelassen zu werden. Die anderen protestierten zuerst, doch der alte Mann drängte so sehr, dass selbst Nina zuletzt seine Hand freigab und sich hinausführen ließ.

Leo saß neben dem alten Mann und überlegte, ob der Priester ihm zuletzt wegen der Entwendung des Freskos die Leviten lesen werde. Aber Pater Elio hatte anderes im Sinn.

»Weißt du, Leo, es gibt da eine Reihe von Dingen, die du von deinem Vater wissen solltest. Er verzieh dir, dass du vor vielen Jahren davongelaufen bist. Er bat mich, dir dies zu sagen, wenn ich den Zeitpunkt für gekommen hielt. Ich weiß nicht, ob es für dich der richtige Zeitpunkt ist, aber mir selbst bleibt nicht mehr viel Zeit, es dir zu sagen.«

»Sie wissen nicht, was ich ihm angetan habe. Als ich fortging, habe ich furchtbare Dinge zu ihm gesagt, nur um ihn zu verletzen. Ich habe ihn im Stich gelassen.«

»Ich weiß. Er hat dir verziehen.«

»Ich stahl ihm den Ring meiner Mutter. Ich verkaufte ihn und benutzte das Geld für die Fahrt nach Mailand.«

»Ich weiß. Er hat es mir erzählt. Ich erinnere mich noch, als deine Tante Sofia herausfand, dass du den Ring genommen hattest. Sie sagte ihm, er solle die Polizei holen. Du hättest ihn bestohlen. Sein Sohn sei ein Dieb. Ich war dabei. Ich erinnere mich, wie er sie ansah und sagte: ›Wie kann jemand etwas stehlen, das ihm bereits gehört? Der Ring war immer schon seiner. Mein Sohn ist jung und unreif! Mein Sohn ist kein Dieb!‹ Er hat dir schon vor Jahren verziehen.«

»Hat er Ihnen auch gesagt, dass ich ihn geschlagen habe? Dass er zu Boden gegangen ist? Mein Gott, ich habe ihm mit der Faust ins Gesicht …«

»Nein. Davon hat er nichts erzählt. Aber jetzt verstehe ich, warum er gesagt hat, er mache sich Sorgen, du könntest dir selbst nicht verzeihen. Er hat dir alles verziehen. Lass es ruhen.«

»Aber ich bin ein *Dieb*, Pater. Ich habe das Fresko gestohlen.«

»Ich weiß. Und du hast es zurückgebracht. Ich habe nie verstanden, was du überhaupt damit wolltest.«

»Geld. Ich wollte es für viel Geld verkaufen und dann erneut fortgehen. Schon vor Jahren habe ich herausgefunden, dass unser Fresko Millionen wert ist. Es stammt von einem berühmten Maler.«

»Oh, ja, Giotto di Bondone.«

»Sie wussten das? Die ganzen Jahre über wussten Sie das? Und haben nichts gesagt?«

»Leo, zu welcher Sorte Dummköpfe gehörst du?«

Leo seufzte. Vielleicht sollte er sich langsam Gedanken darüber machen, wie andere seine Intelligenz beurteilten. »Offenbar zu den ganz großen. Wieso?«

»Ich kann nicht glauben, dass du die Geschichte des Wunders und des Mysteriums hunderte Male erzählt hast und nie dahinter gekommen bist. Leo, Giotto di Bondone starb mehr als zweihundert Jahre bevor diese Kirche gebaut und unser Fresko gemalt wurde.«

»Aber … aber wer hat es dann gemalt?«

»Wer weiß.«

Pater Elio streckte die Hand aus und tappte damit gegen Leos Stirn, als klopfe er an eine Tür. »Was glaubst du, warum es ›Das Mysterium‹ heißt?« Angesichts des geschwächten Zustands des alten Priesters war Leo überrascht, wie weh seine dürren Knöchel taten – aber er verstand, worauf er hinauswollte. Elio grinste: »Manchmal müssen wir den Dingen ihr Geheimnis lassen. Und jetzt, Leo, will ich dich um einen großen Gefallen bitten.«

»Was Sie wollen.«

»Ich sterbe.«

Die Feststellung war so banal, dass Leo sie zuerst gar nicht registrierte, und als er endlich zu seinem Protest anhob, winkte Pater Elio gleich ab.

»Man streitet nicht mit einem Sterbenden. Ich sterbe, und es ist kein Priester in der Nähe … also möchte ich, dass du mir die Beichte abnimmst.«

»Oh … nein, bitte, Pater. Wir können einen Priester holen. Wir können in Follonica anrufen oder auch in Punta Ala. Der Priester ist in kürzester Zeit hier.«

»Ich will keinem Priester beichten. Ich kann keinem Priester beichten«, erklärte Elio streng. Lächelnd blickte er Leo an. »Du warst der beste Messdiener, den ich je hatte. Ich will, dass du meine Beichte hörst. Bitte.«

»Was muss ich tun?«

»Nichts. Bloß mir zuhören.« Die blassblauen Augen des alten Mannes füllten sich mit Tränen, noch ehe er den ersten Satz gesagt hatte. Seine Stimme war ein ersticktes Schluchzen.

»Ich bin kein Priester.«

Leo spürte, dass er nichts sagen durfte. Er musste nur still sitzen und zuhören. Elio holte tief Atem und schluckte seine Tränen hinunter.

»Ich bin kein Priester. Ich bin nie ein Priester gewesen. Als ich zur Universität nach Bologna ging, war ich kein guter Student. Ich habe mir Mühe gegeben. Ich habe mich wirklich angestrengt, aber es gab einfach zu viele Dinge, die ich nicht verstand. Mathematik und Naturwissenschaft und Geschichte ... am meisten die Mathematik. Am Ende des ersten Jahres sagten sie mir, ich brauche nicht wiederzukommen. Doch ohne die Universität konnte ich kein Priester werden. Sie sagten, ich könne in drei Jahren noch einmal die Aufnahmeprüfung machen. Der Kardinal der Universität mochte mich und hat mir eine Stelle besorgt.«

Elio kicherte reumütig in sich hinein. »Er hat mir eine Arbeit im Leichenschauhaus verschafft. Ich wurde der Gehilfe eines Bestattungsunternehmers. In den folgenden zwei Jahren bestand meine Aufgabe darin, Leichen anzuziehen und für die Aufbahrung im Sarg herzurichten. Ich dachte, es sei genau die richtige Arbeit für mich ... Leichen anzuziehen. Mein ganzes Leben lang wollte ich Priester werden und nach Santo Fico zurückkehren und in dieser Kirche wohnen. Ich hätte genauso gut tot sein können.

Eines Tages starb ein alter Priester, und sie brachten ihn zu mir. Ich sollte an diesem Tag nicht einmal im Geschäft sein. Aber ich war trotzdem dort. Irgendjemand sollte einen Anzug vorbeibringen, in dem der Priester beerdigt werden sollte. Doch stattdessen standen plötzlich zwei große Koffer da. Ich habe nie erfahren, wer sie gebracht hat. Sie waren einfach da. Sie waren wie zwei große Truhen, die alles enthielten, was der alte Priester je besessen hatte. Seine sämtlichen Anzüge, seine Roben und Messgewänder ... alles.

Ich stellte die Koffer zur Seite, weil sie irgendwer schon holen käme. Nach ein paar Tagen schob ich sie näher in Richtung Tür. Und dann schob ich sie in den Nebenraum. Und dann nahm ich sie mit zu mir. Der alte Priester hatte die gleiche Größe wie ich ... haargenau die gleiche Größe.

Am Ende des Jahres habe ich etwas Furchtbares gemacht. Ich nahm die beiden Koffer und fuhr damit nach Hause – zurück nach Santo Fico. Von da an begann meine Lüge. Ich erzählte allen, ich wäre zum Priester geweiht worden. Ich trug die Kleider des alten Priesters. Ich wurde akzeptiert. Ich dachte, wenn ich meine Aufgaben als Priester gut erfüllte, wären meine Lügen nicht schlimm. Doch jetzt sterbe ich, und ich weiß, sie sind schlimm.«

Elio war fertig. Er hatte seine Beichte abgelegt.

Leo räusperte sich und sagte: »Was muss ich jetzt tun?«

Elio lächelte müde. »Sag, dass du mich von meinen Sünden befreist.«

»Ja doch. Ganz bestimmt. Ich befreie Sie von Ihren Sünden.«

Elio strich über Leos Hand. »Ich wünschte, es wäre so einfach.«

In dem Moment klopfte es an der Seitentür, und Topo steckte seinen Kopf in die Kirche. Seine Augen waren weit aufgerissen, und er zitterte sogar, als er flüsternd sagte: »Entschuldigen Sie, Pater, aber da draußen ist etwas, das Sie sehen müssen. Es ist das Wunder, Pater, der Baum … Sie müssen es sich ansehen. Es ist … unglaublich!«

Leo wollte seinem Freund zurufen, die Tür zu schließen und zu verschwinden, aber Elio beruhigte ihn. »Ist schon gut, Leo. Tatsächlich würde ich gerne nach draußen gehen und mich neben das Wunder setzen.«

Leo griff Pater Elio unter die Achseln und hob ihn wie ein Kind vom Boden auf. Wie leicht der alte Mann war. Nur noch Haut und Knochen. Leo trug ihn durch die Seitentür der Kirche in den Garten hinaus.

Er entdeckte, dass neben Topo auch Marta, Carmen und Nina im Garten waren. Topo deutete ungläubig auf den vertrockneten Feigenbaum. Sein glatter schwarzer Stamm stand schimmernd gegen den ersten schwachen Lichtstreif am Osthimmel. An den aufgesprungenen, zerfurchten Ästen darüber schaukelten sechs Blätter leise im Morgenwind, und unter den Blättern hing eine runde, reife Feige.

Leo trug Pater Elio zu der Steinumrandung neben dem verdorrten Baum. Topo flüsterte leise: »Das ist ein Wunder …«

Elio war ebenso verblüfft und stimmte Topos Urteil zu. »Das ist tatsächlich ein Wunder«, sagte der alte Mann und strich mit dem Rücken seiner ausgestreckten Hand sanft über eines der grünen Blätter. »Es ist ein Wunder, dass dieser Baum nach so vielen Jahren noch einmal Blätter treibt … und noch dazu Eichenblätter.«

Leo inspizierte das Wunder etwas genauer. Offenbar hatte Topo auf die Schnelle keine Feigenblätter auftreiben können.

Pater Elio legte vorsichtig die Hand um die reife Feige über seinem Kopf und zog. Die in unmittelbarer Nähe Stehenden hörten das Reißen des Fadens, mit dem sie befestigt war. Der alte Mann hielt die runde Feige in die Höhe und untersuchte den von ihrem Stiel herabhängenden Faden. »Und er trägt sogar Früchte. Obwohl sie nach so vielen Jahren irgendwie faserig aussehen.« Elio blickte lächelnd zu Topo, der nur leicht die Schultern zuckte, und Leo hätte ihn für seine neunmalkluge, wenngleich gut gemeinte Aktion gleichzeitig würgen und umarmen können.

Nina hockte auf der Steinumrandung neben ihrem Onkel. Sie nahm seine Hand, drückte ihren Kopf an seine Brust, wie sie es schon so oft getan hatte, und sagte leise: »Topo hat es nur gut gemeint.« Dann vergrub sie ihren Kopf noch tiefer und flüsterte etwas, das Elio nicht recht verstand.

»Was hast du gesagt?«, fragte er.

»Es tut mir Leid, dass dein Wunder ausgeblieben ist«, wiederholte sie sanft in sein Ohr.

Ihre zärtlichen Worte hingen einen Augenblick in der Luft, bevor sie wie ein warmer Wind in Elios Herz drangen. Die Einfachheit und Unschuld ihrer

Worte kreisten wirbelnd in seinem Kopf. »Es tut mir Leid, dass dein Wunder ausgeblieben ist.« Die Melodie ihrer Stimme, der singende, reine Klang und ihre tief empfundene Liebe spülten über ihn hinweg wie eine Meereswoge. »Es tut mir Leid, dass dein Wunder ausgeblieben ist.« Die entzückende Aufrichtigkeit von Ninas Liebe war wie ein Schlüssel, auf den er sein Leben lang gewartet hatte. Es war, als wäre sein Herz mit Nieten und Beschlägen vernagelt gewesen und als seien Ninas Worte ein goldener Schlüssel, der in ein uraltes Schloss glitt und es öffnete. Sein Leben entfaltete sich vor ihm wie ein gewebter Teppich, der sich vor seinen Füßen entrollte, und zum ersten Mal konnte er von den vielen einzelnen Fäden einen Schritt zurücktreten und sah, dass darauf das Wunder seines Lebens dargestellt war. Sein ganzes Leben lag ausgebreitet vor ihm, und zum ersten Mal erkannte er, dass es ein einziges Wunder gewesen war: jeder Tag, jedes Ereignis, jeder Zufall, jede Enttäuschung, jede Freude, alles, was ihm je widerfahren war. Hätte er die Mathematikprüfung an der Universität bestanden, wäre er Priester geworden. Doch als Priester hätte man ihn niemals der kleinen, vergessenen Gemeinde von Santo Fico zugeteilt. Es war ein Wunder. Wenn er damals nicht für seinen Freund eingesprungen wäre, der kurzfristig verreisen musste, wäre er nicht im Leichenschauhaus gewesen, als sie die Leiche des alten Priesters und seine Koffer brachten. Es war ein Wunder. Angelica Giancarlos wieder erwecktes Herz war ein Wunder. Enrico Gambonis Heimkehr und Marias erhörte Gebete waren Wunder. Durch das Wasser im Brunnen war Nonno die Schuld von seinem Herzen genommen. Es war ein Wunder. Das Erdbeben war ein Wunder.

Martas Lächeln und Carmens Liebe für ihre Mutter waren Wunder. Leos neu entdeckte Sanftmut war ein Wunder. Überall um ihn herum herrschten Liebe und Vergebung, und er verstand, dass beides stets Wunder waren. Alles war ein Wunder.

Sein Leben lang hatte er sich gewünscht, von Gott als Diener berufen zu werden, und jetzt endlich verstand er, dass sich sein Wunsch erfüllt hatte, und sein Herz füllte sich mit Freude.

Er nahm Ninas Gesicht in beide Hände, küsste ihr die Tränen aus beiden Augen und seufzte: »Es war alles ein großes Wunder.«

Und dann lehnte Elio seinen weißhaarigen Kopf gegen den Stamm des verdorrten Feigenbaums und dachte bei sich, vielleicht war der Schlaf doch nicht der Feind. Vielleicht, dachte er, ist er nach all den Jahren nur ein geduldiger Freund, und er schloss die Augen.

Im fahlen Licht des anbrechenden Tages sahen die Umstehenden, wie seiner Brust ein tiefer Seufzer entwich. Elio saß gegen den dürren Feigenbaum gelehnt, als schliefe er, und sie alle betrachteten den friedlichen alten Mann unter dem Baum – alle, bis auf Nina. Sie hockte neben ihm, hielt seine noch warme Hand und wandte ihr Gesicht dem rosigen Rand der Berge im Osten zu, wo genau in dem Moment ein goldener Lichtstrahl über den Himmel fiel.

»Mama«, fragte Nina leise blinzelnd, »ist das die Sonne?«

Danksagung

Die folgende Liste enthält nur einen Teil der Leute, denen ich zu Dank verpflichtet bin. Die Namen aller guten Freunde, Familienmitglieder und Kollegen aufzuzählen, die meine Anstrengungen über die Jahre aufmunternd begleitet haben, würde ein weiteres Kapitel beanspruchen.

Danken möchte ich Susan Amey dafür, dass sie den kurzen Zeitungsartikel mit in den Kurs nahm (und damit die ganze weitere Geschichte ins Rollen brachte). Mein Dank geht auch an Joanna Steinman und Victoria King für ihre großzügige Mithilfe und Unterstützung. Ein besonderer Dank gilt meinem Bruder David für seine unermüdlichen Anstrengungen, sein wachsames Auge und seinen nie erlahmenden Humor.

Danken möchte ich meiner wunderbaren Agentin, Liv Blumer, für ihren klugen Rat und ihre Geduld – und dafür, dass sie mich zu diesem wundersamen Abenteuer ermuntert hat. Danken möchte ich Susan Sandler für ihre literarische Weitsicht und ihren unerschütterlichen Optimismus in schwierigen Zeiten. Danken möchte ich auch meiner Verlegerin und Freundin bei Warner Books, Caryn Karmatz Rudy, für ihre sanfte und entschlossene

Hand, ihre visionäre Kraft und ihre große innere Ruhe.

Danken möchte ich auch meiner Frau Dorothy für die vielen Tage unermüdlichen Korrekturlesens und die vielen Monate, die sie mir mit Ermunterung und guter Laune zur Seite gestanden hat. Ihr und unseren beiden Söhnen Matthew und Daniel sei von Herzen gesagt: Vielen Dank, dass ihr all die Jahre zu mir gehalten habt, dass ihr zu meinem Leben gehört und dass es euch gibt.